그대
그리고 나

그대 그리고 나

초판 1쇄 찍은 날 § 2008년 9월 8일
초판 1쇄 펴낸 날 § 2008년 9월 18일

지은이 § 이진현
펴낸이 § 서경석

편집장 § 문혜영
편집책임 § 이종민
편집 § 한지윤

펴낸곳 § 도서출판 청어람
등록번호 § 제1081-1-89호
등록일자 § 1999. 5. 31
어람번호 § 제5-0209호

주소 § 경기도 부천시 원미구 심곡동 163-2 서경B/D 3F (우) 420-010
전화 § 032-656-4452 팩스 § 032-656-4453
http://www.chungeoram.com
E-mail § eoram99@chollian.net

ISBN 978-89-251-1470-5 03810

그대
그리고
나

이진현 지음

도서출판
청람

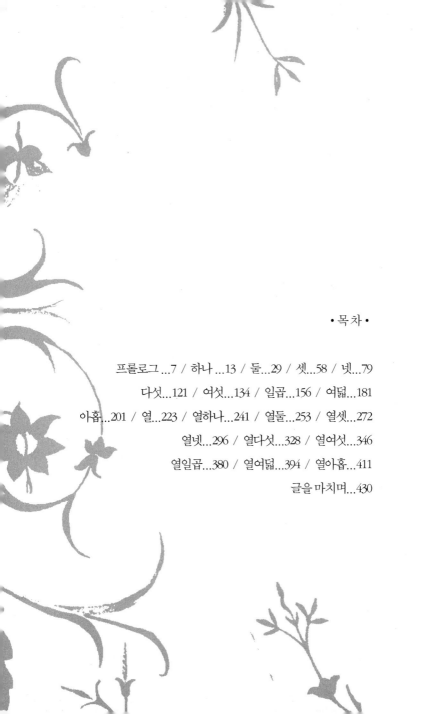

• 목차 •

프롤로그

아파트 문이 닫히는 소리와 함께 수혜는 어둠 속에서 문에 등을 기댄 채로 4년간 익숙했던 자신의 공간을 둘러보았다. 10여 분 전까지 그녀가 머물던 떠들썩한 환송 분위기와는 대조적인 적막이 감돌았지만 오히려 지금이 더 마음 편했다. 그러나 다음 순간 자신에게 남은 건 단 하룻밤의 유예뿐이라는 사실을 떠올리자 수혜는 가늘게 몸을 떨었다.

내일이면 예약해 둔 서울행 비행기에 몸을 싣게 될 것이고, 결코 유쾌할 수 없는 옛 감정들과 다시금 대면해야 했다. 오랫동안 닫아걸고 유예 상태로 두었던 감정들은 슬쩍 들춰보기만 해도 먼지 날리고 버석거리며 부서질 것 같았다.

이렇게 도살장에 끌려가는 기분일 줄 알았으면 그때 정리하는 건데.

4년 전에 유학 수속을 밟듯 사무적으로 처리했다면 좋았을 거라고 최근 들어 수혜는 후회도 해봤지만 되돌릴 수 없는 일이었다.

미리부터 걱정할 것 없어. 잘될 거야. 이제라도 해결하면 돼.

자신만큼이나 그도 같은 결론을 내리고 싶어 안달하고 있을 테니 말 한마디면 미뤄두었던 과거도 한순간에 정리가 될 거라고 마음을 털어내며 수혜는 좁은 거실로 들어섰다. 소파에 기대앉는 대신 수혜는 입고 있던 옷의 단추를 풀며 욕실로 걸음을 옮겼다. 이미 마신 몇 잔의 와인 기운 때문에 일단 자리에 앉거나 눕게 되면 다시 일어나기란 쉽지 않을 것 같았다. 그런데 그녀가 채 몇 걸음 내딛기도 전에 전화벨 소리가 빈방 안에 공허하게 울려 퍼졌다.

"알로."

수혜는 수화기를 들고 불어로 응답했다. 하지만 들려온 것은 인사도 생략한 한국어였다.

[좀 늦었군.]

순간 수혜는 창백해진 얼굴로 자신도 모르게 손목시계를 눈으로 쫓았다. 밤 11시 30분이었다. 평소 그녀의 귀가 시간보다는 늦었지만, 결코 그가 말하는 것처럼 너무 늦은 시간은 아니었다. 그런데 수천, 수만 킬로미터 떨어진 곳에서 마치 바로 마주 서 있기라도 한 듯 말한다는 건 어떤 의미일까.

지금 서울은 몇 시지? 수혜는 서울과 파리의 시간차를 가늠해 보았다. 8시간의 시차를 가지고 있으니 저쪽은 지금 다음날 아침

7시 30분일 것이다. 그의 어조로 짐작컨대 그의 전화는 이번이 처음이 아닌 듯했다. 이른 새벽부터 도대체 몇 번이나 전화를 했던 거냐고 묻는 대신에 그녀는 건조한 음성으로 대꾸했다.

"친구들과 약속이 있었어요."

내일이면 4년을 몸담았던 곳에서 떠나야 하고, 때문에 그간 친분을 나누던 사람들과 이별을 아쉬워하는 시간을 가졌다. 구차한 변명 따위는 하지 않아도 되는 일이었다.

[그럴 거라고 생각했어. 술도 좀 마신 거야?]

생각지 않게 약간은 놀리는 듯한 말투가 돌아왔다.

수혜는 대답 대신 수화기만 굳게 쥐고 있었다. 그의 의도가 어떻든 간에 그녀로선 가벼운 농담으로 넘길 수 없었다.

[오늘, 돌아올 거지?]

그도 곧 딱딱한 수혜의 태도를 감지한 듯 원래의 진지한 음성으로 물었다.

"그래요."

순간 수혜는 수화기를 들지 않은 왼쪽 손목이 시큰거리는 감각에 미간을 찌푸렸다. 불편한 그와의 대화가 오래 걸리지 않을 것이라는 데 그나마 위로 삼았다. 하지만 예상과는 달리 그는 간단하게 전화를 끊지 않았다.

[도착 예정시간을 알려줘.]

"굳이 그럴 필요 없어요. 내가 알아서 해요."

[마중 나가지 말라고?]

감정이 실리지 않은 그의 음성은 직설적으로 그 이유를 묻고 있었다. 수혜는 순간 멈칫했다.

우리는 서로를 배려할 만큼 친근한 관계도 아니잖아요.

형식을 갖춘 예의는 도리어 서로에게 거추장스럽고 불편하기만
할 뿐이다.

"그런 건 기대하지 않아요."

[그럼 당신이 기대하는 건 뭔데?]

약간 짓궂은 그의 물음에 웃음이 묻어왔다.

"우리가 4년 전에 하지 않았던 거요."

[음?]

"법적인 구속에서 벗어나야죠."

[……]

듣던 중 반가운 말이라고 쌍수 들어 환영하는 것도 기분 상하는
일이었지만 흡사 공포영화 속 클라이맥스처럼 싸하고 무거운 침
묵도 수혜의 기분을 가라앉게 했다.

"당신이 먼저 이혼서류 준비해서 보내주면……."

그가 있는 수화기 너머에서 뭔가가 떨어지는 소리가 났다.

"여보세요?"

[아, 지금 곧 나가봐야 해. 그 얘긴 돌아와서 마저 하기로 하지.]

그는 급한 일을 앞둔 것처럼 서두르며 푹 쉬라고 말하고는 전화
를 끊었다.

수혜는 잠깐 동안 수화기를 든 채로 서 있었다. 윙윙거리는 전
화기의 기계음이 갑자기 신경에 거슬려 자신도 모르게 눈살을 찌
푸리고 나서야 그녀는 천천히 수화기를 제자리에 놓았다. 아주 잠

간이었지만 수혜는 뭔가 잘못되고 있다는 느낌을 받았다. 짧은 통화 내용을 되짚는 동안 예상과는 달리 그가 자신의 귀국을 기다리고 있는 것 같다는 느낌, 그리고 뭔지 모를 실망감을 감추며 물러서는 그의 이상한 태도.

그는 수혜가 돌아올 것인지 물었고, 서울 도착시간을 물으며 마중 나갈 생각이 있음을 시사했다. 아니면 그저 의례적인 물음이었던 걸까.

일주일 전에도 수혜는 그런 느낌을 받기는 했다. 거의 한 달 이상 아무런 연락도 없던 그가 정확히 빚 받을 날짜를 헤아리고 있던 것처럼 전화를 걸어왔었다.

수속이 마무리되고 짐 정리가 끝나면 연락할게요.

수혜는 내심 당황하면서도 담담하게 말했다. 그 역시 그녀가 돌아오게 되어 기쁘다거나 잘되었다거나 하는 형식적인 인사치레없이 알겠다고 대답하고는 전화를 끊었다. 그때는 단순히 의례적인 확인 전화라고 생각했는데 오늘 그의 반응과 함께 돌이켜 보니 뭔가 이상했다.

그러고 보면 4년이나 지나서야 두 사람의 관계를 분명하게 정리해야겠다고 마음먹은 자신도 무심했지만 그도 마찬가지였다. 자신은 지난 과거를 돌아보는 것이 두렵고 싫어서 꽁꽁 싸매두었지만 그는 얼마든지 사무적으로 요구하고도 남을 사람이었다.

냉정하고 차가운 사람. 결혼 1년 6개월 만에 고갈되어 버린 관계. 그가 원한 것은 항시 그의 주변에 그림자처럼 머물러 있다가 그가 필요로 할 때 쓰이는 인형 같은 아내였다. 굳이 자신이 아니어도 되었던 남자. 자신의 날개를 꺾어 결혼과 함께 그의 집 안에 가두고 싶었던 것은 잠시의 열정과 호기심 때문이었다. 아무것도 남아 있지 않은 지금, 새 여자를 만나기 위해서라도 그는 두 사람의 법적인 혼인 관계를 깨끗하게 정리하고 싶을 터였다. 막대한 위자료를 요구할 것도 아니고, 그저 서류 하나만 보내주었어도 되었을 텐데, 왜 그는 그 간단한 절차조차 시도하지 않았던가. 다른 일엔 철저하고 완벽을 기하는 남자가! 결국 그 때문에 두 사람은 지난 4년간 철저하게 타인으로 살면서도 법적으로는 부부의 관계를 유지하고 있었다. 김준현과 한수혜는 명목상, 그리고 허울뿐인 부부였다. 실제로 그는 그녀의 정신과 육체 어디에도 의미없는 남자였다.

그 사람이 정말 마중 나올 생각을 했을까.

샤워하는 동안에 불쑥 떠오른 의문에 수혜는 세차게 고개를 가로저었다.

그게 무슨 상관이야, 어쨌거나 우리는 남이나 다름없는데! 이제 곧 남이 될 텐데……!

하나

타인이었던 남녀가 만나서 부부가 되는 것은 확실히 보통의 인연은 아니다. 하지만 인연 이전의 관계로 되돌리는 것 또한 감정적인 소모가 컸다.

당신을 안 봤으면 좋겠어요. 다시는, 안 봤으면 좋겠어요!

4년 전, 그녀 인생에서 가장 아프고 지우고 싶은 그때, 수혜는 그렇게 말했었다. 이제는 하도 오래되어 자신의 것이 아닌 듯 여겨지는 말.

비겁한 선택, 실패한 죽음. 외면하고 놓아버렸다고 생각했던 세상을 다시 대면해야 한다는 사실, 무엇보다 그를 다시 대면해야 한다는 사실이 고통이었다. 의식이 들고 육체적 통증과는 비교할 수 없을 만큼 갈기갈기 찢긴 마음을 감추며 무미건조한 어조로 수혜는 분명하게 말했다.

다시는 안 봤으면 좋겠어요. 할 수만 있다면 당신을 만나지 않았던 때로 돌아갔으면 좋겠어요.

결혼은 그녀의 삶을 상상할 수 없는 비참한 지경으로 뒤바꿔 놓았다. 철들면서 가졌던 재능과 희망을 꺾게 만든 것은 물론이고, 하루하루 긴장을 풀 수 없는 시가에서의 생활은 그녀의 생기를 서서히 고갈시켰다. 더구나 갈기갈기 찢겨 겨우 형체만 유지하고 있는 그녀의 가슴에 박혀든 한마디!

못되고 잔인한 여자!

그는 그렇게 말했었다, 영원한 도피처에서 살아 돌아온 그녀의 면전에서!

수혜는 너무도 생소한 그 말을 천천히 소리 내보았다. 당시에는 그토록 모욕적이고 생경했던 욕설이 4년이란 시간이 흐른 지금에 와서는 숨을 멈추게 하거나 가슴을 비틀어 쥐어짜거나 하지 않았다. 씁쓸한 웃음만 났다.

도대체 뭘 어떻게 하면 남편에게서 그런 비난을 들을 수 있을까. 못되고 잔인한 여자라니!

사랑하는 사람에게 몹쓸 여자로 새겨질 수도 있다는 걸 알았다면 수혜는 절대로 결혼의 굴레에 뛰어들지 않았을 것이다

"남편 되시는 분을 만나보았는데, 부인과 대화하실 의향을 가지고 계시더군요. 어떻습니까? 시간을 두고 말씀을 나눠보시는 것도 나쁘지 않겠죠?"

그녀를 면담했던 정신과 의사의 말이 떠올랐다. 대화? 대화가

필요한 시기는 이미 놓쳐 버린 후였다. 무조건적인 신뢰가 깨져 버린 후에는 의사소통이 불가능했다. 관계를 이어갈 의지가 없는데 대화는 해서 무엇 할까.

수혜는 아무런 대답도 하지 않았다.

결국 정신과 의사도 그녀에게 의지가 전혀 없음을 알자 몇 번의 시도를 하다가는 그대로 돌아갔다. 수혜는 다시 자살 시도를 할 생각은 없었다. 그 잠깐 순간에는 그럴듯한 해결 방법처럼 보였지만 그것은 다만 쉽고 빠른, 결코 성숙하지 못한 도피였을 뿐이다.

입원한 지 일주일이 지난 주말 오후에, 남동생과 교대를 하며 찾아온 그에게 수혜는 처음으로 먼저 입을 열었다.

"퇴원하고 싶어요."

그녀의 표정을 살피는 꼼꼼한 시선이 날아왔다.

"집에 가고 싶다고?"

"퇴원하겠어요."

수혜는 거듭 작은 음성으로 무감정하게 말했다.

"상처가 아무는 걸 봐가면서 결정해도 늦지 않아."

그 순간의 그는 자신에게 못되고 잔인한 여자라고 소리치던 사람과는 다른 사람 같았다.

"퇴원, 하겠어요. 더 이상 병원에 있을 이유 없어요."

"주치의와 한번 상의해 볼게."

"퇴원해도 된다고 했어요."

"그럼 내일 수속을 밟도록 하지."

"연희동 집으로는 가지 않겠어요."

시댁. 아직 무엇 하나 제대로 계획하고 결정한 바 없지만 한 가지 분명한 것은 자신을 가두고 주눅 들게 했던 그곳으로 돌아갈 수 없다는 것이었다. 지루하게, 어쩌면 언성을 높이며 싸워야 할지도 모른다는 예상과는 달리 그는 의외로 순순하게 대답했다.

"아파트를 알아볼게."

다시 돌아왔다. 도망치듯 떠났던 바로 그곳, 원래의 위치로.

입국수속을 마친 후 짐을 찾는 동안 수혜는 뭔가 설명할 수 없는 기분 나쁜 예감을 떨쳐 버릴 수 없었다. 그의 전화를 받은 후부터 돌아오는 기내에서 내내, 그리고 공항에 내리면서 계속! 원인을 안다면 원인을 제거해 버리고 기분 전환을 하면 그만일 텐데 원인을 알지 못하니 찜찜한 마음이 따라붙었다. 오랜 기내여행의 부작용으로 따라붙는 시차로 인한 피로까지 덧붙어서 수혜는 누군가 스치고 지나가기만 해도 짜증이 날 것 같은 상태가 되어버렸다. 그런데 그런 감정을 추스를 여유도 없이, 그녀가 수하물을 찾아 끌고 출구를 향해 걷고 있는데 저만치서 누군가 그녀를 향해 손을 흔들었다. 순간 수혜는 우뚝 그 자리에 멈춰 섰다.

덜컥 가슴이 내려앉으며 온몸에 싸한 소름이 돋았다. 그녀는 아직 과거의 사람을 맞을 마음의 준비가 전혀 되어 있지 않았다. 기체가 이륙하고 다시 착륙하는 동안, 그리고 의식이 깨어 있을 때마다 확인해 온 일들이 한순간에 무용지물이 되어버렸다. 쭈뼛 선 머리와 피부에 돋아난 소름은 다가오는 상대를 확인하는 동안에 점차로 사라졌지만 여전히 그녀의 얼굴은 창백하기만 했다.

오랫동안 시댁 본가의 자질구레한 일을 도맡아온 중년의 기사는 환하게 웃으며 싹싹한 태도로 그녀의 짐을 받아 들었다.

"낯선 곳에서 고생이 심하셨겠습니다."

"오랜만에 뵙네요. ……건강하시죠?"

평정을 깬 사람이 그가 아닌 것은 다행이었지만 이런 친절도, 배려도 수혜를 기쁘게 하지 못했다. 수혜는 어색함을 확연히 감추지는 못했지만 예의를 갖춘 억지 미소를 지었다. 분명하게 아무도 마중 나오지 않기를 바란다는 의사표시를 했고, 상대도 이해했다고 생각했는데 그렇지 않다는 사실이 불쾌했지만 눈앞의 상대를 향한 짜증은 아니었다. 더구나 장시간의 비행기 여행은 그녀를 지치게 했다. 눈을 뜨고 있어도 반쯤은 정신이 멍한 느낌이 들었고, 귓가에 들려오는 공항의 소음이나 가까이서 들리는 사람들의 음성에서도 괴리감을 느꼈다.

수혜는 기사를 따라 공항을 빠져나와 대기하고 있는 차에 탄 후 예약해 두었던 호텔의 이름을 말했다. 의아하게 쳐다보는 기사의 시선이 따라왔지만 수혜는 좌석에 등을 기대며 눈을 감았다. 확실히 공항리무진 버스나 택시보다는 편안했다. 벌써 그녀의 몸은 안락함을 갈구하며 긴장을 늦췄다. 아무런 걱정 없이 이대로 숙소에 도착해 잠을 잤으면 하는 생각이 간절했다. 몸은 피곤했는데도 그녀의 머릿속은 갖가지 떠오르는 잡념들로 어지러웠다.

수혜는 이후에 해야 할 일의 목록을 떠올려 보았다. 가장 싫은 사람과 만나야 하고, 남동생과 작은집 가족들도 찾아봐야만 했다.

누구의 시선도 의식하지 않고 자유롭던 삶은 끝나고 의무감을 동반한 삶으로의 회귀는 그녀를 짓눌렀다. 수혜는 지난 4년 동안 그뿐만이 아닌 아주 가까웠던 사람들과도 소원한 관계에 있었다.

잘할 수 있을까. 스스로에게 걸었던 최면이 무언의 벽에 부딪혀 흔들리고 있었다.

그렇게 깜빡 잠이 들었던 그녀는 무거운 눈꺼풀을 들어 차창 밖을 내다보았다. 어느덧 익숙한 서울 도심에 들어서고 있었다. 그런데 어느 순간 힐끗 지나친 이정표가 눈에 들어오자 수혜는 등받이에서 몸을 일으켰다.

"지금 어디로 가시는 거예요?"

그녀의 말투는 평상시의 침착성을 잃고 약간 격앙되었다. 그녀를 태운 차는 예상했던 호텔 방향으로 가고 있지 않았다. 순간 수혜는 그가 공항으로 기사를 보내왔다는 것은 연희동 본가로 들어가라는 의도일 수도 있다는 생각이 들었다. 그것은 터무니없는 넌센스였다.

"아, 예. 여의도로 가는 겁니다."

기사가 머뭇거리며 대답했다.

"제가 호텔로 데려다 달라고 말씀드렸을 텐데요?"

"예. 저 그런데, 이사님께서 여의도에 있는 아파트로 모셔다 드리라고 하셔서."

"……그이, 가요?"

"예."

실내의 룸미러를 통해 수혜의 반응을 살피는 기사의 눈빛이 따라왔다.

귀국 후의 일정에 대해서는 그와 한 마디도 의견을 나눈 적이 없었다. 그런데 그는 벌써 한 가지 결정을 내려두었다. 본가가 아닌 것은 다행이지만 수혜는 그와 관련된 어떤 곳으로도 가고 싶지 않았다. 짧은 전화 통화였지만 그 정도는 충분히 전달되었을 것이라고 생각한 것은 그녀 혼자만의 착각이었나 보다.

여의도의 아파트. 그곳은 파리 유학을 떠나기 전까지 한때 그녀가 머물던 곳이었다. 4년이 지났는데 그는 아직도 그곳을 처분하지 않고 가지고 있었던가. 분명한 이정표를 잃어버린 생각의 기로에서 수혜는 아주 잠깐 그것이 누구를 위한 배려일까 생각하며 실소를 머금었다. 결혼한 이후로 그의 우선순위는 언제나 가족과 일이었다. 그의 결정이 누군가를 위한 배려라면 그것은 그의 부모를 위한 배려일 것이다. 시부모가 마음에 안 차는 며느리를 다시 보게 하고 싶지 않은!

"호텔로 가주세요."

마음을 정한 수혜는 힐끔거리는 기사에게 단호한 어조로 말했다.

"어, 그게, 이사님께서는……."

"제가 그러길 원하더라고 전해주세요."

기사는 잠시 망설였지만 수혜의 단호한 태도에 하는 수 없이 호텔 쪽으로 방향을 틀었다.

결혼 후 단 한 번도 그의 의견에 반하는 일은 해본 적이 없는 그녀였다. 어쩌다 벼르고 별러 작은 말다툼이 있다 해도 결국은 그가 이겼고, 나중에는 수혜도 그의 기분을 살피며 그가 원하는 방향으로 따르곤 했었다.

수혜의 마음속에서는 다시 한 번 후회가 거대한 파도처럼 밀려왔다. 애초에 모든 것을 분명히 해놓았더라면 이렇게 실랑이를 벌이거나 얼굴을 붉히게 되는 일은 없었을 것이다. 하지만 4년 전의 수혜는 여유가 없었다. 떠나는 일에만 집중해 있었을 뿐 돌아온다는 것은 계획에 없는 일이었다. 뭔가 집중할 수 있고, 자신이 가치 있다고 느낄 만한 뭔가를 해야겠다고 생각했고, 그곳이 낯선 곳이면 좋겠다는 생각을 했는데 때마침 그가 유학을 제의했다. 파격적인 제안이었다. 수혜는 그가 왜 그런 제안을 했는지 깊이 생각해볼 여유도 없이 그가 제시한 탈출구에 동의했다. 격분해서 당장이라도 죽일 듯 쏘아보며 욕하던 남자가 무엇 때문에 그런 제안을 했던 건지 이후 불면의 밤에 가끔 떠올려 보곤 했지만 분명한 이유는 알 수 없었다. 오랜 고민 끝에 얻은 답은 파국을 위한 수순 밟기라는 것이었다. 결혼의 실패를 받아들일 수 없는 고귀한 사람들이 일단은 세상의 이목에서 벗어나려는 연극! 그녀의 생각이 맞다면 이제 남은 것은 이혼절차뿐이었다. 수혜가 원하는 것도 바로 그것이었다. 그의 집안이 영향력을 발휘해 교묘하게 덮을 수만 있다면 그들의 이혼사건은 어쩌면 가십을 좋아하는 스포츠신문이나 여성잡지 기자들도 모르고 넘어가게 될 것이다. 그가 당장 다른 여자와 결혼하려 들지만 않는다면!

호텔의 프런트에서 체크인 수속을 마치고 정해진 방으로 들어선 수혜는 낯선 방 안을 무심하게 둘러보았다. 격식있게 인테리어

된 방 안은 세련되고 깔끔한 느낌이 들었다. 하지만 정작 그녀에게 필요한 위안을 주지는 않았다. 그녀에게 필요한 것은 두 팔 벌려 그녀를 감싸 안아줄 엄마의 품 같은 곳이었다. 그런 것은 돈을 지불하고서는 도저히 구할 수 없다는 것을 알면서도. 뭔지 모를 서러움이 왈칵 밀려들었지만 수혜는 서둘러 자신의 감정을 추슬렀다. 해결되지 않은 채 남아 있던 감정이 아무 때나 삐죽 드러나 스스로에게 생채기를 낼 것 같았다.

지금 그녀가 가장 원치 않는 일은 시간을 되돌리는 일이었다. 수혜는 쫓기듯 서둘러 몸을 움직였다. 샤워를 하고 침대에 누울 생각이었다. 그녀의 눈가는 어두운 그늘이 져 있고 수분을 요구하는 피부는 푸석푸석했다. 어깨의 근육도, 허리도 뻣뻣하게 아파왔다.

잠을 자고 나면 좀 나아질 거야.

수혜는 그와의 재회를 피할 수 있으면 좋겠다고 생각했다. 하지만 이것이 당시에 현실을 직시하지 못한 대가라면 치를 수밖에 없는 일이었다.

기운 내자, 한수혜! 기운을 내려면 일단은 잘 자둬야 해. 피곤하고 지친 모습으로, 그리고 나이 든 모습으로 그 사람을 대할 순 없어!

아직도 그를 남자로 의식하거나 그에게 꼭 예쁘게 보이고 싶어서가 아니었다. 세월이 훑고 지나간 초라한 모습을 보여주는 것이 싫었다. 그것도 수혜에게는 남은 자존심의 일부였다. 수혜는 이런저런 생각을 떠올리다가 잠들기 직전 그가 자신의 전화를 기다릴 것이라는데 생각이 미쳤다. 깊은 한숨이 저절로 나왔다.

뭐가 이렇게 복잡해.

그녀는 몸을 뒤척이며 옆으로 돌아누웠다. 의무감에서 등 돌리듯이!

"왜 당신은 웃고 있어도 슬퍼 보이죠?"

이웃에 살던 프랑스 남자가 물었다. 그는 사진을 전공하는 사람이었는데 종종 마주칠 때마다 곤혹스런 질문도 서슴지 않으며 호기심을 내비쳤다. 이미 중국인 여자 친구와 다정한 사이임을 공공연하게 드러냈으므로 그의 관심이 피사체 혹은 기본적으로 인간에 대한 애정에서 비롯된 적극적인 호기심 정도라는 것을 수혜도 알고 있었다. 그러나 무엇이 되었든 수혜는 부담스러웠다.

"나는 슬프지 않아요."

수혜는 생각지 않은 물음을 단호하게 자르면서도 당황함을 채 감추지 못하고 시선을 피했다. 흡사 그런 일이 있다 해도 잘 알지도 못하는 남자와 나누고 싶은 생각은 없었다.

그는 미소를 머금은 채로 고개를 가로저었다.

"아니. 당신은 슬퍼 보여요, 그리고 당신의 눈은 결코 웃는 법이 없어요. 입술이 억지로 웃고 있을 때도!"

그는 분명한 확신을 가지고 있었다.

"아마도 나는 눈과 입이 함께 웃는 걸 배우지 못했나 보죠."

그녀는 어떻게든 원치 않는 화제에서 벗어나기 위해 얼버무리려 했지만 그는 쉽게 포기하지 않았다. 그는 결혼이 수혜의 변화와 관계가 있다고 생각하는 눈치였다. 더구나 그 자신이 좋은 이웃 이상이 되어서 그녀의 아픔을 치유해 줄 수 있다고 믿고 싶은 듯했다. 결국 수혜는 자신의 목걸이에 펜던트 대신 걸려 있던 다이아몬드 커팅이 빛나는 결혼반지를 빼내어 오른손 세 번째 손가락에 끼고는 눈높이에 맞추어 들어 올렸다. 결혼은 조금도 두려운 것이 아니며 그녀의 성격을 변화시키지 않았고, 결혼 자체가 아직도 진행 중임을 보여주고 싶었다.

그는 장난스런 미소를 짓고는 그녀의 손가락을 응시하더니 어깨를 으쓱해 보였다. 이제 더 이상 그도 쓸데없는 관심을 보이지 않을 것이라는 생각이 지나고 나자 오히려 수혜 자신이 크게 놀랐다. 의연한 모습을 보여주었으니 서둘러 반지를 빼야겠다는 강박관념에 사로잡힌 순간 창을 통해 들어온 햇살이 다이아몬드 커팅에 닿자 광택을 내며 눈이 부셨다.

결혼반지! 그것이 어떻게 자신에게 남아 있었는지 알 수 없었다. 더구나 그녀가 그것을 손가락에 다시 꼈을 때, 손가락을 조이는 특유의 감촉과 더불어 오랫동안 묻어두었던, 유쾌하지 못한 감정이 수혜의 몸을 부들부들 떨게 만들었다. 당황한 수혜가 서둘러 반지를 손가락에서 뽑으려 했지만 그것은 마치 그녀의 몸을 파고들기라도 할 것처럼 더욱 큰 무게로 얹히며 살아 있는 존재처럼 그녀의 살을 파고들었다.

수혜는 당장 그것을 빼내지 않으면 손가락이 절단될 것 같은 공포감에 사로잡혔다. 그러자 미친 듯이 반지를 빼내려는 행동이 뒤를 따랐다. 그러면 그럴수록 살이 뒤틀리고 뼈가 어긋나는 고통이 관통했다. 반지는 살아 있는 생물처럼 그녀의 손가락을 조이며 살 속으로 파고들었다. 점차 피멍이 맺히고 관절이 붓는 것 이상으로 가슴까지 통증이 느껴지던 한순간, 마침내 수혜는 손가락을 부러 뜨릴 것처럼 거칠게 힘을 주어 반지를 돌려 뺐다. 순간 차가운 금 속성의 반지는 그녀의 손바닥 안에 덩그러니 놓여 있었다. 마치 언제 고통을 주었느냐는 듯이! 하지만 금속 내부에 빨갛게 피가 맺힌 그것은 한편으론 고통과 공포의 근원이었다.

수혜는 혐오스런 반지를 제 스스로 손가락에 꼈었다는 사실을 견딜 수 없었다. 그녀는 서둘러서 전신에 싸늘하게 돋아나는 소름 끼치는 감각을 물리치듯 힘주어 반지를 내동댕이쳤다. 반지는 그 녀의 손을 떠나 벽에 부딪혀 금속성의 소리를 울리며 바닥에 데굴 데굴 굴렀다. 그 소리는 또 하나의 고문처럼 끝도 없이 그녀의 귓 전을 울렸다. 어떻게 귀를 막아도 그치지 않았다. 오히려 어디선 지 모르는 물소리와 더불어 그녀를 더욱 소름 돋게 만들었다.

그만! 그만! 제발 그만! 제발 멈춰! 멈춰! 멈추라고!

순간 수혜는 실제로 침대에서 벌떡 몸을 일으켰다. 갑작스런 반 동에 침대가 흔들렸다. 수혜는 놀란 눈으로 자신을 둘러싼 낯선 공 간을 빠르게 훑었다. 시간과 공간의 개념이 뒤죽박죽이었다. 커튼 이 드리운 방 안은 은은한 어둠에 덮여 있었다. 침대 머리맡의 전 자시계를 확인했다. 푸른빛을 내고 있는 시계는 6시 20분을 가리 키고 있었다. 침대에 든 지 3시간 남짓 지났을 뿐이었는데 하루 이 상이 지난 것 같은 기분이 들었다.

꿈속의 일이 하나둘 되살아나자 그녀는 벗은 맨살에 돋아난 소름을 쓸고는 이불을 목 위까지 끌어올렸다. 악몽이었다. 하지만 그것은 황당하고 근거없는 꿈이 아니고 파리에서의 어느 날과 겹쳐진 것이었다. 자신이 결혼에서 도피했다는 사실을 깨닫게 만들었던 어느 날의 일! 하지만 조금은 과장된 꿈이었던 것이, 실제로 그녀의 결혼반지는 꿈에서처럼 목에 걸고 있지도 않았다. 반지는 결혼에 대한 회의가 일었던 그날 마지막으로 본가의 욕실 세면대 위에 빼놓았고, 이후로는 한 번도 본 적도 없었다. 그런데도 꿈속의 그녀는 잃어버리면 안 되는 물건처럼 소중하게 간직하고 있었다. 기분 나쁘게도!

수혜는 문득 자신의 결정에 회의가 들었다. 단순히 꿈 때문만은 아니었다. 회귀에 대한 일말의 불안. 긴 시간을 들여 숨차게 내달았는가 싶었는데 어느새 돌아보니 한 발짝도 내디디지 못하고 제자리에 서 있는 것을 확인한 순간의 허탈감.

제 발로 우리 안에 돌아와 갇히는 짐승도 있을까. 본능적으로 피해야 한다는 사실을 아는 야생의 짐승은 아마도 자신에게 놓인 덫을 알면서 그 자리로 돌아오는 바보짓은 하지 않을 것이다.

수혜는 우울한 마음을 떨치며 침대에서 내려와 창가로 걸음을 옮겼다. 창을 가리고 있던 커튼을 걷자 검푸른 한강과 다리, 그 위에 화려한 장식처럼 꼬리를 물고 질주하는 차들의 불빛이 보였다.

수혜는 자신도 모르게 깊은 한숨을 내쉬었다. 뒤늦게 그녀는 자신이 부지불식간에 자연스런 호흡이 아닌 한숨을 내쉬었다는 것을 깨달았다. 유약한 자신에 대한 혐오감을 극복해 볼 생각으로 수혜는 자신과 맞섰다.

도망치기로 작정했으면 파리에 머물거나 다른 곳으로 도망칠 수도 있었지만, 나는 그러지 않았어.

왜 그랬는데?

그녀 안의 또 다른 그녀가 바로 반박했다.

비겁하게 도망치는 일에 질려 버렸으니까!

수혜는 자신을 다잡을 마음으로 암시를 걸듯 되뇌었다.

나는 더 이상 도망치고 숨으려고 하지 않을 거야. 나는 내 자신을 아끼고 사랑할 거야. 스스로를 구석으로 몰아가고 도망치는 짓은 하지 않을 거야.

그렇게 마음을 다독이고 나니 그나마 기분이 조금 나아지는 것 같기도 했다. 하지만 아주 잠깐뿐이었다. 정말로 과거로부터 완전히 벗어나려면 그와의 관계를 정리해야 했다. 그리고 이혼을 위해서는 아무리 싫어도 그와 한 번은 대면해야 했다.

전화 한 통으로 해결할 수 있으면 좋을 텐데.

그는 자신이 오늘 돌아오는 것을 이미 알고 있고, 시간까지 감안해서 기사를 공항으로 내보냈다. 그는 이미 낮에 기사로부터 보고를 받았겠지만 그녀로부터 직접 도착했다는 전화를 기다릴 것이다. 내키지 않는 의무감에 수혜의 마음은 불편했다. 이미 파리에서도 그에게 한 번의 체류연장을 신청했고, 그 한 번은 학위에 대한 열정으로 인정 받아 허락을 얻어낼 수 있었다.

파리는 그녀에게 꿈같은 곳이었다. 대학 4년을 다니면서 꿈꿔왔던 곳이었고, 기회가 주어졌었지만 스스로 기꺼이 포기한 후 발을 딛게 되리라고는 전혀 기대하지 못했던 곳이었다. 외국인에게

는 바늘구멍 같은 일자리를 보장하는 파리에서도 그녀가 남아준
다면 노동허가증을 얻도록 힘써주겠다는 기업이 있었다. 인턴십
을 거치면서 그녀 역시 남고 싶은 욕망이 컸다. 그러나 불안한 한
편으로 여전히 소심한 자신에 대한 자괴심이 밀려왔다. 피하는 것
은 손쉬운 해결 방법이었다. 하지만 그녀가 파리에서 배운 건 독
립심과 어느 정도의 자신감, 그리고 마음을 조절할 수 있는 능력,
그런 것들이었다. 그가 없을 때는 제대로 기능했다. 이제는 그를
마주 대해서도 그런 것들이 효과를 발휘하는지 확인해 볼 차례였
다.

수혜는 침대 모서리에 걸터앉아 한동안 망설이다가 수화기로
손을 뻗었다. 전화기를 통해 몇 번의 신호음을 듣고 있는데 갑자
기 방문객을 알리는 벨소리가 울렸다. 수혜는 흠칫 놀라며 서둘러
수화기를 내려놓았다. 조용하던 방 안에 다시 초인종 소리가 울렸
다.

수혜는 머뭇머뭇 자리에서 일어나며 목소리를 가다듬었다.

"누구세요?"

"나야."

귀에 익은 그의 목소리였다.

도어아이 바깥쪽에 당당하게 서 있는 남자를 확인한 순간 수혜
의 가슴은 철렁 내려앉았다. 문의 안전장치를 푸는 일이 무척 어
려운 일처럼 느껴졌다. 짧고도 긴 시간이 지난 후에 딸깍 하고 문
이 열렸다. 빈틈없어 보이는 몸에 맞춘 회색 정장 차림의 남자가
안으로 들어섰다. 하지만 회색빛 양복은 그녀의 착각이었는지도

모르고 그녀가 분명하게 본 것은 먼지 하나 묻지 않은 듯 빛을 내는 그의 가죽 구두뿐이었다. 수혜는 자신도 모르게 뒷걸음질 치며 두 팔로 자신의 몸을 감싸 안고는 그를 마주 보았다.

둘

　그는 짧고도 긴 몇 분 동안 담담한 태도로 문을 등지고 서서
꼼꼼히 그녀를 쳐다보기만 했다. 그간 있었던 어떤 작은 변화라도
찾아내려는 사람 같았다.

　"좀 쉬었어?"

　그는 약간은 어색하고 경직돼 보이는 웃음기를 입가에 머금고
물었다.

　"……조금요."

　수혜는 의외라고 생각했다. 이전의 그였다면 그의 결정을 무
시하고 굳이 호텔로 숙소를 정한 자신에게 화를 내야 했다. 그런
데 그는 화를 내고 소리치기는커녕 다정하게 말을 걸어왔던 것이
다.

그들은 팔 하나만 뻗으면 닿을 것 같은 거리를 두고 마주 서서 아주 낯선 사람들처럼 서로를 탐색했다.

수혜가 정면으로 그를 쳐다보는 것을 일부러 피했다면 그는 꼼 꼼하고 세밀하게 수혜의 머리부터 발끝까지 뜯어보았다. 수혜는 바늘방석 위에 서 있는 것 같았다. 수천 수만 킬로미터를 사이에 두고 전화선 하나에 의해 연결되었을 때와는 비교도 할 수 없을 만큼 생경한 느낌이었다. 그러는 동안에도 그는 여전히 낯선 눈길 로 그녀를 뚫어지게 쳐다보고 있었다. 그나마 다행인 것은 그의 노골적인 시선이 오래 지속되지 않았다는 것이다.

"불편하지 않았어? 나는 당신이 낯선 곳에 머무는 걸 싫어할 거 라고 생각했는데."

그는 마치 그들 사이에 헤어져 있던 시간이란 존재하지 않는 것 처럼 말을 건네며 방 안을 훑어보았다. 다정한 배려로 생각될 수 있는 그의 말도 수혜에겐 그 특유의 가시 돋힌 지적으로 들렸다.

"오히려 이곳이 더 마음 편해요."

"그렇다면 다행이지만. 우리 오늘 저녁은 밖에서 하는 게 어때? 당신도 오랜만에 돌아왔으니 축하하는 의미로!"

그는 점차 경계를 푸는 기색이 역력했다. 처음엔 딱딱하고 어색 했던 그의 음성이 점점 쾌활하게 변했다. 수혜는 그가 정말로 원 하는 게 무엇인지 몰라 마지못해 그를 올려보기만 했다. 178cm의 늘씬한 체격의 그는 실제 그의 키보다 훨씬 더 커 보였다. 숱 많은 그의 머리는 너무 짧지도 길지도 않은 상태로 잘 다듬어져 있었 다. 처음 보는 사람에게도 인상을 강하게 남기는 짙은 그의 눈썹과 표정이 풍부한 눈매, 그리고 투명하고 환한 얼굴색은 부유한 집안에서 잘 자란 남자라는 것을 알려주고 있었다. 회사에서 하루 종일 업무에 시달렸을 텐데도 그에게서는 아직도 활기찬 에너지가 넘쳐 보였다.

"간단하게 외출 준비하지."

그는 붙박힌 듯 서 있는 수혜에게 미소를 지으며 다정스레 말했다. 순간 피곤하고 귀찮다는 말이 입 안에서 맴돌았으나 수혜는 이 좁은 공간에서 그와 단둘이 마주하는 것보다는 밖으로 나가는 것도 나쁘지 않다고 생각했다. 그녀는 마음을 정하고는 고개를 끄덕이며 방 안을 둘러보는 그를 남겨두고 필요한 옷을 가지고 욕실로 들어갔다.

거울 속의 그녀는 아직도 푸석푸석한 피부에 창백하고 지쳐 보였다. 붉은색 계열의 립스틱을 바르면 조금은 생기 있어 보일지도 모른다고 생각하며 그녀는 엷게 붉은색 립스틱을 바르고 목까지 올라오는 폴라 티셔츠에 검은색 샤넬라인 스커트의 투피스를 입었다. 그런대로 이지적이고 차분하게 보였으므로 수혜는 만족스러웠다.

창밖의 풍경을 내다보던 그는 욕실 문이 열리는 소리를 듣고는 돌아서며 그녀의 차림새를 슬쩍 훑어보았다.

"훨씬 낫군."

좀 전에 거울 속에서 마주했던 자신의 모습을 그 역시 보았다고 생각하자 수혜는 마음이 불편해졌다. 그의 시선을 받는 것도, 자신의 외모에 관한 언급을 듣는 것도 익숙하지 않기는 마찬가지였다.

"욕실에 남겨둔 물건 있으면 가지고 나오지."

"왜요?"

그녀는 영문을 모르고 그에게 반문했다. 하지만 곧 그의 시선을 따라 침대 위에 시선이 머물렀을 때 그녀는 자신의 여행 가방이 열려 있는 것을 보았다. 그가 이미 그녀의 짐들을 정리해서 챙겨놓은 상태였다.

"체크아웃 하겠다고 프런트에 통보했어."

그는 눈에 힘을 주며 해명을 요구하는 수혜의 시선을 맞받으며 가벼운 어투로 말했다.

"누구 마음대로?!"

"당신은 집으로 돌아온 거야. 언제까지 호텔에 머물 거야."

음성은 부드러웠지만 그의 태도는 분명하고도 단호했으며 타협의 여지가 없었다. 수혜는 한순간 기가 질렸다. 단박에 화를 내지 않는 그의 태도에 마음을 놓은 것이 실수였다. 수혜는 허를 찔린 데다 어이가 없어 그를 쏘아보았다.

"강요하지 말아요. 내게도 계획이 있어요. 곧 살 집을 알아본 후에 옮겨도 내가 옮겨요."

"난 당신이 이곳에 머무르는 거 싫어. 그리고 나는 아직 그 정도로 당신을 챙겨줄 자격은 있다고 생각해."

듣기에 따라서는 얼마든지 다른 의미로 해석할 수 있는 말이었다. 남편으로서 아내를 위해 신경 쓰고 있다는 친절한 말로, 혹은 자신의 의지와는 다르게 행동하는 그녀를 용납하지 않겠다는 완화된 표현으로! 싸움이라면 얼마든지 냉철하게 받아들이겠지만 푸념이라면 포용할 수도 있다는 그다운 태도라고 수혜는 생각했다.

"내가 원하는 것과는 상관없이 말이죠?"

겉으로는 생각해 주는 척하면서 결국은 당신이 원하는 대로, 결정한 대로 하고 싶다는 거잖아요. 내 의지와는 무관하게!

그는 담담한 태도로 그녀의 비난을 맞받았다.

"당신은 머물 곳이 없어 호텔을 전전해야 하는 사람이 아냐. 당신이 정히 우리 사이에 거리를 두기 원한다면 그렇다고 말만 하면 돼."

그는 수혜의 반발이 무엇을 의미하는지 이미 알고 있다는 태도였다. 그녀는 달아오르는 얼굴을 애써 아무렇지 않은 듯 가장했지만 내심 감정적으로 대응하다 참패한 자신에 대해 혐오감이 일었다. 어제까지 둘 사이에서 주도권은 그녀에게 있었다. 그런데 돌아오자마자 금세 그에게 휘둘려 버렸다. 그가 프랑스로 전화했을 때 분명하게 못을 박아두었더라면 그가 기사를 시켜 불편한 호의를 보이는 일도 없었을 것이고, 마음대로 그녀가 머무는 호텔방을 체크아웃 하는 일도 없었을 것이다.

"난 당신이 결정하는 그대로 무조건 따라야 하는 사람 아네요. 내 의사는 물어보지도 않고 당신 마음대로 휘둘러도 된다고 착각하지 말아요."

그것은 독단적으로 체크아웃을 한 일만을 말하는 것은 아니었다. 예전의 일과 앞으로의 일을 말하는 것이었다.

그는 약간 미간을 찌푸리더니 낮게 한숨을 내쉬었다. 그리고는 믿어지지 않는 말을 건넸다.

"미안해."

수혜는 깜짝 놀랐다. 그가 단호하게 그의 주장을 관철시키려고 소리쳤더라도 그처럼 놀라지는 않았을 것이다. 잘못을 순순히 인정하는 그를 본 게 언제였더라? 결혼하고 얼마 지나지 않아 겨우 시간을 내서 잡아놓은 둘만의 저녁 약속을 지키지 못했을 때, 급한 일이 생겼다는 이유를 대면서 미안하다고 했던 적이 있었다. 그 이후로도 몇 번 약속을 지키지 못하는 일이 생겼지만 그는 간단하게 이유를 말했을 뿐 미안하다고 말하지는 않았다. 물론 그때는 이미 그런 말조차 필요 없는 냉랭한 관계이기도 했지만.

"하지만 이 일은 당신이 봐줘야 해. 당신이 내 입장이었어도 마찬가지였을 거야."

그는 변명하듯 말을 이었다.

이상하게도 오랜만에 들은 그의 사과와 변명은 효과가 있었다. 수혜는 단호하게 자신의 의지를 주장하는 대신에 할 말을 찾으며 그 자리에 서 있기만 했던 것이다.

"당신이 전에 머물던 아파트 아직 비어 있어. 당신이 굳이 호텔에 머물 필요가 없다는 생각만 했지, 기분 상할 거라곤 생각지 못했어."

그의 배려를 받아들일 수는 없지만 이해한다고 말하는 것이 상황을 악화시키지 않는 세련된 태도라는 것을 인정할 수밖에 없을 때 그가 내처 쐐기를 박았다.

"더 이상은 내 마음대로 강요하지 않을게."

확실히 그는 예전 한수혜의 남편 김준현이 아니었다.

"그만 나가볼까?"

그가 조심스레 의향을 물었다.

아직도 일말의 저항감을 안은 채로 수혜는 그에게서 등을 돌려 욕실로 향했다. 항상 일정하고 온화하다 못해 지루할 정도로 규칙적이던 삶이 순식간에 엉망이 되었다는 사실에 화가 났다. 하지만 거울 속의 자신과 마주하고 현실을 직시하며 수혜는 감정을 추슬렀다.

침착해! 흥분하지 말자, 한수혜. 다신 저 남자에게 휘둘리지 말자!

수혜는 화를 누그러뜨리며 단단히 결심했다.

수혜는 일부러 밖에서 기다리는 그를 무시하고 시간을 지체했다. 하지만 그는 인내심을 가지고 기다려 주었다. 아무런 채근도 없이! 더 이상은 머뭇거릴 핑계가 없어지자 마침내 수혜는 밖으로 나와 티 테이블에 놓인 핸드백을 집어 들었다. 복도를 지나 엘리베이터, 그리고 프런트를 지나 호텔을 나서는 동안에도 그들은 아무 말도 하지 않았다.

수혜는 모든 것이 어색하기만 했다. 그를 따라 외출을 하는 것도, 그와 단둘이 엘리베이터에 서 있는 것도, 그리고 그의 차 조수석에 앉는 것도.

그는 운전하면서 가끔씩 수혜 쪽을 살피곤 했다. 그의 태도는 마치 그녀의 작은 감정의 변화도 놓치지 않으려는 것처럼 보였다.

수혜는 그의 태도가 반갑기보다는 부담스러운 게 사실이었다. 다정함이나 세심함은 그에게 어울리지 않았다. 결혼한 이후로 그는 권위적이고 보수적인 한국 남자의 전형을 보여주었다. 그녀의 마음을 헤아리기보다는 무심한 말로 상처 주는 것을 두려워하지 않았다. 그때도 그랬지만, 지금도 그는 1년 반의 결혼 생활을 함께한 남자라고는 생각지 않는 낯선 타인이나 다름없었다.

연애 기간까지 합쳐 3년이 채 안 되는 기간. 그녀가 스물아홉 해를 살면서 그와 함께 지냈던 날들은 결코 짧은 시간이 아니었다. 그녀로서는 짐작도 못했던 감정의 폭풍이 밀어닥쳤던 시기이고, 이후로 처참하게 망가진 시기이기도 했다. 어찌 됐든 2년이란 시간을 공유하며 살았던 사람이 아주 낯선 타인처럼 느껴진다는 사실은 우울한 일이었다. 한때는 그가 무엇보다 우선순위였던 적도 있었다. 그랬기에 그녀 자신의 미래를 걸었던 일도 포기하고 결혼에 뛰어들었던 것이다.

무모했지. 다시 그러라고 해도 도저히 그럴 수 없을 거야.

"공항에서 놀라지 않았어?"

갑자기 그가 다정하게 말을 걸자 수혜는 깜짝 놀라며 그에게로 고개를 돌렸다.

"조금요."

"내가 직접 마중 나갈까도 생각했는데, 당신이 싫어할 것 같아서 그만두었어."

그는 그녀의 마음을 꿰뚫고 있는 것처럼 말했다.

수혜는 다시 시선을 차창 밖으로 향했다. 도로를 가득 메운 차들의 행렬 속에 그들도 속해 있었다. 화려하게 빛나는 불빛들이 한국에서 가장 번화한 도시임을 대변해 주고 있었다. 한동안 인내심을 요하는 숨 막힐 것 같은 도로를 지나고 나자 마침내 쾌적한 강변로를 따라 달리게 되었다.

아무리 편의를 위해 어쩔 수 없다 해도 한강을 가로지르는 너무 많은 다리들은 미관을 해치는 것이 사실이었다. 하지만 지금은 어둠이 내려앉은 밤이었고, 막상 자신들을 태운 차가 강을 가로지르는 다리를 지나자 수혜는 탄성을 지르고 싶을 만큼 아름다운 밤의 강변 풍경에 눈길을 빼앗겼다.

그러고 보니 이 길은 어딘가 낯익은 것 같기도 했다. 그런 수혜의 짐작은 틀리지 않았다. 그가 안내한 레스토랑은 그들에게는 추억이 묻어 있는 곳이었다. 대학 졸업을 앞두고 파리로 가기를 원했던 그녀가 유학을 포기하고 돌아오던 날, 그의 청혼을 받아들이던 날, 주위 사람들에게는 아랑곳없이 펑펑 울어버렸던 바로 그곳이었다.

수혜는 그를 쳐다보았다. 그가 원한 것이 추억을 돌아보는 것이라면 장소 선택으로는 그만이었다. 하지만 그녀는 원치 않았다. 과거에 무엇을 잃고 무엇을 선택했던가를 돌아보는 건 지금 이 순간 가장 원치 않는 일이었다.

왜 이곳을 선택했어요? 예전 추억 같은 건 우리 사이에 불편함만 더한다는 걸 몰라요?

한편으론 정말로 소리 내어 묻고 싶었지만 그것은 친밀한 사람들에게나 스스럼없이 물을 수 있는 일이었다.

그가 차를 세우고 발레파킹 맨에게 차 열쇠를 넘겨주고는 그녀를 에스코트해 엘리베이터로 안내했다. 스카이라운지로 올라가는 동안 수혜는 말없이 그의 곁에 서 있었다. 우아하면서도 현대적인 분위기의 고급 레스토랑은 예전과는 다르게 변했지만 여전히 단아하고 고급스런 이미지를 풍겼다. 그를 맞는 직원이 반갑게 인사를 하고 강변이 내다보이는 창가의 자리로 그들을 안내했다.

자리를 잡고 단둘만이 되고 나자 수혜는 신중하게 메뉴판을 보는 것처럼 하면서 사실은 건성으로 글씨들을 훑기만 했다. 결국 그녀는 그가 권하는 음식을 택하면서 평정을 찾기 위해 물을 조금 마셨다. 그간 수혜는 그와의 재회에 대해 이런저런 많은 상상들을 해보았지만 이런 재회가 기다리고 있을 것이라고는 단 한 번도 생각해 본 적이 없었다. 그저 어색하고 냉랭한, 사무적인 태도로 서로를 대할 것이라고 생각했었다.

"우리 정말 오랜만이지?"

그의 말끝에서 약간의 떨림이 묻어나왔다.

슬쩍 곁눈질로 본 그는 그녀가 기억하는 모습보다 훨씬 매력적으로 보였다. 겉으로는 침착하게 보이는 그도 역시 편하지만은 않은 모양이라고 수혜는 생각했다. 그것이 오히려 그녀를 안도하게 만들었다. 그는 아무렇지 않은데 자신만 그를 강하게 의식한다면 수혜는 더욱 굳어졌을 것이다.

"4년 만이네요."

수혜는 무덤덤하게 인정했다.

"음, 벌써 그렇게 시간이 지났군."

꼼꼼한 그의 시선이 그녀의 얼굴에 머물렀다. 그녀는 테이블로 시선을 두었다.

"더 예뻐진 것 같은데?"

전혀 기대하지 못했던, 너무 오랜만에 들어보는 찬사였다. 말의 진의 여부와는 관계없이 수혜의 얼굴에 열감이 피어오르며 붉어졌다.

"농담하지 말아요."

"농담 아냐. 전보다 더 예쁘게 보여."

기교적이고 화려한 화장으로 아름다움을 가꾸는 여자들과 비교해 볼 때 붉은 계열의 입술만을 강조하고 자연스런 피부를 그대로 드러낸 수혜가 그의 눈에는 정말로 예쁘게 보였다. 조금은 피곤해 보이는 눈가의 그늘까지도 가녀린 그녀의 몸매와 더불어 보호해 주고 싶은 욕구를 불러일으켰다.

"힘들진 않았어?"

"내가 원했던 일이었잖아요."

"그렇지."

처음으로 그의 표정에 잠시 그늘이 졌다.

편안하고 잔잔한 피아노의 선율이 점차 귀에 들어오기 시작했다. 그녀 등 뒤로 두 번째 창가 테이블이 바로 예전의 추억이 묻어 있는 공간이었다.

수혜는 일부러 여유를 찾기 위해 주위를 둘러보았다. 경쾌한 느낌으로 식사를 할 수 있을 것 같은 정갈하고 아늑한 분위기의 조명이 있었고, 낭만적인 분위기를 더하며 간간이 클래식한 무드의 촛대에서 촛불이 흔들리고 있었다. 장소 때문이었는지 이제 막 외국 생활을 마치고 돌아온 때문이었는지 그녀는 마치 예전에 계획된 유학을 마치고 돌아와 그를 재회한 듯한 착각마저 들었다. 그때 결혼하지 않고 그녀가 파리로 떠나고 그가 기다려 주었다면, 지금처럼 덤덤하게 앉아 있을 수 있을까? 아니다, 그랬다면 지금쯤 그녀는 그리움으로 애태우며 조금이라도 가까이서 그를 대하고 싶었을 것이다. 잡은 손을 놓지 않거나, 그의 품 안에 안겨 있거나 열정적인 키스를 나누거나 쉴 새 없이 서로를 확인하느라 바빴을 것이다.

그런데 그들은 지금 아무런 감정의 동요 없이 무덤덤하게 마주 앉아 있었다. 그것이 지금 두 사람이 당면한 근본적인 문제이기도 했다. 두 사람은 부부이고 사랑이 그들을 결혼으로 이끌었지만 이제는 그러한 감정을 되살릴 수 없다는 것이!

"내가, 그때 당신 붙잡지 않고 원래 예정대로 공부하러 갔더라면 우린 지금 어떻게 되었을까?"

마치 그녀의 마음을 읽기라도 한 것처럼 그가 조심스레 물었다.

수혜는 놀란 표정 그대로 그를 쳐다보았다. 하지만 그의 표정은 담담했다. 결코 그녀의 속내를 속속들이 읽고 있는 것 같지는 않았다. 어쩌면 추억이 서린 곳에 와 있으니 그날의 일이 떠올랐는지도 모른다고 생각하면서 수혜는 가볍게 대답했다.

"아무래도 지금과는 많이 달랐겠죠."

다른 제반 여건들을 고려하지 않더라도 그것 하나만은 분명했다.

"그렇지? 난 아마 지금처럼 당신을 기다리진 못했을 거야. 결혼을 바라는 집안의 성화를 뿌리치기 힘들었을걸."

그녀도 시대의 분위기를 모르지 않았으므로 순순히 인정하며 고개를 끄덕였다.

"당신은? 당신은 어땠을 것 같아?"

그의 눈빛에서 갑작스런 호기심과 적극성이 느껴졌다.

"글쎄요, 공부 외에 크게 지금과 다르지는 않았을 것 같은데요."

"날 잊고 새로운 사람을 만났을까?"

그의 표정은 변화가 없었지만 약간의 흥분을 담고 있었다.

"그랬을지도 모르죠."

그것은 엄연히 가정일 뿐이었으므로 쉽게 대답했지만 그녀 자신은 아니라고 생각했다. 그를 사랑하면서 일을 위해 어쩔 수 없이 떠나 있었다면 오래 헤어져 있었다고 해서 그를 사랑하는 마음이 사라지지는 않았을 것이다. 어쩌면 그가 그리워서 중간에 공부를 포기하고 달려왔을지도 모를 일이다. 오히려 자신을 잊고 다른 여자와 결혼해 있을 사람은 바로 그일 것이다.

"그렇다면 우린 그때 결혼하길 잘했던 거로군."

마음 한구석이 아프면서도 그가 내린 결론이 터무니없어 수혜는 빤히 그를 쳐다보기만 했다. 처음에 가졌던 사랑은 존재하지도 않고 결혼 관계 역시 깨져 버려서 남이나 다름없는 사이가 되어버렸는데도 그때 결혼하길 잘했다고?

그녀의 생각이 표정에 그대로 나타났던지 그가 덧붙이듯 말했다.

"결과적으론 그렇다는 말이야. 당신은 원하던 공부를 할 수 있었고, 나 역시 부모님의 성화를 견디지 않고도 여전히 당신과 결혼한 상태니까."

이제는 달라질 거잖아요, 지금 우리는 그저 형식적인 부부일 뿐이잖아요.

수혜는 왜 그가 자꾸 현실을 간과하며 자신들 사이에 약간의 희망이라도 품을 수 있는 말을 하는지 알 수 없었다. 굳이 그렇게 노력하지 않아도 이성적이고도 합리적으로, 그리고 사무적으로 헤어질 수 있는데 말이다.

그의 표정은 부드러웠다. 조그만 실수조차 그냥 넘어가지 않는 극히 이성적이고 냉정한 남자가 지금은 그녀를 향해 부드러운 미소를 짓고 있었다. 그의 말투나 눈빛에서도 따스함과 다정함이 느껴졌다. 그는 지금 서른넷이었다. 하지만 그에게서는 수혜가 마지막으로 보았던 때와 별반 세월의 흐름을 예측하기란 쉽지 않았다. 그래서 더욱 그에게서 풍겨오는 분위기가 변한 것이 나이를 먹었기 때문인지 감정의 변화 때문인지 단정하기 어려웠다. 남자들이란 어느 순간 나이를 먹기는 해도 여자들처럼 눈에 띄게 느껴지지는 않는지도 몰랐다. 머리카락에 섞이는 새치, 혹은 배가 나오기 시작하며 무너지는 몸매로 세월의 흐름을 가늠할 수 있다면 그에게서는 조금도 그런 점을 찾아볼 수 없었다. 하기는 완벽하고 꼼꼼한 그의 성격상 그 자신을 방치한다는 것은 사실 상상하기 어려운 일이었다.

주문한 음식의 서빙이 시작되었으므로 그들 사이의 침묵은 자연스레 이어졌다. 멀지 않은 곳에서 가끔씩 나이프나 포크가 접시를 스치는 소리들이 불규칙적으로 들려오곤 했다.

"앞으로의 계획은 생각해 두었어?"

음식을 먹는 일에만 집중하는 듯했던 그가 갑작스레 물었다.

"일을 할 생각이에요."

그는 반감도 동의도 아닌 차분한 태도로 수혜가 다음 말을 잇기를 기다려주었다.

"수석 디자이너로 일해 달라는 제의를 받았어요."

"어디에서?"

"〈Moon〉요."

그제야 그도 잠시 놀라는 표정을 지었다. 그도 그럴 것이 수혜가 간단히 입에 올린 브랜드는 정식 명칭 〈클래식 Moon〉으로 한국 최고의 브랜드로 호평 받고 있으며 해외에서도 명성을 쌓아가는 의류 브랜드였다. 학교로부터 강사 자리를 제의 받기도 했지만, 그녀는 아직 실무에서 자신의 능력을 발휘해 보고 싶은 마음이 더 컸으므로 그 자리를 선택했다.

"그 말은 당신의 능력을 인정 받았다는 말이잖아. 이거 축하할 일이 늘었는데?"

그는 정말로 기쁘게 빛나는 눈과 의례적이지 않은 웃음을 보였다.

한때 수혜가 일을 포기하고 가정에만 충실하기를 바란다고 말하던 남자가 지금은 축하할 일이 늘었다고 말한다. 기생충처럼 그에게 달라붙어서 돈을 요구하지 않을 것 같으니 기쁘다는 것인가.

유쾌한 웃음을 웃던 그가 딱딱하게 굳어져 있는 수혜를 향해 의아하다는 듯 물었다.

"왜? 당신은 원치 않던 자리였던 거야?"

"아뇨, 원하던 일이었어요."

그래, 그녀가 더 이상 경제적으로 그에게 기대지 않아도 된다는 사실이 기쁘게 만들만도 했다. 결코 자랑스럽지 않은 아내라는 존재를 떨궈내고 홀가분해질 거라고 생각하면 기쁘기도 할 것이다. 하지만 그녀 자신이 먼저 정리하기도 전에 그가 미리 그런 즐거움을 드러내는 건 결코 기분 좋은 일이 아니었다.

"어디 불편해?"

그가 수혜의 표정이 굳어진 것을 알아차리고는 물었다.

수혜가 서둘러 고개를 젓자 그가 부드러운 어조로 말했다.

"피곤하면 얘길 해. 당신, 썩 기분이 좋아 보이질 않아."

그녀와는 대조적으로 유쾌해 보이는 그가 관대하게 말했다.

"시차 때문에 적응이 안 돼서 그래요. 괜찮아요."

이대로 헤어지고 다시 날을 잡아 만나게 된다면 그것이 더 불편할 것이다. 아무리 피곤해도 오늘 이 자리에서 모든 걸 분명히 하는 편이 나았다.

그는 뭔가 비밀스런 발견을 한 것처럼 미소를 지으며 말했다.

"당신, 날 아주 낯선 사람처럼 쳐다보는 거 알아? 아까부터 그랬어."

그것은 사실이었다. 지금 눈앞의 그는 예전과는 판이하게 다른 사람 같았다.

"익숙하지 않은 게 사실이죠. 왠지 어색하고, 다른 사람 같아요."

"너무 오랜만이라서 그럴 거야. 사실 당신 역시 좀, 달라 보여. 내가 알던 그 사람이 아닌 것 같아."

그는 굳이 세월의 간격을 없었던 것으로 하지는 않으려는 듯 순순히 인정했다. 그런데 여자의 마음이란 참 이상했다. 그가 자신과는 조금도 상관없는 사람이라고 이미 마음의 준비를 했으면서도 달라졌다는 말 한마디에 한편으론 혼란스러웠다.

그는 어디가 변했다고 생각하는 걸까. 머리스타일은 분명히 변했다. 예전에 그를 처음 만났을 때는 머리카락이 거치적거린다고 생각해서 항시 틀어 올리는 것을 좋아했고, 결혼한 이후로는 그가 원할 때에는 자유롭게 풀어놓았지만 여전히 하나로 가지런히 묶어놓았었다. 그를 떠날 즈음엔 짧게 잘랐었는데 그것이 이제는 어느 정도 길어져서 어깨를 덮는 조금은 긴 생머리를 유지하게 되었다. 하지만 그런 것은 내면의 변화를 감지하기엔 너무나 사소한 것이었다.

"시간이 많이 지났어요. 변하지 않았다곤 말할 수 없죠."

"그렇지."

그도 씁쓸한 어조로 인정했다. 그리고는 잠시 후 덧붙였다.

"나도 많이 변한 거 같아?"

변했다고 말한다면 그는 아마도 어디가 변한 것 같으냐고 캐물을 것 같았다. 수혜는 물을 한 모금 마시고는 둘러댔다.

"아직은 잘 모르겠어요."

그는 집요하게 묻는 대신에 피식 웃었다.

"그래. 곧 알게 되겠지."

곧 알게 될 거라고? 그의 짧고 간결한 말은 그녀의 귓가에서 쉽게 떠나지 않았다. 4년을 미뤄두었다. 그들은 이름만 부부인 채로 4년의 공백기를 두었다. 이제 다시 마주한 이상 그들은 예정된 파국을 인정해야 했다. 실패를 기꺼워하는 사람이 있을까. 그런데 그는 느긋한 태도로 서로의 변화된 모습을 곧 알게 될 거라고 말하고 있었다. 실상 그들 사이의 변화는 이제 더 이상 그들의 미래에 영향을 미치지 않아야 했다. 뜨겁지 않으니 상처도 없을 거라고 수혜는 생각했지만 메마른 감정도 상처는 상처였다. 적어도 4년 전의 수혜였다면 그와의 이혼 결정을 앞두고 지금처럼 무심하지는 않았을 것이다. 시간이 지닌 힘에 경외심을 가질 법도 했다. 결혼이 그녀에게서 타인을 사랑하는 마음을 빼앗아갔다. 수혜는 자신의 인생에서 스스로 선택하고 결정했던 치명적인 실수 하나를 늦게나마 바로잡을 생각이었다. 불필요한 감정적 소모 없이 성인답게, 이성적으로 마무리 짓고 털어낼 수 있다고 생각했다. 그런데 그는 의미심장한 말로 그녀의 마음을 불편하게 만들고 있었다.

그는 특별히 주문한 와인 잔을 들며 권했다.

"당신이 무사히 돌아온 걸 축하하는 의미로!"

그가 장난스럽고도 매력적인 미소를 지으며 다정하게 말했다.

"고마워요."

한 모금 삼키자 은은한 향이 입 안에서 퍼지며 아주 잠깐 현기증이 나는 듯했다.

경계를 풀지 말아야 해. 이 남자가 어떤 사람인지 알잖아. 이 남자는 얼마든지 눈 한 번 깜빡이지 않고 남의 가슴을 난도질할 수 있는 사람이야. 자신의 필요에 의해서가 아니면 따뜻한 손 한 번 잡아주지 않는 사람이야. 언제든 냉정하게 등 돌릴 수 있는 사람이야.

"많이 피곤한 건 아니야?"

"오자마자 잠을 잤더니 좀 나아졌어요."

"음, 그런 것 같아서 깨우지 않으려고 전화를 안 했어."

이 남자, 오늘 여러 번 놀래키려고 작정한 모양이다.

수혜는 다시금 생경한 눈빛으로 그를 쳐다보았다. 예전 같았다면 정해진 시간, 그가 원하는 시간에 약속을 지키지 않으면 당장 쌀쌀한 눈매로 쏘아보며 화를 내고도 남았을 것이다. 그런 그가 화를 내는 대신에 다정하게 이해한다고 말하다니!

"난 본의 아니게 놀림을 많이 받았어."

그가 경쾌한 어조로 말을 이었다.

"왜요?"

"예쁜 마누라 두고 생짜로 홀아비 노릇 한다고!"

그것은 예기치 않게 허를 찌르는 부부 관계에 대한 언급이었다. 두 사람 사이에서는 거의 금기시된 주제의 언급에 수혜는 당혹스러웠다. 그녀의 피부를 타고 서늘한 소름이 돋아나더니 갑작스런 뭔가가 혈관을 타고 뜨거운 기운을 불어넣는 듯했다. 와인의 효과일까. 하지만 수혜는 아주 잠깐이지만 자신을 바라보는 그의 눈빛에서 아주 강렬한 성적인 열망을 읽었다. 동시에 결코 얇지 않게 입은 옷을 벗기고 드러난 살결 위에 뜨거운 입술로 낙인을 찍는 것 같은 착각도 일었다. 하지만 그것은 아주 잠깐, 정말로 착시현 상인 양 그는 어느 때보다 느긋하고 편안한, 이성적인 모습이었다. 성적인 욕망 같은 건 애초부터 존재하지 않는 사람처럼 문화인의 갑옷인 양 세련된 정장으로 무장하고 있었다.

예민하게 받아들일 필요 없다고 생각하면서도 수혜는 그의 존재가 신경 쓰였다. 그가 부부 관계를 염두에 두고 말한 것이 아님은 누구보다 그녀가 잘 알고 있었다. 세상에서 그를 유혹할 수 없는 단 한 사람이 있다면 그 여자가 바로 수혜일 것이다. 자신을 여자로 봐주지 않는 사람!

그런데 돌아온 지 하루도 되지 않아 그녀의 심장은 벌써 고장 난 것처럼 덜컥 예고없이 조여들었다. 정상적인 부부였다면 이쯤에서 그녀는 그의 희생과 인내에 대해 고맙다고 말해야 했다. 하지만 그녀는 전혀 그의 희생이 고맙게 생각되지도 않았고, 그럴 마음도 없었다. 그의 말을 못 들은 사람처럼 수혜는 아무 반응도 하지 않는 것으로 대답을 대신했다. 그도 더는 위험한 주제를 입에 담지 않았다.

한 시간여 넘게 걸린 식사시간은 길고도 지루하게 생각되었다. 수혜는 가끔씩 침묵을 깨는 그의 무난한 질문들을 받아넘기며 간단하게 대답을 하기도 하고 그의 말을 듣기만 하기도 하며 포크와 나이프를 움직였다.

다른 테이블의 사람들이 그렇듯이 그들도 다정한 애인 혹은 부부처럼 보일 것이라는 생각이 들었다. 그러니 세상은 얼마나 알 수 없는 곳인가! 이미 결혼의 끝자락이 보이는 사람들도 평정을 유지하며 앉아 있기만 하다면 다정한 부부로 보일 수도 있다니!

커피를 마지막으로 코스가 끝났을 때 수혜도 마침내 긴 고문을 견뎌내고 안도하며 입을 열었다.

"가능하면 빠른 시일 안에 정리하는 게 좋을 것 같아요."

"음?"

그는 마치 다른 생각을 하느라 수혜의 말을 놓친 사람처럼 그녀를 쳐다보았다. 다시 한 번 그의 눈빛에서 수혜는 낯설고 위험한 감정을 읽었다. 수혜는 잠시 멈칫하며 호흡을 고르고 냉정하고 침착하게 말했다.

"일을 하게 되면 시간 내기가 쉽지 않을 것 같으니까, 그전에 우리 관계를 정리해 두고 싶어요."

이제껏 부드럽고 평온하던 그의 미간이 살짝 좁아졌다. 무언가 마음에 들지 않는 일이 있을 때 보이는, 그녀도 아는 그의 반응이었다. 그가 까다롭게 굴기 시작하면 이 상황이 더 불편해질 것이라는 생각과 함께 수혜는 움츠러들며 변명하듯 덧붙였다.

"당신도 바쁠 테니까, 이런 일로 시간 허비하는 거 싫을 거예요."

그런데 문제는 예기치 않은 데서 일어났다. 낯설고 친절한 태도를 보이던 그의 눈빛이 냉정하고 비난 섞인 것으로 돌변해서 오랫동안 머물고만 있을 뿐 이렇다 할 반응을 보이지 않았다. 뼈 있는 말로 공격하지 않고도 사람을 고문하는 사람이 있다면 그일 거라고 수혜는 생각했다. 전 같으면 수혜는 벌써 주눅 들어 자신의 말을 취소했을지도 몰랐다. 대신 수혜는 그의 시선을 비끼며 솔직한 자신의 마음을 털어놓았다.

"마주 보고 이렇게 얘길 나누는 거, 사실 불편해요. 돌아오기 전에 해결할 수 있었다면 더 좋았겠지만 그러질 못했으니 이렇게 마주 대하는 거 이젠 그만……."

"이혼을 바란다고?"

그는 애써 수혜가 돌려서 말하고 있는 사실의 핵심을 짚으며 되물었다.

이혼! 그랬다, 그녀가 바라는 것은 두 사람의 결혼 관계를 정리하는 바로 그 단어였다.

"시간이 지났다고 해서 없던 일로 바뀐 건 아니잖아요. 우리는 다만 미뤄두고 있었던 것뿐이니까……."

수혜는 그렇게 말끝을 흐렸다.

이미 충분할 만치 자신의 의사는 전달되었을 것이다. 먼저 말을 꺼내주니 고마운 거 아닌가? 그런데도 그는 묵묵히 커피를 마시며 아무런 대답도 하지 않았다. 굳게 다문 그의 입술은 예전의 차갑던 남자의 잔상을 되돌려 놓았다. 수혜는 그의 반응이 의외라고 생각하며 기다리고 있는데 한참 후 그가 다시 확인하듯 물었다.

"그래서, 당신은 이혼하길 원한다고?"

그것은 비난조로 들렸다. 4년이란 시간을 기다려 주었더니 이제 와서 원하는 것이 이혼이라고? 마치 그렇게 다그치는 것 같았다.

수혜는 절제된 말과 무감정한 표정으로 그가 주도하는 분위기에서 자신이 잘못을 저지르고 처분만 바라는 아랫사람이 된 것 같은 착각마저 들었다. 순간 수혜는 이전 결혼 생활을 하는 동안에도 몇 번 경험했던 상처를 떠올렸다. 업무에 바쁜 그에게 자신들을 위해서 시간을 할애해 달라고 말할 때마다 철없는 아내를 바라보는 것 같은 그의 눈빛, 말투.

수혜는 내심 당혹스러웠다. 순리대로 될 거라고, 가만히 있어도 자연스레 일이 해결될 거라고, 그가 모든 걸 준비해 두었을 거라고 생각했던 게 사실이었다. 결혼이 번거롭고 까다로운, 화려한 절차였다면 이혼은 너무나 간소하고도 대조적인 절차이기도 했다. 간단히 고개를 끄덕이며 그러자고 할 줄 알았던 그가 이처럼 이혼을 원하느냐고 다그치게 될 것이라곤 예상치 못했다. 4년 전의 상황은 그녀의 의사를 존중한 것이기도 했고 세상을 향한 위장술이자 그럴듯한 제스처였을 뿐, 두 사람의 결혼은 이미 끝난 줄 알았다. 아무 일도 없었던 사람들처럼, 예전의 다정스런 기억을 되돌리는 저녁 한때를 함께했다고 해서 변한 것은 아무것도 없었다.

그는 뒤늦게 자신의 태도 때문에 불편한 수혜를 알아채고는 애써 굳어진 표정을 풀었다.

"떠나길 원했던 사람은 당신이니까, 돌아온 후에는 어떤 생각을 하고 있는지 알고 싶은 건 당연한 거 아냐?"

그녀를 비난하는 건 아니라고 그의 말과 태도가 말하고 있었다.

"우리는, 내가 떠나던 그때 이미 마음을 정했다고 생각했어요."

수혜는 오히려 아닌 척하는 그가 생경했다.

"나는 솔직히 당신이, 손쉬운 이혼 절차를 준비해 두었을 줄 알았어요."

그의 표정에 일순간 다시 그늘이 졌다.

"그러길 바랐다는 말이야?"

"그것이 당연하다고 생각했어요."

손쉬운 이혼 절차. 그가 안내하고 그녀는 다만 그가 내미는 서류에 도장만 찍으면 되는 그런 절차를 거치고 나면 서로 남처럼 갈라설 수 있다고 믿었던 수혜였다.

두 사람의 시선이 다시 얽혔다. 지금까지 다정함을 가장한 위선은 사라지고 불꽃이 튈 수도 있다고 생각했는데 그는 조금도 적개심이나 실망이 담기지 않은 차분한 어조로 반문했다.

"내가 그러길 원치 않는다면……?"

수혜는 과연 그의 진심이 무엇인지 혼란스러웠다. 지금 그녀 앞에 앉아 있는 남자는 같은 모습을 하고 있으면서도 왠지 다른 사람 같았다.

"음? 내가 그러길 원치 않는다면, 당신은 어떻게 할 생각이야?"

그가 생전 처음 보는 사람처럼 자신을 건너다보는 수혜에게 부드럽게 물었다.

청혼하던 그의 음성도 그렇게 부드럽지는 않았다.

이 남자가 정말 왜 이러는 거지? 수혜의 가슴 밑바닥에서 슬금슬금 불안한 예감이 퍼져 나가기 시작했다. 나름 예의를 차리고 부드럽지만 상대가 그의 의지를 거슬렀을 때 어떻게 할 것인지 예측 불허인 남자. 그녀의 계획이 쉽게 이루어지지 않을 것이라는 의심이 이젠 단순한 의심으로 끝나지 않았다. 그는 두 사람의 합의하에 이혼하는 것이라면 간단하지만 어느 한쪽이 동의하지 않는 상황이라면 쉽지 않을 거라고 경고하고 있었다.

"그건, 그건 좀 의외네요."

"우리가 다시 시작할 수도 있다는 생각, 한 번도 안 해봤어?"

어색하게 당혹감을 감추며 입술을 깨무는 수혜의 표정에서 그는 또 다른 가능성을 떠올린 것 같았다.

"지금 당장 꼭 그래야 할 이유가 있는 거야?"

"뭐라구요?"

"지금 당장 꼭 이혼을 해야 하는 이유가 있느냐고 물었어. 당신이 절실하게 그래야만 하는 이유! 누군가, 당신을 기다리는 사람이 있나?"

그가 덧붙인 말이 아니었으면 수혜는 그가 무슨 말을 하는지 알아듣지 못할 뻔했다. 애인이 있느냐는 물음에 그녀의 얼굴이 확 달아올랐다. 그는 예리한 시선으로 수혜의 표정을 살폈다. 처음엔 수치심과 모욕감으로 얼굴이 달아올랐던 수혜는 고문하는 것 같은 집요한 그의 시선이 부담스러웠다.

당장 이 자리를 박차고 나갈 수만 있다면! 아무렇지 않게 애인이 있냐고 묻는 건 없을 줄 안다는 자신감인가? 수혜는 이유 없이 반항하고 싶은 심정이었다.

"이, 있다고 하면 이혼해 줄 건가요?"

"있어?"

아주 잠깐 냉소를 머금은 짧은 그의 물음에 은근한 분노가 실려서 날아왔다.

그로서는 당연한 질문이었다. 4년간 놓아주었던 여자의 몸에 독점적인 소유권을 주장하고 싶지는 않았다. 시간이 많이 지났고 그사이 그녀가 스스로를 추슬렀다면, 먼 이국땅에서 누군가 의지하고 기댈 사람을 찾아낼 수도 있을 터였다. 자신이 아닌 다른 남자로부터 쾌락을 얻는 수혜를 상상하는 것은 어렵지 않았다. 시간은 충분했을 것이다. 그럼에도 당장 아니라고, 없다고 말하지 않는 수혜에게 화가 났고 불끈, 소유욕을 주장하며 그의 아래로 피가 몰렸다.

"있으면."

그는 수혜의 말을 끝까지 듣지도 않고 여지없는 어조로 분명하게 끊어 말했다.

"그 남자 신세 망치는 거 보고 싶지 않으면 정리해야지. 당신 그러라고 유학 보낸 기 아냐."

"그렇게 장담할 수 있어요? 당신 마음대로 할 수 없는 사람이면."

"아직은 법적으로 보호받는 우리 관계보다 더 우위에 설 수 있는 사람 누구?"

그의 의지는 분명했다. 필요하다면 어떤 방법을 동원해서라도 자신이 원하는 결과를 얻어낼 태세였다. 더 이상 그를 자극해 봐야 어떤 마음의 위안도 되지 않을 것을 안 수혜는 굳어진 얼굴로 단호하게 대답했다.

"다른 이유는 없어요."

매섭게 가늘어지는 그의 눈과 단호하게 굳은 그의 입가에 의심의 그림자가 깃들어 있었다. 이기지도 못할 싸움이나 허세 같은 걸 부려봐야 지금의 자리만 더 어색해질 뿐이었다.

"괜한 상상 하지 말아요. 정말 없어요."

몇 초간의 눈싸움이 지속되었다. 결코 원해서 시작한 싸움은 아니었지만 수혜는 자신의 결백을 주장하며 취조하는 그의 눈빛을 맞받아야 했다. 언제까지라도 고문할 것 같던 그의 눈가에 한순간 웃음기가 어렸다. 농담인지 진심인지 알 수 없는 말도 한마디 툭 던졌다.

"거짓말 탐지기가 없는 게 한이야."

기가 막혀. 수혜는 그의 태도에 질려 버렸다.

그는 좀 더 다루기 편한 남자가 돼서 불편한 자세를 고치며 의자 등받이에 기대앉았다. 그의 음성도 처음과 마찬가지로 부드러워졌다.

"그렇다면 당장 그래야 할 이유는 없는 거로군."

"하지만……."

그는 서둘러 수혜의 말을 잘랐다.

"나는 당신이, 우리 결혼에 대해 좀 더 긍정적으로 생각해 주었으면 해."

그것은 듣기에 따라서는 부탁이 아니라 거부할 수 없는 명령으로 들렸다. 긍정적으로? 그것은 너무 어려운 주문이었다. 그녀로서는 도저히 불가능한 주문이었다.

"나는 이해할 수 없어요. 도대체 왜 이래요? 내게 원하는 게 뭐예요?"

수혜는 가슴 밑바닥으로부터 치고 올라오는 분노를 참을 수가 없었다. 이성을 잃고 그에게 소리치고 싶은 충동을 억지로 눌러 참지 않으면 당장이라도 실내의 모든 사람들 이목을 집중시킬 것 같았다.

그는 안일하게, 한편으론 성의없이 들리는 말로 수혜를 설득하려고 했다.

"시간이 지났어. 많이 지났지."

시간이 지난 것도 사실이고, 그녀도 예전의 감정을 고스란히 품고 있지 않은 것도 사실이었다. 그렇다고 해서 어떤 과거도 포용할 수 있을 만큼 시간의 위력이 그리 대단한 것도 아니었다.

"난 일을 할 생각이에요."

수혜는 왜 자신들이 함께할 수 없는지, 근본적인 문제는 조금도 변하지 않았다는 것을 확인시켜 줄 셈으로 일례를 들었다. 그런데 놀라운 건 그의 반응이었다. 그가 순순히 고개를 끄덕였다.

"당신이 하고 싶다면 누구도 말리지 않아."

시간이 그토록 큰 위력을 가졌던가? 이 남자가 일과 결혼 중 하나를 택하라고 자신을 몰아세우고 시험했던 사람인가?

"어머니는 달가워하지 않으실 거예요."

수혜는 허탈한 심정으로 그에게 상기시켜 주었다.

"잘 말씀드리면 되지."

그것은 고부간의 관계를 모르는 남자다운 말이었다. 그가 언제나 자신만을 챙겨주며 그의 주위를 맴도는 아내를 원했다면 시어머니가 달가워하지 않는 이유는 또 달랐다. 시어머니에게 그녀가 항시 필요한 것은 아니었으니까. 그녀의 시어머니는 자신이 그랬듯이 자신들과 교류하는 고품격의 교양을 갖춘 부류들에게 빠지지 않는 며느리를 원했다. 친정 쪽의 든든한 배경을 상쇄시키고도 남을 피 말리는 노력을 원했다. 칭찬도 인색하고 만족할 줄 모르는 기준을 가지고서! 집안의 크고 작은 일들, 통과의례 등을 익히는 것만으로도 수혜는 숨이 막힐 것 같았다.

"어머니가 어떤 분인지 모르지 않아요. 뿐이에요? 아버님도 쉽게⋯⋯."

그와 그의 어머니, 시댁 식구전체가 넘을 수 없는 벽처럼 두려운 존재였다는 것을 수혜는 새삼 인정하지 않을 수 없었다. 결혼의 영역 속에는 그녀와 그 말고도 시부모님이 존재한다는 것을 알았지만 실상 그들의 존재가 그토록 큰 영향력을 행사하리라고는 생각지 못했었다.

그 역시 수혜가 하는 말의 뉘앙스를 모르지 않는 듯 쓴웃음을 지었다.

"처음부터 모든 걸 잊고 새로 시작하라고는 말하지 않겠어. 그래도 조금은 변하셨을 거야. 당신 혼자만 희생하라고는 강요 안 해. 맘 편히 가져."

많은 갈등이 있은 후에 수혜는 겨우 한마디를 할 수 있었다.

"당신, 정말 많이 변했군요."

셋

그녀로서는 예상치도 않은 곳에서 커다란 장벽을 만나 싸워볼 엄두도 못 내고 전의를 상실한 기분이었다.

"시간이 많이 지났다고 인정했던 건 당신이었어."

그는 부드럽게 상기시키며 스스로 변했다는 사실을 인정했다.

이미 입맛을 잃어버린 수혜는 식어가는 커피 잔에 손도 대지 않고 있었다. 수혜는 과거 한때 그가 자신을 보아주기를, 그가 변화하기를 바란 적도 있었지만 지금은 아니었다. 수혜는 얼굴 붉히지 않으며 이성적으로 결별하기를 바랐다. 이혼 후에도 친구처럼 만나는 서구의 부부 같은 관계까지는 아니어도 원만하게 헤어지기를 바랐다. 지금 수혜는 그러한 노력의 하나로 불편함을 무릅쓰고 이 자리에 버티고 앉아 있었다. 제발 그 노력이 헛되지 않기를!

"놀라움의 연속이네요."

듣기에 따라 비아냥으로 들릴 수도 있는 말이었다. 점점 수혜는 이 자리가 불편해졌다.

"좀 혼란스러워요. 이, 이럴 거라고는 생각지 못했어요."

"정말 그런 모양이군. 하지만 나로선 분명한 선택이었던 거야. 이혼을 원했다면 당신이 떠나던 그때 그렇게 요구했을 거야. 난 당신에게 시간을 주고 기다리는 것을 택했어. 이제라도 나는 당신이 우리 결혼에 대해 긍정적으로 생각해 주었으면 해."

그의 말은 그간 수혜가 가졌던 몇 가지 의문에 대한 해답이 되었다.

그래, 이 사람은 쓸데없이 괜한 시간낭비를 할 사람이 아니다. 처음부터 이혼하기로 마음먹었다면 굳이 기다릴 것도 없이 4년 전에 이혼절차를 밟았을 것이다. 하지만 이 남자는 이혼을 선택하는 대신에 서로 떨어져 있는 시간을 선택했다. 그것이 그 나름의 의지와 결단을 보여준 방법이었던 것이다.

하지만 수혜는 이해할 수 없었다. 왜? 당시에는 그처럼 냉정하고 몰인정한 태도로 상처를 주던 사람이 왜 이처럼 변했을까? 비겁한 도피처일망정 자신으로 인해 죽음까지도 생각한 여자에게 위로나 사과가 아닌 욕설을 퍼붓던 남자가, 왜?!

"당신이 일하길 원한다면 그렇게 해. 당신이 원하는 건 뭐든지 해도 돼."

한때는 수혜가 간절히 바라던 말이었지만 지금은 기쁨이 되지 못했다. 그것은 당연히 자신이 선택하고 결정해야 할 권리였다.

"소용없어요, 나는 당신과 다시 시작하고 싶지 않아요."

이런 결말을 바라고 온 것이 아니라는 것으로부터 자신을 둘러싼 모든 것에 인내심이 바닥나면서 수혜는 신경질적으로 변해갔다.

"난 우리 결혼을 지키기 위해서 당신이 원하는 시간을 주었어. 당신은 지금 이혼을 원한다고 말하지만 결정을 내리기 이전에 내게도 한 번은 기회를 주어야 하지 않을까?"

"내가 원한 건 유예기간 따위가 아니었어요. 우리 결혼은 이미 4년 전에 끝났어요."

"나는 그렇게 생각하지 않았어."

그는 부드럽지만 선뜻 반박할 수 없게 만드는 어조로 분명하게 못을 박았다.

"왜 이러는지 정말 모르겠어요, 우린 이미……."

수혜는 튀어오르듯 격앙된 어조로 반박하려 했으나 순간 말이 막혀 버렸다. 과거 자신들의 관계를 표현하기에 적절한 단어를 끄집어내려던 수혜에게 아찔한 현기증이 덮쳤다. 그녀의 가슴 한곳에서 시작된 통증이 순식간에 전신으로 퍼져 나갔다. 날카롭고도 예리한 통증이! 그녀의 가슴속에는 회복될 수 없는 결혼 생활에 대한 숱한 이유들이 있었고, 그것들은 하나같이 타당한 것뿐이었는데 정작 가슴을 열어 보이려니 말이 되어 나오지 않았다.

당신은 날 사랑하지 않아요!

당신은 나를 원치 않아요! 함께 사는 동안에도 당신은 나를 못 견뎌했어요!

당신은 나를 미워해요!

나는 당신 사랑하지 않아요. 당신은 나를 사랑하지 않아요.

과거를 다시 떠올리는 것만으로도 수혜는 감정의 격류를 탔다. 어제까지의 평온함은 사라져 버렸다. 그와 다시 시작할 수 없는 이유들은 많았지만, 그로 인해 새삼 그가 자신을 사랑하지 않는다는 사실을 인지하는 자체만으로도 고통스러웠다. 한때 그에게 가장 소중한 사람으로 여겨지다가 버림받은 것을 알았을 때의 그 심적 고통은 새삼 평정을 잃게 만들었다.

"이러려고 돌아와서 이야기하자고 한 거였어요?"

파리에서 그의 제안을 들었더라면 펄쩍 뛰며 도망쳐 버렸을 거라는 생각과 더불어 수혜는 그에게 짜증을 섞어 쏘아붙였다.

"그런 얘기가 전화로 할 성질의 것은 아니지."

그는 얄미울 정도로 침착했다.

"어쨌든 내 생각은 변함없어요. 당신이 싫다면 내가 수속 밟아요. 서류 보낼 테니 사인해서 접수해요. 그것도 싫으면 내게 다시 보내요. 그리고 끝내요. 이젠 확실히 끝내요!"

"그럴 수 없어."

그는 담담한 태도로 수혜의 제안을 묵살했다. 계획과는 어그러져 조금은 편치 않은 표정이긴 했지만 그의 고집이 그대로 얼굴에 드러났다.

"그럴 수 없다는 게 무슨 말이에요? 합의해 주지 않겠다는 거예요?"

예의나 교양 따위의 가면이 무슨 소용이냐고 생각하며 수혜는 쌀쌀하게 물었다. 오랜 친구처럼 저녁식사를 하고 어떻게 지냈느냐 형식적으로 묻기도 하면서 진심이 담기지 않은 미소라도 교환하고, 그리고 마지막으로 합의의 악수를 나누고 돌아서는 일 같은 건 기대할 수 없게 된 것이 분명했다. 그렇다면 남은 것은 서로를 물어뜯는 싸움뿐이었다!

"그래."

그도 돌변한 수혜의 태도를 감지하며 전쟁에 응했다.

"왜요?"

싸한 침묵. 순간 그의 표정엔 다양한 감정이 스쳐지나갔다.

"당신이, 필요하니까. 지금 내겐 누구보다 당신이 필요해."

그의 언어에 담긴 내용은 사랑에 빠진 연인이라면 누구라도 혹할 법했으나 그의 표정과 음성에서는 간절함이 없었다. 열정이 빠져 있었다. 마지못한, 어쩔 수 없는 인정.

"이걸 어째요! 나는 당신이 필요 없어요. 당신과는 어떤 끈으로도 연결되고 싶지 않아요. 아무 소용 없는 법적인 구속일망정 벗어나고 싶어요."

"알아."

"그런데 왜, 도대체 왜요?"

"당신 도움이 필요해. 이번에 당신이 도와주면 이 문제가 잠잠해지는 대로 당신 원하는 대로 해줄게. 이혼해 줄 테니 이번엔 당신이 날 좀 도와줘."

절실한 구조 요청이라기엔 여전히 거만하고 고압적이었지만 수혜는 그의 태도가 조금 전과는 변한 것을 미묘하게 알아챘다. 도움을 요청하는 그는 처음이었다. 조금 전까지의 태도와 비교하면 그로서는 비굴할 정도로 무릎을 꿇고 사정하는 것이나 다를 바 없었다. 그의 돌변한 태도에 수혜는 흠칫 물러섰다.

"무슨, 무슨 문제요?"

그는 무엇 하나 놓치지 않으려는 수혜의 시선을 피했다. 고고한 자존심을 갖춘 스스로와의 내부 싸움이 치열한 모양이라고 수혜는 생각했다. 무엇 때문에 한참 전에 끝난 자신과의 결혼을 방패막이 삼아야 한다는 것인지!

"스캔들."

이를 갈듯 나지막하게 터져 나온 그의 한마디는 충분히 수혜에게 전달되었다. 그것은 예상치 못했던 고백이었다. 어이없이, 무방비 상태에서 세차게 뺨을 얻어맞은 것처럼 수혜는 몇 초간 그대로 얼어붙었다가 차츰 얼굴이 빨갛게 달아올랐다.

"시기가 좋지 않아. 지금 추진 중인 일이 있어. 정부 입찰과 관련돼서 이미지에 타격을 입으면 곤란해. 그건 나뿐 아니라 상대도 마찬가지."

"그러면 더 조심했어야죠."

증오심으로 매몰차게 쏘아붙인 수혜는 그를 외면했다. 귀국 선물치고는 무척이나 인상적이었다. 이 남자가 전과 달라졌다고? 당연히 비위를 맞추기 위해 달라진 모습을 보이고 싶었을 테지.

수혜는 이제야 그가 귀국 날짜를 확인하고 기사를 미중 내보내고 호텔까지 찾아와 오붓한 저녁식사를 청하고 다정하게 굴었던 이유를 알 것 같았다. 결코 허락하지 않던 아내의 일을 인정하는 관대함까지도 모두 이해되었다. 그에 대한 사랑이 고갈되었고 마음이 떠난 것과는 상관없이 수혜는 다시금 그로부터 철저하게 배신당한 상처가 벌어지는 것 같아 참을 수가 없었다. 더구나 얼핏 머릿속을 스치고 지나가는 존재에 대한 의심도 들었다.

"어떤 여자예요?"

"사실이 아냐."

그는 아무 일도 아니라는 듯 간략하게 대답했다. 장황하게 설명할 필요도 없다는 듯이!

상관없었다. 그들이 어떤 관계이든 수혜는 상관없었다. 다만 그 상대가 누구인지 알고 싶을 뿐이었다.

"말해요. 누구예요, 그 여자?"

"장희현."

그의 입에서 나온 낯선 여자의 이름에 수혜는 가슴속 서늘한 불꽃을 식혔다. 과거와 연결된 이름이 아니라는 것만으로 배신감의 차원이 달라졌다.

수혜가 알지 못하는 낯선 이름. 그런데도 그는 더 이상의 언급을 피했다. 그 이름 하나로 모든 설명이 된다는 것처럼!

"뭐 하는 여자예요?"

"배우."

재계와 연예계 사이에 오가는 다양한 스캔들을 모르는 그녀였지만 순간 수혜는 한 번도 본 적 없지만 화려하고 섹시하게 아름다운 여자와 팔을 끼고 호텔 로비를 지나쳐 가는 그들의 모습을 본 것 같은 착각이 들었다. 돈이면 무엇이든 살 수 있다고 믿는 남자와 가진 건 자신의 몸과 재능밖에 없는 여자 사이에 맺어지는 관계. 그사이에서 결혼이란 법적 제도는 그들의 도덕적 잣대에 하등 상관없는 것처럼 치부되었다. 더 할 말도 없었다. 더 묻고 싶은 것도 없었다.

"나보다 더 곤란한 사람은 그 사람이야. 그 사람은 언론뿐 아니라 약혼자에게도 의심을 받고 있어."

그 사람! 그에게는 무척이나 소중한 사람처럼 들렸다. 그래서 수혜는 또 예기치 않게 가슴이 조여들었다.

그는 꽤나 안타깝고 걱정스러운 기색이 역력했지만 수혜는 조금도 동정하지 않았다.

의심받지 않도록 조심했어야죠.

"그런 사람이 내게 남자가 있냐고 물어요? 정리하지 않으면 신세 망치게 해줄 거라고 협박을 해요?"

"협박은 실행되지 않는 위협일 뿐이지. 난, 이 상황을 타개하기 위해서 할 수 있는 일이라면 뭐든 할 거야."

"어쩜 그렇게 뻔뻔해요? 내 도움을 바란다는 사람이 그렇게 말해도 돼요?"

"……미안해."

두 번째 사과. 아직도 잘못을 순순히 인정하는 그의 말은 어색하기만 했다. 더구나 그는 미안하다고만 할 뿐 그 자신의 계획을 취소할 생각이 전혀 없음을 침묵과 굳은 표정으로 대신하고 있었다.

"내가, 어떻게 해주길 바라는 거예요?"

"당분간 함께 살면서 결혼 생활에 아무런 문제 없는 부부인 것처럼 보여주면 돼."

"언제까지요?"

"언론이 완전히 의심을 걷을 때까지."

한창 여배우와의 스캔들로 의심받으며 심각한 상황에 맞추어 4년이나 잠잠하던 이혼 수속까지 진행된다면 그로서는 치명적인 상황이 될 것은 분명했다. 없는 정도 조각조각 분쇄되어 떨어져 나갈 만큼 소름끼치게 싫었지만 수혜는 결국 상황을 받아들였다. 자신이 아무리 미쳐 날뛰고 협박을 해도 이 남자는 눈썹 하나 꿈쩍이지 않을 것이다. 이 남자는 자신의 위기를 모면하기 위해서라면 상대를 이용할 만큼 이용하고 필요 없어지면 그제야 놓아줄 것이다. 수혜는 사냥꾼에게 무기력하게 사로잡힌 동물처럼 그에게 휘둘리고 싶지 않았다. 이 상황을 어떻게든 빠져나가고 싶었다.

왜 내가 이 사람과 다시 결혼 생활을 지속해야 해? 단 한순간도 그러고 싶지 않아!

마음속으로 갈등하던 수혜는 그의 고백이 곧 약점이 될 수도 있음을 알았다.

"조용히 이혼 수속에 응하지 않으면 소송으로 갈 수밖에 없어요. 그러면 언론도 알게 될 테고, 당신은 더 불리해질 거예요. 사람들은 내가 당신과 그 여자의 스캔들 때문에 이혼한다고 오해할 거라고요."

"그렇지."

"그런데도 내게 협박을 해요?"

"당신이 도와주지 않겠다면 내게도 생각이 있으니까."

"무슨 생각요?"

"당장 당신이 이혼 수속을 하지 못하도록 만들어야겠지."

납치. 감금. 그것은 범죄행위였다. 하지만 그들은 법적으로 결혼 상태에 있는 부부였다.

"설마……."

그의 미간이 찌푸려졌다. 처음으로 피곤한 기색을 내보이기도 했다.

"마음 상하게 하고 싶지 않아. 하지만, 지난 4년 동안도 참았잖아. 1년 정도 더 유예하는 거라고 생각해 줘."

무거운 침묵.

1년? 유예? 보이지 않는 올가미가 몸을 옥죄이는 기분으로 수혜는 불쾌한 상황 속에서 그를 쏘아보았다. 그도 편치 않은 기색이 역력했다.

이 자리에서 뛰쳐나가 경찰서로 달려가서 그를 납치, 감금, 협박죄로 신고해? 경찰서까지 갈 수나 있을까? 그 안에 그에게 붙잡히게 되면……? 말도 안 되는 상상만으로도 수혜는 마음이 불편해졌다.

이래서 그는 당장 이혼해야 할 사유가 있는지 물었던 거였다. 그런데도 수혜의 마음 한 켠에서는 그가 질투하는 건지도 모른다고 아주 잠깐 설레기도 했었다. 그 자신의 계획대로 실천할 수 있을지 미리 탐색을 했던 것뿐이었는데!

감정이 아닌 이성으로 풀어야 해. 1년? 1개월도 싫어!

"나는…… 최대 6개월, 이면 돼요?"

그의 눈빛에 적이 안도감이 내렸다. 더 실랑이를 벌이고 지루할 정도의 밀고 당기는 신경전까지도 예상했던 모양이었다. 그는 아직 의심을 풀지 않는 시선으로 동의했다.

"그 정도면…… 상황을 봐야겠지만."

"그 이상은 싫어요. 그리고 조건이 있어요."

"조건?"

"이혼서류 만들어줘요, 당신 서명 포함해서 아무런 문제 없이 법원에 제출할 수 있도록 서류를 먼저 내게 줘요. 그러면 당신이 원하는 연극, 도와줄게요."

차가운 분노와 의지가 수혜의 사무적인 말속에 깊이 배어 있었다.

이혼하겠다는 자신의 의지만 밝히면 모든 것이 일사천리로 해결될 것이라는 생각이 얼마나 자기본위적 판단이었는지 깨달은 것과 거의 동시에 수혜는 그가 동의하지 않는 이혼을 관철하기 위해서는 어떤 절차와 경로를 밟아야 하는지조차 모르고 있다는 사실에 직면했다.

이혼 수속이란 것을 어떻게 해야 하는지 아는 것부터 그녀가 넘어야 할 산이었다. 그리고 그가 끝내 협조하지 않을 경우 이혼재판이란 것에 대해서도 대비해야 했다. 그를 상대하려면 힘과 실력을 갖춘 대형 로펌이 좋을까. 아니면 따로 개업한 변호사 사무실이 좀 더 비밀유지에 나을까.

누구에게 선뜻 물어볼 수도 없는 일이라는 생각에 수혜는 일단 인터넷을 통해 이혼전문 변호사 리스트를 찾았고 자신이 묵고 있는 호텔에서 멀지 않은 곳에 위치한 변호사 사무실에 들러 상담해 보기로 했다. 수혜가 그곳을 선택한 이유는 다분히 변호사의 이름만으로 같은 여성일 거라는 이유 때문이었다.

오랫동안 실질적인 부부 생활을 유지하지 않았다면 자동으로 이혼이 되는 그런 법은 없는 걸까. 실제로 수혜가 대면한 변호사는 그녀의 말에 웃으며 대답했다.

"지금 법 체제에서는 10년이든, 100년 지나도 결혼 해소를 하려는 어느 일방의 노력이 없는 한 부부는 부부입니다."

"불합리한 것 같아요."

삼십대 중반으로 보이는 단호하면서도 사무적인 태도의 변호사는 당장 본론으로 들어갔다.

"당사자 두 사람 사이에 의견조율이 된 협의이혼이라면 별문제 없이 진행됩니다. 하지만 당사자 중 어느 한 사람이라도 반대 입장이라고 하면 재판을 통한 이혼소송은 불가피합니다."

그녀는 말을 끊고 수혜가 어느 쪽이 가능한지 눈으로 물었다.

어젯밤 그의 태도로 볼 때 쌍방의 합의에 의한 협의이혼은 불가능해 보였다. 더구나 변호사의 설명을 듣다 보니 이혼의사가 있음을 확인하는 서류를 어찌해서 법원으로부터 얻어낸다고 해도 법원이 요구하는 기일에 당사자가 출두해야 하는데 그가 자발적으로 그 자리에 나와주지 않으면 협의이혼이란 것은 애초에 물 건너갈 것 같았다.

"협의이혼은 쉽지 않을 것 같아요. 그렇지만 남편은 시끄럽게 주변에 알려지는 것도 원치 않아요. 이혼소송을 하게 되면 아무래도 외부에 알려지게 되겠죠?"

"그렇다면 남편을 잘 설득하셔서 협의이혼 쪽으로 방향을 잡으시는 게 좋겠습니다. 그런데, 부인께서 이혼소송도 불사하신다고 하면, 아무래도 이혼 사유가 분명해야겠죠. 협의이혼은 이혼 사유를 묻지 않습니다. 하지만 재판이혼은 이혼 사유가 중요합니다."

"사유요?"

"네, 결혼이라는 가족 구성의 기본 관계를 해소하는 일이니까 지속할 수 없는 심각한 사유가 있어야 법원도 인정합니다. 흔한 사유로는 배우자의 부정 행위나 배우자가 악의적으로 일방을 유기했을 때, 혹은 배우자나 부모로부터 심하게 부당한 대우를 받았을 때, 그밖에 혼인을 계속하기 어려운 중대한 사유가 있는 경우가 있습니다."

"배, 우자의 부정 행위 경우라면요?"

"결혼 기간 동안에 이루어진 것이 확실한가요? 혼인 전의 경우에는 해당하지 않습니다. 그리고 부인께서 그 사실을 안 이후에 용서하셨다면 그것을 사유로 이혼 청구를 하시기는 힘듭니다."

"용서하지 않았어요."

"명확한 증거를 확보하고 있는 것도 중요합니다. 그리고 부정 행위는 그 사유를 안 날로부터 6개월, 실제 그 사유가 발생한 날로부터 2년이 경과한 때에도 이혼을 청구하기 힘듭니다."

그나마 실낱같은 희망도 물거품이 되어 사라져 버렸다. 안경 너머로 변호사의 예리한 눈빛이 상황을 판단했다.

"시간이 이미 경과했나요?"

"네. 우린, 4년 동안 별거 상태로 살고 있었어요."

"그런데 왜 그동안 이혼청구를 하지 않으셨어요?"

"그게, 그동안 외국에 있었고 또 지금까지는…… 그럴 만한 여유가 없었어요. 다른 사유는, 그밖에 혼인을 계속하기 어려운 중대한 사유란 건 뭐예요?"

"결혼 당사자 간의 관계가 회복할 수 없을 정도로 파탄되어서 혼인생활을 계속하는 것이 일방 배우자에게 참을 수 없는 고통이라고 판단되는 경우이지만 그 판단은 당사자의 자의적 판단이 아닌 법원이 합니다. 설령 장기간의 별거가 있었다고는 해도 이를 해결하려는 노력없이 방치해서 사실상 혼인 파탄 상태에 이른 경우 이혼 사유로 인정되지 않습니다. 심지어 어느 한쪽의 이유 없는 성교거부나 성적 불능이 있다 해도 이를 해결하기 위한 노력을 하지 않는 경우에도 적용되지 않습니다. 이혼은 최후의 선택이어야 한다는 것이 법의 판단입니다."

협의이혼도 이혼재판도 쉽지 않겠다는 생각에 수혜는 한숨을 내쉬었다. 생각지 않은 곳에서 장애물들이 불쑥 튀어나왔다.

변호사는 난감한 표정의 수혜를 한동안 가만히 바라보더니 서류를 덮고서 옆으로 밀쳐 놓았다. 옴싹달싹 할 수 없는 상황에 빠진 것 같은 수혜의 마음을 알 것 같다는 표정이 스치더니 침착한 태도로 조언했다.

"부인의 마음을 모르진 않아요. 실은 저도 이혼했어요. 하지만 다른 사람이 이혼한다고 하면 당장 그러라고 하지 않아요. 그건 정말 어쩔 수 없는 최후의 선택이에요. 최선의 선택은 결혼을 지키기 위한 노력입니다. 정말로 결혼을 지속할 수 없는 불가피한 사유가 있지 않고, 죽어도 용서할 수 없는 사안이 아니라면 좀 더 노력해 보세요."

서로의 치부를 드러내는 싸움. 그것은 감정적인 소모도 클뿐더러 깊은 상처가 된다고 변호사는 조언했다. 수혜는 첫날 그의 태도를 미루어볼 때 그 모든 것들을 감수해야 한다는 것을 알았다. 이럴 바에는 6개월의 시간을 담보로 확실하게 이혼 동의를 얻어내는 것이 나을 것 같았다.

수혜는 그에게 전화해 이혼합의 확인서와 이혼서류 포함한 서류 일체에 덧붙여 각서를 가져오도록 수정 제안했다.

[각서?]

필요한 서류는 안다고 말하던 그가 수혜의 요구에 날카롭게 되물었다.

"나중에 당신이 마음을 바꾸었다고 하면 곤란하잖아요. 추후 약속한 조건을 취득했을 때 어떠한 이의 제기도 하지 않을 것이라는 각서가 필요해요. 이혼서류를 접수하는 시점에 당신이 바빠서 직접 참석할 수 없다면 대리인으로 세울 변호사도 명확하게 지명해 줬으면 좋겠어요."

[내가 당신에게 그렇게 못 믿을 사람인가?]

그가 냉소적으로 반문했다.

"목적을 위해서는 납치, 감금도 서슴지 않겠다고 협박하는 남자를, 당신은 믿어요?"

그는 짧은 침묵 후에 말없이 전화를 끊었다.

그는 정확하게 다음날 저녁 7시에 서류를 가지고 호텔로 찾아왔다. 굳어진 표정으로 서류를 건넨 그는 수혜가 필요한 부분에 제대로 서명했는지 꼼꼼히 확인하는 동안 물끄러미 수혜를 쳐다보았다.

수혜가 서류에서 눈을 들어 봉투에 넣었다.

"만족해?"

한껏 자존심 상한 남자가 비아냥거렸다.

"날짜가 마음에 안 들어요."

수혜의 솔직하고 짜증 섞인 반응에 그가 지금까지와는 달리 풋, 하고 웃음을 보였다. 그녀의 요구에 잔뜩 화가 났을 거라 생각했던 것과는 달리 그의 표정은 밝았다.

"어련하겠어. 대신 때가 되면 보상은 당신이 원하는 대로."

"필요 없어요. 당신에게서는 아무것도 안 받아요."

"그것도 쓸데없는 결벽증이야. 현실적으로 다시 생각해 보면."

"누구보고 결벽증이래요? 우리 중에 결벽증을 가진 사람이 있다면 그건 당신이 있었죠. 깨끗한 척, 관심없는 척, 고고한 척은 다 해놓고, 그래 놓고 밖에서 여자를 만들고."

"사실이 아니라고 했잖아. 그 사람에게도 약혼자가 있고."

"거짓말은 지긋지긋해요. 어제 돌아와서 생각해 봤어요, 당신은 어떻게든 그 일을 말하지 않고 날 구슬러 볼 생각이었어요. 내가 끝까지 이혼하자고 하지 않고 그냥 남아주길 바랐죠? 내가 그러겠다고 했으면 당신은 굳이 스캔들을 내게 털어놓지 않아도 되고 그냥 넘어가려고 했던 거죠?"

그것을 직시하자 수혜는 더 화가 치밀었다.

"당신과 다시 시작하고 싶다는 말, 진심이야. 그런데 4년 만에 겨우 만난 사람한테 가십거리에 불과한 일을 굳이 내 입으로 고백할 필요가 뭐 있어. 안 할 수만 있다면 굳이 말하고 싶지 않았어."

"아무것도 모르고 당신과 다시 시작한다는 생각에 즐거워하는 나를 실컷 비웃으면서 말이죠?"

"즐거워하지도 않았잖아."

그가 씁쓸하게 읊조렸다.

"분명히 해둘 게 있어요."

"말해."

"공식적인 자리 어디서고 필요할 땐 다정한 부부처럼 행세해도 좋아요. 하지만 두 사람만 있는 공간에선 분명히 해요. 개인 공간에 불필요하게 침범하지 않기, 쓸데없는 참견도 하지 않기."

"그뿐이야?"

"난 그거면 돼요."

"나는, 하나 더!"

"뭐예요?"

"약속한 기간 동안엔 어쨌든 상대에게 성실하기!"

어이없는 그의 도발이 수혜의 감정을 상하게 만들었다. 수혜는 감정을 삭이지 못하고 거친 숨을 몰아쉬었다.

"그게, 다른 사람도 아닌 당신이 내게 요구할 수 있는 사항이라고 생각해요?"

그는 뻔뻔하게 응수했다.

"분명히 해두려는 거야. 이미 터진 일만으로도 복잡하고 신경 쓰이는데 당신까지 문제를 일으키면 곤란해."

"당신이나 잘해요. 괜한 스캔들 기사 만들지 말고요!"

"난 지금도 그쪽으론 신경 쓸 틈도 없을 만큼 바빠."

"참 다행이네요."

한껏 비아냥거리고 욕도 해주고 싶었지만 수혜는 겨우 그 한마디로 참았다.

그와 함께 여의도의 아파트로 향하는 동안 수혜는 보조석 정면과 차창 밖 풍경만 바라보았다. 남이나 다름없는 생활이지만 다시 그와 살아야 한다. 앞으로 6개월이란 남은 시간을!

괜찮겠지? 이 사람의 말대로라면 육체적인 욕망 같은 건 우리 사이에 존재하지 않을 테니, 어떻게든 견뎌낼 수 있겠지?

수혜는 앞만 보며 운전에 열중하는 그를 잠깐 훔쳐보았다.

약속한 기간 동안에는 성실하자고? 그의 말로 인해 수혜는 자신에게는 없다고 생각했던 성적인 욕구에 대해 생각했다. 4년! 그들이 육체적인 부부 관계를 갖지 않은 건 더 오래되었다. 아주 오랫동안 일부러 떠올리지 않고 있었지만 결혼의 일부이기도 한 그와의 섹스는 사실 나쁘지 않았다. 그들의 결혼 생활이 파국으로 치닫게 된 몇 달을 제외하고는 그는 침대에서 적극적으로 욕구를 드러내며 원할 때면 언제든 충족하곤 했다. 수줍고 어색한 수혜는 소극적으로 그에게 반응했지만 그는 기꺼이 기다려 주었다. 일에 파묻혀 생각도 없다는 그의 말과는 달리, 그때는 새벽 늦게 돌아와서도 그녀를 깨워 욕구를 풀기도 했다. 오히려 수혜는 환한 조명이 켜진 드레스룸이나 욕실에서의 요구보다 그것이 더 편했다.

그렇게 원하기만 하면 언제든지 부부 관계가 제공해 주는 성적인 긴장의 해소를 자유롭게 경험하던 남자가 갑작스레 그런 자유로움에서 단절되었을 때 그는 어떻게 풀어냈을까.

그녀조차 유학생활 1년이 지났을 즈음부터 의식의 통제를 받지 않는 꿈에서 가끔 얼굴이 달아오를 정도로 그에게 적극적으로 사랑의 행위를 갈구하기도 했었다. 오랫동안 억눌렸던 성적 욕구불만이 그런 식으로 터져 나왔다. 그때마다 수혜는 곤혹스러웠다. 그것은 부작용 같은 거였다. 1년이 넘는 기간 동안 원할 때는 언제든지 성적인 욕구를 만족시킬 수 있었던 데에 대한, 익숙함에 대한 부작용. 금단 증상. 수혜는 그러면 그럴수록 현실에서는 더욱 몸을 혹사시켰다. 성적 욕구나 갈망이란 존재하지 않는 사람처럼 그녀 자신을 단련시켰다. 하지만 꿈은 자신의 생각대로 통제되지 않았다. 그녀조차도 꿈에서만은 그를 밀어내거나 철저하게 통제하는 대신에 자신을 풀어놓았다. 꿈에서의 섹스는 잠시나마 그녀의 욕구를 충족시켜 주었다. 몸의 일부가 그를 기억하고 원하며 아우성치는 그 여파는 결코 인정하고 싶지도, 달갑지도 않았지만 어쩔 수 없었다. 미움이 갈망과 공존하는 시기였다. 애증. 성적인 욕망에 수동적이던 자신도 그랬는데, 이 남자는……!

장희현. 여배우. 저절로 수혜는 그가 말했던 여자를 떠올렸다. 얼굴도 본 적 없지만 아름답고 섹시한 매력을 풍겨낼 여자. 굳이 그녀가 아니라도 그는 얼마든지 원하기만 하면 육체적 욕구를 해결해 줄 여자들을 만날 수 있었을 것이다. 전보다는 분명 자유로워지기는 했지만, 여자가 결혼 제도 안에서 남편을 통해 성적인 욕망에 눈뜨기 시작하고 오직 남편을 통해서만 안전하게 육체적 욕망을 만족시킬 수 있는 것과는 달리 남자는 어디서든 성적 욕망의 자극과 충족이 가능한 존재였다.

너무 바쁘고 정신이 없어서 그런 생각도 들지 않는다고? 운전에 열중하는 그에게서는 육체적 욕구불만이나 성적인 갈망의 작은 편린도 찾아보기 어려웠다. 하지만 아주 잠깐씩, 아주 짧은 순간 엇갈리는 그의 시선에서 수혜는 알 수 없는 감정의 음영을 읽었다.

수혜는 어느 순간 그가 의아한 눈길로 그녀를 빤히 쳐다보자 서둘러 고개를 돌렸다. 금지된 호기심. 그것이 그녀의 영역 밖의 일이라는 것을 알면서도 대답을 알고 싶었다. 과거의 여자, 그리고 현재의 애인. 치명적이고도 고통스럽던 과거의 어느 날이 수혜의 묻어둔 기억 속에서 솟구쳐 올랐다. 손만 뻗으면, 마음만 먹으면 그에게 있어 성적인 욕구 해결은 문제도 아닐 것이다. 관습이나 도덕, 특히나 정조 개념은 대한민국에서 남자에게 필히 요구되는 덕목도 아니질 않는가.

아파트에 도착하자 그는 그녀의 짐을 침실로 옮겨주었다.

"피곤할 테니 오늘은 일찍 쉬지."

수혜는 피로한 기색을 굳이 숨기지 않으며 고개를 끄덕였다.

"당신이 침실을 써. 나는 서재 옆방을 쓸 테니."

넷

잠자리가 바뀌어 불편할 거라고 생각했던 수혜는 편안한 어둠 속에서 눈을 떴다가 두터운 커튼의 틈 사이로 들어오는 빛이 꽤 강하다고 생각하며 시계를 확인했다.

오전 10시가 막 지나고 있었다.

호텔에서는 숙면을 취하지 못했는데 낯설다고 생각했던 곳이지만 확실히 집이 더 편안하다는 것을 인정했다. 수혜는 기지개를 켜고 일어나 씻고 간단한 아침식사를 한 후 짐을 풀며 어제는 미처 둘러보지 못한 집 안 곳곳을 확인했다.

드레스룸의 옷을 정리하던 수혜는 옷장 한쪽에 가지런히 걸려 있는 그의 옷들을 보며 언제부터 그가 이곳에서 살고 있었는지 궁금해졌다. 그것은 그가 자신들의 재결합 계획을 언제 세웠는가 하는 것과도 직결되는 사안이었다. 그에겐 혼자 사는 아파트보다 본가가 훨씬 더 편안할 것은 말할 것도 없었다. 그런데도 왜 그는 불편함을 감수하며 굳이 이곳에?! 누구의 시선도 의식할 필요 없이 밀회를 나누기에는 더없이 좋은 공간…… 생각이 너무 앞서가고 있다는 경계심이 들자 그녀는 화들짝 놀라며 옷장의 문을 닫았다. 하지만 어젯밤에는 세상모르고 잠들었던 편안한 침대가 갑자기 불결하게 생각되었다. 그녀는 서둘러 거실로 나왔다.

수혜는 그가 서재로 쓰고 있는 방문을 열어본 후에야 그가 이곳에 일시적으로 머물지 않았다는 사실을 알았다. 그녀도 익숙한 그의 책들과 업무용 컴퓨터, 사무용품들이 그곳에 있었던 것이다. 그러자 생각은 다시금 엉뚱한 곳으로 흘러갔다.

다시 독신의 몸이 된 그는 결혼이 던져준 제약 없이 마음껏 자유를 누릴 수도 있었을 것이다. 파리에 머물던 그녀에게도 기회가 있었듯이! 성적인 자유, 성적인 방종! 결코 반갑지 않은 감정의 불씨들! 결혼이라는 제도 안에서는 얼마든지 자유롭게 풀어놓을 수 있는 그것들은 막상 결혼의 울타리를 벗어나게 되면 원색적으로 변질된다. 합리적인 생각이나 이성 따위는 멀찌감치 날려 버리고 악다구니를 써가며 서로를 상처 내고 상처 주고…… 하마터면 그녀도…… 그 일과 직면했을 때 수혜도 자신이 결혼을 위해 희생한 것과 그동안 자신에게 주어진 의무를 성실하게 이행해 온 것과 무엇보다 사랑을 근거로 악다구니를 쓰며 그를 다그쳤을지도 몰랐다. 그전에 차갑게 내치던 그의 손길과 눈빛, 그리고 좁힐 수 없는 그와의 거리가 있지 않았더라면!

당신에게 여자로서 매력을 못 느껴!

그의 말은 그 책임이 수혜에게 있다고 비난하는 것처럼 들렸다. 한계치까지 밀리면서도 겨우겨우 그를 따라가던 그녀였다. 화려하게 치장하고 짙은 향기를 뿌려대며 유혹했어도 그는 천박하다고 눈살을 찌푸리며 내쳤을 거다. 그의 성적 취향을 맞추지 못한다고 해서 전적으로 그녀에게 책임을 전가할 수는 없었다. 그것이 정당하지 않은 결혼의 파탄 사유가 될 수는 없다. 그녀의 대처 방법도 결코 성숙한 성인으로서 해서는 안 되는 것이었지만!

수혜는 서둘러 몸을 움직여 잡생각들을 떨쳐 버리기로 마음먹었다. 결국 그녀는 여자들이 자신을 잊기 위해 택하는 가장 흔한 일을 하기로 마음먹었다. 침대커버를 걷어내고 집 안의 먼지를 걷어냈다. 남자 혼자 살았던 집이라고는 생각되지 않게 먼지라고는 조금도 찾아볼 수 없었지만 수혜는 구석구석을 쓸고 닦았다. 그리고 남은 경제적 여유를 헤아리며 쇼핑을 하기로 마음먹었다. 그녀가 일하기로 한 〈클래식 Moon〉에는 다음 주부터 출근하기로 결정했기 때문에 아직 4일의 여유가 있었다. 그와의 일이 정리가 되고 독립하게 될 경우를 예비한 시간이었는데 이제는 소용없게 되어버렸다. 청소를 마치고 잠시 짬을 내어 땀을 식히며 거실 소파에 앉아서 커피를 마시는데 전화가 걸려왔다.

그였다. 그는 그녀가 오전 중에 무슨 일을 했는지 친근하게 물었다. 마치 갓 결혼한 신혼 부부 같은 태도였다.

[점심식사는?]

"아뇨, 아직."

[함께 식사할까? 회사 근처로 나오겠어?]

수혜는 예상치 못한 그의 제안에 잠시 대응할 말을 찾지 못했다.

이 남자가 정말 왜 이러는 거지?

그가 부드러운 음성으로 채근했다.

[왜? 다른 계획이라도 있어?]

"아뇨. 쇼핑을 할까 생각 중이었어요."

[잘됐군. 차를 보낼 테니 나와.]

"그러지 마요. 내가 알아서 할게요."

[도와주기로 한 거, 잊지 않았지? 내가 직접 갈까?]

그 한마디 말로 수혜는 현실을 직시했다. 그와 그의 여자에게 쏠린 언론의 의심 어린 눈길을 깨끗하게 거두어주는 것. 그것이 수혜에게 주어진 역할이라는 것을. 하루라도 빨리 그 의심이 걷히고 일상으로 돌아갈 수 있어야 두 사람 사이의 관계도 원하는 방향으로 되돌릴 수 있다는 것을.

수혜가 마지못해 수긍하자 그는 선선하게 웃으며 전화를 끊었다. 그녀의 내부에서 경종이 울렸다.

그는 연극을 위해 내가 필요한 거야. 잊지 마.

수혜는 단지 점심식사를 함께하는 것뿐이라고 생각하며 외출 준비를 했다. 그와의 점심식사는 나쁘지 않았다. 깔끔하게 차려진 한정식으로 미각을 돋운 그녀는 그간의 크고 작은 사건들, 영화, 책 이야기로 간간이 화제를 삼는 그와 시간을 보냈다.

수혜가 한때 간절히 원하던 시간들이었다. 그는 그녀가 떠나기 전의 그와는 분명하게 다른, 한결 친절하고 세련된 태도로 일관했다. 그가 왜 오래전에 마음이 떠난 아내와 함께하는지를 떠올리게 하는 어떤 말도 하지 않았다. 그럼에도 수혜는 친절하고 배려하는 그의 태도에 감동하기보다는 거리를 두었다. 자신의 의지를 관철하기 위해서는 아무렇지 않게 협박도 일삼는 사람. 그의 의지에 반하지 않기 때문에 관용 어린 태도를 보이지만 그렇지 않으면 언제라도 돌변할 사람.

헤어지기 전 그가 잠시 민감한 문제를 꺼내긴 했지만 다행히도 어색하지 않게 선뜻 그녀의 말에 동의하는 너그러움을 보였다. 그가 신용카드를 그녀에게로 내밀었던 것이다. 물끄러미 그를 올려다보기만 하는 수혜에게 그가 말했다.

"쇼핑을 하겠다고 했잖아."

의미를 모르는 것이 아니었다. 다만 수혜는 어색하지 않게 거절할 말을 찾고 있었다.

"필요한 물건을 살 만큼의 여유는 내게도 있어요."

"남편의 것을 쓰지 않겠다고 하는 게 오히려 이상하지 않아?"

보통의 부부였다면 그녀 역시 자연스레 받아들였을 것이다. 하지만 지금 그녀 수중에 가진 여분의 돈 역시도 그의 것이었다.

"지난 4년 동안 당신은 보통의 남편 이상으로 경제적 도움을 주었어요. 그거면 충분해요."

"내가 충분하다고 생각하지 않는다면?"

그의 말투는 단호하지 않았지만 은근한 강요가 들어 있었다.

"정 필요하게 되면 그때 말할게요."

그는 잠시 굳어진 표정으로 말이 없었다. 그 역시 어떻게 자신의 뜻을 관철할 것인지 생각하는 중인 것 같았다. 그러나 이번만은 수혜의 생각도 분명했다. 아무것도 가진 것 없이 도망치듯 떠나야 했을 때는 하는 수 없었지만 지금 그녀는 제 한 몸쯤은 건사할 수 있는 능력을 가지고 있었다. 철없이 그와의 결혼으로 뛰어들었다가 모든 것이 무너졌을 때 그가 내미는 경제적 여유를 거절하지 못하고 받아들였을 때와는 상황이 달랐다. 수혜는 그의 페이스에 말려들기 전에 먼저 자신의 생각을 분명히 밝혀야겠다고 생각했다.

"준현 씨, 나는……."

그는 어제에 이어 단호한 수혜의 표정을 읽고는 서둘러 그녀의 말을 잘랐다.

"알겠어. 굳이 싫다는 사람에게 강요하는 것도 좋진 않겠지. 길을 잃어버리지는 않을 것 같아?"

그는 어느새 딱딱한 표정을 풀고 화제를 바꾸며 장난스레 말했다.

가벼운 점심식사가 얼굴을 붉히는 감정싸움으로 번지는 일은 수혜도 원치 않았으므로 딱딱하게 굳어졌던 표정을 수습했다.

"달리 만날 사람은 없어?"

이번에는 그가 조심스럽게 물었다.

"누구요?"

"아니, 딱히 누구라기보다는 그동안 만나지 못했던 친구라도……."

그는 가물거리는 오래된 사람이 갑자기 떠오른 것처럼 애매하게 말했다.

"누구였지, 당신 친구 있잖아, 연주 씨였던가? 당신 떠나고 얼마 있다가 전화 왔었는데."

"그래요?"

연주는 잡지사 기자로 일하고 있는 수혜의 오랜 친구였다. 고교 시절, 그리고 서로의 일로 바쁜 대학 시절에도 안부를 묻고 전화로 이야기하던 소중한 친구였다. 하지만 수혜는 지난 과거의 사람들 누구도 아직은 선뜻 만나고 싶지 않았다.

그는 그녀의 불편함을 감지한 사람처럼 금세 화제를 바꾸었다.

"아무래도 움직이는 데 불편하지 않겠어? 임시방편이지만 내 차를 쓰는 것도 싫어?"

"오늘은 싫어요. 그냥 좀 둘러보고 쇼핑도 하고, 필요하면 택시를 타면 돼요."

"일을 하려면 차가 필요하지 않을까?"

그것은 또 하나의 새로운 제안이었다. 너그러운 제안이지만, 결코 그녀가 원치 않는!

"생각해 볼게요."

수혜가 딱딱하게 굳어지는 그의 턱 선을 살피며 결국 오늘도 작은 말싸움을 피할 수 없나 보다고 생각하는데 그가 까딱 고개를 끄덕이더니 성큼 자리에서 일어섰다. 수혜는 서너 걸음 이상 멀어지는 그의 뒷모습을 물끄러미 쳐다보았다. 그가 자기주장을 끝까지 관철시키지 않고 물러섰다는 사실을 인지하는 데는 몇 초의 시간이 걸렸다. 서둘러 그의 뒤를 따라나선 그녀는 밖으로 나와서도 시종 그와는 몇 걸음 거리를 두며 걸었다. 그는 그들 행로의 갈림길에서 멈춰 서며 수혜를 돌아보았다.

"그럼 저녁에 집에서 보기로 해."

낮시간에 잠깐 짬을 내서 점심식사를 하고 헤어지는 부부 사이에서는 당연히 오가는 말이었지만 묘한 감정의 울렁임을 동반했다. 더구나 그는 헤어지기 전 자연스럽게 그녀의 손을 잡았다가는 놓아주었다. 작고 사소한 행동이었지만 그녀에게는 아주 낯설고 어색한 일이었다.

그와 헤어진 후 10여 분 걸어 쇼핑을 위해 백화점 건물 안으로 들어섰을 때도 수혜는 그 생경한 감정의 영향 아래 있었다. 조금 안정이 되고 나자 그녀는 왠지 모르게 들뜬 감정이 그의 행동 때문이 아니라 4년 동안 외국인들 사이에서 고립되어 살다가 고국으로 돌아온 때문이라고 애써 생각했다.

그녀가 맨 처음 쇼핑을 위해 찾아간 곳은 침구세트를 전시한 곳이었다. 가을과 겨울을 나기에 부족함이 없을 것 같은 다양하고도 화려한 상품들 중에서 수혜는 그중 심플하면서도 질리지 않을 것 같은 침구세트를 골랐다. 그리고는 미리 리스트에 적어놓았던 사소한 물건들을 사는 일로 소일했고, 나머지는 아이쇼핑이었다.

파리가 패션의 거리이고 개성이 넘치는 각각의 패션을 고수한다면, 그래서 마치 시간을 초월한 세계의 모든 패션 경향을 모아놓은 것 같다면, 서울은 현재의 유행을 단박에 알아챌 수 있었다. 몇몇 스타일리시한 젊은 여성들의 유사한 차림새가 눈에 띄었던 것이다.

수혜는 서점에 들러 화제의 책 두 권을 집어 들고 잡지 매대로 가서 최근에 나온 패션잡지들을 넘기며 훑어보았다. 지향점이 약간 다른 세 권의 잡지를 집어 들려고 하는데, 옆의 여성잡지 표지에 나온 모델이 눈에 들어왔다. 순간, 몹쓸 호기심이 마음을 움직였다.

그가 자존심을 꺾고 자신을 붙잡아서라도 세상의 눈으로부터 무마시키고 싶어하는 여자. 아직은 그 실체를 확인하지 못하고 상상 속에서만 존재하는 것 같은 여자. 장희현. 여배우라고 했으니 어쩌면 인터넷이나 잡지를 통해 그 실체를 확인할 수도 있을 터였다. 처음 그녀를 호기심으로 이끌었던 잡지의 광고를 건성으로 넘기던 수혜는 깜짝 놀랐다. 그녀가 넘기고 있는 잡지의 표지 모델이 바로 그 여자였다. 커버스토리의 내용으로 장희현 독점 기사 내용이 이어졌던 것이다. 이렇게 빨리 확인하게 될 줄은 몰랐다. 장희현은 수혜가 고른 패션잡지를 넘기는 동안 화장품과 의류모델로 광고 속에서 몇 번 지나쳤던 얼굴이어서 더욱 낯익다는 생각이 들었다. 그리고 보니 공항 면세점에서도 잠깐 화장품 광고모델로 눈에 띄기도 했다.

어떤 모델을 세워도 잡지 표지이니만큼 아름답게 보이겠지만 사진 속의 여자는 단순히 트렌디한 성적 매력을 풍기는 여자가 아니었다. 수혜는 호기심으로 그녀를 다룬 커버스토리에서 눈을 떼지 못했다. 기사를 차지한 대부분의 내용은 아름다운 여배우와 명문가의 약혼자에 대한 것이었다. 여자 연예인과 정치인의 만남,

또는 재벌과의 만남은 호기심 어린 대중의 관심을 끌 만했다. 그런 대상은 장희현이 처음도 아니었다. 배우의 인기가 절정에 이르렀을 때야 파리 떼처럼 달려드는 언론에 오르내리다가 시간이 지나며 서서히 관심에서 잊혀지거나 그럼에도 대중의 관심에 신비감과 아쉬움을 남겨놓은 배우라면 종종 이후의 삶도 추적당하며 세간에 오르내리기도 했다.

그런 면에서 한참 주가를 올리며 정상에 있는 여배우와 백마 탄 기사 같은 약혼자의 이야기는 충분히 세간의 관심을 끌며 회자될 만했다. 그런데, 그녀의 약혼자는 달랐다. 그냥 재벌이 아니고 거의 유일한 '한국의 정치 명문가'라고 할 수 있는 집안의 후손인데다 유망한 젊은 국회의원이었다. 약혼녀의 곁에서 다정하게 웃고 있는 그의 사진을 보며 수혜는 그가 결코 보이는 것처럼 다정하고 사려 깊은 사람은 아닌 것 같다고 생각했다. 그의 눈매에서 자신의 남편이 가진 것과 다르지 않은 보수적인 단면을 발견했던 것이다. 결혼할 때까지는 혼전순결을 지키고 싶다는 인터뷰 기사 내용은 어쩌면 약혼자를 의식해 순정한 이미지를 주려는 여지에게서 나올 법한 이야기이기는 했지만 도리어 의심만 들게 만들 수도 있었다. 여배우로서 정상에 올라가기까지 그녀가 순결을 지킬 수 있을 만큼 누구도 그녀를 건드리지 않았다는 사실을 순진하게 믿을 사람은 없을 터였다. 그렇지만 시대착오적이기까지 한 순결을 강조하는 가식적인 기사일 뿐이라고 치부하더라도 그 여자는 아무 남자나 쉽게 손댈 수 있는 여자처럼 보이지 않았다. 일 때문에 바빠서 그쪽으로는 아무런 생각도 안 난다는 남편의 말이 떠오른 것도 그 순간이었다.

생각이 있다 하더라도 감히 넘볼 수도 없었겠어요.

수혜는 결코 있는 그대로 아름답게 보이지 않는 여자에게서 눈을 떼고 미리 고른 책을 계산하고는 집으로 돌아왔다. 얼마 지나지 않아 백화점으로부터 주문했던 물건들이 배달되었으므로 그녀는 달라진 분위기의 침대를 만족스럽게 쳐다보았다.

"내가 뭐 도울 일 있어?"

그가 퇴근하고 돌아와 편한 옷차림으로 주방에 들어서며 물었다.

"식탁만 정리하면 돼요."

수혜는 일부러 저녁 준비로 분주한 척하며 그가 있는 쪽을 바라보지 않았다. 수혜는 반신반의하며 대답했는데 그는 정말 아무렇지 않게 수저를 놓으며 식탁을 차리기 시작했다.

수혜는 그가 퇴근하여 문을 열고 들어온 순간부터 제대로 숨을 쉴 수 없었다. 69평의 아파트가 비좁게 느껴질 지경이었다. 사람들은 어떻게 낯선 사람과 더불어 부대끼며 잘들 살고 있을까 생각하던 그녀는 한순간 실소를 머금었다. 다른 결혼한 부부들이 자신들처럼 서먹서먹한 관계로 한 집에서 사는 건 아니라는 너무나 당연한 사실 때문이었다.

"음, 당신 번거롭게 하지 말고 밖에서 먹을까도 생각해 봤는데 그러면 안 될 것 같아서."

마치 가정적인 남편의 전형 같은 어투였다. 수혜는 어제오늘의 일을 돌아볼 때 그가 충동적으로 무엇인가를 결정하는 일이 있을까 싶은 의문이 들었다. 그는 안전한 주제들로 이야기를 채워 나갔다. 수혜는 그저 가끔씩 그에게 반문하거나 고개를 끄덕이기만 하면 되었다. 그러다가 한순간 폭발했다. 그녀가 낮에 본 기사는 마치 세상 밖의 것인 양 아무렇지 않은 그의 태도가 그녀를 자극했다.

"오늘 서점에 갔다가 그 여자 기사 봤어요."

"음? 누구?"

"그 여자, 장희현. 여배우요."

수혜는 그의 반응이 궁금했는데, 그는 침착하고 조금도 흔들리지 않는 표정으로 짧게 반응했다.

"아."

그렇지만 그는 호기심 어린 수혜의 눈길을 피했다.

"약혼자와 다정한 모습으로 인터뷰했던데요."

"그건 지난달에 있었던 일이고."

"그 약혼자도 당신과 그 여자 일, 알고 있어요?"

"모르진 않겠지. 주변에 얼마든지 알려줄 사람들이 있을 테니까. 그렇지만 조금만 이성적으로 생각해 보면 근거없는 스캔들에 움직일 필요도 못 느낄걸."

"그건 당신의 희망사항 아녜요? 그렇게 순순히 믿어줄 사람처럼 보이지 않던데요?"

당신만큼이나 자존심 철벽에 고집 센 남자 같았어요.

"믿어줄 거야."

그러니까 지금은 믿지 않는다는 말?

"이해할 수 없어요. 그렇게 훌륭하고 멋진 약혼자가 있는 여자가 왜?"

"사실이 아니라고 이미 말했어. 다른 사람은 몰라도 적어도 당신은 내 말을 믿어줘야지."

"그럼 두 사람이 아무 관계도 아닌데 왜 언론이 의심한다는 거예요? 아무런 빌미도 주지 않았는데 왜?"

"그 두 사람의 결혼이 모두에게 환영 받거나 축하 받는 일은 아냐. 당신은 생각할 수 없는 서로 다른 이해관계가 얽혀 있고, 더 늦기 전에 그 여자를 곤경에 빠뜨리고 싶었던 사람들이 있었고, 우연히 그 자리에 내가 있었던 거야. 그뿐이야."

"그렇게 분명한 사실이면 내가 왜 필요해요?"

"피곤하지만, 당신이 말한 것 같은 의심의 눈으로 보는 사람들이 있으니까. 하지만 당신은 날 믿어줘야 해. 기자나 주변 사람들이 당신을 떠보려고 할 수도 있어. 그러면 당신은 확신을 가지고."

"당신을 조금도 의심하지 않는 아내 역할을 해야겠죠."

"잘 아는군. 그렇게 해줘. 그만, 다른 얘기 하지."

그는 정말 더 이상은 화제로 올리고 싶지 않은 기색이 역력한 얼굴로 말했다. 여전히 오만할 정도로 너무나 간략한 해명. 간략한 통보.

묻지 않길 잘했다고 순간 수혜는 생각했다. 과거 그의 애정 행각에 대해 물었어도 이 남자는 이렇게 대답했을 테고, 그 말을 듣고 믿는 척하든지 그렇지 않으면 미쳐 날뛰든지 했을 텐데 그 모양새가 좋지 않을 것도 분명했다.

묻지 않길 잘했어! 확인하지 않길 잘했어!

더구나 이전과는 달리, 지금은 어떻게 되든 그들의 연애사건은 자신과는 하등 상관없는 그들의 문제일 뿐이다. 단지 6개월이 지나면 이혼할 사이에서 깊이 캐물을 필요도 자격도 없는 일이다.

수혜는 자신이 지나쳤다고 생각하며 낮부터 궁금했던 한 가지 사안에 대해 물었다.

"본가는 어떻게 해요?"

형식적인 이혼 수속만 남았다고 생각했을 때는 결코 문제되지 않던 일이었지만 다시 결혼 생활의 연장선에 머문다면 무시할 수 없는 주제였다. 수혜로서는 시부모와 함께 살지 않는 것이 크게 부담을 더는 일이었지만 그렇다고 4년 만에 돌아와서 모른 체할 수만도 없었다.

"집에서는 당신이 모레 오는 걸로 알아."

그의 대답은 의외였다. 더구나 그의 말이 내포하고 있는 사실은 더욱 의외였다. 모레는 함께 가봐야 한다고 말하고 있었던 것이다. 4년 전의 일이라고는 해도 치부를 드러내 보였던 것을 생각하면 수혜로서는 그때의 기억을 함께 나눈 사람들을 다시 만나는 건 가장 피하고 싶은 일이었다.

"퇴근 후에 함께 가면 돼."

그는 친절하게도 그 어렵고 불편한 자리에 동행하겠다고 말하고 있었다. 예전 같으면 아무렇지도 않게 그녀 몫으로만 떠맡겨졌을 일이……!

"시댁에서까지 연극을 해야 해요? 내가 가고 싶지 않다고 하면, 그러면 당신 곤란한가요?"

그녀는 어제 그의 말투를 흉내 내며 떠보듯 물었다. 그가 어디까지 양보할 수 있는지 알고 싶은 마음도 있었다.

그는 놀라거나 불편한 심기를 전혀 드러내지 않으며 어깨를 으쓱해 보였다.

"당신이 안 가겠다고 하면 어떻게든 핑계거리를 생각해 봐야지. 그리고 부모님께도 연극은 필요해. 두 분께 불필요한 걱정거리를 안겨 드리고 싶지 않은 것도 있어. 언제 어디서, 언론매체나 지인들 누구를 통해서라도 그 사람에 대해 듣게 되면 걱정하실 거야. 하지만 당신이 곁에 있으면, 부모님은 당신이 돌아왔으니까 안심할 수 있겠다고 생각하실 거야."

"그렇지만 6개월 후도 생각해 봐요."

"그건 그때 가서. 당장은 안심시켜 드리고 싶어."

"그러니까 미루거나 취소할 생각은 없다는 말이군요."

"많이 불편해? 좀 미룰까?"

그래도 꼭 가야 한다고 강경하게 말하지 않는 그의 태도에 수혜는 마음이 풀렸다.

"그러면 더 어색해진다면서요."

"음. ……걱정 하지 마."

그의 말은 신혼 초기에 주눅 든 그녀를 달래기 위해 가끔 던지던 말투와 닮아 있었다. 시부모님이 생트집을 잡고 잔소리를 해서가 아니라 그저 '시부모'라는 존재를 대면하는 자체만으로도 몸이 오그라드는 것 같다는 사실을, 그녀가 아무리 설명한들 그는 모를 것이다. 그에게는 평생을 함께 살아온 부모지만 그녀에게는 '시'부모였다. 더구나 무엇 하나 흡족하지 않은 조건의 며느리 입장에서 대하는 시부모는 다가가기 힘든 존재였다. 특히, 부족한 며느리에 대한 불만을 틈틈이 드러내는 시어머니의 존재는!

그런데 예전에는 그토록 그녀를 고립되고 서운하게 만들었던 감정이 지금은 그런대로 위안이 되었다. 함께 설거지를 끝내고 거실에 앉아 커피를 마시던 그는 그녀에게 양해를 구하고는 서재로 향했다. 수혜는 그의 뒷모습을 바라보면서 그 역시도 남이나 다름없는 그녀가 집 안에 있다는 사실이 익숙지 않은가 보다고 생각했다.

다음날 아침, 수혜는 일찍 일어났다. 습관처럼 커피를 마시려고 아직 낯선 주방을 이리저리 헤매며 커피를 찾고 커피메이커를 작동시키고 나자 할 일이 없었다. 초현대식 시설을 갖춘 확 트인 주방에서 거실 쪽을 바라보니 은은한 자수 무늬가 새겨진 화이트 컬러의 겉커튼과 프릴과 주름을 단 속커튼 사이로 뿌옇게 아침이 밝고 있었다. 커튼의 바로 안쪽으로는 날렵한 꽃 모양의 옅은 바이올렛 샹들리에가 투명한 빛을 발하고 있었는데 시선을 끌었다.

그때도 저곳에 샹들리에가 있었던가?

수혜는 혼란스러운 기분으로 베란다를 바라보았다. 그뿐만이 아니었다. 그 곁에는 보기에도 안락해 보이는 일인용 회색 샤넬지 소파와 테이블이 놓여 있었다. 그녀가 이곳에 잠시 머물던 때에는 집 안의 장식에는 거의 관심이 없었으므로 넓은 집 여기저기가 휑하니 빈 공간으로 남아 있었는데 지금은 인테리어 디자이너의 손길이 닿은 듯 현대적이면서도 안락해 보였다. 수혜는 느린 걸음으로 커피를 머그잔에 따라 손에 들고 밖을 내다볼 수 있는 베란다 창 가까운 의자에 앉았다. 한참 아래쪽 길가에선 부지런한 사람들이 바쁘게 움직이고 있었다.

수혜는 신문을 집어 들고 소파로 돌아왔다. 그가 주로 보는 경제신문들의 기사들은 수혜의 흥미를 끌지 못했다. 수혜는 남의 일처럼 느껴지는 신문의 기사들을 지나쳤다. 그러기를 얼마나 했을까. 문이 열리는 소리에 고개를 들자 어느새 일어났는지 물기 젖은 머리칼을 한 그가 거실로 나오며 인사를 건넸다.

"잘 잤어?"

그의 아침인사는 달콤하기까지 했다.

"음, 당신은요?"

어색하면서도 묘한 느낌이었다. 시간을 거슬러 신혼 때로 돌아간 듯한 느낌. 정말 부부가 되었다는 사실이 잘 믿어지지 않던 그때. 하루의 시작이 무겁고 버거우면서도 수혜는 그 시간만은 자신의 변화된 현실을 행복하게 받아들였다.

"오랜만에 푹 잔 느낌이야. 개운한데?"

모든 것이 낯설고 어색한 수혜와는 달리 그는 아무렇지 않은 것처럼 이틀밖에 안 된 두 사람의 아침 일상에 쉽게 적응하는 것 같았다. 그는 밝은 얼굴로 미소를 지으며 기지개를 켰다.

이 사람처럼 무신경했으면 좋겠다. 아무렇지 않게 집 안의 가구나 그림 중 하나로 인식할 수 있다면!

수혜는 그의 얼굴에서 눈길을 떼며 자리에서 일어났다. 도망쳐야지. 안전한 곳, 그가 없는 곳으로 움직여야지.

"신문 내가 먼저 봤어요."

"어, 간단한 아침식사 어때?"

그가 주방으로 향하며 물었다.

수혜는 그 자리에 멈춰 서서 그의 움직임을 눈으로 쫓았다. 그는 편하고 익숙한 태도로 냉장고에서 달걀과 베이컨을 꺼내고, 프라이팬을 인덕션 레인지 위에 올려놓았다. 그리고 토스트기에 빵을 굽기 시작했다.

단 한 번도 그런 그의 모습을 상상해 본 적도 직접 본 적도 없었으므로 수혜는 홀린 듯 그를 바라보기만 했다. 그가 돌아서서 수혜의 답을 기다리며 건너다볼 때까지.

"생각없어?"

"네?"

"아침식사. 혼자 먹는 것보단 함께하는 게 아무래도 낫지 않나?"

"아뇨, 난 됐어요."

수혜는 당혹감을 감추며 서둘러 자신의 방으로 들어갔다. 그가 출근하고 다시금 편안해진 공간에서 간단한 아침식사에 이어 자질구레한 집안일을 하며 소일하던 수혜는 그의 서재 한편에서 그와 그녀, 그녀의 동생 수환이 함께 찍었던 스냅 사진 액자를 발견하고는 그 자리에 붙박인 양 한참을 서 있었다.

시원한 바닷가를 배경으로 두 남자 사이에서 바람에 날리려는 머리카락을 귀 뒤에 꽂으며 수줍게 웃고 있는 풋풋한 여자와 그녀의 왼쪽에서 자연스런 소유욕을 드러내며 어깨에 팔을 두르고 선 남자, 그리고 앳된 미소를 지으며 환하게 이를 드러내고 웃고 있는 그녀의 남동생. 사진 속의 그들은 지금과는 전혀 다른 눈빛과 미소를 짓고 있었다. 사진 찍기를 즐기는 남동생이 아끼던 고급 카메라 때문인지 여름날의 뜨거운 태양 아래서도 그 열기와 푸르름이 생생하게 전해졌다. 시간이 꽤 지난 지금에 봐서도 전혀 빛바래지 않고! 그와의 연애 시절 그들은 곧잘 그렇게 그를 친형처럼 따르던 수환을 동행하여 여행을 즐기곤 했었다. 유학을 포기하고 그의 청혼을 받아들인 후엔……!

갑자기 그녀의 행동이 분주해졌다. 그녀의 전화에 놀라움을 감추지 못하며 반가워하는 수환은 바쁘지만 잠시 짬을 내어 낮 시간에 들르겠다고 했다. 수혜는 냉장고를 살피고는 시간을 가늠하며 가까운 마켓에서 찬거리를 샀다. 그간에 입맛이 변했을지 몰라도 예전 추억을 되살리는 의미에서라도 동생이 좋아했던 음식을 만들려는 생각이었다.

수환은 그녀가 알려준 위치대로 헤매지 않고 잘 찾아왔다. 인터콤을 통해 동생의 모습을 확인한 수혜는 달려가 문을 열고는 안으로 들어서는 동생을 조금 거리를 두고 쳐다보았다. 사진 속에서 보았던 앳된 소년 같은 모습은 온데간데없이 사라지고 떡 벌어진 어깨에 골격을 갖춘 청년의 모습이었다. 다소 거리감이 느껴질 법도 했으나 여린 듯 쉽게 상처받을 것 같은 눈빛은 예전 그대로였다.

"오랜만이네, 누나."

수환이 먼저 쑥스러운 듯 미소를 지었다. 수혜는 오랫동안 혈육의 정을 잊고 살았던 미안한 마음과 그리움을 담아, 마음이 시키는 대로 조금도 주저하지 않으며 동생에게 다가가 끌어안았다. 그제야 수환도 그녀의 등을 감싸 안았다.

"보고 싶었어."

그녀의 말끝에 떨림이 묻어났다. 수환도 가볍게 웃으며 대꾸하려고 했으나 갑자기 목이 잠긴 듯 말을 잊지 못하고는 한동안 그녀를 안은 팔에 힘을 주었다. 마침내 수혜가 팔을 풀고 그를 집 안으로 이끌자 뒤늦은 불만이 섞여 나왔다.

"오면 온다고 미리 말을 해줬어야지. 그랬으면 마중 나갔잖아."

"너 밤늦게까지 돌아다니는 거 아니었어? 몇 번 전화했지만 안 받길래……."

"하긴, 내가 좀 바쁜 몸이긴 하지."

수환은 조금 거만하고도 가벼운 태도로 어깨를 으쓱해 보였는데 그 모습이 수혜에게는 귀엽게만 보였다. 그는 주위를 둘러보며 휘파람을 불었다.

"누나 꽤 능력있는데? 이렇게 넓은 아파트라니……. 우리 집과는 비교도 안 되겠어."

오해. 과거 이곳으로 옮긴 후 수환이 한 번도 찾아오지 않았다는 데 생각이 미쳤다. 그는 전화로만 안부를 묻곤 했었다.

"……능력은 무슨. 저녁 먹고 가도 되지?"

수혜는 희미하게 미소를 지으며 일부러 화제를 돌렸다.

"음, 오랜만에 누나가 해준 음식을 먹어보는 것도 나쁘진 않지. 그런데 정말 비교가 안 될 정도로 넓잖아, 이거. 우리 전 재산이나 다름없는 24평 아파트가 초라하게 느껴지는군. 유지비도 꽤 들겠어. 투자한 만큼 뽑으려면 회사에서 누나를 실컷 부려먹으려고 들 것 같은데 겁나지 않아?"

수환이 이 아파트를 그녀를 스카우트한 회사에서 빌려준 것이라고 생각하고 있다는 것을 알자 수혜는 얼굴이 붉어졌다. 그것이 아니라고 말해야 하지만 그러자면 그녀가 아직 과거와 단절하지 못했음을 알려야 했다.

"너 두부 된장찌개 아직도 좋아하지?"

말이 먼저 튀어나오고 나서야 그녀는 솔직하게 고백할 기회를 놓쳤다는 사실을 깨달았다.

"당근이지. 누나가 해주는 거라면 뭐든지. 예전에도 그랬잖아."

"그래, 넌 반찬 투정하는 애가 아니었어."

"뭐, 그땐 투정할 환경이나 됐었나······."

하기는 그랬다. 잠깐 작은아버지 집에서 얹혀살 때는 얹혀사는 것이 부담스러웠고, 독립해서는 그다지 여유가 없던 것이 사실이었다. 독립이라야 작은아버지 댁 사촌들과 어울려 2년여를 살다가 수혜가 대학생이 되어서 부모님이 남긴 재산으로 24평 아파트를 얻어 나온 것이 전부였으므로 생활비를 해결하기 위해 이리저리 아르바이트를 했었다.

그녀가 음식을 만드는 것을 돕던 수환이 집 안 곳곳을 돌아보며 감탄하는 것이 부담스러울 즈음 전화벨이 울렸다.

"내가 받을까?"

수환이 멀리서 물었다.

"아니, 내가 받을게."

아파트로 전화할 사람이라야 한 사람밖에 없었으므로 수혜는
당황하며 대답했다.

사정이 있어 조금 늦을 것 같다며 저녁식사 먼저 하라고 말하는
그에게 수혜는 작은 소리로 네, 그래요?, 알았어요, 괜찮아요, 하
며 대답했다. 천천히 수화기를 놓고 돌아서는데 서재 문을 열고
안을 들여다보던 수환이 조금은 딱딱하게 굳어진 얼굴로 서 있었
다. 그녀가 다가가자 힐끗 그녀 쪽을 쳐다본 수환이 말했다.

"다시…… 합칠 생각인 거야?"

수환의 물음은 건조한 말투였으나 묘한 실망감이 배어 있었다.
그렇다고도 아니라고도 말할 수 없는 수혜는 어정쩡한 태도로 반
쯤 고개를 끄덕였다.

"뭐, 그 집안이라면야 이런 아파트 한두 채쯤 무리도 아니겠
지."

수환이 이번엔 분명하게 반감이 서린 태도로 혼잣말처럼 중얼
거렸다.

"수환아."

수혜는 미안한 마음으로 막연하게 동생의 이름을 불렀다.

"다른 여자 있는 거 알아?"

수환이 불퉁한 얼굴로 물었다. 동생으로서 수혜가 없는 동안 그

가 어떤 삶을 살았는지 알고 있는 것이 낫다고 판단한 것이다.

"어."

만나는 사람 모두에게서 그 사실을 확인받아야 할 만큼 그들의 스캔들은 모르는 사람이 없는 것인가. 수혜는 자신에게 닥친 역할이 결코 쉽지 않음을 짐작했다.

"그래도 괜찮아?"

"사실이 아니래."

"그렇게 말했어?"

"음."

순간 수혜는 그렇게 대답하는 자신이 동생에게 얼마나 한심하게 느껴질지는 생각하지 않기로 했다. 예상대로 수환이 답답한 한숨을 길게 내쉬었다.

다른 것에는 맺고 끊는 것이 확실한 사람이 왜 한 사람에 대해서만은 그렇지 못한 것인지.

"뭐, 누나가 알아서 잘하겠지. ……그래, 잘할 테지."

아무리 피가 섞인 친남매라도 서로의 결정은 존중해야 한다는 것은 어려서부터 독립적으로 살아야 했던 그들 사이에서는 당연한 일이었다. 그러나 수환은 이유 모를 불안과 분노가 가슴에서이는 것을 눌러 참았다.

"그럼 오늘…… 매형을 보게 되는 건가?"

"조금 늦을 거라고 전화한 거야."

"그래? 그런데 이거 어쩌지? 나도 약속이 있어서 일찍 가봐야할 것 같은데……"

수환은 그와 어울리고 싶지 않다는 마음을 숨기지 않았다.

"저녁은 먹고 가, 수환아."

수환은 그녀의 말대로 좀 더 머물렀다가 저녁식사를 함께했다. 그의 태도는 갑자기 수다스러워졌다. 마음 맞는 친구들과 함께 단편영화 작업을 할 생각이라며 그의 관심이 사진에서 영화로 옮겨가게 된 일을 말하고는 16㎜ 디지털 작업이 어떻고, 독립영화의 비전이 어떻고 하며 시시콜콜 이야기를 늘어놓았다. 그의 열정이 느껴지기는 했지만 그것은 표면적인 것으로 그의 내면은 굳게 닫혀 있음을 더욱 느끼게 만들었다.

이윽고 가봐야겠다며 자리에서 일어서던 그는 거실에서 현관으로 향하는 곳을 반쯤 남겨두고 머뭇거리며 돌아서서 그녀를 응시했다.

"누나."

동생을 배웅하기 위해 따라나서던 수혜도 그 자리에 멈춰 섰다.

"음?"

"누나가 얼마나 잘 알아서 할까 생각은 하지만 말야……."

그가 작은 한숨을 내쉬며 잠시 말을 골랐다. 수혜는 동생의 약간 찌푸린 미간과 근심이 담긴 눈빛을 응시했다.

"그냥…… 누나가…… 마음 상하지 말고 살았으면 좋겠어."

수환이 무엇을 염려하는지 아는 수혜는 고개를 끄덕이며 웃음을 지었다.

"걱정하지 마, 수환아. 걱정 안 시킬게."

그 순간만큼은 수혜도 자신을 이런 상황에 몰아넣은 그가 몹시도 미워졌다. 4년 만에 해후한 어린 동생에게 근심거리를 안겨주고 남자에게 휘둘리는 못 미더운 누나로 만들어 버린 원인 제공자인 그가!

수환이 돌아가고 난 후 밤 12시가 막 지날 즈음 벨소리가 울렸다. 수혜가 그를 확인한 후 문을 열어주곤 먼저 돌아서는데 그가 자상한 태도로 물었다.

"저녁은 먹었어?"

"네. 당신은요?"

"어, 나도 밖에서 했어. 잠들었는데 깨운 거 아냐?"

"일부러 깨우고 싶었던 건 아니었어요?"

얼마든지 번호 키를 누르고 들어올 수 있는 사람이 굳이 문을 열어달라고 벨을 누르는 것과 모르는 체 예의 차린 말을 건네는 것 중 어느 것이 더 얄미울까.

"당신이 맞아주는 거, 해보고 싶었어."

그는 마치 수혜의 마음을 들여다본 사람처럼 말했다.

"앞으로는 늦어지면 내가 키패드 누르고 들어올 테니까 기다리지 말고 자."

전 같으면 당연하게 그의 귀가를 기다려 잠자리에 들던 수혜였다. 아무리 늦은 시간이라도 그가 특별히 전화해서 늦어질 것 같으니까 기다리지 말라고 전하기 전에는 그를 기다려서 맞아주었다. 시가의 가풍도 있었지만 그녀의 마음이었다. 그를 중심으로 돌아가던 시절에!

그는 가방과 겉옷을 벗어 거실 소파에 놓고는 주방으로 향했다.

"왜요?"

수혜가 그의 뒷모습을 쫓아 몇 걸음 따라갔다.

"아직 할 일이 있어. 차 한 잔 마시려고 하는데, 왜? 당신도 생각 있어?"

수혜는 고개를 가로젓고도 당장 그 자리를 떠나지 않고 가만히 그의 행동을 지켜보았다.

"술, 마신 거 아녜요?"

늦은 밤 그의 귀가는 일의 연장선에서 마신 술기운을 느낄 때도 있었는데, 최근 그에게서는 술로 인해 흐트러진 모습을 전혀 찾아볼 수 없었다.

"아니. 말했잖아, 지금 진행 중인 프로젝트 때문에 바쁘다고."

그는 의아해하는 수혜에게 다정하게 말했다.

수혜는 돌아온 이래 함께 있는 자리에서 그가 담배도 피우지 않는다는 사실도 새삼 인지했다.

"어디, 아파요?"

조심스런 수혜의 물음에 그가 시선을 맞추며 의아한 듯 대꾸했다.

"음?"

"내게 달리 숨기고 있는 거, 다른 이유 같은 거 있는 게 아닌가 묻는 거예요."

"왜?"

단순히 수혜는 두 사람 사이에 놓인 시간이 그렇게 만들었다고 생각했는데, 다시 생각해 보니 그렇지 않았다. 스캔들을 무마하기 위한 잠시의 동거를 위해서 변했다고 하기엔 이해되지 않을 정도로 그의 태도는 전과 달랐다.

"당신, 변했어요."

"그래, 나도 인정했고, 당신도 그렇게 말했지."

"전과 완전히 다른 사람이 됐다구요."

그 자신도 수혜가 하는 말의 뜻을 알고 있는 것 같았다. 그는 흡족하게 웃으며 반문했다.

"그걸 변했다고 하는 거 아닌가?"

"사람이 그렇게 쉽게 변해요?"

"음, 이유가 있으면……?"

"그러니까 그 이유가 뭔지 알고 싶다구요."

"지금이 싫어? 다시 예전으로 돌아갈까? 당신이 원한다면 그렇게 할 수도."

"놀리지 말구요. 감추는 거 없이 다 말해줬으면 좋겠어요."

"뭘 걱정하는 건데?"

"이러다가 어느 날 폭탄선언 같은 거 하거나 쓰러져 버리거나 할까 봐……. 미리 말해두는데 나, 그런 거 감당 안 해요."

그의 입가에 서서히 웃음기가 퍼졌다.

"그런 게 겁나? 만약 그렇다고 하면 아쉬워해 줄 거야?"

"말 돌리지 말고 진지하게 말해요. 있는 그대로!"

"그렇다고 하면, 하룻밤 자줄래?"

그는 여전히 장난스럽게 대꾸했다.

"말도 안 돼!"

"그렇게 나, 재고의 여지없는 형편없는 남편이었어? 시한부 삶을 선고 받았대도 동정심도 안 생겨?"

시종일관 장난스런 그의 말투와 표정 속에서 수혜는 묘한 후회의 감정을 읽었다. 수혜의 안색이 하얗게 질리며 경직되었다.

"병원 가요!"

그는 여전히 감정을 짐작할 수 없는 눈빛으로 아일랜드 식탁을 단단히 두 팔로 지지하며 꿈쩍도 하지 않았다.

"가자구요, 병원! 난 제대로 알아야겠어요. 만약 그런 거라면 난 이런 연극 안 할 거예요. 알아요? 안 할 거라구요!"

"그런 거 안 해도 돼. 그런 거 아냐."

"정말, 정말이에요?"

"음, 건강해. 몇 개월 안에 당신 두고 죽을 것 같진 않아. 그런 방법도 있었단 생각은 못해봤는데."

겨우 웃음을 참고 있는 그의 표정에 수혜는 당혹스럽고 흥분된 감정을 수습하며 냉정을 찾았다. 그를 만나기 전의 생활로 돌아가고 싶은 열망도 있었지만 그런 방식으로 정리되는 것은 원치 않았으므로 수혜는 내심 안도했다. 적어도 그의 겉모습은 당장 숨이 넘어갈 사람처럼 보이지 않았다.

"왜 그런 생각이 들었어?"

그가 손으로는 커피를 따르면서 시선은 수혜를 향해 물었다.

수혜는 대답하는 대신 몸을 돌려 자신의 방으로 향했다. 그의 웃음이 따라왔다.

다음날 아침 수혜가 그와 다시 마주쳤을 때 그의 표정은 밝고 활기 넘쳐 보였다. 그런 그를 잠시나마 시한부 생을 선고 받은 사람으로 착각했던 자신이 한심하게 생각될 정도였다. 그가 내린 커피의 향이 유혹적이었다.

커피 향을 따라 이끌리듯 그가 있는 주방으로 가며 수혜가 말했다.

"일찍 일어났나 봐요?"

새벽 늦게 잠든 사람치고 그는 너무 생기가 넘쳤다. 잠이 부족한 사람처럼 보이지도 않았다.

"음, 남은 생을 즐기려면 아무래도 일찍 일어나야지."

수혜는 눈에 힘을 주고 일부러 그에게 눈을 흘겼다.

"그만 놀려요."

머그잔을 꺼내고 커피를 따르려는데 그가 빼앗아 들고는 주스를 권했다.

"이거 마셔."

"원하는 것도 마시지 못해요?"

"그럼 식탁에 앉아. 빈속에 커피만 마시는 건 반대야."

"언제부터."

"어제 당신이 내 건강을 챙겨주는 걸 보고 감동해서. 앉아."

그는 수혜가 더 이상 거절할 수 없게 수혜의 어깨를 눌러 의자에 앉혔다. 그가 만진 왼쪽 어깨가 묵직하게 통증을 호소했다. 수혜가 앉은 식탁에 그가 준비한 토스트와 달걀, 베이컨이 따라왔고 머그잔에 담긴 커피도 차려졌다.

수혜는 어색한 기분으로 그와 마주 앉아 생각지 않은 아침식사를 했다. 더 어색해지지 않도록 무난한 화제를 찾던 수혜는 어제 저녁 수환이 다녀갔다는 말을 했다.

"미리 말해주었으면 시간을 냈을 텐데."

그렇게 말하는 그의 표정은 조금도 가식적이지 않았다. 수환에게서는 그에 대해 분명한 거리감과 적의가 느껴지는데 그는 아무것도 모르는 사람처럼 말했다. 쌍방향으로 흐르는 감정이 아니었던가. 의아해하며 커피를 한 모금 마시고 내려놓던 수혜는 아픈 어깨와 목으로 인해 살짝 찡그렸다. 어깨가 뭉치는 거야 종종 있는 일이었지만 풀리기까지의 통증을 감내하는 것도 곤욕이었다.

"잠을 잘 못 잤어?"

수혜는 묻는 그의 의도를 몰라 당황하며 그를 쳐다보았다.

그가 웃으며 말했다.

"당신, 아까 나올 때부터 자꾸 왼쪽 어깨며 목을 주무르고 있잖아."

어젯밤 수혜는 쉽게 잠을 이루지 못하고 책을 읽는다고 손에 들고 있다가 겨우 잠들었는데, 자세가 잘못되었는지 어깨와 목이 결리는 것이 사실이었다. 딱딱하게 굳고 뒤틀리는 느낌이 불편해서 자신도 모르게 두드리거나 주물렀던가 보다.

"심하진 않아요."

수혜는 시선을 피하며 얼버무리듯 대꾸했다.

"어디."

그가 말릴 겨를도 없이 다가오자 수혜는 강하게 거부했다.

"됐어요, 괜찮아요."

"밤새 일한 사람은 난데, 근육이 뭉치고 피곤한 사람은 당신이야?"

그가 거부하는 수혜의 말을 자르고 두 손으로 수혜의 어깨를 꾹꾹 누르며 마사지해 주었다.

"안 그래도 돼요. 됐다니까요!"

하지만 그는 단단히 뭉친 수혜의 어깨 근육을 제대로 풀어주었다. 아프면서도 너무나 시원한 느낌에 수혜는 표면적이나마 그만두라는 말도 잊을 정도였다.

"기브 앤 테이크! 그러면 되지? 다음에 내가 필요할 때 거절하면 안 돼."

그의 말은 수혜에게서 미안함과 어색함을 씻어냈다. 그가 자신의 자리에 와서 다시 앉은 것은 그로부터 5분 뒤였다.

"시댁엔 몇 시쯤에 가야 해요?"

"오전에 처리해야 할 일이 있어. 일 마치고 퇴근하면서 들르는 거 어때?"

오늘도 그가 일 때문에 늦어지게 되면 혼자서 시댁에 다녀오게 될지도 모른다고 생각하던 수혜는 적잖이 안심했다. 그러면서도 입에서는 생각과는 다른 말이 나왔다.

"굳이 함께 가지 않아도 돼요."

"그건 내가 불안해서 안 돼."

그가 놀리는 말투로 대답하고는 자리에서 일어났다.

식탁을 정리하고 설거지를 하고 있는데 깔끔하게 다림질된 정장 차림의 그가 나타나 다녀오겠다고 말하며 집을 나섰다. 애매하게 따라나서던 수혜는 그의 뒷모습이 매력적으로 보인다는 생각을 하다가 화들짝 놀랐다.

수혜는 잡념을 떨쳐 버리듯 오전 중에 청소와 세탁을 했고, 오후에는 피곤해진 몸으로 잡지와 책을 뒤적였다. 시댁을 방문하고 시부모님을 대면할 생각을 하니 마음이 불편해져 책이 눈에 들어오지 않았다.

그는 정확히 퇴근 무렵 전화를 걸어 아파트 주차장으로 나오라고 말했다. 그와 함께 연희동 본가에 도착했을 때 시어머니가 가벼운 차림으로 들어서는 그들을 맞으며 이상하다는 듯 물었다.

"다른 짐은 없는 거니?"

묘하게 냉랭하고 거리를 두는 시어머니의 태도에 미처 대답할 말을 준비하지 못한 수혜가 시선을 피하는데 그가 가벼운 말투로 대답했다.

"짐은 아파트로 옮겨놨어요."

"여기로 들어오는 게 아니었니?"

시어머니는 실망스런 표정을 감추려고 하지도 않았다.

"아파트에서 지낼 생각입니다."

"아버지가 실망하시겠구나."

하지만 수혜의 눈에는 정작 실망한 사람은 시어머니처럼 보였다. 아들과 다시 떨어져 있어야만 한다는 생각이 실망의 근원일 거라고 수혜는 짐작했다. 틈틈이 그녀를 훑어보는 시어머니의 시선은 환영하는 분위기는 아니었다. 예전엔 쉽게 다가서기 힘든 위엄을 보이며 어렵기만 하던 시어머니도 세월의 흐름을 막을 수는 없었던지 장년 여인의 얼굴에 맞는 주름을 어렵지 않게 찾아볼 수 있었다.

"아버지는요?"

그가 묻는 눈길로 거실을 둘러보며 묻자 어머니가 2층으로 향하는 계단 근처에 있는 서재 문을 가리켰다.

"앉아 있거라, 내가 가서 나오시라고 말씀드리마."

"저희가 가서 인사드리고 모시고 나올게요, 어머닌 여기 잠깐 계세요."

그가 어머니를 만류하며 수혜의 팔을 끌었다. 수혜는 그를 따라 시아버지가 있는 서재로 갔다. 시어머니가 고부간의 원초적인 본능 때문에 어려운 사람이라면 시아버지는 거스를 수 없는 분위기와 거리감이 느껴지는 사람이었다. 때문에 그녀의 발걸음도 무거웠고, 어깨도 무거웠다. 무거운 짐이 두 어깨에 고스란히 내려앉은 기분이 들었다.

불미스런 사고, 별거하는 부부, 그리고 4년간의 외유를 마치고 돌아온 며느리. 예쁜 구석이 있을 리 없는 것은 너무나 당연했다. 다시 시작하기에는 마음의 부담이 너무도 컸다. 정상적인 부부 관계를 유지한다고 해도 단지 두 사람만 동의하는 것으로 털어버릴 수 있는 일이 아니었다. 문을 노크하고 안으로 들어서면서 수혜는 짧게 심호흡을 했다.

"아버님."

겨우 용기를 내자 흰머리가 희끗희끗 보이는 62세의 시아버지가 그녀를 향해 미소를 지었다. 그들이 함께 서 있는다면 누구라도 둘이 부자간임을 짐작할 수 있을 터였다.

"오, 도착했구나, 안 그래도 너 오기를 눈이 빠지게 기다리고 있었다."

시아버지의 태도는 밝았고 진심으로 환영하는 것이 표정과 말에서 느껴졌다. 오히려 생각지 않은 환대에 수혜가 당황스러울 지경이었다.

"자주 연락드리지 못했어요, 아버님. 죄송해요."

"공부하는데 여기저기 신경 쓸 일이 어디 한두 가지냐? 너 건강하게 무사히 돌아온 것만으로도 기쁜 일이지."

수혜보다 반걸음 뒤에 서 있던 그가 그녀의 어깨에 팔을 올리며 다가와 격려하듯 어깨를 쓸었다.

"거실로 나가시죠? 밖에서 어머니 기다리시는데 너무 오래 지체하면 소외감 느끼고 삐치십니다."

"그럴까?"

그가 문을 열었고 수혜는 시아버지의 곁에 섰다. 시아버지는 좀 전에 그가 그랬던 것처럼 그녀의 어깨를 툭툭 치며 격려하는 행동을 보였다. 결혼하고 시댁에서 사는 동안 가시방석 같은 불편한 마음만 남아 있던 기억을 수정해야 할 만큼 수혜는 낯설다고 느꼈다. 객관적으로 보기에도 무엇 하나 곱지 않을 며느리였는데 쌀쌀하기 그지없던 고압적인 자세의 시어머니 태도도 한풀 꺾였다고 생각이 되고, 시아버지의 태도 역시 남처럼 서먹서먹하기만 하던 예전과는 달리 다정한 구석이 있었다. 이 모든 것이 시간의 마법이라고 보기에는 심상치 않은 분위기였다.

동정? 연민? 시부모에게 과연 그런 것이 존재할까? 그들이 가장 원했던 이상적인 며느리는 그들 집안과 비교해도 전혀 기울지 않을 집안의 여자였다. 일찍 부모를 여의고 가진 것도 없는 그녀 같은 존재가 아니었다. 그들의 결혼 초기에도 아들의 선택을 마지못해 받아들이기는 했지만 썩 달갑지 않다는 것을 굳이 숨기려 하지 않던 사람들이었다.

거실의 탁자를 사이에 두고 시부모와 그들 부부가 마주 앉았다. 시선을 아래로 향하고 경직되어 있는 수혜의 한 손을 그가 깍지 끼듯 교차해서 그들 사이의 소파 가장자리에 내려놓았다. 그의 태도는 마치 그녀가 결코 이 집 안에서 무시당하거나 소속되지 못하며 겉도는 존재가 아니라는 것을 전하려는 것처럼 보였다.

"무사히 돌아와서 좋구나."

시아버지가 다정스레 앉은 그들을 보며 말했다.

시어머니는 아들이 눈치 채지 않도록 교묘하게 틈틈이 수혜를 뜯어보는 시선을 거두지 않았지만 고개를 끄덕이며 한마디 했다.

"몸이 좀 마른 것 같구나. 건강은 괜찮은 거니?"

"네."

"외국 생활이 힘들었을 텐데 당연한 게지. 이제라도 당신이 신경 써서 잘 좀 챙겨주구려."

시아버지의 말에 시어머니는 슬쩍 눈을 흘겼다.

"제가 이 나이에 며느리 보약 해 먹이러 뛰어다녀야겠어요?"

"딸이라고 생각하면 못할 것도 없지."

아주 잠깐 어색한 침묵이 생겼다. 아들과 남편의 시선에 불편한 기색이 어리는 것을 눈치 챈 시어머니는 가시 있는 말로 일침을 놓으며 한발 물러섰다.

"하기야 아이를 가지려면 너무 마른 것도 좋지 않으니 함께 진맥 받으러 가봐야겠어요."

시어머니의 입에서 생각지 않은 말이 튀어나오자 수혜는 화들짝 놀라서 굳어졌다. 하지만 곁에 있던 그는 모르는 척 넘어갔다.

연극이라고는 하지만 이런 식의 정신적인 고문까지 받아야 하는 걸까. 자신과는 상관없다고 생각하면서도 수혜는 결코 며느리가 예뻐서가 아니고 손자를 위해서라는 것을 확인시키는 시어머니의 말에 상처받았다. 이 집안에서 그녀가 있는 그대로의 존재로 존중받는 것이 아니고 대를 이어줄 자손을 낳을 존재이기 때문에 필요하다는 말은 이전에도 수혜에게 상처였다. 결혼한 여자로서의 의무에 매어 있는 몸이라는 것을 깨닫게 만들었던 것이다. 아이를 낳기 위해 필요한 존재. 그것은 너무나도 그녀 자신을 초라하게 만드는 말이었다.

내가 그것밖에는 안 되는 존재인가? 그렇게 밖에는 쓸모가 없는 존재인가? 수십 번도 더 자문하게 만들었다.

"저녁식사 준비하는 거 도울게요."

수혜가 깍지 낀 그의 손에서 자신의 손을 빼내며 일어섰다.

"피곤할 텐데 그만두고 앉아 있거라."

시아버지가 만류했지만 수혜는 괜찮다고 말하며 식당으로 갔다. 뒤에서 차분한 어조로 시아버지가 시어머니에게 핀잔을 주는 소리가 들려왔다.

부엌 살림을 맡아보는 가정부는 수혜가 4년 전에도 알았던 사람이어서 오랜만이라고 인사를 나누고는 식탁을 차리는 것을 도왔다.

"건강하게 돌아오셔서 다행이에요. 그런데 어째 더 젊어지신 것 같아요."

"고마워요, 아주머니도 여전하신데요."

"나야 뭐 변할 게 있나요? 그래도 새댁이 있었을 때가 좋았는데……."

수혜는 그녀가 악의없이 순수한 사람이라는 걸 알기에 수줍게 웃는 것으로 대답을 대신했다.

식사를 하는 동안에도 시부모와는 간간이 대화가 이어졌다. 그러나 아까의 실수를 되풀이하지 않으려는 듯 그들의 대화나 질문은 의례적이고 형식적인 것이었다. 다소곳이 식사를 하던 시어머니가 어느 순간 헛기침을 하며 제법 배려하는 말투로 그녀에게 말했다.

"무료하게 지내느니보다 일을 해보는 것도 괜찮을 것 같은데, 어떻겠니? 요즘 새로운 기획 전시 준비로 일손이 모자란다더라. 갤러리에 한번 나와보렴, 바람도 쏘일 겸해서."

난처한 그녀의 입장을 대신해서 그가 침착하게 운을 띄웠다.

"이 사람, 다른 일을 할 생각이랍니다."

"무슨 일?"

시어머니는 무슨 달갑지 않은 일이냐는 듯이 그녀를 쳐다보았다가 아들에게로 시선을 주었다.

"〈Moon〉에서 수석 디자이너 자릴 제의 받았답니다."

"뭐? 우리 재원의 며느리가 뭐가 부족해서 남의 밑에 가서 일한단 말이니? 그것도 기껏 남의 옷 만드는 일을?"

재계 서열 5위 안에 드는 재원그룹의 며느리가 무슨 품위없는 짓이냐고 말하고픈 것이리라. 그것 보세요, 쉽지 않을 거라고 했잖아요, 하는 표정으로 수혜는 그를 쳐다보았다. 하지만 그는 격려하듯 웃음기를 머금고는 내처 말을 이었다.

"그동안 유학까지 가서 배운 일인데 그렇게 말씀하시는 건 효율적이지 못합니다, 어머니. 하고 싶은 일을 해야죠."

강경하지는 않지만 재론의 여지는 없는 말투였다. 시어머니와 그녀는 거의 동시에 이 집안의 가장을 향해 눈길을 건넸으나 당사자는 동요하는 기색없이 그저 식사에만 열중했다. 시어머니는 자기 편일 줄 알았던 사람에게서 아무런 반응이 없자 조금은 속상한 듯, 그래도 포기하지 못하고 항변했다.

"어차피 아이를 가지면 그만둘 것 아니냐?"

벌써 두 번째 언급. 수혜의 마음은 연극을 떠나 불편했다. 이런 고문도 6개월 동안 견뎌야 하는 걸까.

이번에도 그가 대신해서 바리케이드를 쳐주었다.

"그건 그때 봐서 다시 생각해 봐야죠. 아직 있지도 않은 아이 때문에 벌써부터 일을 포기할 수는 없는 거잖아요."

"그래, 나쁘지 않지."

찬찬한 태도로 식사를 하던 시아버지가 긍정적인 어조로 한마디하자 그걸로 끝이었다. 그러나 이내 시어머니의 표정은 굳어졌다. 식사를 마치고 차를 마시기 위해 거실로 나가면서 시어머니는 미련을 버리지 못하고 아들에게 말했다.

"오늘은 여기서 자고 가겠지?"

다시금 수혜의 가슴이 덜컹 내려앉았다. 자고 가야 한다면 그들이 전에 사용하던 2층의 방을 쓰게 될 텐데, 그녀는 그곳에서는 자고 싶지 않았다.

"어머니도 참, 제가 잠자리 바뀌는 거 못 견디는 거 아시잖아요."

오늘 처음으로 수혜는 그의 예민한 성격이 고마웠다. 그의 말이 그녀의 심정을 헤아린, 나름대로 점수를 얻으려는 의도적인 것인지 아니면 우연의 일치인지 따위는 상관없었다. 그런데 이제껏 참았던 시어머니는 불만을 토로하며 아들에게 쏘아붙였다.

"그러게 멀쩡한 집 놔두고 왜 혼자 그러고 나가 있으라니?"

그것은 아들을 겨냥한 말이기보다는 며느리를 향한 비난이었다. 아들과 함께 살지 못하는 이유가 누구 때문인지 안다는, 며느리를 향한 비난!

그때였다.

"거참, 아직도 자식을 품 안에 가두고 싶어하나?"

이제껏 평온한 태도를 취하며 관망하고 있던 가장으로부터 낮지만 무시할 수 없는 질책의 말이 떨어졌다. 이후로 시어머니도 더는 불만을 터뜨리지 못했다.

밤 10시가 지나자 돌아갈 준비를 하고 현관을 지나 정원을 지나는 동안, 그리고 차에 타기까지 수혜는 한 마디도 하지 않았다. 그녀가 조수석에 앉아 안전벨트를 매는 것을 확인한 그가 힐끗 시선을 건네며 물었다.

"어머니 말에 기분 상했어?"

진짜 결혼의 연장선이었다면 수혜는 기분 상한 정도가 아니라 아주 큰 돌덩이 하나를 가슴에 얹고 살았을 것이다.

"어느 정도는 짐작했던 일이었어요."

"그렇다면 다행이고."

미리 짐작한다고 해서 마음이 상하지 않을 수 있으면 세상 사람들이 그렇게 속 끓이고 살지도 않을 거예요.

"난 일 계속할 거예요. 어머니께 보여 드리기 위해서 회사를 그만둘 순 없어요."

수혜는 일시적인 연극을 위해 그런 제안을 받아들일 수 없다고 못 박았다. 시부모를 안심시켜 주기 위한 것 이상의 어떤 이유를 대더라도 그것만은 양보하지 않을 생각이었다.

형식적인 결혼이든 뭐든 간에, 이젠 결혼과 일을 두고 신댁을 강요당하는 일은 참지 않을 거예요. 나는 절대로 내 일을 포기하지 않을 거예요.

그는 가끔씩 그녀조차 긴장하게 만들던 표정을 알 수 없는 진지한 태도로 그녀를 쳐다보더니 정면을 응시하며 시동을 거는 것과 동시에 말했다.

"당신이 하고 싶다면 그만두라고 안 해."

잔뜩 긴장했던 수혜는 자연스레 힘이 빠졌다.

"당신 의견하고 상관없이 그렇게 할 거예요."

수혜는 자신의 말이 반항기 다분한 사춘기 소녀 같다고 생각했다. 그도 그렇게 느꼈는지 피식 웃었다.

"나중에, 아이가 있어도 그럴 거야?"

"그래도 절대 포기하지 않아요."

"대단한 의지군. 그러려면 어머니 말대로 살 좀 쪄야겠어. 바람이라도 불면 날아갈 것 같은 몸을 해가지고는 체력이 버텨줄 것 같지 않으니까 말야."

그의 입에서 시어머니가 했음직한 말이 그대로 재현되었어도 수혜는 아까처럼 화가 나지는 않았다. 오히려 시어머니 앞에서 그 말을 참아주었다는 사실이 고맙게 느껴지려고까지 했다. 그런데 갑작스레 그의 표정이 밝아지고 드물게 장난스런 웃음을 참는 것이 느껴진 것과 거의 동시에 웃음이 묻어난 말투로 그가 말했다.

"그러면 아이는 누가 키우지? 남에게 맡기는 일은 내키지 않는데, 당신이 싫다니까 말야."

비약 어린 그의 가정은 수혜를 당황하게 만들었다.

"그건 당신이 걱정해 줄 일이 아닌 것 같은데요."

지금 그들의 관계는 남을 의식해 어쩔 수 없는 연극적 상황이었다. 그런데도 그는 마치 그들의 결혼이 지속될 것처럼 말하고 있었다.

"걱정이 돼서 하는 말이야, 아이를 아예 안 낳을 생각은 아닌 거지?"

지난 상처가 떠오르면서 수혜는 그를 외면했다.

"싫어하진 않지만, 대신 걱정해 줄 필요 없어요. 내가 알아서 해요."

"당신이 괜찮으면, 나라도 배워서 맡아줄까?"

그것은 지나치고도 위험한 상상이었다. 그런데, 당황하고 땀 흘리며 육아에 매달리는 그를 상상하자 수혜는 자신도 모르게 입가에 웃음이 떠올랐다. 인적 없는 곳에서 펑크로 주저앉은 차를 확인하고도 귀찮은 내색없이 여유롭게 팔을 걷어붙이고 교체 작업을 하던 그였지만 아이의 울음소리가 내포한 의미를 능숙하게 읽어내는 그는 상상할 수 없었다. 수혜는 그에게 웃음을 들키지 않기 위해 고개를 돌렸다. 그도 돌아오는 내내 밝은 표정이었다.

집으로 돌아와 각자의 방으로 들어가고 몸을 씻은 후 욕실에서 나오던 수혜는 자신들이 무슨 이야기를 나눈 것인지 새삼 깨닫고는 입술을 깨물었다.

아이, 육아 문제!

아이를 가진다고? 그의 아기를?

생각만으로도 온몸에 서늘한 소름이 돋아났다.

다섯

〈클래식 Moon〉의 본사 사무실은 청담동에 있었다.

출근 첫날 그가 직접 차를 운전해 그녀를 사무실이 있는 건물 앞에 내려주었다. 수혜는 그가 떠난 뒤 브랜드 이름처럼 단아한 느낌이 드는 12층의 흰색 건물을 한번 올려다보고는 심호흡을 했다. 대학 시절 아르바이트를 하면서 경험했던 것 말고는 처음으로 소속된 직장이었으므로 두렵고 떨렸다. 더구나 그녀는 아무것도 모르고 무작정 부딪쳐도 겁 없는 자신감으로 무장한 어린 나이가 아니었다.

수혜가 두근거리는 가슴을 진정시키며 건물 안으로 들어서는데 얼마 안 가 엘리베이터 앞에서 회색 정장을 입은 남자와 마주쳤다. 삼십대 중반의 마른 체형의 남자였다. 힐을 신은 그녀의 키보다 약간 큰 키로 대략 175㎝ 정도로 보였다. 패션 감각이 예사롭지 않은 그는 겉으로 보기에도 형식에 구애 받지 않는 스타일로 보였다. 세미 정장에 와이셔츠와 넥타이 대신에 편안한 느낌을 주는 폴로셔츠를 입고 있었던 것이다. 방금 헤어진 준현과 비교해 볼 때 오히려 그것이 그를 새롭게 보이게끔 만들었다.

수혜는 직장 동료라는 생각으로 눈인사를 하고는 시선을 피했다. 남자 쪽도 그녀를 빤히 쳐다보는 대신에 힐끗 한번 보고는 예의 바르게 시선을 돌렸는데 그녀가 눈에 익다는 생각을 했던지 다시 그에게서 꼼꼼한 시선이 날아왔다.

"혹시 한수혜 씨?"

그가 확신을 가지지 못한 말투로 물었다.

수혜는 경계하면서도 의례적인 미소를 지으며 시선을 맞추었다.

"네에, 그런데요?"

"어이쿠, 이거 반갑습니다. 미리 뵙게 되는군요."

그는 제법 사교적인 음성으로 쾌활하게 말했다.

수혜도 그의 음성이 낯익다고 생각했다. 그가 선뜻 그녀에게 한발 더 다가서며 반갑게 악수를 청했다.

"전화로만 인사를 나눴었죠, 기획실장 김민입니다."

"아."

그가 낯익다고 생각했던 것은 당연했다. 그는 수혜가 대학을 다니던 시절 핼퍼로 아르바이트를 하던 때에 가끔 패션쇼의 무대에서 모델로 활동하기도 했고, 지금은 〈클래식 Moon〉의 컬렉션 등

이벤트를 총괄하는 위치에 있었다. 더구나 그는 그녀의 스카우트에 깊이 관여하고 있었다.

수혜는 예의를 갖추어 가볍게 목례를 하고는 그가 내미는 손을 마주 잡았다. 앞으로 그가 상사가 될 터였다.

"첫날인데 일찍 나오셨군요."

그가 슬쩍 자신의 손목시계를 확인하며 말했다.

"길이 막힐지 어떨지 몰라서 좀 서둘렀어요."

"다행입니다, 저도 오늘은 하루를 좀 일찍 시작해 볼까 하고 나왔는데 안 그랬으면 수혜 씨를 기다리게 할 뻔했습니다."

"여유가 되면 사내를 한 바퀴 둘러보려고 했어요."

"제가 안내를 해드려야죠. 수혜 씨 자리는 벌써 주인이 오기만 기다리고 있었습니다."

기다리던 엘리베이터 문이 열렸으므로 그들은 함께 엘리베이터를 탔다. 그가 3층의 버튼을 눌렀다.

"시차는 극복하셨습니까?"

"네에, 도착한 지 며칠 되었어요."

그는 고개를 끄덕이며 다행이라고 말하는 것도 잊지 않았다. 그리고 엘리베이터가 멈추고 문이 열리자 그녀를 앞세워 자신의 사무실로 안내했다. 신속하고 정확하게 일 처리하는 그의 단면을 보여주듯 그의 사무실은 불필요한 것들을 배제하며 깔끔했다. 그렇지만 아주 작은 디테일에서도 아름다움을 추구하는 그의 성격을 짐작할 수 있었다. 그는 아름답지만 간결한, 자신이 몸담은 브랜드의 이미지와 맞아떨어지는 사람이었다.

"커피 드시겠습니까?"

"아니요, 출근 전에 마셨어요."

그는 자신의 사무용 가방을 내려놓고는 그녀에게 자리를 권하며 모던한 스타일로 사무실 한쪽에 마련된 커피메이커 쪽으로 다가갔다. 그도 커피 중독자인 모양이라고 수혜는 생각했다.

"차라리 담배는 끊기 쉬워도 커피를 끊기가 더 어려운데요?"

그가 변명처럼 말하며 그녀 쪽을 쳐다보았다. 수혜는 이해한다는 표정으로 미소를 지어 보였다. 그가 커피메이커의 포트를 들어 큰 머그컵에 커피를 따라서 자리로 오는 동안에 우선 한 모금 마시고는 자신의 테이블 앞에 놓았다.

"댁이 어디십니까?"

그는 타인과의 거리감을 없애는 미소를 곁들였다.

"여의도예요."

"아, 그리 멀지도 않네요. 서울도 하루가 다르게 변해가는데 아무래도 예전 같지는 않죠?"

수혜는 대답 대신 보일 듯 말 듯한 희미한 미소를 머금었다.

"그래도 잘 찾아오신 걸 보면 별걱정은 안 해도 되겠습니다. 직접 운전하십니까?"

"아뇨."

적극적이고 사교적인 그와는 달리 수혜는 간단히 대답했다.

"외조도 필요할 것 같은데, 부군께선 수혜 씨 일하는 거 찬성하십니까?"

수혜는 생각지 않은 그의 사적인 질문에 다시 한 번 희미한 웃음으로 얼버무릴 수밖에 없었다.

"컬렉션 기간 중에는 야근도 많고 집으로 일을 가져가야 할 때도 있을 텐데 집에서 적극적인 협조가 없다면 종종 트러블이 있기도 하죠."

그것이 얼마나 사소하면서도 무시할 수 없는 일인가를 알기에 강조하는 것이었다.

"그런 일로 걱정을 끼쳐 드리진 않을 거예요."

수혜가 그의 우려를 일축하자 그는 다시 환한 미소를 지으며 말했다.

"뭐, 하기는 유학도 지원해 주실 정도면 외조는 별걱정없겠죠?"

그는 희미하게 웃는 듯 마는 듯하는 수혜를 보며 붙임성 좋고 사교적인 사람은 아닌 것 같다고 생각했다. 남에게 가볍게 자신의 생각을 말하는 사람도 아닌 것 같았다.

"흠, 그러면 뭐, 디자인실 팀원들과 잘 지내기만 한다면 별문제는 없겠습니다."

일에 관련되지 않으면 타인의 사생활은 관심 밖이라는 것을 분명히 하는 그의 태도가 수혜는 마음에 들었다. 그녀의 선임자가 왜 그만두게 되었는지를 암시하는 말은 지난번에도 들었으므로 수혜는 자신의 의견을 피력했다.

"옷이 디자이너 한 사람에 의해 만들어지지 않는다는 건 알아요, 이 일에서 팀워크가 중요하다는 것도요."

재단사와 디자이너 간의 신경전은 어제오늘의 일이 아니었지만 재단사뿐만이 아니라 디자이너를 견제하는 다른 직원들과도 좋은 관계 유지를 하는 것은 아주 중요했다. 그것은 파리에서 머무는 동안 잠깐 거쳤던 인턴십 과정에서도 분명하게 깨달은 사실이었다.

"흠, 그러시면 뭐 더 할 말은 없습니다, 잘해나가실 걸로 믿겠습니다."

그는 자신이 당부하고 싶었던 말을 그녀가 꼭 집어서 전달하자 흐뭇한 표정으로 고개를 끄덕이며 말했다.

그들은 잠시 파리 패션의 최근 경향과 〈클래식 Moon〉의 지향하는 바 등에 대해 이야기를 나누었다. 9시 10분이 되자 그는 시간을 확인하고는 일어서며 그녀를 디자인실로 안내했다. 출근해서 어제저녁 있었던 일과 출근길 에피소드로 시끄럽던 디자인실은 기획실장과 수혜가 들어서자 조용해졌다.

"좋은 아침에 좋은 소식을 가지고 왔습니다. 여기 계신 분을 소개하죠. 이번에 새로 수석디자이너로 오신 한수혜 팀장입니다."

"안녕하세요."

"반갑습니다."

"환영합니다."

그들은 서로 눈이 마주치는 대로 가볍게 인사를 나누었다. 기획실장은 그녀들의 인사가 끝나기를 기다려 돌아가며 소개를 해주었다. 디자인실의 인원과 자리는 수석디자이너인 수혜를 포함해서 총 8명이었다. 원단 및 부자재 섭외담당자인 김미정은 서글서글한 눈매로 잘 웃는 사람이었고, 프리랜서 디자이너인 이정희는 조금 까탈스러워 보이는 스타일로 선뜻 사람을 사귈 것 같지 않았다. 행정 및 경리담당자와 상품기획담당은 약간의 거리감을 두었지만 친해지면 쉽게 말을 걸 스타일의 사람들이었고, 디자인실의 남은 멤버는 2명의 재단사였다. 그들 역시 조금은 어색한 표정으로 인사를 건넸다.

"다들 잘 지낼 거라고 믿지만 특히 미정 씨가 새 팀장님 익숙해질 동안은 많이 좀 도와주세요."

"네에."

웃는 눈매가 편안해 보여 사람에게 경계심을 가지지 않게 하는 김미정이 선선히 대답하며 미소를 지었다.

"참 내가 말했던가요? 한수혜 팀장은 파리 에스모드와 소르본느 대학원에서 수학하고 온 분이니까 궁금한 것 있으면 많이들 물어보세요. 큰 도움을 주실 겁니다. 이정희 씨가 파리 유학 준비를 하는 걸로 아는데 잘 좀 도와주십시오."

그의 소개가 있자 적당히 긴장하며 새치름하게 경계하던 사람들의 표정에 잠시 놀라는 표정이 스쳐 갔다.

"이번 주 금요일에는 환영식을 하려고 하니까 다들 시간 비워 두세요."

기획실장이 떠나고 나자 미정이 수혜에게 디자인실의 내부를 안내하며 하루의 스케줄을 알려주었다. 월요일은 주간 점검회의부터 시작한다는 것, 이제 가을 겨울 컬렉션은 마무리되었으므로 조금 숨 돌릴 겨를이 있지만 다음 주부터는 다시 봄여름 컬렉션 준비를 해야 한다는 것, 필요한 사무용품이나 경비가 있을 때엔 행정 및 경리담당에게 미리 예고해 둘 것 등등.

수혜는 미소로 그녀에게 고마움을 전하고는 그들과 직접적으로 연관된 샘플실과 원단 및 부자재실에 찾아가 인사를 했다. 그들은 호기심 어린 시선으로 미소를 지으며 그녀를 맞았다. 수혜는 학교와 아르바이트, 인턴십 외에는 직장이라는 곳에 직접적으로 소속된 적이 없었으므로 새삼 자신이 직업을 가진 사람이라는 사실이 설레었다. 자리에 앉아 필요한 물품들을 익히고 자신이 가져온 사무용품들을 필요한 자리에 정리하면서 수혜는 긴장과 함께 떨리는 마음을 가라앉혔다.

퇴근 시간이 가까웠을 때 경리담당 직원이 수혜에게 전화가 왔음을 알려주었다. 수혜는 긴장된 표정으로 수화기를 들었다.

"네, 한수혜입니다."

[오늘 하루 어땠어?]

그였다. 수혜는 자신도 모르게 주위를 살피며 작은 음성으로 얼버무렸다.

"그렇죠 뭐. 웬일이에요?"

[웬일은, 와이프가 길 잃어버리고 못 찾아올까 봐 걱정돼서 전화했지.]

그의 음성은 활기차고 경쾌했다. 마치 그녀를 놀리는 것이 즐거운 것처럼.

"아침에 데려다 주었잖아요. 나도 그렇게 길눈이 어둡진 않아요."

그의 말은 아침나절 기획실장과의 대화를 떠올리게 했다. 남편도 상사도 마치 그녀가 처음 등교하는 유치원생이라도 되는 듯 염려하고 있다는 생각이 들었던 것이다.

[퇴근 시간에 맞춰서 데리러 가려고 하는데 지금 출발해도 되나?]

"어, 그건."

[출근 첫날부터 야근을 해야 하는 건 아니지?]

다시 한 번 기획실장의 앞을 내다보는 듯한 발언이 떠올라서 수혜는 쓰게 웃었다. 일을 가지고 그와 다투게 되는 일은 없을 것이라고 생각했는데 그는 벌써부터 경계하고 있었다.

"그렇긴 하지만 됐어요. 내가 알아서……."

[함께 가볼 데가 있어.]

수혜가 더 거절하기 전에 그가 말했다.

"어디요?"

[가서 말해줄게.]

그가 필요 이상으로 그녀의 경계심을 무너뜨려 가며 그녀의 삶 깊이 개입하려는 것에 대한 반발과 경계심이 일었다. 곁에 누가 있는 건가.

"알았어요."

그녀는 반쯤 체념하는 어조로 대답했다.

[지금 가면 되나?]

"그래요."

그와 함께 도착한 곳은 수입 자동차 전시장이었다. 전시장의 판매 사원은 정중하게 인사를 하며 그들을 맞았다. 그는 대리석 바닥을 경쾌하게 걸어가다가는 앙증맞은 파란색 광택이 아름다운 로버 미니 앞에 가서 멈추었다. 지난번에도 잠시 그와 차에 관한 이야기를 주고받은 적이 있지만, 그가 이처럼 신속하게 그녀의 차에 관심을 보일 줄은 몰랐다. 차가 필요하긴 했지만 천천히 생각해도 되는데, 하면서 망설이던 수혜도 고급스런 차들 앞에서는 유혹을 느꼈다. 수혜는 주위에 디스플레이 된 차들을 이리저리 둘러보다가 그가 관심을 보인 차를 보자 숨이 멎을 것 같은 느낌으로 차와 그를 번갈아 가며 쳐다보았다.

"마음에 들어?"

그와 그녀 앞에 놓인 차는 영국제 1300cc 엔진을 얹은 로버 미니였다. 시트로앵, 폴크스바겐 비틀과 더불어 세계 3대 장수차로 꼽히는 차로, 1959년에 탄생했지만 몇 십 년이 지난 지금도 여전히 전 세계 여성들로부터 사랑받고 있는 기종이었다. 작은 차체에 넓은 실내, 기름이 적게 드는 장점을 가졌고 여성스럽고 고전적인 아름다움을 가진데다 커다란 라디에이터 그릴과 동그란 헤드라이트가 귀여움을 더하는! 그런데 마음에 드냐고?

"무슨 뜻이에요?"

수혜는 굳은 표정으로 물었다.

"당신에게 어울리는 차라고 생각했는데, 마음에 드는지 묻는 거야."

"나는 아직 그럴 생각 없……."

그가 분명한 어조로 서둘러 말을 잘랐다.

"고집 부리지 마. 쉽지 않았을 텐데 선선하게 내 제안도 받아주었고, 생각해 보니까 당신이 무사히 돌아온 축하선물도 없었으니까 겸사겸사."

"그러니까, 뇌물의 성격이네요."

절대 사양이라는 것이 이미 그녀의 표정에 드러나 있었다.

"꼭 그렇게 삐딱하게 받아들여야 해?"

"당신에게서는 부담스러운 어떤 것도 받고 싶지 않다는 뜻을 분명히 한 걸로 아는데요."

"마음을 표현하는 것도?"

"마음이라면 더더욱 사양이에요. 그리고 무슨 마음이 이렇게 거창해요?"

"당신의 안전을 생각하는 선물. 이런 식으로 생색 좀 내면 안 되는 거야?"

"당신이 아무리 부자라도 이런 선물은 부담스러워요."

"그러지 말고 운전석에 앉아봐."

그가 그녀의 말을 흘려들으며 차의 문을 열고는 착석을 권했다.

"준현 씨!"

"필요한 걸 알면서도 고집을 피우는 건 좋지 않은 버릇이야."

그는 이전과는 달리 물러서지 않았다. 그녀는 한참을 서서 눈싸움을 하다가 팔을 잡아끄는 그의 권유에 결국엔 마지못해 운전석에 앉았다.

"어때?"

그가 웃는 눈길로 그녀를 내려다보며 물었다. 그것이 더욱 수혜의 심기를 불편하게 만들었다. 물론 고급스런 차의 내부 디자인이

나 좌석의 편안함이 나쁠 리 없었다.

"아주 비쌀 거예요."

"그걸 말하는 게 아니잖아."

수혜는 여전히 뾰로통하니 마음에 들지 않는 투로 반문했다.

"이런 걸 타게 되면 세무조사 같은 거 나오는 거 아녜요?"

"나를 겁주려는 거야? 말해두는데, 나는 아무것도 겁날 게 없어."

"그렇게 자신만만해요?"

"마음에 드는 거지?"

그가 만족스런 미소를 지으며 수혜의 의사를 다시 한 번 확인했다.

수혜는 천천히 고개를 가로저으며 차에서 내렸다.

"아뇨, 이 차는 탈 수 없어요."

"왜?"

"너무 눈에 띄어요."

"그게 무슨 상관이야? 마음에 들면 되는 거지."

"아직 사무실 직원들과 제대로 사귀지 못했어요. 괜히 처음부터 위화감을 주고 싶지 않아요."

"부자 남편이 있다고 말하면 되지."

그는 장난스레 받아넘겼다.

"그러고 싶지 않아요."

비록 유혹에 지고 싶을 만큼 차가 아름답고 매력적이라 해도 그녀는 그의 선심을 받아들이고 싶지도, 사람들의 눈길을 끌고 싶지도 않았다. 전시장 안에서 일하는 여사무원과 판매사원들이 소리 죽여 티격태격하는 자신들을 웃음 띤 시선으로 바라보았다. 순간 수혜는 이것도 그 자신의 스캔들과 관련해서 그가 불특정 다수를 향해 다정한 부부애를 과시하고 싶은 의도인지도 모른다는 생각이 들었다. 그와 동시에 조금은 설레던 마음이 흔적도 없이 가라앉았다. 하지만 그 역시 쉽게 포기하지 않았으므로 수혜는 결국 한 발 물러서야만 했다. 정히 그가 차를 선물할 생각이라면 로버미니보다는 눈에 덜 띄는 국산차를 원한다고.

그는 썩 내켜하지 않으면서 그녀의 양보안을 받아들였다.

"그래도 차 나올 때까지 보름 정도는 내가 당신 기사 노릇을 해야겠는데?"

그는 아침저녁으로 그녀를 직장까지 내려주고 태워오곤 했다. 수혜는 그런 그에게 대중교통을 이용하겠다는 말은 꺼내지도 못했다. 대중교통은커녕 경호 문제로도 그와 날카롭게 대립한 후였다. 그가 정해진 수순처럼 경호원 고용 문제를 꺼냈을 때 수혜는 새장에 갇힌 것 같은 이전의 생활을 기억해 내고는 질색을 했다. 그가 알겠다며 마지못해 겨우 물러선 마당에 대중교통 이야기를 꺼냈다가는 지나간 문제까지 끌어내는 것이나 마찬가지였다.

그와의 출퇴근이 부담되기 시작하면서 차에 대한 처음의 생각과는 달리 수혜는 새 차가 빨리 나오게 되기를 고대하게 되었다. 그가 정도 이상으로 다가오는 것은 원하지 않았던 것이다.

여섯

[언제쯤 끝날 것 같아?]

채근하는 음성은 아니었지만 그의 자상함을 가장한 관심 자체가 그녀에겐 부담이었다.

"어, 너무 늦지는 않을 거예요."

[그러니까, 언제?]

"바쁘다면서요, 당신도 바쁘다고."

소리 낮춘 수혜의 경고에 그의 웃음이 묻어왔다.

[통화하기 곤란한가 보군.]

"나중에 전화할게요."

수혜는 불편함을 느끼며 작은 소리로 말하고는 서둘러 전화를 끊었다. 벌써 두 번째였다. 가까운 곳으로 드라이브 가자는 그에게 환영식이 있어 좀 늦겠다고 말하자 그는 실망이 역력한 기색이면서도 알겠다며 순순히 물러났었다. 그랬던 그가 회식 중간쯤에 핸드폰으로 다시 확인 전화를 하자 그녀의 마음은 불편해졌다.

"부군이신가 봅니다."

기획실장 김민이 이해한다는 듯한 웃음 띤 표정으로 말했다.

"네? 팀장님 결혼하셨어요?"

원래 조금 가볍다 싶게 자신의 속내를 감추지 못하는 김미정이 과장되게 놀라는 표정으로 물었다.

"어, 정말요? 저는 팀장님이 아직 미혼이신 줄 알았는데."

"새 신부로 착각하셨으면 더 놀라실 걸요. 벌써 결혼하신 지 몇 년 되셨죠."

함께 일한 지 일주일이 되었는데 그것도 아직 몰랐냐는 뉘앙스를 풍기며 그가 말했다.

"어머, 정말 몰랐어요."

팀원들의 동요가 커지자 수혜가 얼굴을 붉히며 변명하듯 말했다.

"일부러 숨기려고 했던 건 아녜요. 다들 아는 줄 알았죠."

"남편 되시는 분이 파리 유학을 선선히 허락해 주셨어요?"

김미정은 아직도 믿기지 않는다는 듯 거듭 확인했다.

"네."

"세상에, 어떻게 그럴 수 있죠? 너무 부럽다."

"비결 좀 가르쳐 주세요. 제 남자 친구한테도 말해줘야겠어요."

수혜의 말을 곧이곧대로 믿는 김미정과는 달리 이정희는 비틀린 웃음을 웃었다. 미정을 비롯한 다른 동료들은 속없이 마냥 꿈꾸며 부러움을 표시했지만 그녀는 수혜의 비밀을 알고 있었다. 이정희는 말없이 수혜를 관찰하고 있었다.

어떤 남자라도 돌아보게 할 미모에 조금도 유부녀같이 보이지 않는 몸매, 속내를 드러내지 않는 냉정함. 무엇보다 〈클래식 Moon〉의 수석디자이너 겸 팀장이라는 한수혜의 위치만으로도 사람들의 부러움을 살 만했다. 외모와는 달리 딱히 거리감을 조성하거나 거들먹거리지 않는 친절한 태도로 수혜는 이미 동료들의 경계심을 반쯤 풀어놓았다. 이미 보장된 것이나 마찬가지인 사회적 성공으로 더 부러울 것이 없겠다고 생각한 여자에게 이미 결혼해서 남편까지 있다고 하니 동료들은 부러울 수밖에! 하지만 정말 행복할까. 부족할 것 없이 일과 결혼에서 모든 것을 거머쥔 것이 맞을까. 모든 것을 자신이 원하는 커리어우먼이 되기 위해서는 일정 부분의 희생을 감수할 수밖에 없고 그것이 개인의 사생활이나 가정일 수도 있는 현실이었다. 가정과 직업을 완벽하게 꾸려간다는 것은 결코 쉬운 일이 아니었다. 그런데 수혜의 일에 큰 디딤돌이 되었을 파리 유학이 결혼 전에 이룬 것이 아니고 결혼 이후에 가능했다는 사실은 보통 사람들에게는 선뜻 이해되지 않는 일이었다.

얼마나 많은 대한민국의 남자들이 가정을 소홀히 하거나 내팽개칠지도 모를 아내의 학업을 외조해 줄 수 있을까. 이정희도 솔직한 마음으론 수혜가 부러웠다. 평범한 가정에서 부모의 후원없이 자라며 스스로 공부해야 했고, 앞으로도 몇 년 더 계획을 세우고 돈을 모아야 할 수 있는 과정을 한수혜는 큰 희생 없이 밟았고, 그 결과로서 남들이 선망하는 자리에 앉은 것이다.

이정희는 수혜에 대해 동료들보다 더 많은 것을 알고 있었다. 보통의 남편이 부인의 유학을 허락해 주었다고 해도 대한민국의 현실에서 상식 밖의 놀라움으로 이야기될 것이지만 더 놀라운 것은 한수혜가 굴지의 재벌인 재원그룹 차기 경영자의 부인이라는 것이었다. 굳이 일하지 않아도 평생 먹고 살 걱정을 할 필요가 없는 상류층의 며느리가 회사에 매여 일하고 있다는 사실만으로도 이미 충격이었다.

이정희는 바로 며칠 전 출근길 지하철에서 본 스포츠 연예신문의 사진을 떠올렸다. 당황하면서도 짜증이 묻어난 굳은 표정으로 카메라를 향해 손을 들어 상대 여자의 얼굴을 보호하듯 가리던 남자.

헤드라인은 선정적으로 눈길이 가게 뽑은 '장희현, 미심쩍은 심야의 데이트?' 였다. 공인된 약혼자가 아닌 남자와 늦은 밤 호텔 주차장에서 도망치듯 나가던 장면과 헤드라인만으로도 짐작 가는 일이었다. 결혼을 앞두고 거의 반년 가까이 칩거에 들어갔던 여배우여서 그 호기심과 의심은 눈덩이처럼 불어났다. 약혼자도 아니고 전혀 사업적이나 개인적 친분없는 재벌 2세와 한밤중 호텔에서 나왔다고 하면 아무리 결백을 주장한다고 해도 그 의심이 깨끗이 걷힐 리 없다.

대한민국 최고의 여배우와 염문설에 휩싸인 남자를 남편으로 두고 있으면 그 마음이 어떨까. 이정희는 수혜에게서 몹쓸 호기심을 거둘 수 없었다. 그런데 수혜에게선 눈에 띄는 어떤 고민의 흔적도 찾아볼 수 없었다. 너무나 강력한 적을 만나 마음 태우고 잠을 이루지 못해 눈가에 다크서클의 흔적이라도 보여야 할 여자에게선 조금도 이상증후를 찾아낼 수 없었다.

이정희의 관심은 한수혜에게서 기획실장 김민에게로 자연스럽게 넘어갔다. 그가 원래 아랫사람들에게 친근하면서도 예의 바르고 친절한 것은 알지만 수혜에게는 조금도 아랫사람 대하듯 말을 놓지 않고 있었다. 그가 재원그룹의 며느리를 부하직원으로 스카우트하면서 그 사실을 모르지는 않을 것이다. 그녀는 순수한 동경으로 눈을 빛내는 동료들을 한심하게 건너다보았다. 분명 그들도 한수혜가 몇 년 전 재벌가의 며느리로 신문이며 방송에서 떠들썩하던 사람이라고 말한다면 뒤늦게 알아챌 수도 있을 것이다. 하지만 지금 그녀들은 한수혜라는 존재가 예전의 그녀와 동일인물이라는 것은 전혀 생각지도 못하고 있었다. 하긴, 이정희도 한수혜의 실력에 대해 의문을 가지고 학교 선배와 이야기하던 중에 우연히 알게 되었다.

파리 유학이 이제는 패션계에서의 성공을 위해 마땅히 거쳐야 할 과정인가 보다고 허탈하게 말하는 그녀에게 선배는 누구라고? 하면서 이름을 되물었다. 그리고는 한수혜라는 이름이 동명이인이 아니라면 그녀가 국내 패션계에서는 아주 권위있는 섬유연구소에서 주최한 디자인 콘테스트에서 1위를 수상할 정도로 실력을 갖추었으며 그 부상으로 주어진 파리 유학을 포기하고 결혼을 선택하면서 화젯거리가 되었다고 했다. 일생의 꿈이기도 한 파리 유학을 포기하면서 선택한 그 결혼이 도대체 얼마나 대단한 것이었는지도 곧 밝혀졌다.

대한민국에서 손에 꼽는 재벌가의 며느리! 누구라도 마음이 흔들릴 법했다.

개인이 가진 독특한 패션 감각을 만족시키려면 우선 경제적 여유가 있어야 했고, 스스로 발로 뛰고 머리를 혹사하며 노력한다 해도 그것을 알아주고 소모하며 받아들일 수 있는 사람들이라고는 그 사회의 소수 상류계층 사람들뿐이었다. 죽어라고 노력하고 발로 뛰어다니는 대신에 곧장 상류계층의 문턱을 넘을 수 있다면!

패션계의 지각있는 사람들은 한수혜가 결혼하면서 디자이너로서의 모든 걸 포기했다고 안타까워했다지만 이제 와 돌이켜 보면 그녀는 결혼과 일에 대한 야망이라는 두 마리 토끼를 다 잡은 셈이었다. 그것도 그녀가 결혼으로 얻은 배경으로 인해 더욱 쉽게! 제대로 된 연줄과 스폰서, 혹은 뛰어난 재능 없이는 패션업계에서 성공하기란 하늘의 별을 따는 것처럼 어려운 요즘 세상에서 그녀는 분명한 성공줄을 움켜잡았던 것이다.

그렇게 보면 한수혜는 원하는 모든 것을 얻었을 텐데도 행복해 죽을 것 같은 모습은 아니었다. 그녀는 친절하면서도 주위 사람들에게 긴장과 경계를 완전히 풀지는 않는 표정이었고, 차가운 느낌을 주었다. 남들 보기에 모든 것을 얻고도 행복하지 않은 건 무슨 이유일까. 타인들의 사생활에 대해 무관심하고 오로지 자신에 관한 것만 신경 쓰는 것이 이정희의 성격이었는데 수혜에 관해서만큼은 그 이유가 무엇인지 몹시 궁금해졌다.

"즐거웠어?"

수혜가 키패드를 누르고 안으로 들어서자 거실에서 편안한 차림으로 보고서를 검토하던 그가 물었다.

수혜는 그가 보통 거실보다는 서재에 있는 것에 익숙해서 의외라고 생각했다.

"나쁘지 않았어요."

수혜는 술자리를 즐기지는 않았지만 함께 일하는 팀원들에 대해 좀 더 알 수 있는 적절한 기회였다고 생각했다.

갈증과 더불어 커피 생각이 간절했던 수혜는 당장 자신의 공간으로 들어가기보다는 주방으로 향했다. 재킷과 핸드백을 테이블 위에 올려놓고 물을 마시려고 하는데 그가 따라 들어왔다.

"커피, 줄까?"

그도 커피를 마실 생각으로 들어온 모양이라고 생각하며 수혜는 고개를 끄덕였다. 그가 익숙한 동작으로 물을 올리고 그라인더와 핸드드립용 거름종이, 원두를 꺼냈다.

여러 사람의 시선을 견디고 그들과 경계를 풀며 대화하는 것도 에너지를 꽤 소모하는 일이었다. 수혜는 아일랜드 테이블 앞에 놓인 스툴에 앉아 긴장을 풀고 물이 끓는 것을 기다려 익숙한 동작으로 커피를 내리는 그의 모습을 바라보았다. 일련의 그의 행동은 이전에는 전혀 상상할 수도, 기대할 수도 없던 배려였다.

"일찍 들어왔어요?"

"음, 원래 있던 저녁 약속이 취소되어서 좀 여유가 있었어."

"내가 함께 있어야 할, 자리였던 거예요?"

"음?"

"아까, 두 번이나 전화했었잖아요."

"아, 그거."

"꼭 필요한 자리면 미리 말해주지 그랬어요?"

"괜찮아. 신경 안 써도 돼. 덕분에 집에서 기다리는 기분이 어떤 건지 생각해 볼 기회가 됐어."

"그래요?"

그의 변화가 무엇 때문이든지 간에 결코 나쁘지 않았다. 지난 그들의 결혼 생활에서 감내해야 했던 것은 그것이 전부가 아니었지만 그가 상대의 마음을 헤아리고, 책임을 인정한다는 건 날카롭던 수혜의 경계를 풀어놓았다. 이런 결혼이었다면……!

마음을 편안하고 여유롭게 해주는 신선하고 그윽한 커피 향이 퍼져 그들을 감싸자 수혜는 기분이 좋아졌다.

"연하게 해줄까?"

"아뇨, 진하게."

"괜찮겠어?"

"커피 때문에 잠을 못 자는 일은 없어요."

"그랬나?"

그가 막 내린 커피를 수혜가 앉은 테이블 앞에 놓아주었다.

"고마워요."

"뭘."

그는 가벼운 웃음으로 넘기며 수혜가 잔을 들어 음미하며 커피를 마시고 내려놓는 모습을 가만히 지켜보았다.

"내일 저녁에 함께 외출해도 되겠어?"

그가 부드러운 음성으로 물었다.

"외출요?"

"음, 은원이가 예술의 전당에서 공연한다더군. 그 주변 산책코스가 환상적이라고 하던데, 어때? 데이트도 할 겸 오랜만에 은원이도 볼 겸해서 가볼까?"

은원은 그의 사촌 여동생이었다. 줄리어드에서 바이올린을 전공한 음악 수재인데, 집안에서도 전폭적인 지지를 하고 있었다. 수혜를 탐탁지 않게 생각하는 집안의 사람들이나 아무리 해도 어려운 시부모님과는 달리 은원은 순수하고 친절하며 가식이 없어 그녀도 좋아했었다.

"꼭 가봐야겠네요. 은원 아가씨 잘 지내죠?"

"잘 지내지. 결혼 날짜도 잡았다던데."

"결혼요?"

"당신도 알걸? 승연이와 약혼했는데 내년 3월로 결혼 날짜를 정했다더군."

내년 3월이라면 그와 부부인 상태로 은원의 결혼식에 참석할 수 있을 것이다. 은원의 결혼은 꼭 참석해서 축하해 주고 싶었으므로 수혜는 다행이라고 생각하면서 자신의 결혼식에서 보았던 은원의 곁에 있던 남자 친구를 떠올렸다. 그들은 집안간에도 친분이 두터운 오래된 친구라고 했는데, 보기에도 편안한 친구처럼 보였지만 서로를 배려하는 눈길은 심상치 않았다.

"축하할 일이네요. 작은댁에서도 좋아하시죠? 승연 씨라면 서로 모르는 사이도 아니잖아요?"

"음. 그렇지."

그들은 집안간의 격차도 없을뿐더러 은원은 결혼한 후에도 음악을 포기하지 않아도 될 터였다. 신랑의 집에서도 은원을 공주처럼 떠받드는 분위기여서 결혼 생활에서도 고부간의 갈등으로 근심할 일은 없을 거라는 생각이 들었다.

"참, 이거."

그가 깜빡 잊고 있었다는 듯 꺼내놓은 물건은 그녀의 결혼반지였다. 영원한 사랑을 약속하며 그가 껴주었던 결혼의 상징. 한때, 1년 6개월간 그녀의 것이었음에도 지금 그것은 고통스런 기억을 동반한 낯선 물건이었다.

수혜가 그것을 뚫어지게 바라보기만 하자 그가 천천히 다가왔다. 순간 수혜는 그가 무슨 의도로 다가오는지 깨닫고는 서둘러 손을 뒤로 빼며 자리에서 일어났다. 꿈에서 자신의 손가락을 옥죄던 느낌도 고스란히 살아났다.

"치우는 건 내가 할게요. 반지는 거기 둬요. 필요할 때 내가 낄게요. 지금은……."

수혜는 서둘러 남은 커피를 다 마시고 빈 잔을 들고 싱크대로 도망쳤다. 그는 아무 말도 하지 않고 다가와 수혜가 설거지를 할 수 있도록 자신의 잔과 핸드드립 도구 일체를 개수대에 넣었다. 공평하게 가사 분담을 하는 일에 성공한 부부 같다는 느낌이 들었다. 오래전부터 그렇게 해왔던 사람들처럼.

"씻고 자야겠어요."

수혜가 손의 물기를 닦으며 테이블 위의 재킷과 가방, 그리고 그 옆에서 빛나고 있는 반지를 조심스레 들고 주방에서 나왔다. 그는 서둘러 도망치는 수혜를 붙잡지 않았다.

"잘 자."

다음날 아침, 그는 오전에 일이 있다는 메모를 남겨놓고 집에 없었다. 은원의 콘서트 잊지 말라는 첨언도 함께였다.

그가 시댁의 다른 친척들을 만나야 한다고 했더라면 수혜는 그럴듯한 핑계를 대며 거절할 수도 있었을 것이다. 하지만 은원은 달랐다. 가장 애정이 가는 사촌 시누이였던 것이다.

외출 준비를 위해 샤워를 마치고 머리를 말리고 화장을 마친 수혜는 여성스러우면서 고전적인 느낌을 주는 재킷과 스커트 정장을 입었다. 가방을 들고 나가려고 하는데 뭔가 빠진 것이 있음을 알았다. 반지! 친지들을 포함해 자신들의 결혼 사실을 알고 있는 사람들을 만나는 자리. 그가 그것을 염두에 두고 어젯밤 반지를 주었다는 데 생각이 미쳤다.

그것이 눈에 띄는 곳에 있는 것을 원치 않았던 수혜는 어젯밤 반지를 침대 사이드 테이블 서랍에 던지듯 넣어두었다.

의미를 두지 않으면 돼. 그냥 연극의 소품 같은 거니까.

수혜는 호흡을 고르고 서랍을 열었다. 하지만 정작 반지가 아닌 다른 물건을 보고 멈칫했다. 갑자기 얼굴이 달아오르며 머릿속이 하얗게 변해 아무것도 생각할 수 없었다. 그것은 아직 뜯지 않은 콘돔박스였다. 그간 단 한 번도 열어보지 않았던 사이드 테이블의 서랍에서 생각지 않은 물건을 발견한 수혜는 충격을 받았다.

언제부터 이곳에 있던 것일까. 수혜는 평정심을 찾기 위해 심호흡을 했다. 그러나 그녀의 노력은 헛수고였다. 수혜는 원래 목적했던 반지조차 꺼내 들지 못하고 서랍을 닫았다. 그녀의 가슴은 쉽게 진정되지 않았다. 마치 그가 당장 부부 관계를 요구한 것처럼 쿵쾅거리며 세차게 가슴이 뛰었고 어지러웠다.

아니야, 그럴 리 없어. 그 사람은 너무나 냉정하게 거리를 유지하는걸. 게다가 내게 그런 관심이 없다고 분명히 말했는데!

주차장에 도착한 그에게서 다시 한 번 전화를 받고 나서야 수혜는 서둘러 아파트를 나왔다. 얼핏 거울을 지나치며 본 그녀의 얼굴은 창백했다. 쉽게 상처받고 부서질 것 같은 여자의 모습이었다. 기다리는 그의 차에 오른 그녀의 얼굴을 본 그도 괜찮으냐고 물었다. 그는 그녀가 가지런히 무릎을 모으고 안전벨트를 매는 것을 확인하고는 차를 출발시켰다. 반지가 없는 손가락을 확인하고도 그는 아무 말도 하지 않았다. 그는 다만 온화하고 다정한 태도를 일관되게 보여주며 미소를 머금었다. 수혜는 창 쪽으로 시선을 주었다가 자신의 무릎 앞에 모아진 손으로 시선을 내렸다. 아무리 의식하지 않으려 해도 그를 의식하게 되었다. 더구나 지금처럼 은근한 시선으로 쳐다보는 데는 그 시선을 무시할 수 없었다.

수혜는 안전한 화젯거리를 찾으며 서둘러 운을 뗐다.

"낮에 수환이한테서 전화 왔었어요."

시시콜콜 자신의 일을 보고하기 위해서가 아니고 무난하게 대화할 수 있는 화제였기 때문에 고른 말이었다.

그가 그녀의 말에 관심을 보였다.

"영화제 출품작 만든다고 여럿이 합숙하고 있대요. 바쁜 일 끝나면 보러 오겠다고 했어요."

"다음에 함께 저녁식사라도 하지."

어려서 교통사고로 돌아가신 부모님이 세상에 남겨놓은 친혈육이라고는 3살 어린 남동생 수환과 그녀뿐이었기에 그들 사이의 감정은 애틋했다. 동생은 수혜에게 감정적으로 의지하면서도 자라면서 때때로 오빠 같은 태도를 보이곤 했었는데 그녀가 준현과 결혼한 이후로는 그런 태도를 조금은 물렸다. 대신에 그는 매형인 준현과는 격의없이 친하게 어울렸었다.

"처남에게선 열정이 있어. 예전에 당신도 그랬던 것처럼 분명한 자기 목표가 있고, 그 길을 위해서 한눈파는 일도 없이 달려가지. 젊은 시절의 경험으로도 나쁘진 않을 거라 생각해. 못 본 지 꽤 됐는데 다음에 함께 시간 좀 만들어보지."

"전에 두 사람, 꽤 마음이 통하는 사이 아니었어요?"

수환은 그에게 적대적인 태도를 견지하는데 그는 이전과 조금도 달라지지 않았다는 사실이 의아했다.

"음, 수환이 제대하기 전에 면회 다녀오고, 복학하기 전에 잠깐 통화했던 게 다야. 아, 그 후에 당신이 돌아올 거라고 알려주면서 잠깐 통화한 적이 있군."

굳이 그의 말을 빌리지 않더라도 동생 역시 그의 안부를 묻지 않는 것으로 두 사람 사이가 소원하다는 것을 짐작할 수는 있었지만 그 정도로 서먹한 줄은 몰랐었다. 예전의 동생이었다면 매형을 더 따랐을 텐데, 그리고 그 역시 그 사실을 알 만큼 서로 친분을 나누던 사이였는데 어느 날 갑자기 둘 사이는 아주 냉랭해져 버렸다. 한순간, 수혜는 말없이 자신의 병상을 지키며 걱정스런 눈매로 지켜보던 동생을 떠올렸다. 그녀가 모든 것에 관심을 잃고 생을 포기했던 만큼 그때 동생이 단 하나의 가족인 그녀를 잃을지도 모른다는 사실로 받았을 고통을 헤아릴 여유가 없었다. 분명한 것은 수환이 그녀의 이해할 수 없는 충동적 자해 행위를 준현의 책임으로 생각했다는 것이다.

가끔씩 그의 시선이 그녀를 훑곤 했지만 그녀는 모른 체했다.

"은원이 무슨 꽃을 좋아하는지 알아?"

지나는 길에 화원이 눈에 띄자 그가 물었다.

"백합요."

그와 연애하던 시절에도 콩쿨에 입상한 은원을 보러 갔던 적이 있었고, 은원이 수혜가 주는 꽃을 받으며 그렇게 말했던 적이 있었다. 백합, 우아하고 귀족적이며 순수해 보이는 꽃과 은원의 분위기는 더할 나위 없이 어울린다고 수혜도 생각했었다.

그가 고개를 끄덕이며 지나치듯 물었다.

"당신은?"

화제가 생각지 않게 갑자기 자신에게 돌아오자 수혜는 잠시 머뭇거리며 대답했다.

"……가드니아요."

이름이 주는 어감도 좋았고 강하고 달착지근한 여성스런 향이 좋았으며 활짝 피기 전의 하얀 봉오리가 무척 사랑스러웠다.

화원에 잠깐 들렀을 때 전적인 선택을 그녀에게 맡긴 채 지켜보던 그를 옆에 두고서 수혜는 백합을 골랐다. 점원이 포장하는 동안 수혜는 풋풋함과 싱그러움이 넘쳐 나는 화원 안쪽으로 몇 걸음 내디뎠다. 수혜는 잠깐이지만 녹색 식물들이 주는 편안함과 여유로움에 취해 있었다.

그도 화원 안의 다양한 종류의 꽃들을 둘러보더니 점원에게 가서 말을 걸었다.

"아, 치자요. 그 꽃은 지금 보시기 힘들 텐데요?"

수혜가 커다란 행운목과 정성껏 키운 분재 사이를 돌아 나오는데 점원의 목소리가 들렸다.

"향이 좋아서 관상용으로 키우시는 분들도 있는데요, 6월 중순에서 7월 초가 한창이에요. 그때는 하얀 꽃도 꽃이지만 향기에 취해요."

"다른 곳에서도 마찬가질까요?"

점원이 웃으며 응대했다.

"네, 사시사철 꽃을 피우는 양란과는 아무래도 달라서요. 제철이 되어야 피어요."

그가 고개를 끄덕였다.

수혜가 다가가자 그가 점원에게서 받은 꽃다발을 수혜에게 내밀었다. 수혜는 은은하게 코끝에 와 닿는 백합 향을 맡으며 조심스레 아기를 안듯 꽃을 받아 안았다. 그가 점원에게 무엇을 물었는지 알았지만 아무런 말도 하지 않았다. 그의 태도가 자신을 당황하게 만들고 있다는 사실을 알리고 싶지 않았다.

예술의 전당 콘서트홀로 향하는 계단을 오르는 동안에도 백합은 그녀의 팔 안에 있었다. 오랜만에 조금은 사치스럽게 생각되는 마음의 여유를 느꼈다. 게다가 따스한 가로등 불빛과는 대조적으로 서늘하게 와 닿는 밤바람도 싫지 않았다.

수혜는 공연 시간을 기다리는 동안 라운지에서 시댁 식구들을 대면하는 어색함도 치러야 했다. 작은댁 식구들은 그와 함께 나타난 수혜를 반갑게 맞아주었지만 조심스럽게 경계하는 표정을 아예 감추지는 못했다. 그들은 서로 눈짓을 하며 수혜가 완전히 돌아온 거냐고 묻는 듯했다. 그 짧은 시간은 어색하고도 길었지만 피할 수 없는 일이었다. 하지만 연주가 시작되고 나서는 달랐다. 수혜는 예전에도 들었던 은원의 기교가 더욱 무르익었음을 분명하게 느낄 수 있었다.

공연이 끝나고 조금은 지친 듯했지만 상기된 표정의 은원을 무대 뒤에서 만날 수 있었다. 은원을 보려고 모인 사람들은 가족뿐만이 아니었다. 공연에서 받은 감동의 연장으로 은원을 찾은 팬들이 프로그램을 들고 와서 사인을 원했다. 기념 촬영을 원하는 사람도 있었다. 은원은 감색 새틴 이브닝 드레스 위로 같은 색의 숄을 걸치고 나와 사람들과 인사를 나눴다. 감동적인 연주였다는 찬사가 이어졌다. 작은 몸 어디에서 한 시간여에 걸친 감정의 극단을 오가는 연주를 끌어낼 수 있는지 경이로움마저 일었다.

수혜는 은원에게 선뜻 다가서지 못하고 사람들로부터 조금 떨어져서 지켜보았다. 몸은 지치고 피곤한지 몰라도 은원의 눈빛만

은 자랑스럽고 자신만만하게 빛나고 있었다. 더구나 그녀의 곁에
는 전폭적인 지지를 보내는 약혼자도 함께여서 젊은 커플을 바라
보는 사람들의 부러움 담긴 시선도 머물렀다. 은원은 예의를 갖춰
사람들에게 답례하다가 준현을 보고는 환하게 웃으며 다가왔다.

"오빠!"

"축하한다, 곧 유명 인사가 되겠는데?"

"오빠도 참, 놀리지 말아요. 그런데 언니는? 어머, 언니!"

은원은 그의 뒤에 선 수혜를 찾아내고 반색을 하고는 팔을 벌리
며 수혜를 안았다. 166㎝의 적당히 볼륨 있고 탄력 있는 은원에
비하면 169㎝의 마르고 모델 같은 몸매의 수혜는 더욱 두드러져
보였다. 둘 다 사람들 사이에 묻혀 있어도 눈에 띄는 미인들이었
지만 은원이 따뜻하고 부드러운 분위기를 가졌다면 수혜는 선뜻
다가서기 힘든 위엄과 차가움이 배어 있었다. 차갑고 마음을 열지
않을 것 같은 수혜를 경계하며 선뜻 다가오지 못하는 반면 누구라
도 다정한 애정 공세로 안아줄 것 같은 은원에게는 다른 태도를
취하는 것도 따지고 보면 당연한 것인지도 몰랐다.

"언니, 얼마나 보고 싶었다구요."

애정을 담은 포옹만으로도 서로의 진심을 알기에 충분했다.

"축하해요, 아가씨. 오랜만이죠?"

은원은 언제나 애정 표현에 있어 거리낌이 없었다. 만나서 기쁘
고 반가운 사람에게는 자신이 느끼는 만큼 꼭 전해야 한다고 생각
하는 사람이었다.

"건강하게 돌아오셔서 기뻐요."

은원은 고개를 들어 수혜의 얼굴을 한번 확인하고는 다시 한 번 그녀를 세게 안았다.

"공부 마치고 돌아오셨단 얘기 들었는데 시간이 없었어요. 그치만 내 맘 알죠? 아, 오빠한테 꼭 참석해야 한다고 말하길 잘했다."

"감동적인 연주였어요. 초대해 줘서 고마워요, 아가씨."

준현은 은원의 바로 뒤를 보호자처럼 따르는 승연을 보고 반갑게 악수를 나누었다. 그들은 남자들은 무시한 채 포옹을 나누는 그녀들을 웃으며 지켜보았다. 은원은 좀 전에 무대에서 그녀만의 성숙한 음악 세계를 보여주던 여자와는 다른 사람인 것처럼 철없고 순진한 아이 같았다. 밝고 환하게 빛나는 그녀 곁에 있으면 누구라도 그 분위기에 휩쓸리지 않을 수 없는 그런 존재였다. 그 증거로 말수 적고 감정 표현을 절제하는 수혜조차도 딱딱한 벽을 거두고는 부드럽고 자연스럽게 웃으며 포옹을 나누고 있었다.

준현은 즐거운 마음으로 그들을 지켜보았다. 수혜가 은원을 좋아한다는 것은 알고 있었다. 은원은 그들 집안의 천사 같은 존재였다. 남자 형제가 많은 집안에서 귀하디귀한 딸로 태어나 사랑을 받으며 자란 데다 천성적으로 맑고 순수한 성격에 함께 있노라면 즐거워지는 그런 존재였다.

그간의 안부를 물으며 인사를 나누던 준현과 승연은 두 여자 사이를 방해하지 않고 쳐다보기만 해도 흡족했다. 이제 정말 집으로 돌아온 느낌을 갖게 될 거라고 그는 생각했다. 아무도 수혜에게 은원과 같은 방식으로 다가가 보고 싶었다고 말하며 끌어안고 인사하는 사람은 없었다. 그것은 수혜가 가진 차가운 태도 때문이기도 했고, 과거의 일을 알고 있는 어른들이 어떻게 대처해야 할지 몰랐기 때문이기도 했다. 하지만 은원은 과거 따위에 연연하지 않고 건강하게 돌아와서 다행이라고 말하며 눈가를 훔치기도 했다.

"김은원, 샘난다. 이제껏 고생한 내게도 그렇게 안아줄 거지?"

그런 식으로 감정이 고조되는 것은 좋지 않다고 판단한 은원의 오랜 친구이자 약혼자인 승연이 일부러 투덜거리듯 끼어들었다. 그러자 은원도 서둘러 눈물을 훔치며 그를 쳐다보았다.

"어디, 모니터를 제대로 했는지 보고나서."

"당연하지, 누구의 명이라고 내가 소홀했겠어?"

승연은 자신만만하게 대답하며 어깨를 으쓱했다. 은원은 그런 그가 귀엽다는 듯 남들의 시선에는 아랑곳없이 그의 목에 팔을 두르고 뺨에 키스를 했다.

수혜는 다정한 연인을 바라보면서 미소를 지었다. 하지만 그것은 자신의 속내를 남에게 드러내지 않기 위해 부러움을 감추고 억지로 지은 것이었다.

그때 그가 팔을 뻗어 수혜의 허리를 그의 품 안으로 끌어당기듯 안았다. 순간 수혜는 그의 체취와 함께 친밀하게 닿은 그의 몸이 전하는 뜻하지 않은 느낌에 움찔했다. 수혜가 의아한 눈길로 가깝게 선 그를 올려다보았다. 그는 따뜻하게 웃는 눈길로 그녀에게 동의를 구하는 것 같았다. 수혜는 그것이 다른 사람들에게 보여지기 위한 행동이라는 것을 이해했다. 하지만 소유를 주장하듯 갑자기 허리에 밀착된 그의 손길은 자꾸 신경이 쓰였다. 그의 손길이 느껴지는 옆구리로부터 뜨거운 기운이 퍼져 가는 느낌이었다. 집을 나오기 전의 충격이 떠오르면서 단단히 걸어 잠근 몸의 욕망을 일깨우기에 충분했다. 그것은 아주 당혹스러운 느낌이었는데 그 때문에 더욱 그녀의 미소는 희미해지며 빛을 잃었다. 하지만 그것은 아주 잠깐의 여유로운 사색이었다. 시끄러운 일련의 움직임과 더불어 카메라 플래시가 연속으로 터지며 수 명의 기자들이 나타났다. 그들의 관심은 은원도, 준현도 아니었다. 가만히 있어도 빛이 나는 것 같은 착각이 드는 한 여자와 그녀의 일행인 한 남자 때문이었다.

장희현과 한승효.

장희현은 자신에게서 빛이 나는 것을 알고 있는 것처럼 그 어떤 화려한 장식이나 액세서리로 자신의 아름다움을 깎아내리지 않았다. 그럼에도 단아하면서도 화려한 매력이 보는 이를 사로잡았다.

"가족 모임을 저희가 방해한 것 같습니다."

장희현의 곁에 있던 남자가 예의 바른 어조로 말했다. 장희현이 눈에 띄는 화사한 아름다움의 소유자라면 한승효는 외모에서도 날카로운 성격의 일부가 드러나는 것 같았다. 그런데 그 날카로움이 그의 매력을 상쇄시키기는커녕 묘한 카리스마로 자리 잡았다.

기자들과 여배우의 출현은 반갑지 않았지만 한승효를 직접 만날 기회가 생긴 것만으로도 그들 가족은 흡족한 표정이었다.

"이 사람이 아주 훌륭한 공연이었다고 감동해서는 연주자를 만나보고 싶다고 해서, 실례를 무릅썼습니다."

은원은 고맙다고 말하며 그들과 인사를 나누었다. 다른 가족들도 뒤이어 서로를 소개하며 인사를 나누었다.

　수혜는 자신의 허리를 단단히 안고 있는 남편에게서 분노의 기운을 읽었다. 그러나 그는 약간 냉소적인 미소를 지은 채 그와 악수를 나누었다. 준현이 아내라고 수혜를 소개하자 한승효의 눈빛이 의미심장하게 빛났다. 하지만 그는 터럭만큼도 흠잡을 데 없는 태도로 수혜에게 악수를 청했다. 수혜는 장희현과도 인사를 나누었는데, 화사하고 아름다운 여자의 눈빛은 어딘지 불안하고 자신감이 없었다.

　"저 때문에 부군께서 괜한 오해를 사셨던 거 알고 계십니까?"

　기자들의 이목이 그 어떤 실수 한마디 놓치지 않을 기세로 감시하고 있는 상황에서 담대하게도 한승효가 수혜에게 말을 꺼냈다.

　"네?"

　"제가 그날 이 사람과 약속을 지키지 못해서 부군께서 괜한 오해를 사게 만들었습니다. 혹시 그 일로 기분 상하거나 오해하고 계시진 않으신가 하고."

　그건 수혜에게 하는 말이 아니고 기자들에게 들으라고 일부러 하는 말 같았다.

　"아, 이이에게서 들었어요. 희현 씨가 워낙 미인이시라 좀 걱정하긴 했지만 오해는 안 해요."

　수혜가 웃으며 대답하자 일순 긴장되었던 분위기가 화기애애하게 변했다.

　"다행입니다. 혹시 시간 되시면 언제 함께 식사라도."

　준현이 점잖고도 여유로운 태도로 그의 제안을 거절했다.

"그랬다간 또 어떤 오해를 살지 모릅니다. 조심하는 게 좋겠는데요."

"아, 제 생각이 짧았을까요?"

호쾌하게 웃음으로 넘기는 한승효의 태도에서는 의심의 그림자도 찾아볼 수 없었다.

일곱

자신감 있고 편안하게 사람들을 대하던 그도 집으로 돌아오는 차 안에서는 뭐가 불쾌한지 아무런 말도 하지 않았다. 수혜는 사람들 앞에서는 겨우 감추고 있었지만 아슬아슬한 장희현의 태도 역시 신경 썼다. 실제로 본 그녀는 천상의 여자라고 해도 믿을 정도로 남자들의 보호본능을 일깨우는 청순한 미인이었다. 장희현이 한승효를 사랑하는 것은 분명해 보였다. 하지만 한승효가 장희현을 전적으로 믿는지는 알 수 없었다. 준현을 대하는 그의 태도에도 이중적인 면이 있었다. 하지만 수혜에게는 동지 의식을 느끼기라도 하는 것처럼 거리낌 없고 동정적인 태도였다. 하지만 언론과 대중 앞이어서 그런 태도를 취했을 뿐 그는 의심의 눈길을 거두지 않고 있었다.

"한승효 씨, 두 사람 관계 아직 믿지 않는 거죠?"

수혜의 물음에 그의 입매가 더 굳어졌다.

"쓸데없이 끼어들어서 좋은 기분만 망쳤어. 당신 기분 상했다면……."

"난 상관없어요. 그냥, 그, 장희현 씨가 안됐다는 생각이 들었어요."

"왜?"

"당신은 그냥 한마디면 되는데, 그 여자는 어떻게 해도 그 남자가 믿어주지 않으니까. 좀 불공평하지 않아요?"

"그 말은, 당신은 날 믿는다는 말이야?"

그의 음성에 은근한 기대감이 묻어나왔다.

"믿든 안 믿든 상관없는 거죠."

수혜의 말에 그가 짧은 한숨을 내쉬었다.

"그런데도 그 여자가 더 안됐어?"

"우리에겐 그 일이 아무런 영향도 미치지 않지만 그 여자는 그렇지 않은 것 같던데요. 그 사람이 어떻게 나올까 불안한 눈치였어요."

"그건 나와 같은 처지군."

"당신이 불안해요? 뭐가……."

그는 수혜의 말에 대답하지 않았다. 하지만 혼잣말처럼 중얼거렸다.

"무슨 짓을 하든 상관없지만, 내 결혼을 망치려고 들면 가만두지 않을 거야."

"다시 만날 일이 또 있겠어요?"

수혜의 생각과는 달리 장희현과 한승효 커플과의 만남은 그것으로 끝이 아니었다.

그들 부부는 이전에도 그랬듯이 부부동반 파티에 가곤 했다. 억지로 정상적인 부부인 체하느라 다정한 모습을 연출할 때마다 수혜는 무척 곤혹스러웠다. 그런 자리를 어떻게든 피하고 싶은 수혜의 마음과는 달리 그는 수혜가 내년 봄여름 컬렉션 일정으로 바빠 늦게 들어오는 것에 대해서는 아무 말도 하지 않았지만 그가 원하는 모임에 갈 수 없다는 거절의 말은 그대로 수긍하고 이해하지 않았다. 그렇다고 그가 강경하게 참석해야만 한다고 주장하거나 버럭 화를 내는 것은 아니었다. 다만 차분하게 그 모임이 어떤 모임이며 아주 잠깐이라도 얼굴을 내비쳐야 하는 이유에 대해, 자상하게 설명을 함으로써 그녀가 거절할 수 없게끔 만들었다. 모임 자체가 중요한 것이 아니었다. 그들이 함께한다는 사실이 중요한 것이었다.

이전의 파티에서는 형식적이고도 의례적인 미소로 일관하면 되었지만 그날은 달랐다. 그를 비롯한 친분있는 경제인 2세들의 사적인 파티였다. 파티의 호스트는 그날 새로 이사한 아파트를 공개하며 형식에 구애 받지 않는 와인파티를 열었다. 초대 받은 사람들은 수혜 부부를 포함한 8쌍의 부부였는데 그의 친구들은 한동안 그들 부부의 참여 자체만으로도 놀라운 일인 양 화제로 삼았다.

"반지!"

집을 나서기 전부터 그는 작정하고 확인했다.

"이번엔 깜빡 잊어버렸다는 말, 안 통해."

결국 수혜는 그 화려하지만 가식적인 반지를 그가 원하는 손에 끼고 확인을 받은 후에야 집을 나설 수 있었다.

90평의 초호화 아파트라는 것 자체부터 예전 같았으면 큰 거부감이 일었을 텐데, 이제는 그녀에게도 익숙해져 있었다. 파티를 위해 특별히 마련한 은은한 조명이 현관 입구에서부터 분위기를 고조시키기에 충분했다. 그들 부부는 초대한 부부에게 인사와 함께 준비한 선물을 전했다. 이어 파티에 초대된 다른 사람들과도 인사를 나누었다. 그들은 이미 이런 모임을 통해 몇 번의 안면이 있는 사람들이었다.

"어, 수혜 씨, 파리 생활이 좋았나 봅니다. 어째 그전보다 더 아름다워지셨는데요?"

"그러게 말야, 우리 와이프는 벌써 애 둘 낳고는 아줌마가 다 됐는데 수혜 씨는 아직도 처녀 같아요."

"그동안 저 친구 놀리는 재미도 쏠쏠했는데, 이제는 다 틀렸습니다. 야, 김준현! 홀아비 신세 면했으니 축하할 일이다. 건배!"

"수혜 씨 도망간 거 아닌가 하고 의심하는 놈들도 있던 거 아십니까?"

"그래서인가? 저 녀석, 분명히 얼굴이 활짝 폈는데요?"

수혜는 쏟아지는 그들의 짓궂은 놀림에 얼굴을 붉혔다. 다행인 것은 그가 곁에서 떠나지 않으며 아페리티프(식전주)와 음식들을 권했으므로 혼자서 감당하지 않아도 된다는 것이었다. 수혜가 견디기 힘든 것은 아무리 해도 그들과 같아질 수 없는 부류임을 태도로 내보이는 태어나면서부터 귀족인 부류들이었다. 겉으로는 그런대로 받아주는 척하면서도 그들 중 일부는 수혜 같은 이방인을 무시하거나 외면했다.

와인파티에 걸맞게 다이닝룸 한쪽 테이블 위에는 다양한 종류의 와인과 샴페인 잔, 화이트 와인 잔, 레드 와인 잔이 놓여 있었고, 그에 맞춘 음식들이 세팅되어 있었다. 조명은 낮춘 대신 테이블 위에는 글라스 위로 색색의 촛불이 커져 있어 분위기가 더욱 고조되었다.

수혜는 취향을 묻는 그에게서 푸이 퓌세를 받아 들고 한 모금 음미했다. 그는 다정한 태도로 그의 접시에 있는 달팽이 요리를 포크로 집어 그녀에게 권했다. 수혜는 다른 사람들의 시선을 의식하며 차마 거절하지 못하고 그에게서 음식을 받아 먹었다. 그러자 다시 한 번 그의 친구들로부터 야유가 날아왔다. 여자들의 시선에서 은근한 부러움과 시샘이 담겨 있었다. 그들의 농담 어린 말속에서 그가 그동안 혼자 감내했을 온갖 추측과 루머들을 짐작하기란 어렵지 않았다. 그가 친구들로부터 놀림을 받았다고 말했지만 이 정도인 줄은 몰랐었다.

그때 입구 쪽으로부터 술렁이며 소란이 일었다.

"오호~ 안 올지도 모른다고 생각했는데, 나타나셨군."

수혜보다 먼저 새로운 손님을 확인한 준현의 표정이 눈에 띄게 굳었다.

"누구 장난이야?"

집주인 부부는 그의 비난에 서둘러 시선을 피했다.

장희현과 한승효였다. 그들도 준현과 수혜의 존재를 확인하고는 짓궂은 장난이라는 것을 알아챈 표정이었다. 그러나 감정의 절제와 의례적인 만남에 대한 대처에 익숙한 두 남자는 호기심 어린 일행들에게 즐거움의 빌미를 주지 않았다. 곧 사람들의 관심도 시들해질 정도로 두 남자는 나름 의기투합해서 잘 어울렸다.

남자들은 하나둘씩 정치 문제로부터 자신들이 안고 있는 현안 문제로 화제를 돌렸다.

"재원이 이번에 의류업계에 뛰어들 거라는 말이 있던데?"

"어, 이번에 매각하기로 결정된 워크아웃 기업을 헐값에 사들였다는 말은 들었어."

"성정 어패럴 말이군. 지난 몇 년간 무리하게 확장하다가 IMF 위기를 맞아 워크아웃 당했지만 아까운 물건이었는데."

"뭐야, 그럼 재원과 우리 회사가 경쟁하게 되는 건가?"

"이거 혹시 수혜 씨를 생각한 배려 아냐?"

아내를 유학 보내는 것으로도 모자라 이제는 구미에 맞는 의류업체까지 사서 바칠 거냐고 그들은 은근히 비아냥댔다.

"어디까지 할 거야?"

"비즈니스는 비즈니스일 뿐이야. 이상한 억측들은 하지 마!"

의심스럽다는 친구들의 무수한 억측에도 그는 흥분하거나 속내를 드러내지 않으며 한마디로 받아넘겼다.

"네가 진두지휘할 것 아냐?"

"그건 두고 봐야지."

"술 끊고, 담배 끊고 일만 하면서 도대체 무슨 재미야?"

지루하다는 부인들의 야유에 그들은 관심을 골프나 운동으로 돌리며 당구대가 있는 방으로 하나둘 몰려갔다.

"하여간 남자들은 어쩔 수 없다니까요."

어떤 것에도 흥미를 느끼지 못할 것 같은 시니컬한 표정으로 일관하던 정인희가 말했다. 그들 부부는 곧 파경을 맞을 거라고 언론의 관심대상이 되고 있었다. 그녀의 남편이 최근 주가를 올리고 있는 탤런트와 염문을 뿌리고 있는 것은 대중들뿐 아니라 이미 그들 세계에서도 모르는 사람이 없었다. 그런 정인희에게 장희현은 처음부터 작정한 타깃이나 마찬가지였다. 그녀에게는 보이지 않는 연적이 눈앞에 나타나기라도 한 것처럼 적의 어린 시선을 거두지 않았다.

수혜가 이들 귀족들과 어울릴 수 없는 이유와 마찬가지로 장희현도 섞일 수 없는 존재였다. 더구나 수혜는 이미 그들 계급에 속한 남편과 결혼 생활을 유지하고 있었지만 장희현은 아직 그 결혼이라는 통과의례를 완전히 통과했다고 볼 수도 없었던 것이다.

수혜는 남편의 애인이 아닌지 확실히 알 수 없는 장희현에게서 자신과 같은 부류라는 동질감과 함께 동정심이 들었다.

"왜 굳이 사람들의 눈요깃거리를 자처해요? 조금 시간이 지나면 잠잠해질 텐데."

수혜가 기름 속에 떠 있는 한 방울 물처럼 겉도는 희현에게 다가가 조심스레 말을 걸었다.

여자들의 호기심 어린 눈길이 그들에게 머무는 것을 느꼈지만 수혜는 무시하기로 했다. 남편과 스캔들이 난 여자에게 너무 관대한 것 아니냐는 속삭임이 들려왔지만 그것도 무시해 버렸다.

수혜의 말에 악의가 없음을 안 장희현이 자조적인 웃음을 지었다.

자신은 오고 싶지 않아도 자신들의 결혼이 건재하다는 것을 과시하기 위해서 어쩔 수 없이 와야 하지만 장희현은 굳이 그럴 필요가 없지 않을까.

"승효 씨가 원해요."

장희현이 지난번 만남에 이어 수혜에게 믿음이 가자 솔직하게 털어놓았다.

"희현 씨 표정이 밝지만은 않아요. 아직, 해결되지 않은 거죠?"

"수혜 씬, 준현 씨 믿어요?"

수혜는 순간 진심을 이야기해야 할지, 그와 약속한 연극에 충실해야 할지 갈등한 후에 대답했다.

"당연히 믿어요."

"마음으론 믿고 싶지만, 의심이 없는 건 아니죠?"

수혜는 잠시 그녀가 배우라는 것을 잊었다.

"내가 그렇게 보였어요?"

"수혜 씬 불가능해도 나는 가능한 일이 한 가지 있죠. 준현 씨와 나, 정말 아무 일도 없었어요. 잠깐 사람들 눈을 피하기 위해 함께 있었던 것은 사실이지만 그게 전부였어요. 좀 미안해요, 준현 씨한테. 그리고 생각지 않은 상처를 줘서 수혜 씨한테도요."

아름다운 외모만큼이나 아름다운 내면을 가진 사람은 흔치 않다고 생각하며 수혜는 한 가닥 놓지 않고 있던 그녀에 대한 선입견을 버렸다.

"희현 씨도 이번 일의 피해자잖아요. 내게 미안할 건 없어요."

"그날 준현 씨가 잠깐 수혜 씨 얘길 해줘서 그런지 이번이 두 번째 만난 거지만 좀 더 오래전부터 수혜 씨를 알고 있는 것 같은 느낌이에요."

"그이가, 무슨 얘길……."

"일에 대해서요. 저, 쉬고 있어요. 사실은 승효 씨와 약속한 게 있거든요. 일, 하고 싶지 않냐고. 언제든 그 유혹을 물리칠 수 있겠냐고 물었어요. 결혼하고 나서 후회하지 않겠냐고."

"그이, 가요?"

"네."

아무리 시간이 흘렀다지만 자신의 결혼 상대에게는 일을 놓으라고 말했던 남자가 다른 여자에게는 일을 그만둘 수 있겠냐고 물었다고?

"그래서 뭐라고 대답했어요?"

"내게 가장 중요한 건, 그 사람 곁에 있는 거예요. 일도 물론 내겐 소중하지만 가장 중요한 건 그거예요. 일과 승효 씨 둘 중 하나를 선택하라고 하면 나는 망설이지 않고 승효 씨를 택할 거예요."

사랑에 빠진 여자에게 다른 선택이 있을까. 수혜는 한때 자신도 빠졌던 함정에 이미 빠져 버린 여자가 안타까웠다.

"당신이 가장 잘하는 일을 버리면서까지 그러는 게 의미가 있을까요?"

"일은 포기해도 살 수 있어요. 하지만 승효 씨가 없으면, 나는 살아 있는 의미가 없는 것 같아요. 시대에 뒤떨어진 생각이라고 해도 어쩔 수가 없어요. ……그런 생각, 해본 적 없어요?"

그래서 자신을 믿어주지 않는 남자의 곁을 지켜요? 자기는 죽을 만큼 상처 입고 피 흘려도 괜찮다고 하면서요?

수혜는 희현의 마지막 질문은 못 들은 척 넘겼다.

"기회 있을 때 다시 생각해 봐요, 희현 씨. 사랑이 변할 수도 있어요."

"수혜 씨 사랑은, 변해요?"

다른 사람이 물었다면 비아냥거리는 거라고 흘려듣고 말았을지도 모른다. 하지만 희현은 진지한 호기심으로 묻고 있었다. 그녀의 사랑이 아직 현실과 부딪쳐 깨져본 적 없기 때문이라고 수혜는 생각했다.

"살다 보면……, 변하지 않는 게 어디 있어요. 그리고 내 마음도 변하는데, 다른 사람의 마음을 어떻게 알겠어요. 더구나 남자의 사랑이란 건……."

회의적인 수혜의 대답에 희현은 적잖이 놀란 듯했다.

"내가 남편 분이면 화날 것 같아요."

수혜도 자신에게 정해진 역할에 충실해야 한다는 것을 알았지만 한번 드러낸 속내는 쉽게 거둘 수 없었다. 장희현에 대한 안타까움 때문이었다. 마치 자신의 이전 모습을 보는 것 같은!

"남자의 사랑이란 거 너무 오래 믿으면 안 돼요. 그 사람은 원하는 모든 걸 하고 그러다 어느 날 자기가 가진 것이 최고가 아니라는 걸 깨달으면 또 다른 사랑을 찾을지도 모르죠. 그때 희현 씨는 이미 그를 중심으로 돌아가는 세상에서 살다가 버림받으면 모든 게 무너지는 거잖아요."

"아직 그런 일은 없잖아요. 내가 노력하면 돼요, 내가 노력할래요."

희현은 자신감이 넘치는 눈을 빛내며 그렇게 말했다.

"그러려면 많은 걸 견뎌야 할 거예요."

얼마나 아프고 실망해야 사랑이 삶의 전부가 아니라는 걸 깨달을까.

"더…… 많이 사랑하는 건 손해 보는 게 아니잖아요. 그죠?"

장희현은 가만히 수혜를 바라보다가 뜬금없이 물었다.

"어떤 입장인가에 따라 다른 거 아닌가? 내가 더 많이 사랑하면 손해 보는 거 아녜요?"

수혜가 일부러 장난처럼 반문했다.

"음, 똑같이 사랑했으면 좋겠지만. ……수혜 씨와 친구가 되면 좋겠어요."

"친구가 있다면, 아무래도 좀 더 견디기 수월하겠죠."

사랑하는 남자가 속한 세상. 결혼한 초기에는 수혜도 어떻게든 그들 부류와 어울려 보려고 했으나 그들은 처음부터 자신들이 다른 계층의 사람이라는 것을 감추려고 하지 않았다. 예전의 수혜였다면 그런 행동들에 상처를 받았겠지만 이제는 많이 강해져 있었다. 수혜는 자신이 처음부터 상류층 배경을 타고나지 않았다는 사실이 부끄럽지 않았다. 자신들이 마치 선택 받은 존재인 것처럼 행동하고 있지만 실제로 그들이 고귀한 피를 타고난 것도 아니고, 도덕적으로 우위에 있는 존재들도 아니었다.

"난 저 남자는 다를 거라고 생각했는데 참 우습죠? 젊어서는 어른들이 만들어놓은 룰에 저항하고 자유롭고 싶다던 남자도 나이를 먹으면 언제 그랬나 싶게 완고하게 변해가니 말예요."

정인희가 자신의 남편을 겨냥해서 말하는 소리가 수혜와 희현에게까지 들려왔다.

"그 여자와 불륜을 저지르면서도 이혼은 싫다는군요. 자기 아버지를 거스르고 싶어 안달하던 남자가 이제는 그 아버지에게 저항하기는커녕 닮아가고 있어요. 이혼이 싫으면 불장난도 그만둬야 하는 거 아녜요?"

경제적으로 월등한 배경을 타고난 남자와 가진 것이라곤 자신의 몸밖에 없는 여자. 연애는 자유롭되 결혼만은 자유롭지 않은 남자와 시간의 제약을 받는 아름다움을 이용해 가진 것을 담보로 성공을 보장 받고 싶은 여자.

어떤 형태가 되었든 그들의 얽히고설킨 관계는 단절되지 않았다. 수혜와는 달리 장희현은 이들 계층의 여자들에게는 한동안 질시의 대상이 될 수밖에 없었다. 정인희가 남편에 대한 분노와 더불어 남편의 불륜 대상인 여배우를 대표해 장희현에게 신경질적인 반응을 노골적으로 나타내자 여자들은 고개를 돌리거나 자리를 떠났다. 바로 옆방에 있는 남자들의 움직임에 신경을 곤두세우는 여자도 있었다.

그녀를 아프게 하는 것이 사랑 때문일까, 자존심 때문일까. 신경질적인 반응은 수혜도 불편했지만 정인희의 태도를 이해하지 못할 것도 없었다. 애초부터 성실함이나 사랑 같은 단어들은 그들에게 허락되지 않았던 것인지도 모른다. 알고 시작했으면서도 주어진 것에 만족할 수 없는 사람들.

"그런 남잘 좋다고 하는 것들은 또 뭐고! 그런 여자들, 아무 남자들에게 몸 파는 여자와 다를 게 뭐예요?"

정인희의 말에 증오심이 담기며 말투가 점차 험악해졌다. 정인희의 눈은 희현에게 꽂혀 있었다.

"인희 씨, 술은 그만 해요. 커피 좀 더 마시겠어요?"

안주인이 자신의 컵을 들고 일어서며 물었다.

"제가 가져올게요."

그 자리가 못내 부담스럽던지 다른 여자가 말하며 주방으로 갔다. 기회를 틈탄 그녀들 중 또 한 사람이 자리에서 일어섰다.

"음악 좋은데요? 남편에게 함께 춤추자고 말해야겠어요."

그녀는 남자들에게 가서 사태를 수습하자고 말할 모양이었다. 안주인은 화제를 바꿀 양으로 수혜에게 호의적으로 말을 걸었다.

"준현 씬 어때요? 아까 보니까 두 사람 아직도 신혼 같은 눈길로 쳐다보던데 헤어져 있던 시간이 도움이 된 건가요?"

그녀들 사이에서도 수혜 부부의 일은 몇 년 전부터 화젯거리였다. 안주인은 수혜 부부를 예로 들어 현명하게 대처하면 다시 정상적인 부부 관계를 회복할 수도 있다고 정인희에게 간접적으로 충고하고 싶은 듯했다. 수혜는 그저 애매한 웃음으로 얼버무렸다.

"나도 파리 보내달라고 말해볼까?"

"그사이에 남편이 바람이라도 피우면 어쩌려고?"

당사자를 앞에 두고 말하기는 무안했던지 그 말을 하는 여자도 수혜나 희현에게 직접 시선을 마주하지는 못했다.

"그렇지?"

다행히 정인희도 더 이상은 분위기를 험악하게 만들지 않았던 듯했다.

준비된 와인이 줄어들수록 파티는 조금씩 들뜨고 고조된 음성과 웃음소리가 터져 나오기도 했다. 무드있는 음악과 조명이 낮아지자 누군가는 춤을 추기도 했다.

그의 친구들은 이후에도 툭하면 짓궂은 질문을 던지며 수혜 부부에게 공공연한 애정 표현을 요구하기도 했다. 곤혹스러워하는 그녀를 구해준 사람은 그였다. 그는 친구들의 놀림을 한 마디로 받아넘기며 일축해 버렸다.

"집들이 파티의 주인공은 우리가 아냐!"

"여기서 신혼 기분 낼 사람들은 두 커플밖에 없잖아. 자, 얼마나 진하게 사랑하는지 확인해 보자고!"

그가 씩 웃으며 함정을 빠져나갔다.

"이 사람은 수줍음이 많아서 키스 이상은 침대에서만이야."

"뭐? 아직도?"

"아직도 조선시대에 사는 부부 있나?"

"생각해 보니까 우린 신혼 때 밥 먹다가도 눈만 마주치면 불이 붙었는데! 그런 건 다 주도하기 나름 아니야?"

"아내가 원하는 방식을 따라줘야지."

"그래도 그렇지, 수혜 씨 없는 동안 욕구불만이 퍽 쌓였을 텐데, 너무 멀쩡한 거 아냐?"

"괴물이라니까! 술자리에서도 일찌감치 털고 일어나는 거 보면 도대체 무슨 재미로 사는 건지……."

"이 친구 그동안 쌓인 거 어떻게 풀었는지 궁금하지 않습니까, 수혜 씨?"

"가끔 파리에서 진한 허니문 이상으로 즐기지 않았겠어?"

"어, 그러고 보니 2년 전인가 공항에서 마주쳤을 때도 파리 간다고 했던 것 같은데?"

수혜는 노골적인 그들의 대화에 달아오른 얼굴을 식힐 새도 없었다.

"뭐예요, 짓궂게?"

"남자들 생각하는 게 그렇다니까!"

"프라이버시도 몰라요?"

여자들로부터 한바탕의 야유가 쏟아졌다. 그렇지만 취기가 오른 남자들의 음성은 절제되거나 그 수위가 낮아지지 않았다.

"좋은 방법, 알려줄까?"

그는 조금도 당황하는 기색없이 친구들의 놀림을 받아넘겼다.

"와이프 앞에서 얘기해도 되는 거야? 그랬다가 오늘 침대에서 쫓겨나는 거 아냐?"

그러면서도 그들은 준현에게서 무슨 말이 나올지 궁금한 눈치가 역력했다.

"뭐, 운동만큼 좋은 대안이 없어. 어차피 땀 흘리고 집중적으로 에너지를 소모하는 점에선 다르지 않잖아."

천연덕스럽게 넘기는 그의 말에 친구들은 실망 섞인 야유를 보냈다. 곧 그들의 놀림 대상은 수혜와 준현이 아닌 장희현과 한승효에게 옮겨갔다.

하지만 수혜는 그의 말에 얼굴을 붉혔다. 그는 농담처럼 던졌지만 실제로 아침 일찍, 그리고 때때로 늦은 저녁까지 그는 아파트 지하의 피트니스 센터를 이용하곤 했다. 그리고 오늘은 친구들이 집요하게 부부 관계를 언급하며 놀린 탓도 있지만 시니컬하게 무장한 그에게서 얼핏 이성과는 다른 본능적인 감각을 내포하고 있었다. 사람들을 의식한 그의 애정 표현 또한 수혜에게는 고문 같았다. 그의 손길이 닿았다가 멀어질 때마다 그의 뜨거운 손길이 전하는 감각은 그녀를 혼란스럽게 했다. 수혜에게 머물곤 하는 그의 눈빛 또한 위험해 보였다.

집으로 돌아가는 길, 그와 좁은 공간에 단둘이 있는 것도 편치 않았지만 파티 장소를 벗어나자 오히려 수혜는 안도의 숨을 내쉬었다. 그들 부류와의 교류는 이번이 마지막이었으면 좋겠다고 수혜는 생각했다. 하지만 그들로 인해 새롭게 알게 된 사실도 있었다. 자신의 지나친 상상으로 인한 해프닝이라고만 생각했던 그의 금주와 금연이 그의 친구들도 놀릴 정도로 단호했던 것이다. 오늘은 사람들과 적당히 어울리며 와인을 즐기기도 했지만 분명한 선을 긋고 있는 것이 보였다.

"왜 술을 마시지 않아요?"

이유가 있으면 변한다고 그가 말했지만 직접 그 이유를 묻는다고 해도 선선하게 대답해 줄 것 같지 않아 우회한 질문이었다.

"아예 안 마시는 건 아냐. 그런 자리의 특성상 오래 남아 있고 싶지 않을 뿐이지."

공항에서 만났다던 친구의 말이 떠오르며 궁금증을 유발했다.

"파리…… 왔던 적 있어요?"

긴 침묵. 대답이 돌아오지 않을 거라고 막 포기하려는데 그가 대답했다.

"음."

2년 전에 그가 파리에 찾아와서 연락을 했더라면 끝내 응하지 않았던 그와의 대화가 가능했을지도 몰랐다. 그때쯤에는 자신들의 결혼에 대해 좀 더 객관적이고 이성적인 대화가 가능했을지도……!

"일 때문에요?"

그래서 일정에 바빠 연락도 하지 않고 돌아갔던 걸까.

"아니…… 여자 때문에."

순간 고통스런 일격을 받은 것처럼 수혜는 날카로운 통증에 숨을 멈췄다. 그럴 거라고 짐작했으면서도 그렇게 직설적으로 고백할 거라고는 생각지 못했던 것이다.

그는 무심한 사람처럼 시니컬하게 웃으며 말했다.

"내가 그때 당신 찾아갔으면 날 만나줬겠어?"

"아뇨!"

마음의 상처를 감추기 위해 수혜는 생각보다 더 단호하게 대답했다.

"그래, 그럴 것 같아서 그냥 왔어."

잘 결정한 거라고 말해주고 싶었지만 수혜는 더 이상 그와의 대화를 중단했다. 그는 무언가 이야기를 하고 싶은 듯 수혜의 얼굴을 살피며 기회를 보았지만 수혜는 한 번도 그에게 시선을 주지 않았다.

지하 주차장에 도착해 차가 멈추었을 때 서둘러 안전벨트를 풀고 차에서 내리려는 수혜에게 그가 말했다.

"단 한 번, 결혼한 이후로 꼭 한 번 치명적인 실수를 한 적이 있어."

수혜가 멈칫 몸을 돌린 상태로 천천히 그에게 시선을 주었다. 그는 단단히 결심한 듯 운전대를 잡은 그대로 정면을 응시하고 있었다.

"하지만 여자 문제는 아냐. 그건 분명해."

지나간 상처를 끄집어내서 대화하길 원하면서도 정작 솔직하지 못한 태도를 보인다면 그건 들을 필요도 없는 일이었다. 수혜는 생각했다. 수혜는 서둘러 차에서 내렸다.

그는 집으로 돌아와 서둘러 자신만의 공간으로 달아나려는 수혜의 팔을 붙잡았다.

"당신은 변하지 않았어. 끝까지 물었어야지. 내가 파리에서 어떤 여잘 만나고 싶었겠어?"

"그걸 내가 어떻게 알아요? 놔요! 이러지 않기로 했잖아요!"

"당신이야! 알아? 당신을 만나고 싶었다고!"

하지만 그는 그녀를 만나러 오지 않았다. 수혜는 고개를 가로저었다. 여전히 그는 믿을 수 없는 사람이었다. 상처만 주는 사람이었다. 아직도 자신을 밀쳐 내던 그의 차가운 음성이 생생하게 들려오는 듯했다.

"아직도 내가 그렇게 불편해?"

그가 수혜의 다른 쪽 팔도 마저 잡아 도망치지 못하게 했다. 무관심했던 전과는 달리 쉽게 놔주지 않을 거라는 의지가 읽혔다.

"이러지 마요."

수혜는 그에게서 자신의 팔을 빼내려고 시도하며 용감한 척 그의 시선을 맞받아냈다. 하지만 그것은 오래가지 않았다. 부드러움을 가장하고 무언가를 알아내려는 듯 살피는 그의 시선을 맞받아내기란 쉽지 않았다.

그래요, 어색하고 불편해요. 도무지 당신이란 사람이 주위에 있기만 하면 나는 편안하지 못해요. 당신은 안 그래요? 당신은 정말 아무렇지도 않은 거예요?

"참 이상하지? 어떤 것은 아무리 오래돼도 잊어버리질 않아."

가벼운 혼잣말처럼 되씹는 그의 말에 수혜는 신경이 쓰였다.

그가 읊조린 또 다른 한마디가 폭탄선언 같았다.

"당신한테서 여자 냄새가 나."

숨이 멈출 것 같은 두려움.

도망쳐야 해. 수혜의 마음은 조급해졌다. 하지만 그의 말이 던진 충격의 여파는 강렬했다. 그 자리에 얼어붙은 수혜의 머리로부터 발끝까지 결코 무시할 수 없는 전류가 관통한 것 같은 느낌에 이어 열기가 훅 끼쳤다. 순간 마비된 것처럼 무장 해제된 수혜의 몸을 그가 품에 안았다. 강제하지 않는, 다정하게 느껴지기까지 하는 행위였다. 다시는 있을 수 없을 것 같은! 하지만 무시하고 싶은 그의 강렬한 체취와 탄탄한 그의 몸에 빈틈없이 밀착되어 안겨진 순간 수혜는 한 몸처럼 밀착된 그에게서 전달되는 낯설고도 익숙한 감각에 아찔한 현기증마저 느꼈다.

그는 예민하게 알아채고 있었다. 모임에서 잠깐씩, 어쩔 수 없이 몸이 닿을 때 수혜가 느끼는 성적인 자극과 흥분을! 아무런 내색도 하지 않고 이제껏 모른 척해주었으면서 결정적으로 집에 돌아와서야 그는 그녀의 상태를 인지하고 있었음을 확인시켜 주었다.

그는 전에도 그랬었다. 수줍고 소극적인 수혜가 그의 손길을 예민하게 받아들이는 날이 있다는 것을 알고 그때가 되면 어김없이 자극해서 침대로 이끌고는 했다. 어떻게 아느냐는 수혜의 물음에 그가 웃으며 말했었다. 여자 냄새가 난다고! 본능적인 감각으로 느낄 수 있다고!

그의 셔츠와 그 아래 근육에 단단히 밀착된 수혜의 몸이 자연스레 반응하기 시작했다. 그를 가장 먼저 자극한 것은 단단하게 일어선 유두. 처음엔 부드럽게 그의 품 안에서 형태를 달리하며 일그러지던 그것은 예민한 살갗을 통해 그 존재를 알려왔다. 단순한 포옹처럼 시작된 신체적 접촉은 뜨거운 체온을 섞으며 안도감을 주었고, 그것이 열기가 돼서 서로의 몸을 끌어안았다. 그는 수혜를 안은 팔을 풀지 않았고 자신에게 단단히 붙인 그녀의 몸에 흥분한 그의 몸 상태를 확인시켜 주었다. 수혜는 흠칫 놀라며 약간 뒤로 몸을 물렸다. 그가 의미하는 행위는 부부 사이에서는 얼마든지 있을 수 있는 친밀한 행동이었지만 4년 전 어느 날부터 지금까지 한 번도 없던 야릇한 뉘앙스를 풍겼다. 그의 행동은 마치도 사랑스럽다는 듯, 성적으로 관심이 있다는 것을 알리려는 구애 행동처럼 보였다. 하지만 있을 수 없는 일이었다. 그녀는 굳이 오래 생각하지 않아도 가슴속 깊이 상처가 된 그의 말 한마디를 기억하고 있었다. 잊고 싶어도 도저히 잊을 수 없는, 가슴을 헤집는 날카로운 칼날의 느낌.

네게 여자로서의 매력을 못 느껴.

그것이 한때 그녀에게 얼마나 큰 상처가 되었는지 그는 모를 것이다. 그랬는데, 그는 지금 오해의 여지가 있는 행동으로 그녀를 혼란에 빠뜨렸다.

이 사람이 왜 이러지? 왜 나를 혼란스럽게 만드는 거지?

그의 따뜻한 입김이 수혜의 귓가에 닿는 것과 거의 동시에 수혜는 몸의 가장 예민한 부분으로부터 아주 미세한 떨림과 이어지는 그의 고백으로 인해 거의 전율할 뻔했다.

"당신이 아직도 날 원했으면 좋겠어."

이제 그녀의 떨림은 그도 알아챌 정도였다. 수혜는 어지러운 가운데 도움이 되지 않는 많은 영상들이 떠오르는 것을 필사적으로 차단하며 떨리는 작은 목소리로 나지막이 항의했다.

"……이러지 말아요."

수혜가 그의 품 안에서 빠져나오려고 애쓰며 말했다.

그는 순순히 그와 그녀 사이에 틈을 허락했다.

"왜?"

선뜻 대답할 말이 떠오르지 않은 수혜는 그가 너무 잔인하다고 생각했다. 혼란스러움과 두려움이 동시에 느껴졌다. 그는 결코 모르지 않을 것이다. 그녀가 왜 이렇게 굳어지고 긴장하는지 모를 사람이 아니었다. 그런데도 그는 왜냐고 묻고 있었다. 그에게 과거는 물 흐르듯 흘러가 버린 것일까? 과거의 모든 것들이?

"나를 놀리려는 거라면, 그만둬요. 당신은 어떨지 몰라도 난 하나도 재미없어요."

"내가 당신을 놀리는 것처럼 보여?"

그는 다정한 태도로 속삭였다.

"그렇지 않다고요?"

"지금처럼 진지해 본 적도 없어!"

그가 낮은 음성으로 선언하듯 말했다. 그의 말대로 그의 눈빛은 조금도 웃음이 묻어 있지 않았다. 지금 그의 의도는 다분히 부부 관계를 가지기 위한 유혹의 과정으로 보였다.

내가 아직도 자기를 원했으면 좋겠다고?

수혜는 나직하게 죽어도 말하기 싫은 그 말을 상기시켜 주었다.

"내게 매력…… 못 느낀다고 했잖아요."

그 말을 입에 담는 것은 수혜로선 죽기보다 싫은 일이었다. 누가 여자로서의 매력이 사라졌다는 말을 듣고 싶어할까. 특히나 남편에게서! 그러나 그런 일은 실제로 일어났던 일이고, 그보다 더 끔찍했던 일이 그들 사이에는 존재했었다. 그가 그 한마디 말로 자신을 아무런 면역력도 갖추지 못하고 무장해제 시키지 않았다면 그 다음에 알게 된 상황도 그런대로 대응할 수 있었을지 몰랐다. 그가 자신에게서 찾을 수 없는 것을 다른 여자에게서 찾았다는 사실에 절망하지 않았더라면!

다시는 의식의 전면으로 떠올리고 싶지 않은 기억들. 아주 짧고도 고통스런 시간이 흘렀다. 그는 순간 흔들리는 눈빛으로 수혜를 내려다보았다.

"그때……."

자신감 없이 말을 더듬으며 머뭇거리는 그의 태도는 아주 생소했다.

"그땐 잠깐, 아주 잠깐 그랬었어."

그것은 그들 사이의 돌이키고 싶지 않은 불화의 시작이었다. 그것을 그는 처음으로 인정하는 셈이었다. 수혜는 솔직한 그의 말을 받아들이는 일이 몹시도 아팠다. 그리고 그의 다음 말로도 그것은 위안이 되지 못했다.

"하지만 지금은 아니야."

예전엔 그랬는데 지금은 아니라는 말로 위안이 될 거라고 그는 정말로 생각하는 걸까. 말에 칼날이 있다면 그것은 예전에도 그녀를 날카롭게 그어 피 흘리게 했고, 지금도 마찬가지였다. 한 번 생겨 버린 상처는 되새길 때마다 날카로움과 아픔을 동반했다.

그가 조심스럽게 물었다. 싫다는 거절의 말을 두려워하는 것 같았다.

"아직도 더 기다려야 해?"

작은 감정, 표정 하나 놓치지 않을 것 같은 강렬하고도 예리한 눈빛이 수혜를 응시했다.

"난, 아직 잘…… 모르겠어요. 우리는……."

"오랫동안 기다렸어. 당신이 그리웠어."

널 그리워하지 않은 시간은 없었어, 우습게도 그렇게 설득하는 것 같았다. 그렇게 보면 그는 아주 표정이 풍부한 사람이었다. 냉철한 비즈니스맨으로 무장한 그가 이렇게 열정적인 연인의 눈빛으로도 변할 수 있다니!

그의 강렬한 시선에 붙잡힌 수혜는 그를 믿어도 되는지 망설였다.

그가 머뭇거리는 태도로 수혜의 머리카락을 쓰다듬었다. 그녀의 뺨에 따뜻한 숨결이 와 닿았다.

"난 아직, 잘 모르겠어요."

"당신을 원해."

그는 더 오해할 여지없이 고백했다.

지금 그녀에게 사랑을 나누자고, 아니, 섹스를 나누자고 제안하고 있는 것이다. 4년 전 어느 날 갑자기 차갑게 내팽개쳐진 이후로 조금도 다가설 수 없던 바로 그 남자가 지금 유혹을 하고 있다. 순간 그녀의 머릿속에는 사이드 테이블 서랍 안에서 확인한 콘돔 박스가 떠올랐다. 그는 철저한 사람이었다.

이 사람은 충동적인 사람이 아냐. 갑자기 충동적으로 내던지는 말이 아냐. 이 사람은 처음부터 우리 사이에 거리를 유지할 생각이 없었던 거야.

그는 분명 좀 더 이전에 그러한 결정을 했을 것이고, 철저하게 준비를 하고 있었던 것이다.

"어, 언제부터 그런 생각을……!"

"그날, 호텔에서 다시 만난 그날부터."

수혜의 눈이 휘둥그레졌다. 그는 전혀 그런 내색을 하지 않았다.

"거, 거짓말!"

그는 소극적인 저항의 수단으로 작게 고개를 젓는 그녀의 오른팔을 이끌어 그의 가슴, 그의 심장이 뛰고 있는 곳에 닿게 했다. 입술은 거짓을 말할 수 있어도 마음은, 심장은 거짓을 말하지 못한다고 주장하려는 것처럼! 그의 가슴은, 심장은 보통의 박동과는 달리 빠르게 뛰고 있었다. 뿐만 아니라 그의 옷을 통해 느껴지는 피부도 열에 들뜬 사람처럼 뜨거웠다. 차갑고 냉정한 남자라고만 생각했던 그가 분명한 반응을 보이자 그녀 안의 또 다른 존재가 위안받았다. 하지만 아직 그녀를 지배하는 것은 이성이었다.

어디까지가 진심인 거죠? 어떤 것이 당신의 진심이에요?

수혜의 팔을 잡았던 그의 팔은 어느새 그녀의 왼쪽 뺨으로 향했고 부드럽게 어루만졌다. 그의 입술은 강요하지 않으면서도 수혜의 아랫입술을 부드럽게 핥으며 그녀 스스로 원하게 만들었다. 그가 강한 힘으로 그녀를 꼼짝 못하게 한 것도 아니건만 옴짝달싹 못할 것 같았다. 그가 두 번 세 번 손으로 그녀의 입술 윤곽을 더듬어 애무하자 그녀의 입술이 가늘게 떨렸다.

여덟

"강요하지 않아. 싫다고 하면 그만둘 거야."

그가 낮게 속삭이며 엄지손가락으로 그녀의 입술을 부드럽게 만졌다. 아랫입술을 핥는 그의 유혹은 자극적이었다. 그리고 실제 깊은 키스를 위해 그가 수혜의 입 안으로 혀를 들이밀자 그녀는 무언의 허락처럼 자신도 모르게 스르르 눈을 감았다. 그것은 죽어도 잊어버리지 못하는 몸에 깊이 배인 습관 같았다. 그의 입술이 그녀의 입술에 닿고 그의 혀가 부드럽게 그녀의 입술을 핥고 지나가자 뜨거운 열기가 옮겨 붙는 것 같았다. 입술과 입 안, 혀, 호흡을 모두 그에게 빼앗긴 것 같았다. 무엇보다 그를 거절해야 한다는 의지마저도!

한시적이고 조건적인 그와의 동거에 동의했을 때 수혜는 육체적인 관계는 생각하지 않았었다. 그가 관심없다는 뜻을 비추기도 했지만 이미 오래전 그의 태도에서 각인된 사실이었다. 그런 그가 처음 만난 호텔에서부터 자신을 만지고 싶은 열망에 시달렸다니! 그러면서도 그것을 감추고 있었다니!

호흡은 가쁘고 불규칙해 언제 숨을 쉬어야 할지 알지 못했다. 가슴의 오르내림도 도저히 조절할 수 없었다. 강렬한 흡인력에 끌려들어 가는 것처럼 수혜는 고개를 거의 젖히다시피 하고 그의 키스에 응했다.

실망할지도 몰라, 나중에 후회할지도 몰라!

망설임에 뒤이어 혼란스런 또 하나의 자신이 그렇게 말하려고 했지만 이미 그의 팔이 그녀의 몸을 휘감고 있었다. 수혜의 속눈썹이 파르르 떨리며 감겨들었다. 망설임은 아주 멀리 사라져 버렸다. 수혜는 자신이 그토록 애정이 깃든 행위에 목말라 있는 줄 몰랐었다. 그녀는 외로웠다, 아주 오랫동안! 게다가 그의 유혹은 너무나 강렬하면서도 감미로웠다. 그간 단 한 번도 인정하지 않고 꼭꼭 닫아걸었던 갈증을 인정하게 만들었다. 그간 채워질 수 없던 감각을 이번 한 번만이라도 충족시키고 싶었다. 자신이 심각하게 목말랐던 것을 인정하고 허겁지겁 그의 입술과 혀를 시원한 샘물인 양 빨아들였다.

무엇이 되고 안 되는지가 뒤섞여 혼란스런 상황 속에서 수혜는 한순간 감각의 세계에 더 깊이 빠져들기 전에 눈을 떴다. 그녀를 이성의 끈으로 한 가닥 눈뜨게 만든 것은 그가 자신을 놓아주었기 때문이다. 그곳은 자신의 침실이었고, 그녀가 입고 있던 옷들은 침대로 오는 동안 바닥에 아무렇게나 떨어져 있었다. 그의 셔츠 단추도 거의 풀어져 있었다. 자신이 그런 것인지도 기억나지 않을 만큼 수혜는 온통 그가 주는 감각에 빠져 몸 달아 있었다. 그는 수혜를 뜨거운 욕망을 가득 담은 눈빛으로 바라보며 커프스 단추에 이어 그의 팔에 차고 있던 시계를 막 그녀의 테이블에 벗어놓는 중이었다.

시계. 4년이나 지났는데, 아니, 그보다 더 오래되었으니까 6년 이나 지났는데 그는 아직도 그녀가 주었던 시계를 가지고 있었다. 얼마든지 원하기만 하면 더 좋은 것으로 바꿀 수도 있는 능력을 가진 그가 아직도 새것처럼 그 시계를 가지고 있었다. 순간 수혜는 한 가닥 불안하게 남아 있던 망설임의 끈을 스스로 끊었다.

빨리! 수혜는 그가 줄 수 있는 성적인 만족감을 어서 달라고 조르고 싶었다. 익숙한 그의 손길, 금속성 시계가 테이블에 놓이는 그 영상이 왜 지금 자신의 눈앞에서 벌어지고 있는지 확신하지 못하면서도 분명했던 건 곧 있을 쾌락의 전조로 그것을 인식했기 때문이었다. 이어서 또 하나 그가 몸에 착용하고 있던 마지막 금속성의 허리벨트를 푸는 손길을 홀린 듯 바라보는 동안 수혜는 자신에겐 존재하지 않는다고 절대 인정하고 싶지 않았던 감각의 파도가 그녀를 덮쳐 왔다.

이 사람, 정말로 나와 섹스를 하려고 해.

몸이 먼저 알고 있는 기대감으로 수혜는 설레었다. 그것에 결정적인 낙인을 찍은 것은 그의 입술이었다. 그의 움직임을 쫓아 하나도 놓치지 않고 홀린 듯 바라보는 수혜에게 다가온 그는 유혹적인 젖가슴에 손을 뻗어 감싸 쥐면서 이어 흠칫 물러서거나 거부할지도 모른다는 불안감으로 수혜의 입술을 열고 혀를 감아 빨아들였다. 호흡을 고르며 숨을 내쉬는 벌어진 입술 위로 그의 입술이 닿았다. 서로의 타액을 교환하고 단단함과 부드러움이 혼재하는 곳에서 서로의 숨결도 나누었다. 뜨겁고 촉촉하고 부드러운 그곳의 느낌은 다리 사이에 은밀한 곳의 느낌과 유사했다. 그의 혀가 얽혀들고 오랜 갈증을 호소하며 구석구석 핥고 빨아들이는 동안 수혜의 예민한 감각은 그만이 줄 수 있는 또 다른 감각을 요구하며 빠르게 젖어들었다.

다시금 수혜는 시간과 장소에 대한 인지능력을 잊어버렸다. 가둬두었던 꿈의 일부가 배반하며 현실과 뒤섞여 버린 듯한 착각 속에서 수혜는 그가 주는 것은 무엇이든 받아들였다. 조금이라도 그의 몸 더 많은 곳에 닿으려는 수혜의 행동이 그를 더욱 성급하게 몰아갔다. 그간 절제되었던 욕망이 고삐가 풀리면서 그들은 서로를 통해 얻을 수 있는 더 많은 것을 원했다.

그가 튕겨 오르듯 상체를 일으키며 끌어안는 수혜에게 몸을 겹쳤다. 이미 침실로 오기 전부터 단단히 발기한 그의 몸이 닿았다. 곧 자신의 내부로 들어와 채워줄 것을 기대하던 수혜는 그녀의 생각 이상으로 강하게 몸을 가르며 들어오는 그의 남성이 전달하는 부피감에 놀라며 본능적으로 몸을 움찔했다. 그러나 그는 수혜의 행동을 제어하며 잇닿은 몸을 누르듯 등 뒤로 안은 수혜의 엉덩이를 쥐고 삽입을 서둘렀다.

"지금은 안 돼. 난 당신 가져야 해. 너무 오래 기다렸어."

그는 수혜가 뒤늦게 그와의 섹스를 거부하는 것으로 오해한 듯 낮은 음성으로 토로했다.

그만큼이나 그녀도 그를 거부할 생각은 없었다. 하지만 쉽지 않았다. 수혜의 미간이 생각지 않은 통증으로 찌푸려지며 그의 어깨 위로 목을 감아 안은 팔에 힘이 들어갔다. 그의 일부를 수용한 그녀의 민감한 살들이 가늘게 떨리며 주변 근육들까지도 긴장하게 만들었다.

"아!"

그를 안은 팔에 자신도 모르게 힘이 들어갔다. 그녀의 근육들이 협력하며 그의 침입을 막았다.

"힘 빼. 아프게 하지 않아. 괜찮을 거야."

그가 낮은 음성으로 겨우 절제하며 약속했지만 수혜는 전적으로 그를 믿지 못했다. 단단히 흥분하고 일어선 그의 남성도 가늘게 떨리는 수혜의 반응을 감지했다. 그를 완전히 받아들이기 힘든 그녀의 일부가 긴장을 풀지 못하고 그의 진입을 방해하자 그가 수혜의 목덜미를 지나 오른쪽 젖가슴을 입 안에 물고는 예민해져 있는 유두를 깨물었다. 아기 살결처럼 부드럽고 탄력 있는 촉감에 그의 인내심도 한계에 이르렀다.

흐음. 아찔한 아픔과 함께 튀어오를 것 같은 전류의 자극이 유두로부터 시작되어서 몸의 중심부까지 전달되는 데는 오래 걸리지 않았다. 뒤로 물러설 것 같던 그가 다시금 그녀의 안에 가득 들어차자 울먹이듯 수혜의 입 안에서 신음이 새어나왔다. 꿈에서는 얼마든지 가능했지만 현실에서는 결코 만족되지 못할 거라고 생각했던 감각이었다. 맨살이 닿는 곳마다 피어오르는 열감, 그의 입술이 닿은 곳마다 예민하게 살아나는 희열. 그녀의 몸 깊은 곳을 꿰뚫고 들어와 가득 채운 열정. 그럼에도 수혜는 아직 완전히 적응하지 못했다.

"아파요."

수혜가 작은 소리로 고백했다.

"당신이…… 너무 좁아서 그래."

그리고 섹스를 나눈 지 너무 오래돼서.

몸 안에서 느껴지는 그의 남성에 적응하느라고 수혜가 작은 신음 소리와 함께 미간을 찌푸리자 잔뜩 긴장하던 그도 차츰 수혜의 표정이 펴지자 안도했다. 부서질 듯 연약하고 부드러운 여자가 그의 아래에 있었다. 걱정스런 그의 마음과는 달리 또 다른 그의 일부는 이미 그녀의 저항을 가르고 한 치의 틈도 없이 그녀 안에 들어선 상태였다.

소리 죽인 그녀의 신음 소리가 더욱 그를 부추겼다. 그는 자신의 남성다움으로 그녀를 항복하게 만들고 싶다는 원초적인 욕구를 제어할 수 없었다. 상대를 배려하고 즐겁게 해주는 기교나 여유 따위는 모르는 첫 경험을 치르는 사내아이처럼 그가 다급하게 욕구를 충족시키기 위해 거칠게 밀고 그녀 안으로 들어갔다가 빠져나오는 행위를 반복하는 동안 수혜도 그의 움직임에 빠르게 적응해 나갔다. 비어 있던 내밀한 공간을 가득 채우며 밀려드는 낯설다고 느꼈던 행위는 몇 번의 움직임과 더불어 적응되었다. 견딜 수 있을 만큼 적응되는 정도가 아니고 너무나 빠르게 익숙하고 흡족한 느낌. 그것이 점차 쾌락의 궤도로 진입하기 시작하더니 그가 아닌 다른 어떤 것으로도 대체할 수 없는 자극이 통제하기 어려운 강렬한 느낌으로 리듬을 타기 시작했다.

더 깊이, 더 강하게 그녀의 내부를 채워주길 바라는 소망과 거친 숨결과 희열이 교차하는 신음 소리, 은밀한 살과 살의 접촉이 원활하도록 준비된 피부의 점막이 매끄럽게 마찰할 때마다 들리는 소리, 그리고 누구의 것인지 모르게 흐르는 땀이 뒤섞이며 그들은 시간을 거슬러 올라갔다. 과거와 미래는 없었다. 오로지 지금 이 순간, 그와 하나가 되는 것만으로 충족할 수 있는 감각뿐. 그가 혹시라도 마음이 변해 한 치의 틈도 없이 끼워 맞춘 퍼즐 조각 같은 몸을 빼낸다면 견딜 수 없을 것 같은 상실감으로 수혜는 육체의 언어를 아는 여자가 그렇게 하듯 그의 등을 안은 팔에 힘을 주었다.

그는 다급하고 다소 거칠게 수혜의 몸을 압박하며 역동적으로 움직였다. 수혜가 그의 리듬을 따르며 조금씩 절정으로 치달으려는데 한순간 절정으로 치닫던 그의 움직임이 멈추었다. 수혜는 상황을 완전히 이해하지 못하고 그를 조르며 허리를 움직여 보았지만 만족스럽지 않았다.

열기는 천천히 가라앉았다. 급격한 피로감이 몰려와 온몸을 꼼짝 못하게 했다. 그리고 서서히 아래로부터의 열기가 가라앉는 것과 동시에 이성이 사고하기 시작했다.

내가 지금 이 사람과 무슨 짓을 한 거지?

수혜는 몸을 떨었다. 섹스. 사랑의 행위. 닿기만 해도 얼어붙을 것 같은 그를 달래기 위해 그녀답지 않게 유혹하며 먼저 다가서던 그날 이후로, 지옥이 되어버렸던 그날 이후로 그들 사이에 사라졌던 단어였다. 사랑을 나누다— 부부 사이에 이루어지는 자연스런 언어임에도 수혜는 그 말이 낯설기만 했다. 행위하는 것이 아닌 그저 떠올리는 것만으로도 불편한 일이 되어버렸었다. 다분히 육체적이고 격렬한 감정이 지나고 나자 이성적으로 자신의 행동을 돌아보았을 때 수혜는 자신이 틀렸다는 것을 알았다.

사랑을 나누었다고? 내가 이 사람과?

아니. 섹스도 아니고, 일방적인 욕구의 해소.

비록 그녀도 흔들리긴 했지만 조금 전 자신들이 나눈 것은 일시적인 감정의 폭풍에 휘둘린 충동일 뿐이었다. 그와 사랑을 나눈다는 것은 불가능했다.

분명한 시간의 흐름을 알리는 초침 소리와 간헐적으로 고르지 못한 숨소리를 제외하고는 어둠 속에서 무서우리만치 정적이 감돌았다. 그런데 어느 순간 그녀의 몸 위로 무너지듯 몸을 겹치며 누웠던 그가 몸을 비스듬히 고쳐 누우며 팔을 뻗어 그녀를 만졌다. 그녀의 실루엣을 확인하듯 어깨로부터 팔을 따라 부드럽게 쓸었다.

처음엔 흠칫 놀라던 수혜는 거부하지도 동조하지도 않았다. 수습을 하기 위해서는 어떻게든 이 자리를 벗어나고 옷을 입은 후에 재발 방지를 위한 다짐을 받는 것이 필요했다. 하지만 수혜는 얼마든지 뿌리칠 수도 있었던 그의 행위에 동조했던 자신의 무모한 열정에 혐오감이 일었다.

섹스로 육체적 만족감을 느꼈다면 그는 아직도 정서적으로 만족되기를 원했다. 그 자신에게는 만족을 주는 행위가 수혜에게는 아프고 불편한 행위라는 것을 안 이후로 그는 사랑의 행위를 하고 난 후면 속삭이듯 그녀에게 묻곤 했었다.

괜찮아?

그러면 그녀는 부끄러움을 감추지 못하며 고개를 끄덕였다. 그러다 어느 날부터인가는 그녀도 조금씩 육체의 희열을 알아가는 반응을 보였으므로 그의 물음은 달라졌다. 하지만 조금 전의 행위는……! 그는 상대를 배려하기보다는 그 자신의 본능적인 욕구 해소에만 몰입했다.

천천히, 다정하게. 섹스의 근본적인 행위가 아닌 친근한 위로 또한 기대했던 수혜로서는 충족하지 못했다. 더구나 전처럼 친밀한 관계도 아닌 상태에서 육체적 충동이 사라지고 난 맨정신으로는 지극히 불편한 게 사실이었다. 그런데 수혜와는 달리 행위가 끝나고 그는 충분한 만족감을 가졌을 법한데도 이전의 태도로 돌아가지 않았다. 그는 수혜의 어깨 아래로 팔을 뻗어 팔베개를 해주듯 끌어당겨 안았다.

그녀의 마음으로부터 의문이 솟아오르기 시작했다. 그가 원한 것이 섹스라면, 그래서 그토록 다정한 척하며 다가왔던 것이라면 이제는 원하는 것을 충분히 얻은 후가 아닌가! 그렇다면 욕구를 충족시킨 이후에도 굳이 다정한 남편인 체할 필요는 없지 않을까?

그런데도 그는 무엇인가를 증명하려고 하는 것 같았다. 무엇을? 다시 또 그가 원할 때면 언제든지 사랑을 나눌 수 있게 친밀한 감정을 만들어두자고?

그가 숨을 들이쉬고 내쉴 때마다 흉벽이 규칙적으로 부풀어 올 랐다가는 내려가고 있었다. 아직 성적 흥분과 충족의 열기가 식지 않은 듯했다. 수혜 역시 피곤했지만 바로 잠이 오지는 않았다.

이렇게 아무렇지 않게 시간을 거스를 수 있는 남자에게는 얼마 나 많은 여자들이 있었을까. 얼마나 많은 여자들이 이렇게 그의 곁에서 밤을 보냈을까. 누구와 얼마나 자주 이런 행위를 해왔을 까.

어두운 침묵 속에서 에너지를 소모하는 거친 육체 노동의 숨결 이 고르게 변해가는 사이 수혜는 다시 불꽃을 일으키려는 듯 그의 손길이 유혹적으로 변하자 견디지 못하고 말했다.

"그동안…… 다른 여자 있었어요?"

그것은 이성이 감각의 세계로부터 완전히 돌아온 후에 맨 처음 떠오른 생각이었다.

수혜의 몸을 만지던 손길이 그대로 멈추었다. 후회와 동시에 수 혜의 마음속에는 부끄러움이 밀려들었다. 그녀는 변하지 않았던 것이다. 4년을 그토록 모질게 결심하고도 돌아와서 단 한 번의 부 부 관계를 가졌다고 해서 마치도 그를 소유해야만 되는 권리를 손 에 든 것처럼 말했던 것이다. 그 생각이 떠오름과 동시에 그녀는 자신에게 질리도록 혐오감이 일었다.

당연히 그는 대답하지 않을 거라고 생각했는데 가슴이 울리며 낮게 가라앉은 음성으로 그가 말했다.

"지난 4년 동안 아무도 없었다고 말한다면 믿을 거야?"

아뇨! 그 말을 어떻게 믿을 수 있겠어요. 그런 말 믿지 않아요!

내면에서 솟아오르는 의심은 강렬했으나 수혜는 다만 고개를 가로저었다.

그렇게 남자를 몰라? 그가 쓴웃음을 지었다. 다른 여자 있던 남자가 그렇게 허겁지겁, 십대 사내 자식처럼 여자를 만족시켜 줘야 한다는 것 따위도 잊어버리고 저 혼자 끝내나?

"믿지도 않을 거면서 왜 굳이 묻고 싶어?"

부드럽게 비난하는 어조였다.

그의 말이 맞았다. 몹쓸 호기심 때문이었다.

"잊어버려요."

"자존심이 상할 만큼, 배려 따윈 생각지도 못하고 당신을 안았어. 그래도 몰라?"

조금 전 행위를 그가 직접 언급하자 수혜는 얼굴이 화르륵 달아올랐다. 채워지지 않은 자신의 욕구를 들킨 것 같은 부끄러움도 한꺼번에 몰아닥쳤다.

하지만 그는 다정하게 위로했다.

"지금 우리에게 필요한 건, 지난 일은 잊어버리고 새롭게 시작하는 거라고 생각해."

지난 일을 잊어버리는데 있어 그녀의 질문은 어리석을 뿐만 아니라 어울리지 않는다고 말하는 것이리라. 하지만 정상적인 부부라면, 잊어버릴 지난 일 같은 건 만들지 않을 것이다. 그로 인해 차가운 침대에 드는 일도 없을 것이다. 헤어져 있던 동안 서로에게 상대가 있었는지 묻는 일도 없을 것이고.

하지만 그것이 아무리 어리석은 감정이라고 해도, 스스로를 제어하려고 해도 날카로운 야수의 발톱을 지닌 야만적인 감정은 사라지지 않았다. 육체의 기쁨을 되살린 만족감은 아주 순간이었고 그것이 만들어놓은 상처는 너무도 깊었다. 질투를 요구하는 것이 아니었다. 한순간이라도 좋으니 편협한 소유욕을 드러내며 치기어린 확인쯤 해준다면!

"내게도 묻고 싶지 않아요?"

그녀가 서울에서 부자유한 몸이라면 파리는 다를 수도 있다고 그가 생각하기를 바랐다.

"그곳은 여기와는 달랐어요. 외롭다고 생각될 때 하룻밤 지낼 사람을 만나는 것도 어려운 일은 아니고, 또 여기서처럼 남들의 이목을 걱정하지 않아도 되는 장점이 있죠."

그것은 사실이었다. 조금만 그녀가 흐트러진 모습을 보이면 끈적한 눈길로 그녀의 몸매를 훑으며 성적인 암시를 하며 다가오는 남자들이 있었다. 게다가 한국의 유학생들에게는 고국에서는 상상도 안 되는 자유가 주어졌다. 자신들이 어떤 행동을 해도 누구 하나 손가락질하거나 소문을 퍼뜨릴까 봐 염려하지 않아도 되었다.

당신이 무관심하게 버려둔 동안 내게 어떤 일이 있었는지, 이래도 궁금해하지 않을 건가요? 아무리 관심이 없다고 해도 그럴 수 있을 것 같아요?

수혜는 자신이 받은 만큼 돌려주고 싶은 마음이었다.

"프랑스 남자들에게 동양 여자가 어떤 이미지를 주는지 알아요? 그곳에선."

"그만 해. 알고 싶지 않아."

그가 조금도 감정이 실리지 않은, 너무나 건조한 일상의 음성으로 그녀의 말을 잘랐다.

알고 싶지 않다고?

순간 수혜는 모욕감을 참지 못하고 입술을 아프게 깨물었다.

그런가요? 나는 당신에게 그 정도밖에는 안 되는 여자인가요?

마법은 깨졌다. 다시금 왼쪽 팔목이 시큰거리는 느낌에 수혜는 더 이상 견디지 못하고 습관처럼 그에게서 등을 돌리고는 몸을 웅크리고 누워 오른손으로 왼쪽 팔목을 눌렀다. 방금 생긴 상처인 양 새로운 통증이 가슴과 머리로 전달되었다.

방금 전 아주 친밀하고도 사적인 감정을 나눈 사이라고는 생각되지 않게 두 사람 사이에는 냉기가 흘렀다.

"그만 가줘요. 씻고 잘래요."

수혜가 어떻게든 몸을 가리기 위해 이불자락을 말아 쥐고 침대에서 벗어나려고 하는데 그가 수혜의 손을 잡아 다시 침대로 이끌었다.

"왜, 왜 이래요?"

"만회할 기회를 줘야지. 이대론 못 가."

"그게 무슨!"

그가 거침없이 수혜의 몸을 훑으며 그의 아래에 꼼짝없이 눌린 몸 위로 올라왔다.

"싫어! 아, 안 돼요!"

"이번엔 당신을 위해서."

그는 많이 노력할 필요도 없었다. 그의 손길은 전보다 더 분명하게 수혜의 몸을 속속들이 파악했고, 목덜미와 쇄골을 지나 욕망으로 단단히 일어선 유두와 젖가슴을 만지고 그 아래로 거침없이 내려갔다. 수혜가 그의 손길을 저지하기 위해 입술을 떼려고 했으나 역부족이었다. 그는 기억이 되살아난 사람처럼 수혜의 몸 곳곳을 만지고 애무하며 완전히 항복하고 그에게 애원하도록 만들었다. 조금 전 충분히 오래 채워지지 못해 아쉬웠던 수혜의 몸은 쉽게 달아올랐고, 이번에는 그녀가 먼저 절정에 올라 가늘게 경련하듯 몸을 떠는 것을 확인한 후에야 그도 쾌락의 정점으로 향했다.

고개를 들어 머리맡의 시계를 확인하던 수혜는 깜짝 놀라 신음소리를 냈다가 다시 베개에 머리를 묻었다. 이미 오전 10시가 넘은 시간이었던 것이다. 오늘이 일요일이고 출근하지 않아도 된다는 사실은 큰 다행이었다.

가장 먼저 느낀 감각은 어젯밤 그의 집중적인 공격을 받아 화끈거리면서도 쓰린 몸의 중심부였다. 아프면서도 충족된 그 모순적인 느낌을 무시하려고 애쓰며 잠들었는데 한순간 그곳으로 서늘하고 시원한 낯선 감각이 그녀를 편안하게 만들어주었다. 그것은 그의 배려 때문이었다. 거의 마지막 행위가 잦아들 즈음 스치기만해도 통증을 호소하자 그가 확인하고는 얼음 팩을 만들어 그곳에 대어준 것이다.

다른 남자가 있었다고 허세를 부려? 오랜만인 그와의 행위조차 견디지 못하면서?

비웃음을 산다 해도 어쩔 수 없다고 수혜는 생각했다. 더 어떤 부끄러움을 감당해야 할까. 다행인 건 움직일 때마다 둔하게 퍼지는 통증은 있어도 화끈거리거나 쓰린 감각은 사라졌다는 것이다. 그럼에도 천천히 자리에서 일어나 맨살을 가리기 위해 잠옷을 집어 들던 수혜는 온몸이 격한 운동을 한 사람처럼 아파 그때마다 움찔하며 움직임을 멈췄다. 몸싸움을 방불케 하던 격렬한 행위의 여파였다.

와인 때문이었을까 아니면 너무 오래된 성적 좌절감? 더 이상은 어떻게든 그를 받아들이지 않겠다고 다짐하며 잠들었던 수혜였지만 새벽녘 그가 다시 그녀의 몸을 요구하며 자극하자 몸이 먼저 반응하며 그를 향해 몸을 열었다. 그와의 섹스를 거절해야 할 분명한 이유들이 즐비하건만 수혜는 격정적으로 파고드는 그에게 제대로 저항하기는커녕 그의 등을 단단히 끌어안고 매달리는 것으로도 모자라 그의 등에 손톱을 세우며 적극적으로 반응했다. 그들은 이전에는 단 한 번도 그런 식으로 거침없이 공격적으로 육체적 열정을 나눈 적이 없었다.

한 번은 실수라고 넘어갈 수 있지만 두 번, 세 번은 실수라고 우길 수도 없다. 그것이 나른하게 퍼지는 만족감이 사라진 후에 맨 처음 든 생각이었다. 온몸 구석구석 그의 손길과 입술이 머물지 않은 곳 없었다. 더구나 그 무엇으로도 채워질 수 없을 것 같던 비밀스런 수혜의 내부는 아직도 그 열정의 여파로 화끈거리며 묘한 통증을 전달하고 있었다.

미쳤어! 이게 무슨 일이야, 도대체 어쩌자고!

다시 그들의 관계를 되돌리기 위해서는 상당한 부끄러움을 무릅써야 하고, 그와 맞서서 이기려면 말끔한 정신으로 이성적으로 대응해도 쉽지 않을 터였다. 수혜는 한숨을 내쉬었다. 그것이 무엇 때문이었든 간에 얼굴을 붉히지 않고 서로를 대할 수는 없었다. 그런 면에서 지금 이 순간 그가 곁에 없다는 사실은 무척 다행이었다. 당장 침실문을 나서면 그를 대면해야 한다고는 해도!

그런데 샤워를 하고 침실을 나섰을 때 그녀는 다시 한 번 놀랐다. 그는 주방에서 요리를 하고 있었다. 간단한 토스트나 달걀 프라이 정도가 아니라 진짜 요리를! 그가 음식의 간을 확인하다 말고 수혜를 보고는 미소를 지었다.

"좀 더 잘 것 같았는데 벌써 일어났어?"

그는 어젯밤 아무 일도 없었던 사람처럼 스스럼 없이 그녀를 대하고 있었다.

"충분히 잔걸요."

그녀는 혼란스러운 속내를 겨우 감추며 대꾸했다.

그는 씨익 웃으며 밝은 음성으로 물었다.

"배고파?"

지금의 이 당혹감을 물리치려면 어떻게든 그와 대면하지 않는 것이 좋았다. 하지만 어제저녁을 가볍게 먹은 데다 침대에서의 일로 무척 배가 고팠다.

"네."

더구나 이미 선을 넘은 그들 관계의 재정립에 대해 짚고 넘어가지 않으면 안 된다는 책임감도 들었다.

"이리 와서 앉아."

수혜는 주저하는 발걸음을 억지로 움직여 식탁에 앉았다. 그가 식욕이 동한 그녀 앞에 준비한 음식을 차려주었다. 예전의 그가 주방에서 음식을 만든다는 것은 상상하기 힘든 일이었다. 부엌일을 맡아하는 사람이 있기도 했지만 집안의 남자로 떠받들려지며 자랐던 것이다.

수혜가 국을 맛보려고 수저를 가져가자 그가 겸연쩍게 웃으며 말했다.

"큰 기대를 하면 안 돼. 혼자 살다 보면 어쩔 수 없이 배우게 되는 것들이 있지. ……어때?"

"……나쁘지 않아요."

인색한 칭찬이었다. 사실은 나쁘지 않은 정도가 아니라 기대 이상으로 훌륭했다. 그럼에도 그는 생각지 않은 칭찬을 받은 학생처럼 환하게 웃었다.

어젯밤의 일로 놀리거나 비아냥거려도 감수할 생각이었는데 그는 두 사람이 함께 보낸 밤에 대해서는 전혀 언급할 의도가 없어 보였다. 다만 틈틈이 수혜에게 머무는 그의 시선이 전에 없이 노골적이고 색스러웠다. 침대를 떠나 옷을 입은 후에는 전혀 다른 사람이 되곤 하던 이전과도 달랐다. 수혜는 밤과 낮의 다른 그를 지킬 박사와 하이드처럼 생각하던 때도 있었다. 예전의 그는 말끔한 와이셔츠와 양복, 넥타이를 갖추고 무장하고 나면 밤에 그녀와 사랑을 나누던 남자가 아닌 것 같았다. 그런데 지금은 어쩌다 눈이 마주치기만 해도 당장 침대로 직행할 것 같은 열정을 그대로 풀어놓고 있었다.

지나치다 싶을 만큼 격정적으로 섹스를 가졌으면 더 이상의 요구는 없어야 하는 것 아닌가. 수혜는 그와 자신의 관계가 어젯밤으로 인해 변하는 것을 원치 않았다. 보름달에 반응하는 늑대의 울음처럼 그간 억눌렸던 성적인 욕망이 갑작스레 절제의 끈을 끊고 솟구쳐 오른 것이라고 해도 그것을 재현하는 것은 사절이었다. 하지만 그에게 뭐라고 이야기하지? 그냥, 원 나이트 스탠드 정도로 넘어가자고? 매일 같은 집에서 얼굴 보고 살면서?

말없이 눈을 내리깔고 음식을 입 안에 넣고 씹고 삼키는 일을 집중해서 반복하던 수혜가 마침내 결심하고 입을 열었다.

"저기, 있잖아요. 어젯밤은······."

망설이는 수혜의 표정을 바라보던 그가 긴장된 웃음을 웃으며 말했다.

"날 칭찬해 줄 것 같진 않은데?"

수혜가 아는 한 무슨 일이든 자신감 넘치던 남자의 태도가 아니었다. 하지만 부부간의 성적인 관계에 대해 자신감이 없기로는 그녀가 더했다.

"아니, 그런 게 아니고, 저기, 그러니까······."

그녀의 눈과 입술에 머무는 노골적인 그의 시선을 받으며 이성적으로 대화하기란 불가능했다. 순간 호텔에서 만난 첫날부터 자신에게 성적인 욕망을 느꼈다던 그의 고백이 떠올랐다. 잘도 감추고 있었다고 생각했지만 만약 그가 다시 만난 첫날부터 이런 식으로 쳐다보았다면 수혜는 진작 놀라 멀찌감치 도망쳤을 것이다.

"그만 쳐다봐요."

"왜?"

"말을 할 수가 없잖아요."

그의 눈가에 웃음이 번졌다. 하지만 그는 수혜의 요구대로 그녀의 입술에서 시선을 거뒀다.

"우, 우리는 변한 거 없어요. 변하고 싶지도 않아요. 어젯밤과 상관없이 나는 약속한 날짜가 되면 이혼할 거예요."

"당신 생각이 그렇다면, 그걸 막을 순 없겠지."

그는 생각보다 순순히 수혜의 말을 받아들이는 것 같았다. 어쩌면 생각보다 덜 위험하고 덜 어렵게 문제가 해결될 수도 있겠다는 희망이 반짝였다.

"그러니까, 어젯밤은 그냥…… 그러니까……."

수혜는 하룻밤 일탈을 수습하기 위해 애쓰는 자신이 부끄러웠다. 그의 강압에 못 이겨 어쩔 수 없었던 상황이라면 모를까 어젯밤은 그녀에게도 성적 욕망이 있다는 것을 인정할 수밖에 없는 하룻밤이었다. 고민 끝에 입속에서만 맴도는 원 나이트 스탠드를 뭐라고 말해야 할까 고민하며 수혜는 부끄러움을 가리기 위해 오른손을 올려 자신의 눈을 가리고 깊은 한숨을 내쉬었다. 자신이 꼭 머리만 숨기고 제 온몸을 다 숨겼다고 생각하는 닭처럼 생각되었다.

그런데 생각지 않게 그가 웃으며 거들어주었다.

"어젯밤 때문에 불편해? 다시 전처럼 돌아가자고?"

기회를 놓칠세라 수혜가 서둘러 눈을 가렸던 손을 내리며 고개를 끄덕였다.

"그래요, 그리고 싶어요."

"나는 운동으로 땀 흘리며 풀고 당신은 그냥 억누르고 참으면서?"

그의 예리한 지적에 수혜의 얼굴이 빨갛게 달아올랐다.

"누, 누가!"

"난 동의할 수 없어. 당신이 싫다면 어쩔 수 없지만, 함께 사는 동안만이라도 난 원할 때 당신 안을 거야."

"준현 씨!"

"약속하지, 당신이 싫다고 하면 안 해."

아홉

전에는 의견을 묻지 않았다. 그는 언제든 내키기만 하면 항시 대기 중인 여자처럼 그녀와 부부 관계를 가졌다. 이제 자신이 싫다고 하면 안 하겠다는 그의 약속에도 불구하고 수혜는 불안감을 떨쳐 내지 못했다.

그는 간단하게 식탁을 치우고 설거지를 하며 수혜의 존재를 무시했다. 수혜는 그의 뒷모습을 한동안 쏘아보다 자신만의 공간으로 돌아왔다. 양치질을 하고 침실 바닥에 흩어진 옷가지를 주워들어 세탁물 바구니에 넣고 침대를 정리한 후에도 밖으로 나가지 못했다.

얼핏 침대 옆 탁자를 살피던 수혜는 어제 그가 내려놓았던 커프스와 시계가 사라지고 없는 빈자리를 보았다.

당신이 싫다고 하면 안 해.

그러면 된 거잖아. 뭘 걱정해?

얼마 후 그가 가볍게 노크를 하고는 방문을 열었다. 그는 조금 주저하는 표정으로 수혜에게 작은 상자를 내밀었다. 고급스런 포장지로 포장된 상자는 당장 내용물은 알 수 없었다.

"뭐예요?"

"풀어봐."

그는 이유 없는 선물에 주저하는 수혜의 손에 떠안기다시피 상자를 건넸다. 그는 수혜가 조심스레 경계하며 선물의 포장을 푸는 모습을 가만히 지켜보았다. 겉의 포장지를 풀고 나니 안의 내용물이 무엇인지 금세 확인되었다.

"이건……?"

향수였다. 마릴린 먼로의 한마디로 인해 섹시함을 꿈꾸는 여자라면 누구나 가지고 싶어하는!

"향이 당신 마음에 들었으면 좋겠는데."

"구하기 쉽지 않았을 텐데요?"

그것은 리미티드 에디션으로 나온 가드니아였다.

"함께 살았으면서도 아직 당신이 좋아하는 게 뭔지도 제대로 모른다는 게 좀 우습더라고."

그는 그렇게 지난날 자신의 무관심을 돌려 말했다. 특별히 언급하지 않아도 적절한 때와 장소에 맞춰 사치하고 요란하게 치장하지 않으면서도 만족스럽게 자신의 옆자리를 지켜주던 아내. 그는 그것이 당연하다고 생각했었다.

수혜는 지난번 자신의 말을 잊지 않고 기억해 준 그에게 고마움을 느꼈다. 함께 밤을 보낸 다음날 그가 반지나 목걸이 등의 보석류를 선물했다면 수혜는 단번에 거절했을 것이다. 하지만 지금 그가 건넨 선물은 과시나 일시적인 변덕이 아닌 것이어서 거절할 수 없었다. 은원의 공연을 보러 가던 날 지나는 말처럼 물었던 한마디가 섬세한 배려가 돼서 돌아온 것이다.

"잘, 쓸게요."

수혜가 선물을 수습하며 자리에서 일어나 드레스룸으로 가려고 하자 그가 말했다.

"어떤 향인지 궁금하지 않아?"

정작 궁금한 사람은 그인 것 같았다. 수혜는 무심코 그가 원하는 대로 시향을 위해 손목에 스프레이 한 후 천천히 향을 맡은 후 팔을 들어 그에게도 맡아보게 했다. 그런데 만족스럽게 향을 맡던 그의 표정이 한순간 경직되었다. 그의 시선은 수혜가 들어 올린 손목에 가로로 길게 난 상처에 멈춰 있었다. 그것은 자연스런 손목의 주름과는 달리 선명했다. 평소에는 여러 줄이나 두께가 있는 팔찌로 가리곤 했지만 지금은 그것을 가려줄 것이 아무것도 존재하지 않으니 더욱 선명하게 느껴졌다. 수혜는 그의 태도를 통해 상처의 존재를 인지하고는 서둘러 손을 내렸다.

갑작스럽게 생각지 않은 데서 과거의 상처와 직면하자 수혜도 그도 당황했다. 그의 태도로 인해 당혹스런 사람은 자신이라고 생각했던 수혜는 흡사 예기치 않은 충격과 직면한 것 같은 그의 태도에 의아했다.

"평소엔 잘 몰라요. 신경도 안 쓰고."

수혜가 분위기 전환을 위해 일부러 가볍게 말했다. 그러고 보면 그가 완전히 아문 수혜의 상흔을 직접 본 것은 오늘이 처음이었다. 수혜는 어색한 그 자리를 피하듯 서둘러 물건을 챙겨 드레스룸으로 향했다.

그는 수혜가 떠난 자리에서 깊은 심호흡을 했다. 그대로 덮어둔 과거. 그 자신의 실수. 언젠가 그것들과 다시 대면해야 한다는 생각만으로도 그는 발밑이 꺼지고 깊이를 알 수 없는 어둠 속으로 끌려 내려가는 듯한 두려움을 느꼈다. 무엇보다 깊이를 모른다는 것이 그를 가장 두렵게 했다. 무심하고 냉정한 태도로 어떻게든 두 사람 사이에 거리를 유지하려는 수혜의 태도 이면에 잘못 내디디면 깨져 버릴 것 같은 여린 여자가 숨어 있다는 것을 그도 알고 있었다.

"밖으로, 나가자. 좋은 곳으로 안내할게."

수혜가 드레스룸에서 나오자 그가 언제 그랬냐는 듯 다른 사람처럼 말했다.

"우리, 얘길 좀 해요."

"다녀와서. 다녀온 후에 들어줄게."

수혜는 외출하자는 그의 제안이 썩 내키지 않았으나 그는 화장도 하지 말고 가벼운 차림으로 나가자고 말했다. 그는 정말 캐주얼한 티셔츠와 카디건을 걸치고 맨얼굴로 나갈 수 없다는 그녀에게 선글라스를 권했다.

그가 차를 멈춘 곳은 시내의 유명한 특급호텔이었다. 그는 자신의 선글라스를 벗어 셔츠에 아무렇게나 꽂으며 주위를 의식하는 그녀의 손을 잡고 엘리베이터에 올랐다.

"어, 어디 가는 거예요?"

"스파!"

"네?"

"당신도 싫지 않을 거야."

목적한 곳에 도착해 엘리베이터가 멈추자 그가 다시 그녀의 손을 잡고 이끌었다. 그곳은 최근의 유행을 타고 새로이 만들어진 초특급의 스파 시설을 갖춘 클럽이었다. 문을 열고 들어가자 안내 데스크에 서 있는 안내원이 그들을 보고 깍듯하게 인사를 했다. 그가 예약을 했다고 말하며 이름을 말하자 안내원은 예약을 확인하고는 좋은 시간 되라고 인사를 건넸다. 곧 세련된 분위기를 가진 여자가 다가와 자신을 전담 매니저라고 설명하고는 그들을 배정된 방으로 안내했다.

"저희 스파센터에 오신 걸 환영합니다. 불편하신 점이 있으시면 바로 말씀해 주십시오. 스파는 처음이십니까?"

수혜가 어리둥절하여 그를 따라가면서 주위를 둘러보자 상냥하게 물었다.

"이 사람은 처음이니까 잘 설명해 주세요."

그가 싱긋 웃으며 말했다.

이 사람, 언제부터 이렇게 잘 웃었던 거야?

수혜는 오늘 웃음이 떠나지 않아서 대하기 편한 사람 같은 그를 낯설게 바라보았다. 그런데 스파라면 온천을 말하는 것 같은데,

그녀가 보기에 이곳은 온천탕을 즐기는 분위기는 아닌 것 같았다.

"저희 스파 프로그램은 아주 특별하다고 자부하고 있습니다. 약 두 시간 정도에 걸쳐 진행되는데 그동안 심신을 편안하게 릴랙스하실 수 있을 겁니다. 먼저 아로마 테라피가 이루어지는데요, 이후에 옥시젠 테라피로 긴장과 피로를 풀어드립니다. 그리고 하이드로 테라피, 그리고 천연석을 이용한 라스톤 테라피도 준비되어 있습니다. 여성 분들께서는 자수정을 이용한 테라피를 선호하세요. 그리고 선택적으로 참숯을 이용한 아유르베다 마사지, 그리고 특별 피부 관리 마사지 과정도 있습니다."

여자의 음성은 훈련을 통해 다듬어진 세련되고 인위적인 친절이 가미되어 있었다. 평범한 온천탕과는 비교할 수 없는 시설이었다.

"이 과정을 거치고 나면 스트레스는 물론 심신의 안정을 얻으실 수 있을 겁니다."

매니저는 다시 한 번 확신 어린 음성으로 강조하며 그들에게 가운과 타올이 있는 위치, 그리고 갈아입을 옷을 보관할 캐비닛을 안내해 주고는 하이드로 테라피가 끝난 후에 부르도록 말하고는 자리를 떠났다.

천장 어디엔가 위치한 스피커에서는 부드럽고 경쾌한 플루트 연주가 들려왔다. 조명은 부드럽게 낮고 따뜻했으며 얼어붙은 마음도 녹여낼 것 같은 쾌적한 공간이었다. 두 사람만 남게 되자 수혜는 더욱 당혹스러웠다.

이런 불편한 자리를 피해야 한다고 단단히 결심했던 게 불과 몇 시간 전이었다. 게다가 그는 수혜의 당혹감은 모른 체하며 거침없이 옷을 벗고 있었다. 어젯밤 함께 몸을 나누고 잠을 잤지만 단단한 근육의 맨살을 보게 되자 수혜는 서둘러 시선을 피했다. 이래서는 이성적인 관계로 돌아가자는 말을 꺼낼 수도 없었다.

그냥 도망쳐 버려?

그때 그가 망설이는 그녀를 돌아보고는 놀렸다.

"아직도 수줍음을 타나?"

수혜는 서둘러 시선을 피하며 그를 비난했다.

"이, 이런 일 원치 않는다고 했잖아요."

그는 예상했던 것처럼 느긋하게 수혜의 항의를 받아넘겼다.

"그래, 당신이 싫다고 하면 안 하겠다는 약속을 했어. 자신을 못 믿어?"

그의 말은 도발이었다.

"이런 식이면 남은 기간 동안 협조하지 않을 수도 있어요."

그가 다가오자 수혜는 더욱 딱딱하게 굳어졌다. 그런데 생각과는 달리 그녀의 젖가슴은 단단해지고 유두도 민감하게 일어섰다. 이래서는 그와 같은 집에 사는 자체가 고문이었다. 그가 단지 수혜의 어깨에 팔을 올리며 만지기만 했는데도 몸 일부가 열광하며 그를 반기려고 하다니! 더구나 그는 수혜의 반응을 누구보다 빠르게 파악하고 있었다.

"어린애처럼 굴지 마."

"누가!"

"아니라고? 긴장 풀어. 내가 잡아먹나? 봐, 어젯밤에도 살아남

았잖아."

그는 말도 안 되는 억지 농담을 하면서 수혜가 입고 있는 블라우스의 단추를 풀기 위해 손을 올렸다. 자연스럽게 움직이는 그의 팔 아래에서 수혜의 가슴이 스쳤다.

"이래서는 어떻게 이야기를…… 이러지 마요, 내, 내가 해요."

"도망가지 않을 거지?"

꿰뚫어볼 것 같은 강한 그의 눈빛에 질려 수혜가 체념 어린 음성으로 말했다.

"멀리 가지도 못할 거 알아요."

"그래, 당신이 아직도 부끄러워한다는 게 더 이상한 거야. 우린 부부잖아."

"일시적으로 동의한 부부죠. 6개월, 시한부! 이제 그것도 한 달 줄었어요."

그는 현실을 직시하는 수혜의 말에 반박하지 않았다.

"아무렇지 않게 사람 기운 빼는 데는 당신만한 사람도 없을 거야."

"내가 뭘요?"

"남은 기간 동안 나는 우리 결혼을 회복해 보고 싶은 거야. 그때 내가 안일하게 저지른 잘못들을 조금씩 수정해 나가는 중이야. 당신이 조금만 용기를 내면 생각보다 즐거워질 거야. 다음엔 아마 또 오자고 조를지도 모르지."

"다시는 안 와요!"

"새삼스럽게 수줍음을 타는 게 더 이상한 거 알아? 어제 우리가 한 일을 생각해 보면."

그의 의도대로 얼굴이 뜨겁게 달아올랐다.

"그만 해요."

수혜는 용기를 그러모아 가늘게 떨리는 손으로 자신의 블라우스 단추를 위로부터 하나씩 풀었다. 민망한 수혜와는 달리 그는 수혜의 동작 하나도 놓치지 않았다. 팽팽하게 일어선 젖가슴을 감싸고 있는 흰색 레이스 브래지어가 드러났고, 천천히 수혜가 두 손을 뒤로 해서 후크를 풀어내는 것도 그는 지켜보았다.

"변태 취미, 있어요?"

수혜가 가시 돋친 말로 그에게 쏘아붙이자 그는 어깨를 으쓱해 보이며 웃음으로 얼버무렸다.

"아내의 스트립쇼 감상이 변태 취미야?"

"돌아서요."

"당신이 먼저 벗었으면 되었잖아. 일부러 보여주려고 그랬던 거 아닌가?"

"다시 입고 도망갈 수도 있어요."

수혜의 위협에 그는 순순히 돌아섰다. 그의 말대로 그들은 2년 가까이 서로의 맨살을 더듬고 만지며 보여왔다. 어젯밤도 서로의 몸을 자신의 것이나 마찬가지인 양 속속들이 각인했다. 이제 와서 그에게 알몸을 보일 수 없어 부끄럽다거나 나가겠다고 하는 것은 우스웠다. 더구나 마음의 준비도 되지 않은 상태에서 드러난 그의 몸을 보는 순간 수혜는 거절해야 하는 숱한 이유들을 잊었다.

그녀는 옷을 벗고 그와 함께 개인용 바스 룸으로 들어갔다. 처음엔 그의 시선이 얼굴로부터 목, 젖가슴, 복부에서 허리를 살살이 훑고 내려가는 것 같아 화끈거리며 몸을 가리고 싶은 생각이 들었으나 겉으로는 일부러 당당한 척했다. 그녀는 바스 룸 한쪽의 대형 고급 욕조와 그 위에 떠 있는 꽃잎에 머물다가 벽 한쪽에 있는 거울을 통해 그의 나신을 보게 되었다. 남자들은 여자의 나신을 보고 흥분하는지 몰라도 수혜가 보기엔 남자의 몸이 더 역동적이며 매력적이었다. 더구나 단단한 근육과 골격으로 이루어진 그의 몸을 바라보자면 더욱 그랬다. 그도 자신을 향한 수혜의 시선을 알고 있었다. 하지만 그는 그녀의 시선에 당혹해하기는커녕 즐기는 듯한 여유로운 표정이었다.

바스 룸의 사방에서 물방울들이 피부 구석구석을 간지럽히며 스치고 지나가는 느낌은 곧 수혜를 즐겁게 만들었다. 그녀의 머리칼이며 온몸의 피부가 곧 물기에 젖었다.

"이리 와서 욕조에 몸을 담가봐. 더 기분이 좋아질걸."

그가 대리석으로 만들어진 대형 욕조 안에서 몸을 담그고는 자신의 곁으로 그녀를 불렀다.

욕조는 두 사람 이상이 사용해도 충분할 만큼 공간이 넓었다. 화려하기만 한 것이 아니고 품격있는 인테리어를 유지하고 있었지만 수혜의 눈에는 퇴폐적인 느낌이 들었다. 수혜는 가능하면 그에게서 멀리 떨어져 자리를 잡았다. 아로마 오일과 해초 파우더, 각종 미네랄 등이 첨가된 데다 욕조 자체의 시설로 인해 뿜겨져 나오는 수중압력으로 자연 마사지 효과가 있었다. 입욕과 함께 그녀는 경이로움을 느끼며 자신의 몸이 느슨해져 가는 것을 느꼈다.

"어때, 기분이 좀 나아졌어?"

수혜는 조용히 수긍하며 고개를 끄덕였다.

"이렇게 하면 더 좋을 거야."

그가 팔을 뻗어 수혜를 가까이 당겼다. 그리고 마주 보던 그녀의 몸을 돌리게 해 그녀의 등이 그의 가슴에 와 닿게 하고는 그의 다리 안쪽으로 수혜가 몸을 펴서 앉게 했다. 그의 행동으로 욕조의 물이 넘쳤다.

그의 입술이 그녀의 어깨에 닿았다가 움푹 패인 쇄골 부위, 그리고 그녀의 목덜미로 옮겨갔다. 그의 두 팔은 그녀의 겨드랑이 사이로 파고들어 한 손은 물속에 잠긴 그녀의 젖가슴을 감싸 안았고 다른 한 손은 아래로 내려가 배꼽 부근의 복부에 와 닿았다. 수중압력을 유발하는 욕조 내의 물결과 거품까지 더해져 그녀의 피부는 더욱 예민해졌다. 물속에서 그녀의 젖가슴을 만지던 그의 손이 예민해진 그녀의 유두를 엄지손가락으로 자극했다.

"보통의 부부들이라면 멀찌감치 떨어져 있지 않아. 어때, 괜찮지?"

그의 말은 욕조에서의 상태를 묻는 것 같기도 했고, 한편으론 그의 애무가 마음에 드느냐고 묻는 것 같기도 했다. 신혼시절부터 그들의 관계는 수혜의 수줍고 소극적인 태도에 부딪혀 이런 상황은 상상할 수도 없었다. 몇 번의 시도 후에 그는 수혜가 받아들일 수 있는 방식으로 익숙한 관계맺음에 암묵적으로 동의해 왔다.

상대의 몸을 완전히 제 몸처럼 환한 조명 아래 드러내고 탐색하는 일은 처음이었다. 그의 손길은 멈추지 않고 끊임없이 그녀의 몸을 만지고는 있지만 다행히도 그에게 등을 돌리고 있어 마주 보는 것보다 훨씬 나았다. 게다가 실제로 그의 등에 몸을 기대자 편안해졌다. 그는 서두르지 않고 천천히 그녀의 몸을 부드럽게 만지곤 했다. 성적인 자극을 주기 위해서가 아니고 그저 확인하듯 사랑스러운 듯 그녀의 몸매를 따라 부드럽게 더듬어 만지다가 가끔씩 그녀의 젖가슴을 손 안에 감싸 쥐기도 했다. 그녀의 엉덩이께에서 그의 남성이 느껴졌지만 그것은 위협적이지 않았고, 오히려 부드럽게 그녀의 피부에 닿아 있었다. 분명 어젯밤과는 또 다른 자극이었다. 물이 주는 안온감까지 더해져 문득 잠이 쏟아질 것처럼 나른해졌다.

"그만 나갈까?"

눈이 스르르 감기며 그에게 머리를 기대는 그녀의 귓가에 그가 속삭였다.

아이러니하게도 처음에는 거부감이 일며 마지못해 들어왔던 욕조였는데 이제는 나가는 것이 아쉬워졌다. 그것이 욕조의 스파 효과 때문이었는지 아니면 그의 행동 때문이었는지도 분명하게 판단할 수 없었다. 그는 샤워기 앞에서 먼저 그녀를 씻겨주었다. 이번에도 그의 손이 그녀의 몸에 닿았지만 이제 더 이상 그녀는 거부하지 않았다. 오히려 자연스럽게 받아들였다. 하지만 수혜의 몸을 씻겨주던 그의 손길이 갑자기 변했다. 피부에 닿는 거품과 그의 손길, 독특한 향에 취해 있는데 샤워기의 물살에 거품이 씻겨나가는 것을 보던 그가 다가왔다. 수혜는 아까와는 달리 흥분하며 일어서는 그의 남성을 얼핏 보았지만 곧 그가 촉촉하게 물기를 머금고 유혹하는 그녀의 오른쪽 젖가슴을 받쳐 안으며 솟아오른 유두를 그의 입 안으로 격하게 물자 천천히 머리를 젖히며 눈을 감았다. 그녀 자신의 체온보다 더 뜨거운 그의 혀가 유두를 희롱하자 수혜는 자신도 모르게 가는 신음 소리를 냈다.

오랜 금욕 후에 가진 그와의 섹스는 그녀를 변화시켰다. 절제되기 보다는 새로운 욕구 충족을 바라며 기대감으로 들떴다. 그녀의 몸 중심에서 갑작스레 뜨거운 열기가 솟구치며 더 익숙해진 그와의 접촉을 원했다. 강하고 단단하게 그녀를 채워주기를 바랐다. 그러한 욕구는 순식간에 그녀를 들뜨게 했고 너무나 강렬하게 사로잡았다. 스스로를 통제할 수 없는 그녀의 손길이 그의 몸을 주저없이 더듬어 만졌다. 그의 탄탄한 등 근육과 척추를 타고 내려가 그의 엉덩이까지. 아까와는 달리 그의 몸은 단단해졌고, 그의 날렵한 둔부도 잔뜩 긴장해 있었다. 그 순간 그들은 그곳이 어디든 상관없이 결합을 위한 욕구를 채우고 싶은 유혹에 빠져들었다. 그는 분명한 의지를 드러내며 그녀의 다리를 벌리고 한껏 성내고 있는 그의 남성에 맞게 그녀의 몸을 들어 올렸다.

"누, 누가 들어오면 어떻게 해요."

그녀는 아직 남아 있는 이성으로 인해 불안해하며 작은 소리로 그에게 항의했다.

"괜찮아, 우리가 부르기 전에는 아무도 오지 않을 거야."

아래로부터 압박해 오는 그의 유혹은 강렬했다.

"하, 하지만……!"

집도 아니고 당장 누가 들어올지도 알 수 없는 낯선 장소에서의 섹스라니!

"그만둘까?"

그의 눈빛과 몸은 다르게 말하고 있었다.

"그, 그럴 수 있어요?"

수혜는 자신이 그것을 원하는지 아닌지도 모른 채 물었다.

"당신이 집에 가서 해준다는 보장만 있으면, 어떻게든!"

그렇지만 그럴 리 없다는 것을 안다는 듯 웃으며 그가 측면의 벽으로 그녀를 밀었다.

"이런 사람이 그동안은 어떻게 참았어요?"

수혜는 전과는 달리 충동적이고 쉽게 욕구를 드러내며 달아오르는 그의 태도가 의아했다. 그녀의 귓불에서 목덜미로 내려오며 애무하던 그의 입가에 자조적인 웃음이 어렸다.

"일부러 거리를 두었지. 내가 당신에게 성적인 관심이 없다고 믿어야 당신이 내 제안에 동의했을 테니까."

그로서는 수혜와의 관계 진척도 용의주도한 전략이었다는 말이다. 그의 몹쓸 덫에 말려들었다고 이성은 후회하면서도 수혜는 그의 목에 팔을 감으며 그가 자신의 몸 안으로 들어오도록 허락했다. 오래되고 지독한, 누구에게도 내보이지 못하고 그녀조차 제대로 들여다보지 못했던 상처에서 작은 가시 하나를 빼낸 것 같은 느낌. 부드러운 그녀의 젖가슴이 그의 단단한 몸에 눌리며 밀착되었다. 그리고 사방에서 그들의 몸 위로 떨어지는 물방울의 감촉은 성감을 더욱 부추겼다.

"피, 피임은……?"

"조심할게."

더 이상 그들을 방해하는 것은 아무것도 없었다. 그가 충분할 만치 뜨겁고 촉촉하게 달궈진 수혜의 몸 안으로 단번에 들어갔다. 리드미컬하게 그의 등 근육이 힘차게 움직이는 위로 작은 물방울 이 수없이 부딪쳤지만 그는 조금도 그것을 느끼지 못했다. 그녀의 투명하고 매끈한 피부는 생생하게 살아나고 있었다. 침대가 아닌 낯선 곳이라는 것과 누군가가 예고없이 들어올 수도 있다는 생각 이 이성을 강화시키기보다는 알 수 없는 충동을 부추겼다.

스파센터를 나왔을 때는 이미 두 시간 이상이 지나 있었다.

연이은 육체노동은 수혜를 피곤하게 만들었다. 더구나 스파 후 의 아로마 마사지로 인해 그 이전부터 예민해진 피부가 아주 작은 자극에도 몇 배 이상으로 반응했다. 그것은 또 다른 고문이었다.

"뭉친 근육들은 풀렸지?"

"나른하고 힘이 없어요."

"너무 무리한 건가?"

그는 약간 음흉해 보이는, 의미있는 웃음을 지었다.

"피곤하면 좀 쉬어."

"그래야겠어요."

수혜는 저녁식사를 하라고 그가 깨우기 전까지 3시간 동안 침 대에서 푹 쉬었다.

그는 저녁식사 후 수혜가 설거지를 마치고 나오자 그가 만든 차 를 건네며 부드러운 음성으로 그의 옆자리를 톡톡 두드렸다.

"자, 이제 당신이 원했던 시간이야."

"내가 뭘⋯⋯?"

"얘길 하자고 했잖아. 그래, 어디 이야길 좀 하자!"

수혜는 경직된 표정으로 그의 눈치를 살폈다. 수혜는 아직 아무런 준비도 되지 않았는데, 그는 이미 모든 준비가 되어 있다는 말이었다. 이대로라면 그녀가 원하는 방향으로 결론을 내리기는 쉽지 않을 것이다. 더구나 그가 아무리 다정하게 접근한다고 해도 경계되는 마음을 거두기란 어려웠다.

"음, 당신부터. 그간 살아온 얘기부터 하면 어떨까? 당신은 그동안 비밀만 쌓아온 것 같아."

그는 움츠러드는 그녀의 태도를 지적했다. 수혜는 그가 원하는 자리가 아닌 측면의 의자에 조금 거리를 두고 앉았다.

"비밀이랄 건 없어요. 다만 특별히 얘기할 만한 게 없을 뿐이죠."

"혹시 알아, 그런 작은 얘기들에도 내가 관심있어할지?"

그럴 리는 없다고 생각하면서도 수혜는 반문했다.

"무슨 얘기를 듣고 싶은 건데요?"

이미 그녀의 마음은 불편해졌다.

"음, 가끔은 파리에서 지내는 당신의 하루는 어떨까 궁금했었지."

"그냥 과제 하느라 뛰어다니고, 시장 조사하러 쇼핑몰에 나가보기도 하고, 일상적인 거죠. 얘기할 만한 특별한 것도 없어요."

"친구는? 함께 이야기를 나눌 친구는 있었어? 아, 그러고 보니

마지막 날 친구들과 어울려서 송별파티 하느라 좀 늦었다고 했었
잖아."

"클래스메이트이기도 하고, 주어진 과제 때문에 팀으로 어울리
다 보니 알게 된 친구들이 있어요."

"돌아와서도 당신은 그곳 생활에 대해서는 절대로 입을 열지
않았지. 그건 마치 당신에게 감춰둔 또 하나의 삶이 아닐까 하는
생각이 들기도 했어."

그는 약간 음울한 표정으로 그렇게 말하고는 금세 표정을 바꾸
어 장난스런 어조로 말했다.

"이곳이 궁금하진 않았어? 내가 어떻게 지내고 있는지 궁금하
진 않던가?"

그것은 이제껏 표현한 적 없는 아주 사적인 질문이었다.

"내가 궁금해하지 않아도 당신은 충분히 잘 지냈을 거예요. 당
신은 철저한 사람이잖아요. 조금도 어긋나지 않고 흐트러지지 않
는."

"그렇게 생각했어?"

그럼요, 두려울 만큼 당신은 냉정하고 철저한 사람이죠.

하지만 그녀를 바라보는 그의 눈길은 따뜻하게 빛나고 있었다.
수혜는 일부러 그것을 무시하며 얼버무리듯 말했다.

"그리고 우린 그렇게 이야기할 시간도 별로 없었죠. 당신도 전
화하지 않았잖아요. 손에 꼽을 만큼, 어쩌다 기억할 만하면 했었
죠."

마치 그것을 원망하는 말투가 되어버린 것 같다고 수혜는 생각

했다. 전화벨이 울릴 때마다 긴장하던 날들이 떠오르며 수혜는 그런 자신의 생각을 들킨 것 같아 얼굴이 달아올랐다.

그가 약간은 볼멘소리로 대꾸했다.

"당신이 싫어했잖아."

"내가요? 난 그런 말 한 적 없어요."

파리 생활의 초기에는 어쩌다 울리는 전화벨 소리에 기대감을 품고 있었던 것이 사실이었다. 돌아오길 바란다는, 혹은 보고 싶다는 고백을 기대하고 있었던 것도 사실이었다. 하지만 그것은 곧 체념으로 바뀌었고, 어느새 감정의 정리가 되어가며 기대감도 버렸었다.

"그럼 기다리기라도 했다는 거야? 마지못해 전화를 받고는 네, 네 하는 마지못한 대답으로 몇 마디 했던 게 누구지?"

내가 그랬었다고?

수혜는 그가 말하는 상대가 마치 자신이 아닌 듯 느껴졌다. 그러나 생각해 보니 그의 말은 크게 다르지 않았다. 잘 지내느냐고, 의사소통에 문제는 없느냐고, 공부는 즐거우냐고 묻는 그에게 그렇지 않다고, 죽을 것 같다고 말할 수는 없었다. 그렇다면 그는 자신의 태도 때문에 전화하지 않게 되었다는 것인가? 다른 여자가 생겨서도, 더 중요한 다른 우선순위에 밀려서도 아니고 자신의 쌀쌀한 태도 때문에 그랬다고 비난하고 있는 것인가?

"조금도 어긋나지 않고 흐트러지지 않는 철저한 사람이라고? 아주 멀리 떨어져 있는 당신이 내겐 그렇게 느껴져서 용기를 잃게 했어. 물론 당신이 원하는 만큼 시간을 주기로 약속하기도 했고."

그녀로서는 처음 듣는 고백이었다. 하지만 한편으로 생각해 보니 마음을 닫고 안으로만 숨어드는 사람을 밖에서 보았을 땐 어쩌면 그렇게 보일 수도 있겠다는 생각이 들었다.

"내가 욕심을 부려서 빼앗은 것을 되돌려 주고 싶었어. 그래야만 한다고 생각했지."

수혜는 그의 내면에 그런 생각이 존재했다는 것이 아주 생소했다. 이렇게 마주 앉아서 그런 고백을 듣고 있다는 사실도 생소하기는 마찬가지였다. 그녀는 자신의 속내를 드러내고 싶지 않아 바닥의 무늬결만 반복적으로 좇으며 시선을 내리깔고 있었다. 당혹감. 그리고 혼란. 그가 무엇을 바라고 자신에게 생전 들을 수 없을 것 같던 말을 하는지 알 수 없었다. 하지만 분명한 것은 이제 그녀는 상처받고 싶지 않다는 거였다. 행여라도 다시 마음을 다치게 되는 일은 원치 않았다.

그가 조심스레 다시 수혜의 반응을 살폈다.

"내게 하고 싶은 말 없어?"

수혜는 여유로운 그의 말투와는 달리 긴장되고 불안한 눈빛을 발견했다.

"왜 이러는지 이해할 수 없어요."

"음?"

"더 이상은 날 설득하지 않아도 돼요. 이대로 당신과 약속한 기한은 지킬 거예요. 처음 약속과 달라지긴 했지만 그건 변함없어요. 당신이 이러지 않아도."

"내가 왜 이러는지 모른다고?"

"……모르겠어요."

얼핏 뭔가 말을 할까 말까 망설이는 그의 심중이 느껴졌다. 하지만 이내 그는 다정한 남편의 태도로 돌아왔다.

"내가 6개월 이상 함께 살아도 괜찮은 남편이라는 걸 증명하고 싶은 거지. ……몸은, 괜찮아?"

그의 물음에 답하듯 그녀의 유두가 욱신거리며 아팠다. 낮에 그가 실컷 주무르고 만지며 빨아대던 감각이 고스란히 살아나는 것 같았다. 수혜는 당혹스러움을 감추기 위해 애쓰며 달아오른 얼굴로 겨우 고개를 끄덕였다.

"다행이군. 어제는 나도 제정신이 아니었어."

그는 오늘 낮이 아니라 어젯밤의 일을 말하고 있었다.

그가 스스로 자신의 약한 모습을 인정하다니!

수혜는 믿기지 않는 낯선 눈빛으로 그를 건너다보았다. 이제껏 그가 이런 식으로 자신의 잘못을 인정하거나 용서를 구하는 것은 들어본 적이 없었다. 그런데 지금 그의 말은 분명히 후회하는 것이 역력한 사과의 말처럼 들렸다.

그는 감정이 동요되지 않는 조용한 음성으로 말을 이었다.

"당신이 그곳에서 하룻밤쯤 다른 남자를 만났더라도 어쩔 수 없다고 생각했어. 하지만 솔직히 말하면 난 당신을 믿고 있었어."

그는 어젯밤 그녀의 말에 대해 언급하고 있었다.

나를 믿었다고? 내가 쉽게 결혼의 맹세를 깨뜨리지 않을 신의 있는 여자로 믿었다는 것일까. 아니면 그런 대담한 짓은 할 수 없는 소심한 여자라고 생각했던 것일까.

그의 말은 결코 그녀를 기쁘게 하지 않았다.

"그런데 당신이 프랑스 남자들이 동양 여자를 어떻게 생각하는지 아느냐고 말하는 순간 나도 모르게 외국인과 누워 있는 당신 모습이 떠올라서……."

그가 다른 남자와 난잡하게 얽혀 있는 자신을 상상했다고 말하자 수혜는 순간 얼굴이 달아올랐다. 그가 그렇게 생각하기를 원하며 했던 말들이 아주 무의미하지 않았다는 것을 알면서도 그가 그렇게 상상했다는 것을 알게 되자 모욕감과 수치심으로 얼굴이 달아올랐다. 자신이 더 우위에 있다는 사실을 증명하기 위해서, 그래서 어젯밤 그렇게 거칠게 정사를 나누었던 것이라고 생각하니 기가 막힐 노릇이었다.

그 역시도 말을 채 잇지 못하고 감정을 조절하느라 애쓰며 짧은 한숨을 내쉬었다.

"나는 지금이 더 중요하다고 생각해. 지금 우리 관계가 내게는 가장 소중해. 나도 앞으로는 노력할 테니까 당신도 일부러 나를 자극하진 말아줘."

수혜는 생각지 않았던 그의 말에 놀랐다. 그 자신이 변했다고 인정했지만, 그리고 지금까지의 그의 태도로 보건대 그가 변한 것 같다고 생각했지만 이렇게 직접적으로 말을 할 것이라고는 생각지 못했다.

믿어야 하나? 이 사람의 말을 그대로 믿어도 될까? 그랬다가 또다시 상처받으면?

가슴 한 켠이 싸늘하게 얼어붙었다.

"내 생각은 변함없어요. 낮에 말한 것처럼, 약속한 기한이 되면 나는 떠날 거예요."

그러자 지금까지와는 달리 여유라고는 찾아볼 수 없는 표정에 이어 그가 수혜의 단호한 시선을 피했다. 자리에서 일어나 자신의 방으로 향하는 수혜의 등 뒤에서 그가 건조한 음성으로 말했다.

"떠나겠다고 하면 붙잡지 않을 거야. 하지만 남은 기간만이라도 노력해 줘야 해. 우리 결혼을 위해 당신도 최선을 다해서 노력해 봐. 그것이 내가 당신에게 바라는 전부야."

그것은 수혜에게 하는 말이기도 했고 그 자신에게 하는 약속이기도 했다.

열

"지금 일어나지 않으면 회사에 늦을 거야."

그가 침대의 맞은편에 앉아 어깨를 흔들어 깨웠다.

수혜는 잠이 묻어난 눈으로 겨우 고개를 들고는 반사적으로 머리맡의 알람시계를 쳐다보았다. 시간은 7시 30분이 지나고 있었다. 화들짝 놀란 그녀는 자리에서 일어나다가 자신도 모르게 신음소리를 냈다.

"어떡해, 어떡하면 좋아!"

1분 1초가 아까운 수혜와는 달리 그는 수혜가 허둥지둥 움직이는 모습이 무척 즐거운 눈치였다. 결국 참지 못한 수혜가 한마디했다.

"악취미! 당신, 상대가 괴로워하는 거 보고 즐거워하는 그거, 그

거 아주 나쁜 취미예요."

"그렇게 말할 시간 없을 텐데?"

"아, 세상에! 그렇게 고소해요? 나가요, 나가!"

"음, 그런데 목에 그거, 잘 감춰야겠어."

수혜는 그의 의미심장한 지적에 허둥거리며 칫솔을 입에 문 채로 다시 욕실로 뛰어들어 갔다. 어제는 몰랐던 왼쪽 목덜미 측면에 그가 깨문 흔적이 분명하게 드러났다.

몹쓸 인간! 수혜는 약이 올라 화끈거리는 얼굴 위로 찬물 세안을 하고 입 안을 헹구고 드레스룸에서 어울릴 법한 스카프를 찾았다.

수혜가 욕실에서 다시 침실로 돌아왔을 때 방은 깔끔하게 정리되어 있었고 그는 없었다. 수혜는 다행이라고 생각하며 서둘러 옷을 갈아입고 아끼는 청회색의 실크 머플러를 목에 감았다. 거실로 나오자 그가 느긋한 태도로 신문을 보고 있다가는 그녀의 차림새를 훑어보고는 만족스럽게 웃으며 커피를 권했다.

"이게 필요할 것 같은데?"

수혜는 시간을 살피며 조바심을 냈지만 마지못해 그가 권하는 머그잔을 건네받았다.

"아직 늦진 않았어."

그가 위로 삼아 말했다. 늦어도 상관없는 그와는 달리 수혜는 러시아워를 헤치고 회사까지 가는 일이 걱정스러웠으므로 마음이 조급했다. 허겁지겁 서두르는 그녀의 뒤에서 그가 말했다.

"오늘은 내 차로 가지. 당신 회사 앞에서 내려줄게."

물론 그렇게 하면 조금 여유가 생기긴 하겠지만 그는 돌아서 가게 된다. 수혜는 일단 자신의 차를 운전해 가는 것은 포기하고 그의 도움을 받아들였다.

"가까운 지하철역에서 내려줘도 돼요."

"데려다 준다니까!"

수혜는 더 이상 교통편에 대해 실랑이를 하는 대신에 조금은 원망이 섞인 어조로 말했다.

"일찍 일어났으면 왜 좀 더 일찍 깨우지 않았어요?"

그에게 불편을 끼치는 것이 미안했던 것이다.

그가 빙그레 웃으며 짧게 대꾸했다.

"피곤한 것 같아서."

수혜는 붉어진 얼굴로 서둘러 커피를 한 모금 더 마시고는 비어 있는 그의 컵도 함께 주방으로 가지고 갔다.

그가 운전하는 동안 수혜는 그의 옆모습을 훔쳐보았다. 잠을 설치고 피곤한 표정이 역력한 자신과는 달리 평온해 보였다. 지극히 인간적인, 혹은 동물적인 욕망이란 존재하지 않을 것 같았다. 침대 안에서 거리낌 없이 욕구를 드러내고 그녀의 욕구 또한 자극하여 기어이 풀어놓도록 몰고 갔던 남자와 동일인물이라고는 생각되지 않았다.

수혜는 그의 능숙한 운전 솜씨와 행운에 의지해 겨우 늦지 않게 출근하여 한숨 돌릴 수 있었다. 정신없이 바쁜 오전 시간이 지나자 수혜는 주말 동안 있었던 일들을 하나하나 되짚어보았다. 친절하고 다정한 그의 태도는 자신들에게 필요한 것은 과거를 잊고 새롭게 시작하는 거라고 말하던 남자다운 태도였다. 정말 그는 과거를 잊기만 한다면 잘 지낼 수도 있다고 생각하는 모양이었다. 그럼에도 수혜는 의심을 떨쳐 버릴 수 없었다. 예전의 그는 수혜가 저지르는 작은 실수도 따끔하게 지적하지 않고는 그냥 넘어가지 않는, 불분명한 건 싫다고 말하던 남자였다.

알고 싶지 않은 일에 대해서는 어쩌면 그의 말처럼 무심해지는 것이 나을 수도 있었다. 만약 이제 와서 그에게 결혼에서 지켜야할 신뢰를 내던졌었는지를 추궁한다면 그녀에게 지난 4년은 아무런 의미 없이 사라지고 말 것이다. 그와의 사이에서 필요한 것은 냉정한 거리를 두는 것이었다. 감정적으로 그와 얽혀들지 않는 것. 그가 할 수 있다면 그녀도 할 수 있었다.

점심식사 시간이 지나고 디자이너 점검회의에 들어가려던 참에 그에게서 전화가 걸려왔다.

그는 아침에 늦지는 않았는지, 바쁘지는 않은지, 특별한 용건없이 중요하지 않은 일을 화제로 삼았다.

"저기, 지금 곧 회의에 들어가려던 참이었어요."

수혜가 참지 못하고 말했다.

[아, 그렇지. 이거, 바쁜 시간을 빼앗은 건가?]

"달리 할 말 없으면요."

그제야 그가 약간 주저하는 기색을 감추며 서둘러 수혜의 이름을 불렀다.

"왜요?"

[별…… 일 없는 거야?]

"어떤, 별일요?"

[음, 귀찮게 하는, 전화 같은 거, 없었어?]

"왜요? 그럴 일이 뭐가……? 또 뭔가 언론의 관심을 받을 만한 일이 폭로되기라도 했어요?"

수혜는 그의 조심스런 어조에 내심 긴장하면서 의연한 척 물었다. 그가 별다른 이유 없이 전화했던 게 아니라는 것은 분명했다.

"무슨 일이에요? 이번엔 또 어떤 여자예요?"

수혜가 넘겨짚자 그가 단호하게 말했다.

[내가 아냐.]

"그런데 왜요? 복잡한 당신 여자 문제 아니면 내가 왜 귀찮은 전화를 받아야 하는데요?"

수혜는 마치 자신이 이런 일엔 초연해진 여자 같다고 생각하며 그를 놀렸다.

[장희현 씨 때문에, 혹시라도 언론에서 당신을 귀찮게 하지 않을까 해서.]

"장희현 씨가 왜요? 무슨 문제 있어요?"

일전의 파티에서 만났을 때 불안해 보이긴 했지만 약혼자에 대한 사랑은 강고해 보였다.

[두 사람 파혼 소식 때문에 기자들이 시끄럽게 달려들어서.]

그가 전한 소식은 충격적이었다.

"파혼요? 헤어졌어요? 왜, 지난번에 봤을 때만 해도 그렇게 나빠 보이지 않았는데."

[당신, 괜찮은 거지?]

그는 장희현과 한승효 커플이 어떻게 되든 상관없다는 말투였다.

"네, 모르고 있었어요."

[그럼 됐어. 오늘은 일 끝내고 일찍 귀가하는 게 좋겠어. 퇴근 시간 맞춰서 내가 갈게. 함께 퇴근하지.]

"아니, 그렇게까지는."

[그렇게 해.]

수혜는 그로부터 들은 장희현의 파경 소식으로 인해 머릿속이 혼란스러웠다. 사랑이 변할 수도 있다고, 자신의 모든 것을 걸지 말라고 충고하는 수혜에게 장희현은 한 터럭의 의심도 없이 말했었다.

그 사람만 있으면 돼요.

내가 노력할래요, 내가 노력하면 되죠.

불과 얼마 전에 그렇게 말하던 두 사람 사이에 무슨 일이 있었길래 파혼을 결정한 걸까. 그리고 왜 남편은 그들의 파혼 소식이 알려지면서 귀찮은 전화가 걸려오진 않았냐고 확인 전화까지 했던 걸까.

퇴근 시간이 가까웠을 때 수혜는 외부로부터 걸려온 전화를 받았다.

"팀장님, 전화요."

미정이 돌려준 전화를 의심없이 받았던 수혜는 곧 당혹감에 휩싸였다.

"네, 한수혜입니다."

[안녕하십니까, 한수혜 씨. 잠시 여쭤보려고 전화를 드렸습니다. 실례지만 재원그룹 김준현 이사님 부인 되시죠?]

지금까지 아무도 그녀의 배경을 그런 식으로 확인한 적은 없었다. 순간 낮에 걸려온 그의 전화 내용이 떠올랐다.

"……전화하신 분은 누구세요?"

수혜는 사무실 내의 동료들을 살피며 방어적으로 반문했다. 이곳의 누구도 자신을 한수혜 본인이 아닌 남편의 배경과 연관시켜 생각하게 하고 싶지 않았다.

그는 TV 연예프로그램 담당기자라고 자신의 신분을 밝혔다. 그는 수혜가 서둘러 전화를 끊으려 할지도 모른다고 생각했는지 다급하게 물었다.

[바쁘시더라도 한 말씀만 해주세요. 장희현 씨 파경 소식 알고 계셨습니까? 그, 일이 두 분 결혼 생활에 영향을 미치지는 않을까요?]

그제야 수혜는 낮에 전화한 남편이 정확히 무엇을 걱정했는지 알았다. 겨우 잠잠해져 가는 일에 기름을 들이부은 것 같은 효과! 기자가 알고 싶은 것도 그것과 다르지 않을 것이다.

"처음 뵙는데, 무례하시네요. 어떻게 아셨는지 모르지만."

기자는 수혜가 전화를 끊을 것 같자 서둘러 말했다.

[한수혜 씨, 이번 일에 대해 어떻게 생각하시는지 한 말씀만!]

수혜는 동료들을 의식해 차분하고 낮은 음성으로 또박또박 말했다.

"제가 왜, 제대로 알지도 못하는 사람들의 일에 대해 한마디해야 하죠?"

[예? 그게…… 그럼 본인은 전혀 관련 없다고 생각하신다는 겁니까? 남편 분과도 전혀 상관없다고 생각하십니까?]

수혜는 아주 잠깐 몇 달 후에도 같은 내용의 전화를 받고 있을 자신의 모습을 상상해 보았다. 아니지, 다음번에는 장희현이 자신들의 이혼 소식에 대해 궁금해하는 기자들의 전화를 받게 될지도!

"염려해 주시는 제 결혼은 아무런 문제도 없습니다. 그걸로 답이 되길 바라요. 그럼 이만."

그런 경험은 이후에도 서너 차례 이어졌다. 수혜가 수화기를 내려놓고 격한 숨을 고르는 사이 동료들이 서로 눈짓을 교환하며 그녀의 반응에 대해 민감하게 관심을 집중하고 있는 것이 느껴졌다.

"저, 당분간은 외부 전화 받지 않을 거예요. 부재중으로 말해주세요."

"네."

의외의 연속되는 전화와 수혜의 반응에 어리둥절해하는 팀원들과는 달리 이정희는 돌아가는 상황을 내심 짐작하며 듣고 있었다. 전혀 감정적으로 동요하지 않는 수혜의 태도를 보면 그들 부부에겐 정말 문제가 없는 것 같기도 하다고 그녀는 생각했다.

수혜는 장희현이 걱정되었는데 남편을 비롯한 수혜의 주변 사람들은 자신을 염려하고 있었다. 동생 수환과 사촌 시누이 은원의 전화까지 받고 나자 수혜는 자신들의 결혼이 정상적인 것이었어도 전혀 흔들리지 않았을까, 가정해 보았다. 남편과의 관계로 의심받던 여배우가 있고, 그나마 서로 외부에 보호막을 쳐줄 상대가 있어 위태롭게 버텼는데, 얼마 지나지 않아 굳건할 것 같던 한쪽에서 약혼이 파탄 났다. 그 이유에 대해서 얼마나 많은 추측이 난무할지, 그 무성한 추측 속에서 자신들의 결혼 또한 의심과 위기에 처하지는 않을지.

퇴근 시간에 맞춰 도착한 그의 차에 오르자 그가 대뜸 괜찮은지 물었다.

"당신 전화 이후에 우리 결혼 생활이 무사한지, 염려해 주는 전화가 많았어요."

그의 표정이 굳어졌다. 자신이 통제할 수 없는 상황에 놓여 감정이 상한 게 역력했다.

"아마 내일쯤 되면 내가 결혼한 사람이 누군지, 사내에서 모르는 사람이 없을 것 같아요."

"미안해."

"몇 달 후에 한 번 더 겪어야 할 일이라고 생각하니까 더 갑갑해졌어요."

이런 일을 한 번도 아니고 두 번씩이나 겪어야 하다니!

"겪지 않으면 돼지."

수혜는 짧은 한숨을 내쉬고 더 이상은 아무 말도 하지 않았다.

저녁식사 후에 잠깐 켜놓은 TV뉴스에서도 장희현과 한승효의 파경 소식은 제법 큰 뉴스로 다뤄졌다. 자료화면은 공교롭게도 지난번 그와 장희현이 새벽에 호텔에서 황급히 나오는 사진과 어느 시상식에서 장희현이 레드 카펫을 밟으며 기자들을 향해 포즈를 취하는 동영상, 그리고 한승효의 의정활동 중 공개된 일부가 반복적으로 등장했다.

서재와 거실을 오가며 바쁘게 전화통화를 하는 그에게 수혜가
웃으며 한마디했다.

"내일은 더 시끄러워지겠네요."

한껏 미간을 찌푸리고 신경질적으로 전화에 대응하던 그가 수
혜에게 말했다.

"당신 먼저 자. 처리해야 할 일들이 좀 있어."

"난 신경 쓰지 말아요."

수혜의 신경 쓰지 말라는 말이 다른 여자와의 스캔들 여파로 바
쁜 그와 아무렇지 않게 섹스를 하겠다는 의미는 아니었다. 그런데
도 그는 처음부터 두 사람 사이가 그랬던 것처럼 아무렇지 않게
수혜에게 왔다. 살포시 잠이 들었던 수혜는 욕실에서 들리는 감이
면 물소리에 이어 침대 주변에서 느껴지는 그의 움직임에 눈을 떴
다. 그가 쓰는 비누의 향이 더욱 그의 존재를 각인시켰다. 그는 막
시계를 테이블에 내려놓고 수혜의 옆자리로 들어오려는 것처럼
보였다. 잠든 그녀를 배려해 소리를 내지 않으려고 조심하는 것이
역력했다.

그 시계는 참, 어딜 가나 분신처럼 가지고 다니는 걸까. 어디에
둬도 상관없을 텐데 그는 항상 손만 뻗으면 닿을 수 있는 거리에
두고 있었다. 그렇지만 지금은 그런 것에 감동하고 있을 때가 아
니었다.

"뭐, 뭐예요?"

졸음이 달아난 수혜는 바싹 긴장하며 자리에서 일어나 앉았다.

"어, 깼어?"

그는 수혜를 깨우지 않기 위한 조심스런 움직임을 거두고 당연하게 옆자리를 요구했다. 그래도 수혜는 침대의 중앙에 버티고 앉아서 움직이지 않았다.

"욕심쟁이!"

어이없는 그의 반응에 수혜는 기가 막혀 웃고 말았다.

"너무 관대한 아내 역까지 기대하는 건 괜찮구요?"

"깨울 생각은 아니었어."

그의 의도가 더욱 의심스러워지는 대목이었다.

"섹스로 입막음하려고 했던 거, 아니라구요?"

그는 고집스레 팔짱을 끼고 자리에서 버티고 있는 수혜가 사랑스러웠다.

"그렇게는 생각 안 해봤는데, 나쁘지 않은 생각이군."

새벽에 한 번쯤 기분 좋게 꿈결인 양 안고 싶다는 생각은 했어도 당장 곤하게 자는 그녀를 깨울 생각은 없던 그였다. 하지만 날카로운 수혜의 반응에 그의 얼굴에 웃음이 감돌았다.

"내가 싫다고 하면 안 하겠다고 약속한 거 잊지 마요."

"어, 그래도 설득은 해봐야지."

그가 침대로 들어왔다. 그를 자신의 침대에 받아들이지 않겠다는 굳은 의지로 수혜는 그 자리에서 꿈쩍도 하지 않았지만 그가 좁은 틈을 비집고 들어와 몸이 닿자 수혜는 하는 수 없이 옆으로 물러났다. 그는 수혜의 곁으로 다가와 그녀를 아주 소중한 사람처럼, 혹은 처음 입맞춤하는 사람처럼 그녀의 입술에 닿은 채로 조심스럽고 부드럽게, 무척 사랑스럽다는 듯 키스했다. 입술이 전달하는 체온과 부드러움, 촉촉함이 어떤 감각을 감질나게 자극했다.

"내가 그렇게 쉽게…… 흡!"

두 번째 키스는 좀 더 깊고 강렬했다. 그녀가 먼저 그의 애무를 채근하듯 그의 입술 위에서 움직일 때까지 그는 그녀가 마음만 먹으면 얼마든지 도망칠 수 있는 기회를 주면서도 강요하지 않았다. 그는 너무 쉽게 수혜를 그의 품 안으로 끌어들였다.

"……싫어요."

얇은 속옷 위로 느껴지는 그의 몸은 이미 사랑을 나눌 준비가 되어 있었다. 빠르게 수혜의 몸도 그에게 설득당할 준비가 되고 있었다. 한번 눈뜬 감각의 유혹은 쉽게 거부할 수 없었다. 그것이 수혜를 부추기면서도 한편으로 절망하게 만들었다.

그때 구원의 신호처럼 수혜의 핸드폰이 울렸다.

그가 낮은 음성으로 속삭였다.

"받지 마."

"싫어요."

수혜의 손이 그의 반대편 테이블로 뻗어나갔다. 그 순간에도 그는 수혜의 입술로부터 목덜미의 민감한 부분에 키스하며 수혜가 입은 잠옷의 단추를 서둘러 풀어내고 있었다. 옷 위로 드러난 피부에 가해지는 그의 애무는 강도를 더했다. 그의 손길이 겨드랑이로부터 가슴을 비롯한 옆구리의 허리선을 쓰다듬기만 했을 뿐인데도 수혜는 짜릿하게 퍼지는 쾌락의 통증을 예감하며 낮게 신음

했다.

겨우 확인한 액정화면에 뜬 번호는 모르는 사람의 것이었다. 하지만 어떻게든 수혜는 그를 피하기 위해 전화를 받았다.

"……한수혜입니다."

부디 상대가 지금 자신이 무엇을 하는지 모르길 바라며 최대한 감정을 삭이고 빠르게 말했다. 수혜의 다리 사이를 파고드는 그가 반쯤 몸을 겹쳤을 뿐인데도 유독 한 부분만은 불이 붙은 듯 뜨겁고 낯선 감각 때문에 힘이 빠졌다. 그런데 전화기 너머에서 들려오는 소리는 작은 흐느낌과 더불어 분명하지 않았다. 그것이 나른하게 무너져 가던 수혜를 바싹 긴장하게 만들었다.

"여보세요? 누구……."

상대의 음성은 억지로 감정을 억누르며 겨우겨우 이어졌다.

[수혜 씨? 늦은 시간에 미안해요. 이렇게…… 예의가 아닌 줄 아는데…… 하지만 달리, 전화할 곳이 없었어요. 제발, 수혜 씨 부탁이니 도와주세요. 날 좀 도와주…… 흐흑!]

"희현 씨?"

수혜의 말에 그의 움직임이 그대로 멈추었다. 느리지만 그의 몸이 천천히 수혜에게서 떨어졌다.

"어디예요? 지금, 어디 있어요?"

전화기 너머에서 들려오는 소리에 잠자코 귀 기울이던 수혜가 걱정 섞인 음성으로 묻자 그가 짧은 한숨을 내쉬고는 침대에서 내려서 거실로 나갔다.

전화 통화를 마친 수혜는 서둘러 침대에서 내려와 옷을 입고 거실로 나갔다. 그는 베란다 밖에서 담배를 피우고 있었다.

"아주 끊은 거 아니었어요?"

그가 말없이 서둘러 담배를 껐다.

"준현 씨, 옷 입어요."

"무슨 일이야?"

"가면서 말해줄게요, 차 키도 가지고 나와요."

수혜에게 전화를 건 장희현은 집이 아니라고 했다. 며칠째 집 앞을 점거한 기자들 때문에 갈 수도 없다고 했다. 장희현은 시내 의 한 호텔이라고 말했는데, 울고 있었고 흐트러져 평소의 그녀라 고는 생각할 수 없는 말을 횡설수설하고 있었다. 누구도 믿을 사 람이 없다고 했다. 지금 가장 필요한 사람조차 다가갈 수가 없다 고! 그렇다고 다른 사람도 아닌, 한때 스캔들의 대상이던 남자의 아내에게 전화하는 것도 말이 안 되는 일인 걸 안다고도 했다.

"당신보다는 내가 들어가는 게 아무래도 오해의 여지가 없겠 죠?"

수혜는 장희현이 알려준 호텔 주차장에 차가 멈춰 서자 지난번 그의 행적을 떠올리며 말했다.

"괜찮겠어?"

"울어서 그런 건지, 술을 마셔서 그런 건지 잘 모르겠어요. 당신 은 여기서 기다리는 게 좋겠어요. 사람들 눈에 띄어서는 의심만 살 테니까."

"미안해, 이런 일로 신경 쓰게 만들어서."

이제 그의 입에서 사과의 말을 듣는 것도 익숙해졌다. 수혜가 일부러 가볍게 웃으며 말했다.

"당신이 왜요? 그거 알아요? 우리 전에 함께 살던 때보다 지금 돌아와서 한 달밖에 안 됐는데 미안하단 말을 더 많이 들었어요."

"그런가?"

"희현 씨, 싫지 않아요. 내가 도울 수 있다면 돕고 싶어요. 당신이 미안해하지 않아도 돼요."

"감당하기 힘들면 전화해."

"알았어요."

희현이 알려준 방 번호를 알고 있었으므로 수혜는 엘리베이터를 통해 곧장 희현이 묵고 있는 방으로 갔다. 벨을 누르고 5분여가 지나 다시 벨을 누르려고 하는데 천천히 문이 열렸다. 부은 눈, 흐트러진 머리, 푸석푸석한 피부. 수혜로서는 한 번도 상상할 수 없는 희현의 모습이었다. 희현은 수혜를 보자 다시 눈물을 흘릴 것처럼 코끝과 눈이 붉게 변했다. 수혜는 서둘러 안으로 들어와 문을 닫고는 무장해제 상태의 희현에게 다가가 두 팔로 그녀를 단단히 안아주었다. 순간 당황하며 몸이 굳어졌던 희현이 수혜의 몸에 기대왔다. 희현의 어깨와 등이 가늘게 떨렸다.

사랑하는 이에게 버림받고 어느 한곳 믿고 호소할 데 없이 서럽게 울고 술로 도피하며 고통을 잊고 싶었던 그녀에게 가장 따뜻하고 힘이 되는 위로였다. 비록 그렇게 위로받고 싶은 상대는 다른 사람이었지만 아무것도 묻지 않는 수혜의 포옹이 다른 어떤 말보다 큰 위로가 되었다.

"만날 수가 없어요. 연락이 안 돼요. ⋯⋯그 사람, 한 번도 나를 믿어주지 않았어요."

희현이 울음 섞인 음성으로 수혜에게 털어놓았다. 수혜는 가만히 희현의 등을 토닥여 주었다.

"우리 집으로 가요, 희현 씨. 있고 싶은 만큼 얼마든지 있어도 돼요. 누구도 방해하지 않을 거예요. 기운 내요, 희현 씨."

20여 분 후에 수혜와 함께 나타난 장희현은 엉망으로 망가진 모습은 아니었다. 희현이 그에게 미안하다고 말했다. 눈은 짙은 선글라스로 가려져 있어 확인할 바 없지만 음성은 갈라지고 잠겨 있었다.

"이 사람, 원해서 하는 일입니다. 부담 갖지 말아요."

그가 희현을 위해 말했지만 희현은 그의 집으로 향하는 내내 몇 번이나 미안하다고 말했다.

수혜는 집으로 도착하자 욕실이 딸린 손님방으로 희현을 안내했다.

"여기 있어요, 희현 씨. 필요한 만큼, 원하는 만큼 있어도 돼요. 여긴 다른 어느 곳보다 안전할 거예요."

"⋯⋯고마워요."

"목욕물 받아줄까요? 아무것도 생각하지 말고 오늘은 그냥 푹 쉬어요. 생각은 나중에 해요."

"피곤해요. 그냥 좀 잘래요. 삼 일째 한숨도 못 잤어요."

"그래요, 쉬어요."

수혜가 희현의 방에서 나오자 생각에 잠긴 것 같은 얼굴로 거실

소파에 앉아 있던 그가 자리에서 일어났다.

"어때?"

"많이 지쳐 보여요."

"내가 한승효를 만나봐야 할까?"

"희현 씨 좀 진정되면 얘기 들어보고요. 희현 씨 말로는 연락 안 된대요. 우리도, 좀 쉬어요. 너무 늦었어요."

시간은 새벽 3시 15분을 갓 지나고 있었다. 그는 순순히 수혜를 따라 침실로 들어왔다.

"당신은 당신 방으로……."

"장희현 파혼에 이어 김준현 부부 별거, 이혼 수순 밟기. 사람들 상상력에 불을 붙여줄까?"

그는 남의 이야기처럼 말하며 스스럼없이 옷을 벗었다.

"우리가 조심하면 되죠, 그런 걸 누가 안다고……."

"당신이 불러들였잖아. 제일 먼저 불편해할 사람이 저 방에 있는 사람일걸?"

부정하고 싶었지만 그의 말이 맞았다. 겨우 피난처라고 찾아왔는데, 자신들의 결혼 생활이 모래 위에 위태롭게 유지되고 있는 것이라는 걸 안다면 결코 편치 못할 것이다. 희현을 만나러 갔다가 희현과 함께 돌아오는 동안 그는 이 모든 상황을 예견하고 있었을까.

"……잠옷은 입어요!"

그는 뭐가 즐거운지 키득거리며 드레스룸으로 들어갔다.

불과 몇 시간 전에는 그가 자신의 방에 있는 것이 자연스럽지

않다고 생각했건만 지금은 낯설게도 그것이 자연스럽게 느껴졌
다. 그렇다고 아까 끝내지 못한 일을 이어가는 분위기는 아니었
다.

거리를 두었지만 함께 침대에 들고 불을 끈 어둠 속에서 수혜가
말했다.

"희현 씨가 이곳에 있는 동안 만이에요."

그는 대답하지 않았다.

열하나

발단은 장희현의 누드화보집 소식이 언론에 흘러들어 가면서 시작되었다. 어디서 시작된 소문인지 모르게 대한민국의 내로라하는 실력파 사진작가의 스케줄과 연관 지어서 2년 전의 것이라는 소문까지 더해져 일파만파 커진 것이다.

결국 장희현을 못마땅하게 생각해 온 한승효의 집에서 파혼 이야기가 터져 나왔고, 합성인지 아닌지도 확인되지 않은 정교하고 노골적인 사진이 공개되면서 결국 한승효가 장희현에게 일방적으로 파혼을 통보했다. 그에게 해명하기 위해 찾아갔던 희현은 한승효의 냉랭한 태도에 상처를 받았다.

다른 사람들은 차갑다고 했던 남자. 쉽게 다가가기 힘들다고 했던 그였다. 하지만 그를 처음 만난 그날부터 희현은 단 한 번도 그가 접근하기 어려운 남자라는 생각은 들지 않았다.

희현은 그 이유가 그의 의지 때문이었음을 알았다. 그는 이제껏 희현에게 다가올 수 있는 여지를 일부러 주었던 것이고, 더 이상의 관계를 지속할 이유가 없다고 생각하자 한 치의 여지도 없는 태도로 돌변한 것이었다.

그는 배우라는 희현의 직업을 처음부터 못마땅하게 생각한다는 태도를 숨기지 않았었다.

난 한 번도 당신 앞에서 마음을 속이고 연기한 적 없어요.

하지만 그는 절대 이해심 많고 관대한 연인은 되어주지 못했다. 마지막 순간까지! 만나자는 희현의 간절한 애원에도 불구하고 그는 끝까지 전화로 파혼을 통보했다.

"만나서 얘기해요, 승효 씨. 누구보다 날 믿어줘야 할 사람이 당신이잖아요? 승효 씨, 당신이 믿어주지 않으면 누가……!"

그는 처음으로 평정을 잃고 분노를 쏟아냈다.

[언제까지! 내가 언제까지 뒤치다꺼리에 원치 않는 유명세에 시달려야 해? 또 어떤 놈과 새벽까지 술에 취해 쓰러져도 이해해 줄까?]

잊겠다고, 언론에 노출된 한 번의 실수는 덮어두고 넘어가겠다고 말했던 그에게서 스캔들을 되씹는 말이 나오자 희현의 얼굴이 하얗게 질렸다.

그는 상대의 감정을 배려하고 보듬어주는 자상한 연인이 아니었다. 그의 말은 거침없었다.

[내가 왜 이런 곤욕을 치러야 하는지 회의적이야. 너는 네가 원

하는 대로 살아. 우린, 살아가는 목적도 환경도 완전히 다른 사람
이란 걸 인정하지 않았어. 왜 주위 사람들이 그토록 집요하게 설
득하려 했는지 이제야 알았어. 물고기에게 물 밖에 나와 살라고
기대했던 내가 어리석었어. 이젠 정신 차리고 서로 제 갈 길로 가
자! 이게 다 쓸데없는 감정의 소모야!]

"승효 씨, 그러지 말아요. 사실이 아녜요, 내가 다 밝힐 테니까
당신은 그냥 내 옆에만 있어줘요. 당신까지 그러면 나는 믿을 사
람이 아무도 없어요. 한 번만, 한 번만 날 제대로 봐줘요."

그는 희현의 애원에도 불구하고 냉랭한 태도로 쏘아붙였다.

[당신이란 여자, 믿을 수 없어.]

그것이 희현이 들은 그의 마지막 말이었다.

희현이 아무리 해명하고 애원하려고 해도 그는 더 이상 그녀의
전화를 받지 않았고, 그를 만나기 위해 그가 있을 만한 곳이면 어
디든지 달려갔지만 어디서도 그를 만날 수 없었다. 그의 집까지
찾아갔다가 희현은 그의 어머니로부터 심한 모욕만 듣고 쫓겨났
다.

그의 어머니는 희현의 면전에서 그간 꾹꾹 눌러 참았던 말들을
쏟아냈다. 그를 제외한, 그 주위의 어느 누구도 자신들의 관계를
인정하고 싶지 않았다는 것은 알았지만 그것을 확인하는 과정에
서 희현은 상처를 받았다.

너란 여자애 하나 때문에 내 아들이 왜 그 오물들을 함께 뒤집
어써야 하니! 승효가 너와의 약혼은 없었던 일로 하겠다고 했다.
그러니 더 이상은 너를 마주 볼 일 없지 싶다. 더는 내 집에, 내 눈

에 띄지 마라! 꼴도 보기 싫다!

자신과 그들은 섞일 수 없는 사람들임을 분명히 하는 말이었다.

왜 그들 같은 명문 정치가 집안에서 그녀 같은 근본없는 쓰레기를 받아들여야 하는지 알 수 없었다고도 말했다. 대통령을 목표로 하는 그의 아들이 왜 딴따라 나부랭이와 어울리는지 알 수 없다고도 했다.

전도유망한 아들의 장래를 망쳐도 분수가 있지!

너 같은 것들의 속성은 채 1년도 못 버티고 그 세계로 뛰쳐나갈 줄 알았다는 마지막 말에는 희현도 피를 토하고 그 자리에서 죽어버리고 싶은 심정이었다.

내 잘못이 아니에요. 나는 약속을 지키기 위해 노력했어요.

희현은 자신이 단 한 번도 남들에게 그런 평가를 받을 만큼 잘못 살지 않았다고 생각했다. 그들이 생각하듯이 희현은 몸을 함부로 하지도 않았고, 아무에게나 웃음을 팔지도 않았다. 하지만 스스로 고귀하다고 생각하는 그들에게는 희현의 존재 자체가 인정할 수 없는 쓰레기였음을 깨달았다.

절망과 수치심. 그리고 탐욕과 모략. 한때 그녀가 자긍심을 가지고 속했던 세상은 그녀를 놓아주지 않기 위해 그녀의 가장 소중한 사람을 떠나게 만들었다. 자신의 심장을 뛰게 만드는 단 한 사람을 위해 쌓아올린 모든 것을 포기하려고도 했지만 그 단 한 사람은 그녀의 진심을 받아주지 않았다. 한없이 자신을 끌어내리는 세상에 맞서는 일은 쉽지 않았다. 그녀 앞에 놓인 시간들은 이제 그녀를 옥죄고 고통스럽게 만들었다.

수혜는 희현이 불편을 느끼지 않도록 최대한 배려했다. 희현이 삼 일 동안 거의 잠의 세계에 빠져 지내는 동안에도 최소한 탈진하지는 않도록 식사를 챙겨주면서 그녀만의 세계에 머물러 있을 수 있도록 방해하지 않았다. 낮에 잠깐 집안일을 돌봐주는 아주머니에게도 희현이 묵고 있는 방에는 들어가지 말도록 당부했다. 하지만 그것으로도 불안했던 수혜는 처음 이틀간은 회사에 휴가를 내고 그녀의 곁을 지켰다. 자아가 강한 희현은 그러한 선택을 하지 않을 것이라고 믿었지만 한편으로 지난날의 자신을 돌아볼 때 그것은 순간적이고도 감정적인 선택일 수도 있음을 알았기 때문이다. 위태위태한 희현의 곁에서 수혜는 그녀가 필요할 땐 언제든 그녀의 이야기를 들어줄 사람으로 남아 있어야겠다고 생각했다. 희현은 자신만의 세계에 빠져 수혜의 존재에 대해서는 모르는 것 같았지만 그 일로 좋아한 사람은 따로 있었다. 희현의 상태를 물으면서도 그는 은근히 수혜가 집에 남아 있다는 사실을 즐기는 듯했고 귀가해서도 수혜가 문을 열어주는 순간 환하게 웃으며 굳이 즐거움을 감추려고 하지 않았다.

"뭐가 그렇게 좋아요?"

"이참에 당신, 전업주부로 눌러앉는 건 어때?"

수혜는 그의 생각을 읽고는 눈을 흘겼다.

"꿈도 꾸지 마요!"

뿐만 아니라 그는 수혜가 강하게 거부하지 않는 기회를 이용해서 정상적인 부부 행세를 하는 일에도 재미를 붙인 듯했다. 더 이상 두 사람의 혼란스런 관계를 피하기 위해서라도 수혜는 그와의 섹스도, 그 어떤 육체적 접촉도 허용하지 말아야 한다고 생각했다. 하지만 그것은 수혜의 생각일 뿐이었다. 그는 교묘하게 접근해서 수혜의 경계심을 흐트려 놓고 스스로 무너져 섹스에 응하게끔 만들었다. 그것도 잔뜩 경계를 품고 단호하게 거절할 준비가 되어 있는 초저녁에는 전혀 다가올 생각도 안 하다가 그가 다가오지 않는 것에 안도해서 잠이 들 때쯤이면 그는 어김없이 수혜를 안았다.

그의 손길에 잠이 확 달아난 수혜가 소리 죽여 그를 비난했다.

"지금이 이럴 때에요?"

"지금이 왜? 무슨 문제 있어?"

"저 복도 건너편에 희현 씨가 있어요. 희현 씬 죽을 만큼 괴롭고 아파하고 있는데."

그는 수혜의 민감하고 보드라운 피부를 쓰다듬는 손길을 거두지 않았다.

"이 집은 충분한 방음시설이 되어 있잖아."

"그런 말이 아니잖아요!"

"아니면? 세상에 실연하고 깨지는 커플들은 많아. 그 사람들 그럴 때마다 국가적 비극을 맞기라도 한 것처럼 섹스도 삼가야 하나?"

"아, 세상에, 누가 그렇게……."

"내가 지난 4년 동안 당신 없이 혼자 견뎠을 때 누구 한 사람 날 생각해서 자기들 욕구를 참고 섹스를 삼갔을 것 같아?"

어이가 없기도 했고, 할 말이 없기도 했다. 다른 사람도 아닌, 장희현의 파경에 일부 책임이 있는 그가 동정의 여지도 없이 그렇게 말하다니!

그는 수혜의 저항을 물리치고 손쉽게 그녀의 잠옷을 벗겨냈다. 그는 아이가 젖을 찾듯이 그녀의 젖가슴 사이에 얼굴을 묻었다.

"일말의 죄책감도 없어요?"

그는 대답 대신 수혜의 오른쪽 유두를 베어 물었다. 움찔하며 그를 밀쳐 내려는 수혜의 몸을 감싸 안으며 그는 도망치지 못하도록 그녀의 허리를 잡았다. 뜨겁고 촉촉한 그의 감촉, 그리고 물고 빠는 강한 자극 때문에 수혜가 나지막이 신음 소리를 내자 그가 만족스럽게 웃었다. 반복되는 훈련에 의한 당연한 반사 작용처럼 수혜의 몸은 그가 주는 자극에 흥분하기 시작했다.

"너무 바빠서 그쪽으론 아무 생각도 안 든다고 했던 사람 누구예요! 당신 때문에, 희현 씬."

"다른 사람은 몰라. 나는 당신 때문에 미칠 것 같아."

가슴 아래서 울리는 그의 고백은 수혜가 더 이상 다른 생각에 빠지지 못하게 했다.

5일째 되는 날 수혜가 퇴근해서 집으로 돌아와 보니 희현이 저녁식사 준비를 하고 있었다.

"희현 씨!"

수혜가 놀라 주방으로 달려갔다.

창백하고 푸석한 얼굴로 희현이 겨우 웃으며 수혜를 맞았다.

"일찍 왔네요."

"뭐예요, 저녁식사 준비는 내가 해도 되는데. 희현 씬 손님이잖아요."

"이렇게 신세를 지는 손님이 어디 있어요? 잠깐이지만 우렁이 각시가 되어볼까 했는데."

"좀 추스른 거예요?"

"네, 지켜봐 주고 기다려 줘서 고마워요. 남의 집에 와 있으면서 이렇게 마음 편하게 있을 수 있는 건 다 수혜 씨 배려 때문이에요."

"이렇게, 억지로라도 기운 차리니까 좋네요. 보람있어요."

"네, 기운 내야죠. 그러려구요."

"잘 생각했어요."

"씻고 나와요."

"네."

"준현 씨는요?"

"어, 오늘은 좀 늦을 거라고 했어요. 희현 씨랑 둘이서 먼저 저녁식사 해야 할 것 같아요."

두 사람은 오붓하게 마주 앉아 식사를 했다. 일부러 기운을 차린 것 같은 겉모습과는 달리 희현은 입맛이 없는지 식사를 제대로 하지 못했다. 다만 수혜를 위해 보조를 맞추는 척할 뿐이었다.

"남들이 알면 참 우습다고 하겠죠?"

희현이 뜬금없이 말했다.

수혜가 영문을 모르고 바라보니 희현이 쓴웃음을 지었다.

"나, 수혜 씨. 그리고 준현 씨."

"아."

"나도 모르겠어요, 왜 그때 수혜 씨에게 전화했던 건지."

"잘한 거예요. 전화해 줘서 나는 좋았어요."

"고마워요, 귀찮게 생각지 않아줘서."

"나뿐 아니라 다른 누구라도 희현 씨를 아는 사람이라면 누구나 돕고 싶었을 거예요. 그만큼 희현 씨를 아끼는 사람들이 많아요."

"나는 아무것도 해준 것이 없는데요?"

"자신은 알지 못해도, 모르는 사이에 희현 씨가 준 것들이 많은가 보죠. 희현 씨는 국민 다수가 좋아하는 여배우이고, 스타잖아요."

"그것도 한 사람과 맞바꿔서 포기하려고 했는데요."

"그게 희현 씨가 정말 원하는 거라면 아무리 사랑하는 팬들이어도 인정하고 보내줘야죠. 팬들이 행복하기 위해서 희현 씨 개인의 행복을 포기할 순 없는 거잖아요. 그렇게 해서 희현 씬 행복하지 않은데 팬들이 행복하기를 원치는 않을 거예요."

"정말, 그럴까요."

희현의 음성에는 확신이 없었다.

"그 사람, 어디가 그렇게 좋았어요? 무뚝뚝하고 고집 세고 전혀 남을 배려할 것 같지도 않던데요?"

순간 희현은 그를 생각하는 것만으로도 눈에서 생생하게 빛이 났다.

"그 사람은…… 생각보다 잘 웃어요. 수혜 씨가 잘 몰라서 그렇지, 누구보다 다정하고 친절할 수 있는 사람이에요."

"좋을 땐 누구나 그럴 수 있죠. 하지만 좀 더 이성적이고 합리적으로……."

"타인은 굳이 관심을 가질 필요도 없겠죠. 하지만 그 사람이 말이 별로 없는 사람인데 어쩌다가 툭, 던지는 그 사람 한마디가 날 행복하게 해요. 그 사람이 날 봐줘서 행복해요. 그 사람이 내게 아무런 관심도 보이지 않는 타인이 아니란 사실이 좋아요."

"희현 씨라면 누구한테라도 무시당하지 않을걸요. 누구라도 사랑하게 만들 거예요."

"백 명도 천 명도 필요 없어요. 내겐 단 한 사람이면 된다고 생각했어요. 그 사람이 승효 씨이고, 그 사람이 날 바라보는 그 눈빛 그대로 다른 사람을 바라본다고 생각하면, 견딜 수 없을 것 같았어요."

수혜는 희현의 말에서 한승효가 과거형으로 언급되는 것을 놓치지 않았다.

"충고, 한마디할까요?"

"수혜 씨 말이라면 새겨둘게요."

"그렇게 상대에 대해 전혀 배려없는 무례한 사랑이라면, 더 늦기 전에 버려요. 그 사람이 그러기 전에 희현 씨가 먼저 버려요!"

희현이 수혜의 말에 웃음을 지었다. 하지만 그 웃음의 여운은 어딘가 허탈하고 공허한 것이었다.

"왜요?"

"일방통행의 사랑에 빠진 로미오에게 건네는 친구 머큐시오의 충고 같아서요."

"그 사람이 뭐라고 했는데요?"

희현은 마치 금세 머큐시오가 된 것처럼 다른 사람이 돼서 조금은 연극적인 굵은 음성으로 말했다. 그 순간만큼은 희현의 눈에 빛이 났다.

"사랑이 무례하면 자네도 무례하게 굴어. 사랑이 찌르면 자네도 찔러서 사랑을 쓰러뜨려!"

"좋네요. 그렇게 해요."

새벽 1시를 조금 넘겨서야 그가 들어왔다. 먼저 잠자리에 들었던 수혜는 어둠 속에서 그의 조심스런 움직임 소리에 잠이 깼지만 눈을 감은 채로 그의 행동을 상상하며 그대로 누워 있었다. 혼자에 익숙했던 삶에서 다시 그와 함께하는 삶은 아직도 어색했다. 하지만 좋은 점도 있었다. 누군가에게 말하고 싶을 때, 그가 곁에 있다는 사실이 좋았다. 그리고 그녀를 배려한 조심스런 그의 움직임도 좋았다.

그가 가만히 침대 안으로 들어와 눕자 수혜가 말했다.

"희현 씨, 오늘은 밖으로 나왔어요."

"어, 잘됐네."

"저녁식사 준비도 직접 했는데."

"당신한테만 고생을 시킨 건가? 미안해서 어쩌지?"

그의 오해에 수혜가 키득거리며 웃었다.

"안 먹어본 걸 후회할 걸요."

"그거, 예의상 하는 소리지?"

"아뇨! 음식 잘하던데요."

"의외군."

"좋은 아내가 되고 싶었대요."

"그 남자, 정말 좋은 여자를 놓친 거네."

"맞아요."

짧은 침묵이 이어졌지만 조금도 어색하지 않았다.

"아까 잠깐 희현 씨가 연극 대사 한마디를 그럴듯하게 감정이 입해서 말하는데요, 빛이 나더라구요. 희현 씬 그 일을 정말 좋아 하는 사람 같아요."

"음."

"그런 사람한테서 그처럼 빛이 나는, 좋아하는 일을 왜 빼앗고 싶었을까요?"

"……나누고 싶지 않았겠지. 혼자서만 차지하고 싶은 욕심, 그 런 게 아니었을까."

당신도 그랬던 거예요?

남자들은 다 그런 거예요?

그게 제대로 된 사랑이라고 생각해요?

묻고 싶었지만 수혜는 끝내 소리 내서 묻지 않았다.

열둘

"팀장님, 전화요."

"음? 어디?"

"외부전화인데요."

가끔씩 어떻게 알았는지 걸려오는 언론사 기자들의 전화에 질렸던 터라 외부전화라는 말에 수혜는 가슴이 덜컥 내려앉았다. 그러나 누구에게 미루고 안 받을 수도 없는 노릇이라서 수혜는 하는 수 없이 수화기를 들었다. 수혜의 시선은 자연스레 시계를 향했다. 점심시간을 앞둔 한낮이었다.

"네, 한수혜입니다."

[나다. 오늘은 낮에 시간 좀 낼 수 있니?]

시어머니였다.

"어머님."

수혜의 음성이 자연 잦아들며 수화기를 든 손에 힘이 들어갔다. 기자보다 더 껄끄러운 존재였다.

[더 미룰 것 없이 오늘은 시간을 꼭 좀 내거라. 나도 오늘은 겨우 짬을 냈으니 함께 진맥이나 받아보자꾸나.]

시어머니의 음성은 그녀의 사정을 고려하여 의사를 타진하는 것이 아니었다. 아주 피치 못할 일이 아니거든 나오라는 명령이 내포되어 있었다. 수혜는 낭패감을 감추느라 입술을 깨물었다. 잠깐이지만 일하는 아들이나 시아버지에게 이토록 무례하게 시간을 비우라고 통고할까 싶은 생각도 들었지만 그와의 결혼이 영속적인 것이 아니고 일시적인 계약일 뿐이라는 것을 설명할 수도 없었다.

[왜, 오늘도 안 될 것 같니? 정 어려우면 와서 진맥만 받고 가도록 해라. 그것도 안 되면 내가 직접 찾아가서 윗사람에게 사정이라도 해보랴?]

이전에도 세 번이나 채근했던 시어머니였다. 전에는 어떻게든 다음으로 미루며 버텨보았지만 시어머니의 기세로 볼 때 오늘은 확고하게 작정을 한 모양이었다.

"아녜요, 어머니. 제가 시간을 내볼게요."

진작 그럴 것이지 하는 의기양양한 음성이 돌아왔다.

[그러면 몇 시에 시간 낼 수 있겠니?]

그녀는 서둘러 스케줄 표를 살폈다.

"2시쯤 지나면 급한 일은 마칠 수 있을 것 같아요."

[그러면 그 시간에 맞춰서 내가 그곳으로 가마.]

"예."

전화기로부터는 해방되었지만 수혜의 가슴은 무거웠다. 진맥도, 약도 필요없다고 어떻게 말해야 할까. 왜 그를 위해 일시적인 연극을 하는 것으로도 모자라 시어머니에게까지 시달려야 하는 건가. 수혜는 짜증이 났다.

내년 4월이면 그와 약속한 기간이 만료된다. 비록 처음 계획과는 틀어져 그와 한 침대에서 몸을 나누며 지내고는 있지만 그가 철저히 피임을 하고 있었고, 그녀의 이후 계획에도 임신은 포함되어 있지 않았다.

수혜는 사람들의 이목을 피해 핸드폰을 들고 복도로 나왔다. 익숙한 그의 음성이 들리자 수혜가 말했다.

"저예요."

그는 의외였는 듯 약간은 놀란 음성이었다. 그도 그럴 것이 한 번도 그에게 먼저 전화한 일이 없었던 것이다.

[어? 당신이 이 시간에 웬일이야? 무슨 일 있어?]

"어머니께서 좀 전에 전화하셨어요."

[무슨 일로?]

그의 음성에는 적극적인 호기심이 담겨 있었다.

"지난번에 말씀하신 일 있잖아요. 한의원에 가는 일요. 오늘은 시간을 내라고 강경하게 말씀하셨어요."

[잘됐네. 안 그래도 요즘 당신 몸이 좀 약해 보여서 걱정했는데.]

그가 약해 보인다는 의미가 무엇인지 깨달은 수혜의 얼굴이 붉게 상기되었다. 이런 말을 위로 삼아 듣자고 그에게 전화한 것이 아니었다.

[정 시간 내기 힘들면 다음으로 미루겠다고 해.]

그는 내켜하지 않는 수혜의 마음을 짐작한 듯 덧붙였다.

둔한 남자!

수혜는 자신의 힘으로는 어쩔 수 없는 시어머니에게 화살을 돌리기보다 그를 택했다. 다른 일에는 예리하고 날카롭게 분석하고 대처하는 사람인데도 자기 어머니가 어떤 사람인 줄 제대로 모르고 있었다.

"다음으로 미룰 줄 몰라서 전화한 게 아니고 화가 나서 전화한 거란 말예요! 내가 왜 이런 일로 시어머니에게 시달려야 하는지 화가 난단 말예요!"

대놓고 시어머니에게 말할 수 없으니 그에게라도 퍼붓지 않고는 감정이 가라앉지 않을 것 같았다.

하지만 그는 태연했다. 겨우 숨기고는 있지만 웃음기마저 묻어나는 말투.

[그렇게 말씀 못 드렸어?]

그래서 그 화살이 자신에게 향한 거냐고 묻고 있었다.

"오늘은 그냥 물러서실 태세가 아니었어요. 정히 시간 내기 힘들면 찾아오셔서 내 윗사람에게 친히 부탁을 해보시겠대요."

그것이 배운 사람의 교양을 한껏 갖추고 행동하는 시어머니의 협박이라니! 수혜는 어이가 없었다.

그도 어머니의 억지가 우습긴 했던 모양이다. 이번에는 감추지 못한 그의 웃음소리가 거슬렸다.

"웃음이 나요? 나는 어머니 때문에 곤란한데 당신은 웃어요?"

[단단히 결심하신 모양이네. 뭐, 이참에 가서 진찰 받아봐.]

그는 선선하게 말했다.

더 이상의 대화를 이어갈 필요를 못 느낀 수혜가 말했다.

"끊어요."

예전에도 그는 그녀의 편이 아니었고, 지금이라고 달라질 것도 없었다. 한숨과 더불어 그녀의 숨소리가 거칠어졌다.

이번에는 그가 진지한 태도로 물었다.

[뭐가 문제인데 그래?]

늦었다. 이미 만회할 기회는 날아가 버린 후였다.

"어머니의 그 일방적인 태도, 지금의 상황. 그리고 난 한약 싫어요."

물론 그것이 가장 중요한 이유는 아니었다.

[어머니가 권하시는 곳이니 얼마나 잘 알아보셨으려고! 이것도 우리 계약의 덤이라고 생각하고 몸에 좋은 보약으로 지어달라고 해.]

그는 일부 자신의 책임이기도 한 앞의 상황들은 다 건너뛰고 너무나 쉽게 말하고 있었다. 그렇게 쉬울 것 같으면 시어머니의 갑작스런 호출에 그냥 죽었습니다 하고 따라가고 말았을 것이다. 수혜는 무언의 시위로 굳게 입을 다물고 있었다.

[수혜야.]

"미워요, 알아요? 어머니보다 더 싫고 미운 사람이 당신이에요!"

[내가 어머니께 전화할게.]

"어떻게 말할 건데요? 근본적인 해결 방법이 아니면 나만 더 힘들어져요."

그가 어머니에게 직접이든 간접이든 두 사람 사이에서는 아이를 기대하지 마라, 영속적인 관계가 아니다, 라고 말해주면 얼마나 좋을까!

하지만 수혜는 지금 자신의 태도가 비겁하다는 것을 알았다. 자신은 시어머니와는 마지못해 시간 약속을 정하고 나서 당장에 쪼르르 남편에게 전화해서 가지 않겠다고 말해달라고 하는 것은 옳지 않았다.

"난 그냥 이 상황 자체가 짜증이 나요. 내가 왜 이런 일 때문에 끌려 다녀야 하는지. 당신 부모님께 있는 그대로, 사실을 말하면 안 돼요? 아무것도 우리에겐 기대할 게 없다는 걸 말씀드리면 날이렇게 괴롭히진 않으실 거 아녜요?"

[꼭 그렇게 해야겠어? 당장 그렇게 해서 부모님을 걱정시키지 않고도 해결 방법은 얼마든지 있잖아. 못 이기는 척 따라가면 어머니도 더는 괴롭히지 않을 테고, 이후에 약을 먹을 건지 말건지 최종 결정권은 당신에게 있어. 그것까지 어머니가 감시하는 건 아니잖아.]

당신에게 미안하니까 이런 연극 그만 할까?

잘도 그가 그런 말을 해줄 거라고 생각하고 전화로 푸념을 시작했던가!

하지만 작은 위안은 되었다. 그의 말대로 수혜는 이번 약속을 미루게 되고 또 몇 번을 더 시달리느니 죄스럽고 다소곳한 며느리의 연극을 하고 풀려나는 것이 낫다고 생각했다. 고가의 약을 내버리는 거야 자신의 지갑에서 나가는 것 아니고, 그들에게 그 정도는 아무것도 아닐 테니까!

이후로 시간은 무척이나 빠르게 지나갔다.

시어머니와 함께 간 곳은 일반 병원이나 다름없는 최신식 시설을 갖춘 한의원이었다. 이미 예약이 되어 있었던지 대기실에 얼마 있지 않았는데 안에서 그녀의 이름을 불렀다.

"한수혜 님."

그녀와 시어머니는 예전 양반집 사랑채처럼 정갈하게 꾸며져 있는 진료실 안으로 들어갔다. 의원은 희끗희끗한 수염을 기른 오십 대가 넘어 보이는 남자였다. 수혜는 아무런 말을 하지 않아도 되었다. 자리에 앉자마자 시어머니가 자손이 귀한 집이니 아들을 낳아야 한다고 한껏 푸념을 늘어놓았던 것이다.

"한 살이라도 덜 먹어서 손자를 봐야 하는데다 며늘애 나이도 올해 지나면 서른을 넘기게 되어서 더는 몸이 달아 안 되겠어요. 게다가 외국 생활을 하고 오더니 어째 바람만 불어도 날아갈 것 같고, 일단 몸을 좀 보하면서 아들을 낳을 처방을 했으면 해요."

이 모든 노력은 다 필요 없을 거예요, 어머니. 지금 어머니께선 쓸데없는 데 힘을 쓰고 계신 거예요.

"어디……."

한의사는 진맥을 해보자는 듯한 표정으로 수혜에게 가까이 오라고 했다. 수혜가 조심스레 다가앉자 그가 좌식 탁자 앞에 손을 올려놓고는 그녀의 오른팔을 내놓으라고 했다.

그리고는 5분이 지났을까. 그는 간단하게 그녀에게 몸이 찬지 더운지, 경도는 규칙적인지 등을 물어보고는 약을 지어줄 테니 하루도 거르지 말고 먹도록 주의를 주었다.

조제를 기다리는 동안 시어머니는 일가친척 누구네가 아들을 낳았다는 둥 친구들 모임에 가도 다들 손자손녀 얘기를 한다는 둥 수혜가 쉬이 대화를 이어가기 어려운 말들만 화제로 삼았다. 시어머니에게 있어 초미의 관심사는 오로지 손자에 관한 것인 게 분명했다. 4년 동안 어떻게 참았을까, 의심스러울 정도였다.

"작은집 은원이도 내년 3월로 날 잡았다더라, 그 애들 결혼식 즈음에는 소식이 좀 있었으면 좋겠는데 말이다."

무슨 말을 할 수 있으랴. 수혜는 좀 더 강력하게 자신의 의사를 표명하고 따라나서지 말 걸 그랬다고 후회하며 고개를 숙인 채로 바닥만 응시했다. 시어머니의 덕담을 빙자한 고문이 끝나기를 기다려 수혜는 그곳을 나왔다. 약은 정성껏 지어 수혜의 아파트로 택배 배달을 해주기로 했다. 시어머니는 수혜의 사무실 앞에서 내려주고 돌아가는 마지막 순간에도 잊지 말고 시간 맞추어 약을 잘 먹도록 신신당부했다.

시어머니로부터 세뇌를 당한 때문일까. 수혜는 퇴근길 운전 중에도 아파트가 가까워지자 아이의 손을 잡고, 혹은 유모차를 밀고 인도를 걷고 있는 엄마들의 모습을 자신도 모르게 눈으로 쫓고 있었다.

임신과 육아 문제. 아직 시간적 여유가 있다고 생각했는데 주위에서는 점차로 그녀를 압박해 오고 있었다. 결혼하고 바로 신혼 초에도, 그리고 4년 전 파리행을 결심하기 전에도 그녀는 아기를 갖는 문제에 대해 딱히 거부감이 들지는 않았다. 거부감이 들기는 커녕 오히려 한때는 적극적으로 원하기까지 했었다.

그와 헤어지더라도 아이는 있었으면 좋겠다는 생각이 잠시 들기도 했다. 하지만 그럴 수는 없었다. 정자기증과 인공수정을 통해 아버지가 누구인지 알 수 없는 경우가 아니고서야 그를 아버지로 두고 태어난 아이가 그들 사이에 존재한다면 수혜의 삶에서 그를 끊어낼 수는 없을 터였다.

두 사람의 관계를 복잡하게 생각하기 시작하자 머리가 아파졌으므로 그녀는 더 이상 생각하기를 그만두었다. 하지만 적극적인 시어머니의 배려로 수혜는 주방 식탁 위에 놓인, 퀵서비스로 그녀보다 먼저 집에 도착한 한약을 발견하고는 다시 머리가 아파왔다.

"수혜 씨 거라는데 무슨 약이에요? 어디가 아픈 거예요?"

희현은 함께 저녁 식탁을 차리며 걱정스레 물었다.

수혜는 서둘러 한약을 통째로 냉장실 안에 넣어버렸다.

"아녜요, 아이를 바라시는 시어머니의 극성이죠 뭐."

희현도 그제야 알겠다는 듯 희미하게 웃었다.

"어, 그러고 보니 두 분 결혼한 지 꽤 되었죠?"

"햇수로는 6년째 돼요."

말을 하면서 수혜도 놀랐다. 시간이 그토록 빠른가. 내용이야 어떻게 되었든 자신들이 벌써 결혼 6년차의 부부란 말인가.

"시어른들께서도 기다리실 만하네요."

그렇죠, 정상적인 결혼 생활을 하는 부부라면 당연히 걱정할 만하겠죠.

"부담되겠어요. 그런데 두 분은 별로 걱정하지 않는 것 같기도 하고, 일부러 갖지 않는 건가요?"

"아직은, 일을 좀 더 하고 싶거든요."

"아이를 싫어하진 않는 거죠?"

"희현 씬 어때요?"

"사랑하는 사람 닮은 아이를 낳는 거, 바라는 일이죠."

희현의 얼굴에 자신이 잃어버린 것에 대한 실망감과 더불어 깊은 회한이 묻어났다.

"네, 그렇죠."

"두 사람 보고 있으면 부럽다는 생각이 들어요. 내가 갖지 못한 것을 가지고 있잖아요."

"보이는 게 전부는 아니에요."

수혜는 자신 또한 희현과 다를 바 없는 고통을 안고 있노라고 고백하고 싶은 심정이었다.

"네?"

희현은 수혜의 반응에 적이 놀란 듯했다.

"수혜 씨도 불만있어요?"

"결혼한 부부들 붙잡고 물어보세요, 정말 만족하는지, 다시 태어나면 어쩌고 싶은지."

"수혜 씬 다시 태어나면 어쩌고 싶은데요?"

"사랑, 결혼, 그런 거 안 하고 살고 싶어요."

희현은 정말 놀란 사람처럼 그 자리에 멈춰 서서 수혜를 건너다 보았다.

"충격이에요. 수혜 씨도, 준현 씨도 서로 사랑하는 사람들 같은데, 두 사람만 같다면 걱정할 게 없다고 생각했는데."

"그게 거리를 두고 바라보니까 환상이 섞여서 그런 거예요. 결혼해서 1년만 살아보세요."

"환상이 다 깨져요?"

"아마도!"

"준현 씨도 알아요?"

"뭘요?"

"수혜 씨가 이렇게 생각하는 거."

"음, 모르진 않겠죠."

"그래서 아직 아이를 갖지 않는 거예요? 확신이 없어서?"

수혜는 진심을 토로하고 싶은 마음도 있었지만 희현을 위해 참았다.

"그렇기도 하고, 또 아직은 일 때문에 시간을 낼 수 없어요."

희현은 의아해하는 눈치였지만 더 자세히 묻지 않았다.

임신이나 육아 문제는 그것으로 지나갈 것이라고 생각했는데 며칠 지나지 않아 수혜는 다시금 그 문제로 그와 작은 실랑이를 벌였다.

밤늦게 침대로 들어온 그는 얼핏 잠이 든 그녀의 몸을 더듬어 만졌다. 다분히 성적인 의도가 느껴지는 그런 손길이었다. 그녀는 별 거부감 없이 그가 원하는 대로 몸을 바로 누웠다. 하지만 사이드 테이블을 열던 그가 잠시 멈칫했다. 수혜도 그의 반응으로 미루어 무엇이 문제인지 곧 알게 되었다. 그것을 깨닫자마자 수혜는 성적 갈망이 확 달아나는 것을 느끼며 놀라 허겁지겁 잇닿은 몸을 피해 상체를 끌어올렸다. 침대 머리맡에 기대앉은 수혜와 의아한 얼굴로 수혜를 다시 끌어내리려는 그. 수혜는 팔로 그의 가슴을 밀쳐 내며 그를 제지했다.

"꿈도 꾸지 마요."

그것은 오래전부터 그들 사이에 불문율처럼 지켜지던 일이었다. 그녀가 결혼 초기에 경구피임약의 부작용으로 속 쓰림과 미식거림, 두통에 가끔 시달리는 것을 알게 된 후로 그가 피임을 하겠다고 결정했다. 1년이 지난 후에는 임신을 위해 자연스레 중단하기는 했지만.

"지난번 스파에서도 괜찮았잖아."

"그러고 나서 한동안 마음이 편치 않았죠. 또 그런 일을 겪고 싶진 않아요. 내 생각은 변함없다고 했어요. 원치 않는 임신 때문에 발목 잡혀서 당신과 다시 시작하는 일은 없어요."

수혜의 태도는 단호했다.

그가 수혜에게 등을 돌리고 침대에서 나와 옷을 입었다.

"그런 식으로 당신을 붙잡을 생각은 없어."

그는 수혜는 돌아보지도 않고 성큼 걸음을 옮겼다.

"어디, 가요?"

"까탈스런 아내와 잠자리를 하기 위해서 필요한 걸 사러 가."

"이, 이 밤에요?"

"왜? 조금 걱정되긴 하나?"

"그냥 자요."

수혜의 말에 그의 눈매가 굳어졌다. 수혜가 그 자신만큼 절실하지 않다는 것이 그의 자존심을 건드렸다.

"금방 올 테니까 기다려. 잠자는 체해도 소용없어."

한밤중 콘돔을 사기 위해 밖으로 나간 그의 행동이 믿겨지지 않아 수혜는 침대 머리맡에 기댄 채로 어이없는 웃음을 삼켰다.

그는 정말 오래지 않아 돌아왔다. 일부러 반항하는 아이처럼 필요 이상의 콘돔박스를 잔뜩 사 와서는 휘둥그레진 눈으로 수혜가 그와 콘돔박스를 번갈아 바라보는 데도 개의치 않았다. 그는 수혜가 기다려 주었다는 사실에 안도하는 빛이 역력했다.

"그렇게나 많이 사 오면 파는 사람이 이상하게 생각 안 해요?"

"내 입장이 되어도 그런 소리가 나올 것 같아?"

두 번은 같은 실수를 되풀이하지 않겠다는 그의 의지이기도 했고, 한편으로는 치기 어린 허세이기도 했다. 그는 아직도 부루퉁하니 화가 난 말투로 대꾸하고는 급하게 옷을 벗고 침대로 들어왔다.

수혜는 그가 서둘러 콘돔을 꺼내 능숙한 동작으로 착용하는 모습을 지켜보았다. 전에도 한두 번 보았던 모습이었는데도 수혜는 그의 행동이 낯설고도 외설스럽게 느껴졌다. 섹스의 열기는 이미 식어버렸다고 생각했는데 그의 열정적인 행동이 다시 불을 붙였다. 어떻게든 사랑을 나눌 생각에 늦은 시간도 개의치 않고 다녀온 그의 행동은 흡사 첫 섹스에 몸이 단 남자 같았다.

수혜가 못 이기는 척 다시 몸을 아래로 내려 누우려고 하는데 그가 수혜를 침대 머리와 자신 사이에 가둔 그대로 몸을 겹치며 그녀의 귓가에 속삭였다.

"준비됐어?"

그의 말이 전하는 뉘앙스는 놀리는 듯했지만 효과적이었다. 수혜가 수줍어하며 채 대답하지 못하는 사이 그가 무릎을 세워 벌리게 하고 그녀의 다리 사이에 자리 잡았다. 수혜의 엉덩이를 양손으로 단단히 움켜쥔 그가 조금도 지체하지 않고 단 한 번의 몸짓으로 그녀의 몸 안으로 들어왔다. 그가 전보다 더 깊이 그녀 안에 들어찼다. 수혜는 작은 신음 소리를 내며 물러서고 싶었으나 물러설 곳이 없었다. 그의 단단한 어깨를 끌어안으며 완충 작용을 바라며 올라가면 그가 단단히 안은 그녀의 허리를 눌러 끌어내렸다. 한 치의 틈 없이 결합한 허리 아래로 신경이 쓰이면 그가 뜨거운 혀와 단단한 이로 젖가슴을 공격해 왔다. 그는 겨우 참았던 욕망을 풀어놓기라도 하듯 처음부터 격하게 공격해 왔다. 더 깊이 들이밀고 정복하며 수혜의 내부를 휘젓고 엉덩이를 조여 안았다.

그녀가 너무나 예민하게 느끼는 것일까. 은밀한 곳에서 느껴지는 그의 몸은 분명히 예전과는 다른 느낌이었다. 좌절된 행위를 보상하기라도 하듯 그는 이전과는 또 다른 적극성을 가지고 행위 자체에 열중했고, 그녀 역시 혼란스러운 가운데서도 그로부터의 열기에 전염된 듯 달아올랐다. 그녀가 아는 차가운 김준현도 그곳에 없었고, 그녀가 아는 소심한 한수혜도 그곳에 없었다. 다만 내일이 없는 것처럼 순간의 욕망에 탐닉하고 더 큰 쾌락을 쫓는 남자와 여자만 그곳에 있었다.

희현이 다시 세상 밖으로 나가기로 결정한 것은 그들 집에 온지 13일째 되던 날이었다. 주말 공연을 보러가지 않겠냐고 제안하자 희현은 잠시 생각해 보더니 그러겠다고 했다. 두 사람만의 데이트를 방해하는 것 아니냐고 농담을 하기도 했다.

수혜 부부와 희현은 늦가을의 정취가 흠뻑 묻어나는 국립극장에 도착했다. 그가 택한 공연은 발레 〈지젤〉이었다. 그것은 그들의 과거 연애 시절 추억이 녹아 있는 공연이기도 했다.

"희현 씨가 진작 동행할 줄 알았으면 다른 공연을 보러 가는 건데 그랬습니다."

그의 말에 희현이 의아한 표정으로 이유를 물었다.

"왜요?"

외형적으로 희현은 거의 이전 모습으로 회복한 것처럼 보였다.

"지젤, 처음이에요, 희현 씨?"

이번에는 수혜가 물었다.

"네. 보고 싶었지만 기회가 없었어요. 전에 한번 TV에서 본 적은 있어요."

"비극이니까 희현 씨한테 안 좋은 영향을 끼치는 건 아닌가 하고, 이이가 걱정되는가 봐."

하지만 때론 슬픔이 또 다른 슬픔을 이기게 만들어주기도 했다. 고통이 또 다른 고통을 이기게 만들어 준다는 말은 모순일까.

순간순간의 무대가 그대로 한 폭의 그림처럼 아름답게 펼쳐지는 무대 위에서의 공연은 관객들의 입을 다물지 못하게 했다. 순수하고 여린, 그러나 춤에의 열정으로 가득한 사랑스런 여자 지젤. 우연히 평민의 차림새로 마을에 머무는 귀족 남자 알브레히트. 그가 그저 먼발치에서 그녀를 바라보기만 하고 갔더라면 해피엔딩으로 끝났을지도 모를 〈지젤〉은 그러나 아름다운 지젤의 마음을 갈갈이 찢어놓으며 죽음으로 몰아넣는다. 지젤은 결코 사랑을 알게 했지만 배신당하고 버림받는 고통마저 알게 만든 나쁜 남자의 품 안에서 죽지 않는다. 그늘진 숲의 한 켠에서 숲의 요정여왕 마르타가 깨우기까지 조용히, 그저 조용히 잊혀져 가고 있었다.

사람들이 거의 대부분 빠져나가고 이미 어둠이 깊이 내렸을 때 그들은 천천히 걸어서 계단을 내려왔다. 미심쩍게 수혜 일행을 돌아보는 사람도 있었지만 한눈에 알아보고 희현을 귀찮게 하는 사람들은 없었다. 은행나무 가로수에서 떨어져 내린 노란 잎들이 온통 보도블록을 뒤덮었고, 가로등의 불빛도 낭만적으로 길을 비추었다. 2막 실피드의 춤이 잔상처럼 남아서 음악과 함께 걷는 내내 그들을 따라오는 듯했다.

염려했던 수혜 부부와는 달리 공연을 보고 나오는 희현의 얼굴은 전보다 밝았다. 수혜는 다행이라고 생각했다.

"좀 걷고 싶어요. 이곳이 이렇게 아름다운지 전에는 몰랐어요."

희현이 설렘 가득한 음성으로 말했다.

"준현 씨, 우리 좀 걸을래요?"

수혜가 그에게 양해를 구했다.

"그래, 그럼 저 아래 공원에서 만나기로 하지."

그는 선선히 두 사람만을 위한 시간을 갖도록 자리를 피해주었다.

"공연, 좋았어요. 처음 무대에 설 때도 무척 떨리면서 행복했는데, 지금도 그래요. 다시는 웃을 수도 없을 것 같았는데, 마음이 편해졌어요."

희현이 차분한 어조로 고백했다.

"다행이에요."

"이번 일 겪으면서 나 자신을 좀 더 돌아보는 계기가 되었던 것 같아요. 이제야 조금 기운이 날 것 같아요."

팬을 비롯해서 어디를 가나 사람이 없어서 외로웠던 적은 없었던 그녀였다. 하지만 정작 자신이 필요할 때, 죽을 만큼 괴로울 때 경계를 허물고 기댈 수 있는 사람이 없었다는 사실은 충격이었다.

"수혜 씨가 있어줘서 고마웠어요."

"누구라도 희현 씨가 전화했다면 도우려고 했을 거예요."

"그렇지 않아요. 집요하게 붙들고 놓아주지 않으려고 하는 사람들도 있죠. 사람이 무섭다는 것을 새삼 알았어요."

희현이 한숨을 내쉬었다. 한때는 믿고 일하던 동료였던 사람들의 배신. 그리고 가장 자신을 믿어줄 것이라고 생각했던 사람의 배신. 그것만으로도 희현의 삶에서 여유가 사라지게 만들기에 충분했다. 이제껏 세상은 그녀에게 많은 것을 베풀고 주기만 했지, 그런 식으로 빼앗아간 적은 없었기에 배신의 상처는 더 컸다.

"어떤 일도 충분히 생각하고 정리해요. 나중에 후회할 행동은 하지 말아요."

"그럴게요."

"지난번 잠깐이지만 희현 씨 보면서 살아 있다는 걸 느꼈어요."

"언제요?"

"희현 씨가 아닌 다른 사람이 되었을 때요. 잠깐이지만."

"아."

"원했든 원치 않았든 희현 씨는 이미 그 자리에 있는 거잖아요. 승효 씨가 뭐라고 하든 아마 승효 씨도 남들이 보는 희현 씨의 매력 때문에 사랑하게 된 게 아닐까요?"

"맞아요. 그 사람을 처음 본 것도 연극무대에서였어요."

"인어공주는 물속에서는 굉장히 우아하고 아름다운 존재이지만 꼬리를 가진 그대로 육지로 나오면 눈요깃거리밖엔 안 되죠. 그렇다고 자신이 살아온 배경과 환경, 존재 자체를 부정할 수는 없는 거잖아요."

"아까 잠깐, 공연 막간에 생각난 게 있어요."

"뭐요?"

"내가 맨 처음 TV 드라마에 출연했던 작품요. 전설의 고향 류의 여름 특집극이었어요. 어쩌면 수혜씨도 알 거예요. 혼인 첫날밤에 볼일이 급했던 신랑이 신방에 들었다가 잠깐 밖으로 나가려고 하는데 신랑의 발목을 붙드는 손길에 돌아보니 족두리에 원삼을 단아하게 입은 신부가 신랑이 나가지 못하도록 붙들고 있는……. 기실은 신랑의 옷자락이 문틀에 걸려 그것을 떼어준 것이었는데 그것을 오해한 신랑은 신부가 음탕하다고 생각해서 그 길로 나가 다시 돌아오지 않았어요."

"알아요. 몇 해가 지나 과거 길에 오른 신랑이 길을 헤매다 산속 어느 집에 들렀는데, 그곳에 예전 혼인 첫날밤 모습 그대로 옷을 입고 기다리고 있는 신부를 만나고 그날 신랑이 오해했던 것을 말하자 부끄러워진 신랑이 성급했던 자신을 뉘우치고 후회하며 신부를 맞아 첫날밤을 치르죠."

"과거에 급제하고 돌아오는 길에 아내를 찾겠다고 했는데 막상 돌아와 하룻밤 다시 자고 일어나니 그 집은 폐허가 되어 있고, 곁에 누워 자던 아내는 오래전에 죽어 뼈만 남은 모습으로 있었다죠. ……우습죠, 수혜 씨? 그때는 안타깝기도 했지만 그건 그저 전설 속에서나 나오는 이야기로 생각했어요. 내 삶 어디에 내가 연기했던 그 여자의 심정을 뒤늦게나마 절절하게 깨닫게 되는 날이 올 거라고는 정말 단 한 번도 생각해 본 적 없어요."

수혜는 희현이 말하고 싶은 것이 무엇인지 알 것 같았다. 안타까운 심정으로 그녀를 바라보는데 희현이 밝게 웃으며 말했다.

"사랑에 배신당하고 죽은 지젤의 삶도 그렇고, 내가 예전에 연기했던 그 여자의 삶도 그랬지만 나는 포기하지 않을 거예요, 수혜 씨. 정말 죽을 만큼 아프고 살고 싶지 않지만 그래도 나는 숨 쉴 거예요. 기운 내서 살 거예요. 살아서 그 사람, 기다릴 거예요. 그 사람 상처, 그리고 오해 풀고 돌아왔을 때 나는 미안하다는 말, 진심으로 후회한다는 그 사람의 사과 꼭 들을 거예요. ……그러니까 수혜 씨, 이젠 걱정 말아요. 집으로 돌아갈래요."

열셋

시어머니가 운영하는 미술관 전시회 개막파티는 희현이 떠난 다음 주 금요일에 있었다. 수혜는 늦지 않기 위해 퇴근을 서둘렀다. 금요일 저녁은 일반 직장인들에게는 주 5일제의 휴일 전야여서 들뜬 기분이기도 했지만 수혜는 도저히 빠져나올 수 없는 회의와 뒤미처 남은 샘플 대조 등의 업무 때문에 그와 함께 가지 못하고 전화를 걸어 나중에 합류하겠다고 약속해야 했다. 회의가 끝난 것은 이미 3시가 훨씬 넘은 뒤였고, 남은 원단샘플을 대조하는 일들을 끝내고 났을 때는 6시가 지나 있었다.

집에 들렀다가 옷을 갈아입고 파티에 참석하기에는 너무 늦었으므로 수혜는 급하게 화장을 고치고 갤러리가 있는 방향으로 차를 몰았다.

수혜는 도착하자 서둘러 파티가 열리고 있는 1층의 홀로 들어갔다. 2~3미터 되는 로비를 지나니 은은한 조명과 피아노 음악이 흐르는 가운데 몇몇의 사람들이 이야기를 나누고 있었다. 입구에서 멀지 않은 곳에 위치한 방명록에는 제법 많은 사람들이 다녀갔음을 알려주고 있었다.

　전시관은 1층의 홀 끝부분에 있는 완만한 계단을 따라 올라가면 되는 2층에 있었다. 수혜는 로비를 지나는 동안 숨을 고르며 안면 있는 사람들에게는 가볍게 목례와 눈빛으로 인사하며 그의 모습을 찾았다. 그러나 가장 먼저 눈에 띈 사람은 시어머니였다. 마침 손님과 이야기를 나누던 시어머니가 수혜를 불러 손님에게 인사를 시켰다.

　"우리 며느리."

　"아, 파리에서 공부 중이라던?"

　상대는 품평하듯 수혜를 뜯어보며 고개를 끄덕였다.

　"응. 돌아온 지 얼마 안 됐어."

　"아유, 참하게 생겼네. 시댁 어른들이 맘도 좋지, 며느리 공부하도록 허락도 해주고. 공부도 좋지만 이젠 아들을 낳아야지, 시어른들 걱정하기 전에."

　"네에."

　시어머니 또한 이틀에 한 번씩 확인전화로도 부족한지 약은 잘 먹고 있는지 묻는 것도 잊지 않았다.

　〈클래식 Moon〉의 수석 디자이너 한수혜가 아닌 이전처럼 누군가의 며느리로 사교 생활을 할 때면 수혜는 자신의 존재가치가 무엇인지 되묻곤 했었다. 수혜는 말없이 그들이 하는 말을 듣고 서 있다가는 조심스럽게 말을 꺼냈다.

"저, 어머님, 그이는요?"

"응? 글쎄다. 아까 잠깐 사람들과 어울려 이야기하는 걸 봤는데. 전시실에 올라갔나?"

"네에."

조금 더 시어머니의 장식품으로 곁을 지키던 수혜는 조심스레 자리를 빠져나왔다.

"어머님, 저는 2층 전시실을 좀 둘러보고 올게요."

그간 아들 내외의 불화설을 잠재우기 위해 수혜를 들러리 세웠던 시어머니는 제법 인자하게 그녀를 놓아주었다.

"그러렴."

수혜는 2층으로 향하는 계단을 올라가면서 그의 모습을 찾아 둘러보았다. 하지만 그의 모습은 보이지 않았다. 담배를 피우러 잠시 밖으로 나갔는지도 모른다고 생각하며 2층의 로비를 걸었다. 2층 전시실에도 사람들이 삼삼오오 모여 있었다. 그들은 느긋하게 파티를 즐기며 그림을 둘러보는 즐거움을 찾으려는 사람들 같았다.

평면의 공간이 아닌 옆으로 누운 S자 곡선 모양의 대형 벽면에 적절하게 배치된 그림들을 가까이서 혹은 멀리서 둘러보는 사람들과 교차해 그림을 둘러보던 수혜는 전시실의 깊은 곳, S자 곡선의 패인 부분의 은근한 조명 아래 다정하게 그림을 감상하고 있는 커플을 보고는 그대로 걸음을 멈추었다. 순간 시간을 거슬러 과거의 어느 시점으로 돌아간 듯한 착각마저 들었다.

남편은 여자와 함께였다. 그들은 사람의 시선을 피해 그곳으로 온 것이 분명해 보였다. 세련된 정장과 부드럽게 웨이브 진 갈색 머리가 어깨를 덮는 여자의 손이 자연스럽게 남자의 팔을 끼고 있었다. 마치 자신의 연인이라는 것을 과시하는 것처럼!

가슴으로부터 뜨거운 불이 일었다. 불시에 크고 단단한 가시가 손끝에 박히든 것처럼 수혜는 아주 예리한 통증을 느꼈다. 이곳이 호텔이나 다른 비밀스런 밀회 장소가 아니고 공개된 장소라는 것도 소용없었다.

스캔들을 무마하기 위해서라고는 했지만 자신들의 결혼을 다시 시작하고 싶다고 말했던 그. 전과는 분명히 달라졌음을 보여주곤 했던 그의 태도. 차갑지 않은 그의 애정 행위로도 그 모든 것을 상쇄시킬 수 없었다.

수혜는 호흡을 고르고 마음을 진정시켰다.

나는 저 남자를 사랑하던 예전의 한수혜가 아냐. 저 사람이 누구를 만나든 상관없어. 나는 아무 상관 없어!

아무리 애써도 한 꺼풀 벗겨지고 덴 상처는 아리고 쓰렸다. 여전히 가슴 한쪽이 아프고 저릿했다. 4년이라는 시간이 지났건만 건드리지 않은 상처는 여전히 곪은 채로 그녀를 아프게 했다. 여자의 모습이 낯설지 않았다. 4년 전에도 잠시 스치긴 했지만 그 여자를 알아볼 수 있었던 건 전에도 알고 있던 여자였기 때문이다.

여자 쪽이 먼저 수혜에게 눈길을 주었다. 그리고 나서 그녀는 아무렇지도 않게 다시 고개를 그림으로 돌렸고, 그를 감은 팔을 풀지도 않았다.

수혜는 그 자리에 꼼짝 않고 서서 정말로 시간이 역행한 것은 아닌지, 자신이 꿈을 꾸는 것은 아닌지 눈앞에 펼쳐진 모습을 뚫어지게 바라보았다. 그의 어깨만큼 오는 키에 날씬한 몸매. 그의 곁에 있는 것이 숨 쉬는 것만큼이나 편안하게 생각되는 여자. 집안간의 오랜 교류로 공적인 장소에서 얼마든지 친밀감을 표시해도 누구도 의심하지 않는 사이.

다시 과거 속 그 자리에 선다면 다시는 바보 같은 실수 대신 다른 선택을 할 거라고 수혜는 자신을 설득했었다. 지금이 그때인데, 강해졌다고 자신했던 그녀는 어디론가 사라지고 없었다. 아무도 없는 곳으로 도망치고 싶은 욕구가 솟구쳤지만 수혜는 참았다. 내년 4월이 되면 그와 관련된 불편한 관계와 감정들이 정리될 수 있다는 것을 필사적으로 떠올렸다. 그것으로 겨우 고통을 삼키며 수혜는 도망치지 않고 그 자리에서 버텼다. 그에게 다가가 다른 사람들 앞에서 했던 것처럼 다정한 아내 역할을 해야 할까, 아니면 그의 예전 애인 앞에서는 그런 가식을 보이지 않아도 되는 걸까 고민하는데 그가 그녀 쪽을 돌아보았다.

"어? 당신 언제 왔어?"

아무렇지 않은 표정으로 그에게 다가가기 위해서는 보이지 않는 노력이 필요했다. 그의 곁에 있던 여자도 그제야 의미를 가지는 듯 다정하게 잡고 있던 그의 팔을 놓고 수혜를 쳐다보았다.

수혜는 호기심 어린 여자의 눈빛을 무시하고 침착한 태도로 입을 열었다.

"20분쯤 됐어요. 어머님 곁에서 붙들려 있었어요."

그것이 무슨 의미인지 모르진 않을 거라는 의미를 담고 있었다.

나는 어머니 곁에서 고문을 당하고 있었어요. 당신이 예전 애인과 유유자적 그림을 감상하는 동안 말예요.

그가 수혜에게 다가왔다. 그는 짧은 순간에 수혜의 내부에서 벌어지는 감정적 사투를 파악하기라도 할 것 같은 눈빛으로 바라보았다.

"얼마나 늦을 건지 확인해 보려고 전화를 했는데 안 받더군. 사무실도 안 받고."

그가 오히려 기분이 상한 표정으로 말했다.

"샘플실에 있었을 때 전화했던가 봐요. 어차피 내가 일찍 도착했어도 당신은 상관없었잖아요."

자신이 늦어서 기분이 상했더라도 찾지도 않았을 거면서 화를 낼 필요가 뭐란 말인가.

"내가 상관없다고 누가 그래?"

그가 날카롭게 되물었다.

"당신은 어차피 그림에 빠져 있었을 테니 상관없지 않아요?"

"그 때문에 화난 모양이군."

"그럴 리가요."

새침하게 말하는 수혜에게 그가 흥미롭게 두 사람의 이야기를 듣고 있는 여자를 소개했다.

"미림이 알지? 그림에 대한 설명을 듣던 중이었어."

"네에."

"너무 오랜만이라 몰라봤어요. 그냥 전시실 보러 온 손님인 줄 알았어요."

좀 전 그녀의 행동에 대한 변명이었다.

수혜는 못 들은 척 애매한 태도로 넘겼다. 그런데 적대적인 태도를 감추지 않던 전과는 달리 미림이 수혜의 눈치를 보며 붙임성 있게 말했다.

"준현 오빠 찾으러 올라온 거 아니었어요? 왜 부르지 않으셨어요?"

수혜는 그녀가 정말로 아까 자신을 몰라본 것일까 의심스러웠지만 그녀 자신도 놀랄 만큼 솔직하고 담담하게 말했다.

"방해하고 싶지 않아서요."

그러자 미림의 표정에서 미소가 걷혔다. 그도 마찬가지였다. 일부러 그들을 비난하려는 의도가 아니었음에도 그들은 약속이나 한 것처럼 불편한 표정을 지었다.

지금은 어떤 사이라도 상관없지만 전에는 달랐어요. 당신들에게 그 정도의 불편함 정도는 주어도 상관없겠죠. 내가 가진 상처에 비하면!

"그만 내려가 볼게요."

수혜가 그들에게서 등을 돌리려고 하자 미림이 서둘러 앞을 막았다.

"그림 보고 가세요. 이번 그림 기획에서부터 전시하기까지 참 힘들었거든요. 언제 다시 이런 기회가 올지 모르는 아주 좋은 기회예요. 제가 오빠한테 잘 설명을 해주었으니까 수혜 씨는 오빠한 테 들으시면 되겠네요."

"그래, 둘러보고 내려가지."

한시라도 빨리 그들에게서 멀어지고 싶은 수혜의 심정을 알기라도 하는 듯 그가 도망치지 못하도록 수혜의 팔을 잡았다. 미림은 세련된 태도로 그들에게 인사를 하고는 1층으로 내려갔다. 마지못해 수혜는 그와 함께 남은 그림들을 둘러보았다.

그들은 미림이 자리를 뜨고 난 후로 한 마디도 하지 않았다. 남이 보기에는 느긋하고 여유롭게 걸음을 옮기며 눈은 벽을 향하고 그림을 향하고 있어도 머릿속으로는 그림이 들어오지 않았다.

그가 자신을 배려해 준다면 이렇게 고통스럽게 서로를 고문하는 대신에 불편한 감정에서 벗어날 수 있도록, 혹은 정리할 수 있도록 시간을 주었어야 했다. 물론 그녀는 예전만큼 고통스럽지는 않았다. 삶을 포기하고 싶을 만큼 고통스러웠던 적이 있었다면 지금은 스스로도 놀랄 정도로 많이 덤덤해진 것이 사실이었다. 그저, 가슴 위로 무거운 돌을 얹어놓은 듯한 답답함. 그렇게 답답한 정도였다. 무겁게 내리눌리는 기분.

사랑, 변치 않는 사랑?

기막히게도 수혜는 소리 내어 웃고 싶었다. 그러나 그럴 수는 없었다. 이 공간에서 그녀가 갑작스레 웃음을 터뜨린다면 그는 아마도 그녀가 미친 줄 알 것이다. 바로 곁에 있는 그뿐만이 아니라 아래층에 있는 다른 사람들도! 하지만 수혜는 웃고 싶었다. 소리 내서 웃고 싶은 충동이 그녀를 사로잡았다. 과거의 상처가 아프지 않다는 것은 착각이었다.

"어때?"

그는 살얼음판을 내딛는 조심성으로 수혜를 살피며 물었다.

오래된 상처 중 하나. 오늘 갤러리에서 수혜가 미림을 만나게 되면 자연스레 지난 일을 연상하게 될 것임을 그도 알았다. 수혜의 왼쪽 팔목의 상처와 더불어 그들에게는 금기시되었던 주제. 그는 오늘 그들 앞에 놓인 두 가지 거대한 장벽 중 하나를 걷어낼 생각이었다. 하지만 이런 식으로 수혜의 감정을 자극시킬 생각은 아니었다.

의미를 모르고 수혜는 그를 쳐다보았다.

그가 묻는 눈길로 그림을 가리켰다.

겉돌고 있었지만 그렇다고 대답하지 않을 수도 없었다. 수혜는 눈앞의 그림을 보며 말했다.

"소박하면서도 정감이 가요."

그리고 행복해 보여요.

그림이 그녀에게 와 닿지 않는 건 그런 이유도 있었다. 그녀로선 동의할 수 없게도 그림 속의 사람들은 구차한 근대의 배경 속에서도 그녀로선 차마 흉내 낼 수 없는 소박한 미소를 머금고 있었던 것이다.

일단 말문이 트이자 그가 한 발 더 내디뎠다.

"미림이 기억하지?"

수혜는 그 순간 눈도 깜빡이지 않았고 숨도 쉬지 않았다.

무슨 말을 하고 싶은 걸까? 무엇을 기억하느냐고 묻는 것일까?

예전의 관계에 대해 알고 있느냐고?

그녀는 따가운 그의 시선을 느끼며 마지못해 고개를 끄덕였다.

"아주 돌아온 지는 2년 되었어."

상관없었다. 아무래도 상관없다고 수혜는 생각하며 다음 그림을 향해 걸음을 옮겼다. 그가 그녀를 따라 걸음을 옮기며 말했다.

"당신이 오해할 수도 있다고 생각해서 말인데, 우린."

"오해 안 해요."

수혜가 서둘러 그의 말을 끊었다. 과거와의 갑작스런 조우만으로도 불편한데 그 과거와 얽힌 거짓말까지 듣고 싶지는 않았다. 그녀의 음성은 너무나 건조해서 감정이라곤 전혀 실리지 않았다.

"그래?"

그의 빤히 꿰뚫어보는 눈길을 수혜는 어떻게든 견뎠다.

"당신에게 다른 남자가 있다고 생각되면 나는 확실한 증거를 찾고 당신을 다그쳤을 거야. 그런데 당신은, 내게 한 마디도 묻지 않는군!"

의외의 일격이었다.

"그럴 필요도 없었으니까요!"

"왜?"

"내가 만지는 것도, 한 공간에 있는 것도 참아내지 못하던 남자가 다른 여자와 다정하게 호텔 룸에서 나오는 게 무슨 의미인지 모를 만큼 바보 아녜요."

그는 자신이 상처 입고 내뱉은 한마디 말이 수혜에게 얼마나 더 큰 상처를 입혔는지 그제야 제대로 알았다. 두 사람 사이에 건너야 할 강은 깊었다. 자신의 오해로 시작된 끔찍한 비극을 덮어둔 채 모든 것을 새롭게 시작할 수도 있겠다고 생각했던 그는 높은 벽에 부딪혀 한숨을 내쉬었다.

"미림이는 내게 여자가 아냐. 과거에도, 지금도! 그리고 앞으로도 그럴 가능성은 없어."

"편하군요. 좀 뻔뻔하기도 하고요. 장희현 씨도 그렇고 유미림 씨도, 그냥 한마디 아니라고 하면 되는 거네요. 나는 그냥 곁에서 믿어주기만 하면 되고. 아, 믿는 척만 해도 되는 거죠? 사람들에게 들키지 않게!"

"내가 당신을 오해하게 만들었다면 이유가 있겠지. 내가 당신이 싫어졌다면 그 이유도 있을 거야."

문제의 핵심을 정면 돌파하는 대신 그는 우회하는 길을 택했다. 쉽지 않은 한마디 한마디를 그는 힘주어 말했다.

겉으로는 무심한 척 버티고 서 있었지만 수혜는 심장을 비트는 고통으로 신음했다. 겨우 용기를 내서 다가갔던 자신을 차갑게 밀어내며 그가 했던 말. 그는 날카로운 비수 이상으로 그녀의 가슴을 난도질했다.

그래요, 있겠죠. 나는 알지 못하는, 당신만의 이유가 있었겠죠. 내가 얼마나 부족한지, 내가 얼마나 매력없는 여자인지는 당신의 눈빛 하나 손짓 하나로도 충분했어요. 한마디 말로도 완전히 질리게 만들었어요.

"당신을 사랑하지 않으면서 함께 살 만큼 나 그렇게 싫은 걸 잘 참아내는 성격도 아냐. 그건 누구보다 당신이 더 잘 알지 않나?"

냉정하게 판단하고 신중하게 결정하지만 실행에 옮길 때는 흔들리지 않는다. 그 스스로 지금껏 잘해왔다고 자부했지만 단 한 사람 수혜에 대해서는 감정이 앞섰다. 판단 착오로 인한 실수. 무덤까지 가져가더라도 묻어두고 싶은 것이 그의 본심이었다. 말하지 않고 회복할 수 있다면 그는 아무리 먼 길이라도 돌아서 가고 싶었다.

내가 그간 해온 노력이 턱없이 부족한 건가. 당신에겐 보이지 않아? 당신을 잃지 않으려는 내 필사적인 노력이 당신에겐 의미가 없어?

허영에 들뜨고 창의적인 생각이라곤 찾아볼 수 없는 여자들 속에서 그는 때 묻지 않은 아름다움을 간직한 보석 같은 여자를 찾았고, 그 여자를 놓치고 싶지 않았다. 하지만 일단 자신의 것이 된 후에는 다른 여자와 별반 다르지 않았다. 그 이유가 무엇 때문이고 누구에게 있는지 이기적인 그는 생각하고 싶지 않았다. 언제든지 자신의 곁에 머물러 줄 것 같던 그 여자를 놓칠 것 같은 불안감이 든 후에야 그녀를 다시 돌아볼 수 있게 되었다.

"지금 이곳에 어울리는 화제는 아닌 것 같아요."

수혜는 겉으로는 평정을 유지하며 그림에만 열중하는 척했다. 침을 삼키는 일도, 숨을 내쉬는 일도, 눈을 깜빡이는 일도 모두 고통이었다. 두 사람 사이에 다시 침묵이 무겁게 드리웠다. 수혜는 마침내 참을 수 없게 되자 화장실을 다녀오겠다며 둘러대고는 따가운 그의 시선을 뒤로하고 도망치듯 화장실로 숨어들었다.

그가 뭐라고 변명하든 과거 그들은 연인 사이였다. 장희현은 몰라도 그와 유미림은 의심할 여지가 없는 사이였다. 그런데도 그는 강경하게 아니라고 부인하고 있었다. 허탈감이 수혜의 전신을 집어삼켰다.

유미림. 그녀는 그에게 끌리는 마음을 숨기지 않았던 여자였다. 집안간의 관계로 보나 사회적 위치로도 그들은 어울리는 사이였다. 당돌하고 적극적인 태도로 미림은 수혜에게 순순히 물러설 생각이 없다고 자신의 마음을 내보였었다. 그럼에도 미림과의 관계를 추궁하는 수혜에게 가벼운 어깻짓으로 관심없음을 표현하던 그였지만, 그들이 결혼한 후에는 생각이 바뀐 모양이었다.

어쩌면 결혼하기 전부터도 그런 사이였는지도 모른다. 비틀린 감정으로 자신을 비웃던 수혜는 잠시 후 자신의 그런 비웃음을 되삼켰다. 그에게 유미림이 여자가 아니라는 그의 말은 온전히 믿을 수 없어도 결혼 전은 확실히 아니었다. 수혜가 한때 의심 어린 상한 마음으로 두 사람 사이를 물어본 이후로 오빠와 여동생처럼 친밀했던 그들의 사이를 알고 있던 사람들이 의아해할 정도로 그는 미림의 접근을 허락지 않았고 거리를 두고 대했던 것이다. 오히려 수혜가 미안해질 정도였다. 미림은 공공연하게 그에게 버림받은 후 상처를 안고 유학길에 올랐고, 그들의 결혼식에도 참석하지 않았었다.

그는 감정이 떠나면 상당히 냉소적인 사람이었고 두려움을 주는 사람이었다. 얼마 지나지 않아 그의 무관심한 태도는 수혜에게 되돌아왔으므로 그런 대우를 받는 것이 얼마나 아프고 고통스런 것인지를 생생하게 알게 되었다. 그리고 미림과 그의 밀회 사실을 알기 한참 전부터 자신과 그의 사이는 냉랭했었다. 육체적으로도 정신적으로도 상실의 고통이 컸던 수혜가 그에게서 위로를 기대했던 것과는 달리 그는 이전에는 보지 못했던 차가움으로 한동안 곁에 다가서지 못하게 했었다. 그런 시기에 전에 없이 다정하게 미림과 호텔을 나오는 그를 목격한 수혜가 받은 상처는 더욱 컸다.

확실한 증거를 가지고 다그쳤을 거라고? 유미림이 단 한 번도 그에게 여자였던 적이 없다고?

왜 그는 그런 거짓말을 믿게 하려는 걸까. 그와 유미림이 어떤 감정을 가지고 있는가는 이제 자신과 관계없는 일이었다. 4년 전과는 달리 수혜는 죽을 것처럼 고통스럽지 않다는 사실에 안도했다. 당시에는 세상이 무너지는 것 같은 고통이 따랐다면 지금은 한 발쯤 물러서서 바라볼 수 있는 여유를 가졌다는 것이 달라진 점이었다.

난 예전의 한수혜가 아니야. 오직 김준현만 바라보던 그 여자가 아냐. 그 여자가 아냐!

다시 밖으로 나가 그들과 맞닥뜨려야 할 일이 불편했지만 수혜는 천천히 마음을 가다듬었다. 5분 후 수혜가 화장실에서 나오는데 문밖에 미림이 기다리고 있었다.

"음료수 좀 드실래요?"

미림이 다정한 미소를 지으며 말을 걸었다. 파티 주최자의 한 사람으로서 여유를 가진 말이었다.

"아뇨, 고맙지만."

왜 그도, 이 여자도 불편한 존재인 자신을 피하기보단 앞에 나서서 과거를 들추고 해명하려고 하는 건지 의아해하며 수혜는 거절했다. 수혜가 1층으로 내려가려고 하자 그녀가 한 걸음 더 다가와 슬쩍 수혜의 팔을 잡았다.

"잠깐 이야길 좀 했으면 해요."

"저는 미림 씨와 할 얘기가 없을 것 같은데요."

"수혜 씨가 내게 적대적이기 때문에 더더욱 이야길 해야 할 것 같아요."

그들은 사람의 발길이 드문 전시장의 구석으로 갔다.

"그림은 어땠어요?"

그녀는 차분하게 말을 꺼내며 분위기를 주도했다.

"별로. 하고 싶은 말 있으면 해요. 미림 씨와 함께 있는 거 유쾌하지 않아요."

"그건 내가 준현 오빠에게 아직도 관심이 있다고 생각해서인 거죠?"

뻔뻔한 사람들이라고 수혜는 생각했다. 생각이 그대로 수혜의 얼굴에 나타났을 텐데도 미림은 예의 바른 태도를 바꾸지 않았다. 너무나 피곤했고 머리도 아팠으며 집으로 가서 눕고 싶은 마음뿐이었다.

"예전에 오빨 많이 좋아했어요. 수혜 씨에게 빼앗겼다고 생각했을 때도 많이 속상했어요. 하지만 포기했어요. 정말 예전 같은 마음은 아니에요."

"……"

"정말로 안심해도 돼요."

"두 사람, 정말 왜 이러는지 모르겠어요. 내 의견이 왜 그렇게 중요해졌어요? 전에는 안 그랬잖아요."

"그땐 철이 없었죠. ……사실은 나중에서야 수혜 씨가 병원에 있다는 소식 들었어요. 오빠가 이야기했겠지만, 본의 아니게 오해하게 만들었다면 미안해요. 그리고 아까는 정말 수혜 씨인 줄 몰랐어요. 오해하지 말아주셨으면 해요."

미림은 도시적이고 세련된 외모만큼이나 분명하고도 직선적으로 말했다.

"이런 얘기 할 기회가 다시는 없을 것 같아서요."

그들의 밀회 현장에 들이닥쳐 증거를 확보한 것도 아니고 4년이나 지난 일로 이제 와서 수혜가 간통으로 두 사람을 고발할 수 있는 것도 아닌데, 왜 두 사람 모두 자신들이 과거에 연인이 아니었고 현재에도 아무런 사이가 아니라는 것을 굳이 강조하려는 것인지 알 수 없었다. 생각해 보면 시가에 갔을 때 시아버지의 태도 또한 낯설다고 느꼈다. 시어머니의 태도 역시 전과는 달리 한풀 꺾인 느낌이긴 했다. 그녀가 4년의 파리 생활을 하는 동안 갑자기 모두 관대하고 착하게 살기로 작정이라도 한 것일까.

1층으로 돌아오자 사람들과 이야기를 나누던 그의 시선이 날아왔다. 그는 그녀가 자신의 곁으로 다가오기를 요구하는 눈빛이었다. 수혜는 그의 곁으로는 가고 싶지 않았다. 어서 빨리 집으로 돌아가 모든 것을 잊고 잠에 취하고 싶은 심정이었다. 하지만 그러기 위해서는 어쩔 수 없이 그의 곁으로 가야만 했다.

그들은 지인들 앞에서 아무런 문제 없는 부부인 척 다정한 모습을 보이다가 집으로 돌아왔다.

오는 길 내내 그들은 아무 말도 하지 않았다. 사람들 앞에서는 다정한 부부처럼 행세하던 그들은 갤러리를 나선 순간부터 아무런 말도 하지 않았다. 마치 약속이나 한 듯이.

집으로 돌아오자 안도하며 침실로 향하는 수혜의 뒤에서 그가 말했다.

"이야기 좀 하지."

그는 감정을 절제하며 대화가 끊기지 않고 안전하게 이어갈 수 있는 집으로 올 때까지 참고 있었다.

마지못해 그를 향해 돌아서는 수혜의 얼굴은 피로감을 감추지 못했다. 갤러리에서부터 시작된 두통이 계속 그녀를 괴롭히고 있었다.

"다음에 해요. 쉬고 싶어요."

하지만 그는 선선히 놓아주지 않았다. 그는 수혜를 거실 소파로 이끌어 앉히고는 서재로 사라졌다. 잠시 후 돌아온 그는 소파 모서리에 기대앉은 수혜에게 흰색 타원형의 알약과 물을 건넸다.

"뭐예요?"

"두통이 심하면 참지 말고 약을 먹어."

자상한 배려였지만 수혜는 고개를 저으며 그가 내미는 약을 외면했다.

"돼, 됐어요."

다음으로 미룰까. 그도 조심스레 물러서는 심정으로 거리를 두고 수혜의 맞은편 자리에 앉았다. 오늘이 아니면 언제 다시 민감한 사안을 화제로 이야기 나눌 수 있을지, 그때 수혜의 반응이 어떨지 그는 자신없었다. 피하고 싶은 마음이 그의 의지를 흔들었다.

"그대로 괜찮겠어? 카페인이 두통에는 도움이 된다는데 커피라도 마시겠어?"

그는 정말 걱정스런 표정으로 그녀를 살폈다.

"아녜요."

그러자 잠시 사이를 두었던 그가 조심스레 물었다.

"임신, 가능성이 있는 거야?"

생각지 않은 그의 말에 데인 듯 수혜가 깜짝 놀라 그를 쳐다보았다.

"그게 무, 무슨 말이에요?"

"몸이 불편해 보이는데 약은 싫다고 하니까 말야."

"그렇지 않아요."

"정말이지?"

"그래요."

다시 불편한 침묵. 그리고 다시 조심스런 그의 확인.

"그래서 약을 싫어하는 건가? 어머니가 지어준 약을 질색하는 것도 그래서야?"

"지금 무슨 말을."

수혜의 등줄기를 타고 기분 나쁜 전기가 흐르는 듯했다. 기억하고 싶지 않은 상실의 고통을 갑작스레 꺼내놓는 것도, 그 사실을 그와 공유하는 것도 싫었다. 이미 지나간 상처였다. 하지만 경직되고 진지한 태도로 수혜를 응시하는 그의 표정은 결연했다. 과거의 상처를 알고 있고 늦게나마 그것과 대면하는 것을 피하지 않겠다는 태도였다.

"알고 있었어요? 언제……?"

수혜는 다시금 예리하게 엄습한 두통으로 미간을 찌푸리며 물었다.

"당신 병원에 있을 때. ……우연하게."

그는 간결하게 대답했다. 살얼음판 위를 내딛는 기분으로. 순서는 뒤바뀌었지만 틀린 말은 아니었다. 어디까지 말해야 할지 그는 수혜의 찡그린 미간이나 눈빛 하나에도 긴장했다.

아직은. 아직은 때가 아냐!

그는 본능적으로 날카롭게 판단했다. 지금은 때가 아니다.

병원. 충동적이고 부끄러운 선택. 다시 죽고 싶게 만들었던 분기 어린 그의 한마디. 지끈거리는 통증을 줄이기 위해 수혜가 참지 못하고 왼쪽 관자놀이를 손으로 누르자 그가 참지 못하고 자리에서 일어섰다.

"일부러 고통을 즐기는 사람도 아니고, 약이 싫으면 커피라도 마시라니까!"

이제까지 평정을 유지해 온 그답지 않게 화를 내며 주방으로 향했다. 수혜는 테이블에 놓인 물잔과 그 옆의 알약을 물끄러미 바라보았다. 그의 추측 가운데 한 가지는 옳았다. 수혜는 그 이후로 약을 멀리했다. 아주 참을 수 없을 때가 아니면 진통제나 항생제 복용을 피했다. 되돌릴 수 없는 일이었지만 수혜는 그런 식으로라도 자신에게 고통을 주며 태어나지 못한 생명에게 용서를 구하고 싶었다. 후회의 눈물이 맺히고 머리가 무거운 가운데 수혜는 소파에 기댄 채로 눈을 감았다.

병원에서 알게 되었다고? 그래서, 동정심 때문에, 내가 안돼 보여서 화내지 않았던 건가? 누구도 말릴 수 없게 불같이 화를 내던 사람이 그래서 잦아들었던 건가?

작은 의문 하나가 풀렸다. 하지만 그것은 아주 작고 사소한 것에 불과했다.

그런 일로 안돼 보여 동정심을 발휘할 줄 알았으면 진작 얘기할 걸 그랬어요.

고통스런 가운데 수혜는 쓰디쓴 미소를 지었다.

"아기를 잃었던 일, 당신에게 말하려고 했어요."

오히려 그가 지척에 없으니 말하기가 더 수월하다고 생각하며 수혜가 말했다.

"왜 말하지 않았어?"

멀리서 느린 반응으로 들려오는 그의 음성은 비난하거나 질책하는 어조가 아닌, 부드럽고 포용하는 어조였다.

"당신, 그때 출장 중이었어요."

일 때문에 바쁜 사람 오래 붙들고 투정 부리지 마라.

굳이 시어머니의 말이 아니었어도 수혜는 늦은 밤 다른 곳에 있는 그에게 전화해서 굳이 안 좋은 소식을 전해야 할지, 여러 번 망설였다. 더구나 아무렇지 않게 말하기엔 그녀의 슬픔이 커서 감정을 조절하기도 쉽지 않았다.

"어머니에게라도……."

"어머니가 아셨으면 신중하지 못했다고 책망하셨을 거예요."

그리고 이어진 그의 냉담한 태도가 더욱 두 사람 사이를 벌려놓았다.

"가장 안 좋을 때 당신이 미림이와 날 본 거군."

그의 음성에는 조심스럽지만 후회하는 어조가 실려 있었다. 수혜의 자살 시도에 자신이 원인제공을 했으리란 것을 알고 있었지만 그는 수혜가 그런 선택을 하리라고는 생각지 못했었다. 산후우울증 못지않게 어떤 사람에겐 유산 후유증으로 인한 상실감도 크게 작용할 수 있다고 말하던 정신과 의사의 말도 이해가 되었다.

어쩌면……!

수혜는 생각지 않은 미림과의 재회로 인해 불편한 과거와 맞닥뜨린 일로부터 그녀의 가슴을 아프게 했던 갤러리에서의 그의 말 한마디 한마디가 되새겨졌다.

내가 당신을 오해하게 만들었다면 이유가 있겠지. 내가 당신이 싫어졌다면 그 이유도 있을 거야.

당신을 사랑하지 않으면서 함께 살 만큼 나 그렇게 싫은 걸 잘 참아내는 성격도 아냐. 그건 누구보다 당신이 더 잘 알지 않나?

자신의 건강을 염려해 주고, 그런대로 좋은 남편의 표본처럼 변화한 그와 가족들의 변화에 이어 미림의 태도 변화까지 떠올리자 수혜도 궁금해졌다.

"왜 그때, 내가 싫어졌어요?"

주방으로부터 아무런 답도 들려오지 않았다. 수혜는 무거운 머리를 들어 그가 무엇을 하고 있는지 바라볼 생각도 못하고 그대로 답을 기다렸다. 알고 싶지 않은 마음과 그래도 알고 싶다는 마음 사이에 간격은 넓지 않았다. 차츰 침묵의 시간이 길어지는 동안 답을 들어야겠다는 용기도 사그라졌다.

거실로 돌아온 그는 감긴 눈꼬리에 촉촉한 물기를 머금은 채 살포시 잠에 빠져드는 수혜를 발견했다. 피로와 두통을 호소하는 아내를 붙들고 감정의 밑바닥을 드러내게 하는 것도 몹쓸 고문이었다. 굳이 약을 거부하는 아내에게 대안이 될 수도 있는 잠마저 쫓게 만들 커피를 마시라고 하는 것도 무리였다.

"많이 힘들면 들어가서 눕지."

그래도 수혜는 움직이지 않았다. 그는 그녀가 앉은 소파의 등에 조심스레 한쪽 팔을 기댄 채로 물끄러미 아내의 모습을 내려다보았다. 겨우 감정을 숨기며 버티고는 있지만 여리고 쉽게 부서질 것 같은 여자의 모습이 그곳에 있었다.

무감정한 것보다는 차라리 질투에 눈이 멀어 자해하던 여자가 더 낫다고?

그는 잠깐이지만 그런 생각을 했던 적도 있었다. 감정을 안으로만 삭이지 말고 공격적이고 거센 분노라도 좋으니까 밖으로 표현해 주었으면 하고. 하지만 자신의 말과 생각이 끔찍한 메아리가 되어 돌아왔다. 빨간 핏물이 흐르던 끔찍한 욕실의 광경도 스쳐

갔다. 숱한 밤 그를 괴롭혔던 악몽이었다. 심장이 뒤틀리는 고통이 따랐다. 그는 결코 그녀가 자신으로 인해 상처받기를 원하지 않았고 죽는 것은 더구나 바라지 않았다. 다른 누구 때문도 아닌 그 자신으로 인해 그녀가 생을 포기하는 것은 생각만으로도 그를 못 견디게 했다. 그녀를 절망의 나락으로 떨어뜨리고 오해하고 괴롭히려고 그녀의 날개를 꺾어 주저앉힌 것이 아니었다. 그녀가 가슴에 품은 꿈이 아니어도 그의 곁에서 화사하게 웃으며 행복하게 만들어주겠다는 남자로서의 욕심이 있었다.

자해하던 여자가 더 낫다고? 아니, 그는 절대로 다시는 감정의 극한까지 그녀를 몰아가지 않겠다고 결심했었다. 그녀가 정히 원한다면 다시는 만나지 않게 되는 한이 있어도, 그것이 그 자신에게는 아무리 커다란 고통이어도 다시는 그렇게 만들지 않겠다고 결심했었다.

이번이 아니라도 수혜는 언젠가 오늘처럼 물을 것이다. 왜 그녀가 싫어졌던 거냐고!

진실이 옳기만 한 걸까. 정직한 고백이 최선의 방책일까. 그는 다시는 돌이킬 수 없게 수혜를 잃어버릴지도 모르는 상황이 두려웠다. 그는 진실을 토로하는 것만으로는 만족할 수 없었다. 수혜가 다시 자신을 사랑해 주기를 바랐다.

"수혜야."

그의 부름에 수혜가 눈을 뜨고 천천히 고개를 들었다.

"깜빡 잠이 들었나 봐요."

"들어가서 자."

"이야기하자고……."

"다음에, 다음에 해도 돼."

그는 고개를 끄덕이고는 힘없이 일어나 자신의 방으로 들어가는 수혜의 뒷모습을 착잡한 심정으로 바라보았다.

열넷

그들은 서로의 사랑에 기반해서 결혼한 부부였다.

그가 처음부터 대하기 편한 남자는 아니었다 해도 그것이 그녀의 사랑을 멈추게 하지는 못했다.

수혜는 아르바이트로 일했던 패션쇼 핼퍼 자격으로 파티에 참석했다가 그를 만났다. 그곳에는 이미 얼굴이 알려진 유명한 모델들과 디자이너, 그리고 특별 출연했던 배우들, 헤어담당, 무대 연출가, 음악담당 등 다양한 사람들이 모여서 채 흥분이 가시지 않은 이야기들을 나누고 있었다. 수혜는 앞으로 디자이너가 겪게 될 세계를 좀 더 자세히 알게 될 거라는 생각에 교수의 추천으로 아르바이트를 하게 되었고, 이제는 무대 뒤의 혼잡함에도 익숙해져 가고 있었다.

허물없이 사람들과 어울리지 않고 일정 선을 긋는 그의 태도는 수혜가 보기에도 패션계와 깊은 연관은 없어 보였다. 그가 다가와 자신을 소개했을 때 수혜는 그의 몸에 배인 자신감이 어떻게 얻어진 것인지 짐작할 수 있었다. 재계 서열 10위 안에 드는 대기업의 기획실장으로는 너무 젊은 나이로 보였지만, 그 자리는 그가 후천적으로 노력해 획득한 것이기보다는 태어나면서부터 얻어진 것이라고 생각했다. 짧지도 길지도 않은, 그래서 보기에도 그가 딱딱하기 그지없는 경제계에 몸담고 있음을 알게 하는 머리칼과 고급스런 잿빛 정장 차림의 그는 남성복 브랜드의 카탈로그에 등장함직 했다. 외형적인 스타일로 어느 정도 그 사람의 성격을 짐작할 수 있다면 그의 내면을 짐작하기에는 턱없이 부족했다. 그는 쉽게 자신을 드러내지 않았다.

"조금 독특한 분이시네요."

그가 파티에서 말을 거는 정도가 아니라 데이트 신청을 했을 때 수혜가 말했다.

"어디로 봐서 내가 독특해 보입니까?"

그는 여유롭게 웃으며 그 자신에 대한 새로운 견해에 흥미를 보였다.

"이곳에는 많은 사람들이 있어요. 그쪽의 관심을 끌 만한 매력적인 많은 여자들요."

"그런데요?"

"저는 거기에 비하면 아주 평범한 존재라는 거죠. 저는 그런 일에 관심 없어요."

"그런 일?"

"연애 혹은 불장난요."

"사귀는 사람이 있는 건 아닙니까?"

"관심없다고 말씀드렸잖아요."

"그러니까 더 궁금해지는데요? 그러면 수혜 씨가 연애나 불장난보다 관심있는 건 뭐죠?"

"제 미래요."

"수혜 씨 미래?"

"전 하고 싶은 일이 있고, 아직은 다른 일에 관심없어요."

그는 단호한 수혜의 태도에도 좀처럼 물러서지 않았다.

"그 머리는 일부러 틀어 올린 건가요?"

그는 심플하게 묶어 올린 그녀의 머리를 바라보며 물었다.

"일하는 데 방해가 되면 안 되니까요. 다른 사람들에게 가보세요."

수혜는 편치 않은 그의 관심을 벗어나려고 마지못해 대답하고는 다시 그를 밀쳐 냈다. 불편한 수혜와는 달리 그는 함께 있는 것이 즐거운 표정이었다.

"왜요?"

"말씀드렸잖아요, 저는 데이트 같은 거엔 관심없다고! 보통 남자들은 예쁜 여자들에게 관심을 갖지 않나요?"

"연애나 불장난에 관심없는 사람치고는 많은 걸 알고 있군요."

그의 집요한 눈길은 수혜에게서 떠나지 않았다.

"그런 건 굳이 배우지 않아도 알 수 있는 거잖아요."

그가 어깨를 으쓱해 보였다.

"좀 독특한 분인 건 맞는 것 같아요. 대부분의 남자들은 늘씬한 몸매의 모델들이나 특별 게스트인 여배우들에게서 눈을 떼지 못하던걸요."

"수혜 씬 스스로 예쁘다고 생각지 않나 보군요?"

"그냥 평범하죠. 예쁘진 않아요."

당신 같은 사람의 관심을 오래 끌 만큼 특별히 아름답진 않아요. 그 정도는 알아요.

"수혜 씨에겐 수혜 씨만의 특별한 매력이 있는데요."

"아부하셔도 소용없어요. 전 이미 스스로를 잘 알고 있다고 믿으니까요."

그렇게 말하며 그곳을 빠져나왔는데 그는 어떻게 알았는지 학교 앞까지 와서 그녀의 핸드폰으로 전화를 걸었다. 수혜는 정중하게 그를 무시하고 과제를 위해 동대문시장으로 향했지만 그는 작정을 하고 따라왔다. 수혜는 한숨을 내쉬고는 가던 길을 멈춰 섰다.

"어떻게 알았냐고는 묻지 않겠어요, 하지만 이런 식으로 사생활 침해당하는 거 기분이 좋지는 않아요."

"기회는 공정해야 한다고 생각해요. 아폴론이 다프네를 뒤쫓았을 때 그녀가 한 번이라도 제대로 그의 말을 들어주었다면 그렇게 필사적으로 도망칠 필요는 없었을 겁니다. 수혜 씨도 무조건 싫다고만 할 게 아니고 내가 수혜 씨에게 가진 환상을 깨고 실망할 수 있는 기회를 주는 것이 더 나을 수도 있어요."

수혜는 그의 궤변에 고개를 저으면서도 결국은 그가 함께 있으면 이야기가 통하는 매력적인 존재라는 것을 인정했다. 그가 기회 있을 때마다 스킨십을 시도하며 귀찮게 했다면 수혜는 냉정하게 그를 거절했을 것이다. 하지만 그는 자주 그녀의 일정을 챙기고, 시간 날 때 전화하거나 공공장소에서의 데이트를 제안하면서 다가왔다. 어느 순간 수혜는 그를 밀어내려는 시도 대신 휴식 같은 존재로 그를 받아들이고 있었다. 그는 아예 공공연하게 미래의 디자이너에게는 돈 많은 스폰서가 필요하다는 말로 자신을 그 첫 번째 후보로 추천했다. 그는 적절한 시기에 수혜가 일과 공부, 과제에 지칠 때면 기운을 돋궈주곤 했다. 오페라, 음악회, 발레 등의 공연을 보러 다니는 것도 빼놓을 수 없는 매력이었다. 이전의 그녀로서는 꿈꿔보지 못했던 여유롭고 사치스런 VIP석에서 공연에 흠뻑 빠져들곤 했다. 특히 수혜는 발레 〈지젤〉을 좋아했다. 2막의 로맨틱한 발레 드레스는 그녀의 상상력을 발휘하게 만들었다.

그렇게 1년이 지났을 때 수혜는 그간의 노력과 능력의 대가를 자신의 힘으로 얻었다. 졸업작품전을 앞두고 섬유산업 연구소에서 주최하는 패션 디자인 공모전에서 1위를 했다. 수상소식보다 더 기뻤던 것은 부상으로 파리에 유학할 수 있는 기회를 얻게 된 것이었다. 파리는 그녀에게 꿈을 이룰 수 있는 곳이었고, 그녀는 그것을 위해 어학원을 다니며 틈틈이 불어 공부를 해왔던 것이다.

수혜가 소식을 전했을 때 그도 처음에는 자기 일처럼 기뻐해 주었다. 한껏 흥분된 수혜는 들뜬 마음을 감추지 못하고 부상으로 따라온 파리 유학에 대한 꿈을 펼쳐 놓았다.

"파리 유학?"

"아, 내가 말 안 했어요? 연구소를 후원하는 기업에 필요한 현지자료들을 모니터 해주는 조건으로 유학 경비 일체를 전액 지원하겠대요. 조금 번거롭긴 하겠지만 조건도 나쁘진 않죠?"

그는 잘되었다고 말하면서도 좀 더 신중하게 생각해 볼 것을 권했다. 하지만 수혜가 그의 염려를 가볍게 받아넘기며 이미 지도교수와 상의했다고 하자 더는 말이 없었다. 수혜는 자신의 꿈과 희망을 수다스럽게 이야기하며 즐거워하느라 그의 기분이 침체되어 있다는 사실을 알아채지 못했다.

그녀의 아파트에 도착해서야 수혜는 그가 다른 날과는 달리 말을 아낀다는 것을 알아챘다. 그녀를 내려주고 바로 돌아가던 전과는 달리 그는 굳이 갓길에 차를 세우고 그녀와 함께 내렸다.

"좀 걷지."

수혜는 고개를 끄덕이고 그가 이끄는 방향으로 따라 걸었다. 그는 아파트 숲 근처의 몽환적인 가로등 서너 개가 켜진 공원 놀이터까지 걸었다.

"유학 말인데, 확실히 마음을 정한 거야?"

"그럼요, 생각하고 말고 할 게 어딨어요. 꿈에서도 바라던 일인걸요."

"그럼 얼마나 머물 것 같아?"

"글쎄요. 공부하는 데 적어도 2년? 기회되면 좀 더 머물게 될지도 모르구요."

"돌아온 후에는?"

"음, 그때 가봐야 알죠. 자기만의 브랜드나 부티크를 가지고 싶은 욕심이야 디자이너라면 누구나 꿈꾸는 것이지만, 아직은 손에 잡히는 희망은 아니니까."

"얼마나, 아니 언제쯤 떠나게 될 것 같아?"

"아직 두 달 정도의 여유는 있어요."

두 달. 그가 가만히 입속말로 되뇌었다.

그들은 방향을 바꾸어 그녀의 집으로 향했다. 주차된 그의 차가 보일 즈음 그가 말했다.

"결혼은? 결혼 계획은 없어?"

"결혼 계획요? 말했잖아요, 준현 씨! 나는 아직 결혼을 생각할 여유가 없어요."

"그래?"

그의 말끝에는 숨길 수 없는 실망이 묻어 있었다.

"처음부터 알고 있었으면서!"

수혜가 새삼스럽다는 듯 눈을 흘기자 그가 시선을 피하며 피식 웃었다. 그는 성큼 두어 걸음 앞서 걸었다. 그대로 차를 세워둔 곳으로 향하는 듯했다.

"왜 그래요? 새삼스럽게."

그의 뒤를 따라 걷던 수혜는 그가 갑작스레 걸음을 멈추고 휙 돌아서자 움찔 멈춰 섰다.

"이제부터라도 한번 생각해 보는 건 어때?"

가로등 불빛을 등지고 서 있었으므로 그의 표정은 자세히 알 수 없었다. 하지만 그의 시선은 그녀 너머의 어둠을 응시하고 있었다.

"그게 무슨……?"

그는 어느새 너무나 가깝게 다가왔고 갑작스런 열정으로 팔을 뻗어 수혜의 허리를 감았다. 그녀의 몸은 갑작스런 그의 행동으로 중심을 잃으며 그의 품 안에 갇혔다.

"준……."

그의 입술이 성마르게 그녀를 삼켜 버릴 듯 그녀의 입을 막았다. 거칠고 열정적인 키스는 마치 그녀 안의 무언가를 일깨우려는 것 같았다. 이전에도 그들은 가끔 신체적 접촉과 가벼운 키스 정도는 나누었다. 하지만 지금의 그는 이제까지의 친절하고도 다정한 태도는 찾아볼 수 없게 두려울 만치 열정적으로 그녀의 입 안을 헤집고, 혀를 빨아들이고, 호흡을 빼앗았다.

그의 기습적인 키스는 시작할 때와 마찬가지로 갑작스럽게 끝이 났다. 아주 잠깐 수혜는 그의 눈에서 불안을 발견했다. 무언가에 대한 두려움, 불안. 평소의 그에게서는 찾아볼 수 없는 감정이었다. 그는 놀란 표정의 그녀를 덩그러니 남겨두고 서둘러 떠나 버렸다.

그는 일주일 동안 아무런 연락도 하지 않았다. 울리지 않는 핸드폰에 신경이 쓰이면서 수혜는 그를 기다리고 있는 자신을 발견했다. 연애와 결혼은 별개의 문제였다. 아니, 이전까지는 별개의 문제였었다. 그런데 어느 순간 그것은 전혀 별개의 것이 아니게 그녀의 생활을 파고들었다.

연애. 어떤 의미를 부여했든 1년이 넘는 시간을 그들은 연애라고 부를 수 있는 남녀 간의 사귐을 지속하고 있었다. 그런데도 결혼이나 자신들의 미래에 대해서는 전혀 고려하지 않고 들뜨고 설레서 오로지 떠날 생각에만 부풀었던 그녀가 그에게 어떻게 보였을지 인지하자 미안한 마음이 들었다. 그의 입장에서는 무시당했다고 생각하고 화가 날 수도 있겠다는 생각이 들었다. 아무리 그녀가 처음부터 자신들에게 미래가 없다고 경고했다고 하더라도! 꿈을 향한 길에서 너무 기쁜 나머지 수혜는 잠시 환상을 쫓아 자신의 꿈을 펼치는 데만 들떠 있었지 그에 대한 배려는 조금도 하지 않았다는 사실을 인정했다. 하지만 결혼은……!

아직 그녀에게는 결혼을 위한 계획이 없었다. 하지만 그는 소중한 사람이었다. 언젠가는 결혼하고 싶을 정도로. 그 언젠가가 지금이 아니라는 사실이 유감일 뿐이지만!

조금만 더 생각해 볼 여유를 달라고 말해볼까. 수혜는 잠시 약해진 마음으로 생각해 보았다. 조금만 더 시간적 여유를 주면 넓은 곳에서 꿈을 펼치고 다시 돌아와 결혼할 수 있다고, 그때까지 기다려 줄 수 있느냐고 한번 물어볼까. 평범한 남자도 아니고, 더구나 혼기 찬 남자에게 너무 무리한 요구일까.

이제부터라도 한번 생각해 보는 게 어때?

그의 제안에는 누구에게도 그런 식으로 무시당하는 것에 익숙지 않은 남자의 씁쓸한 여운이 담겨 있었다. 수혜는 그가 진심으로 자신을 생각하고 또 지금의 상황을 헤아린다면 어쩌면 가능할 수도 있겠다고 생각했다.

그런데 일주일 만에 피곤하고 지친 표정으로 나타난 그는 달래고 떠보려는 수혜의 노력에도 이렇다 할 표정의 변화가 없더니 집까지 바래다주는 길에 폭탄선언으로 다시 한 번 그녀를 놀라게 만들었다.

"사랑해. 결혼하자."

달콤한 속삭임도 아니고, 그 자신도 어쩔 수 없이 굴복한 듯한, 무뚝뚝한 말투였다.

그는 그렇게 단 두 마디로 그들 관계의 여지를 좁혔다.

사랑한다고, 결혼하자고? 보통은 그것이 수순이지만 그는 누구보다 그녀에게 부적절한 상황이라는 것을 알고 있다. 그럼에도 사랑한다니, 결혼하자니!

충격은 컸지만 수혜는 당혹감을 감추며 가볍게 말했다.

"어머, 나 이렇게 성의없고 무서운 프러포즈는 첨이야."

그녀의 과장되고 애교 섞인 푸념에도 그의 태도는 변하지 않았다.

"때가 좋지 않다는 거 알아. 하지만 시도조차 안 해보고 그냥 놔주기는 싫었어."

시도조차 안 해보고? ……놔준다고?

그가 암시하는 결말에 수혜는 쭈뼛 겁이 났다.

"그런 말이 어딨……."

"사랑해. 너와 결혼하고 싶어. 허락해 준다면 반지는 네가 원하는 걸로."

"준현 씨, 그런 말이 아닌 거 알잖아요!"

무거운 침묵.

수혜는 그의 제안에 앞서 자신이 먼저 말해볼 걸 그랬다고 후회했다. 좀 더 넓은 곳에서, 꿈에도 그리던 곳에서 후회없이 공부하고 돌아오면, 그때까지 기다려 주면 안 되겠냐고 먼저 물어볼 걸!

처음부터 그가 매일같이 따라다니며 결혼하자고, 꿈을 포기하라고 했다면 수혜는 쉽게 거절할 수 있었을지도 몰랐다. 하지만 그의 청혼은 단 한 번뿐이고, 거절하고 나면 두 번 다시 같은 말을 되풀이하지 않을 것을 그의 눈에서 읽었다. 청혼하기에 가장 부적절한 시기이며 공정하지 못하다는 것을 충분히 알고 있을 남자의 태도는 너무나 고압적이고 여지없었다.

"나도 준현 씨한테 원하는 게 있었는데."

수혜가 실망감을 감추지 못하고 말했다.

"말해봐."

"지금 내가 세상에서 가장 하고 싶은 일, 그건 내가 준현 씨를 일보다 덜 사랑한다는 건 아니에요. 혹시 내가 무심해서 마음 상했다면……."

그의 눈치를 살피는 수혜의 태도에도 그는 따뜻하게 위로해 주지 않았다. 그는 다만 그녀가 말을 이을 때까지 기다려 주었다.

수혜는 위축되는 마음을 다잡으며 조심스레 말했다.

"내게 시간을 좀 주면 안 될까. 지금 한 청혼, 2년 정도만 미뤄주면 안 될까요. 그러면 나도."

"안 돼!"

여지없는 그의 대답에 수혜는 적잖이 상처받았다. 그녀의 표정에 고스란히 드러나는 실망감을 알면서도 그는 말을 이었다.

"그게 가능할 것 같으면 지금 청혼하지도 않았어. 나도 이렇게까지 하고 싶진 않았다고!"

그도 제법 쿨한 척, 세련된 척 수혜의 바람을 들어주고 싶은 생각도 있었다. 할 수만 있다면 그도 그렇게 했을 것이다.

"내 청혼에 대한 답, 지금 해달라고 안 할게. 충분히 생각해 보고 대답해 줘."

자신의 생각만을 관철하려는 그의 태도가 무엇보다 수혜의 마음을 상하게 했다. 그와 그녀의 미래가 달린 꿈은 경쟁 관계가 아니었다. 얼마든지 그가 마음먹기에 따라서는 병립할 수 있는 것인데도 그는 여지를 두지 않았다.

큰소리 내서 싸운 것이 아닌데도 그들은 낯선 타인처럼 거리감을 느끼며 헤어졌다. 찜찜한 마음이었지만 수혜는 떠나는 그의 모습을 보지 않고 집으로 들어왔다. 수혜는 주어진 기회를 버리고 이대로 주저앉고 싶지 않았다. 흔들리면 안 된다고 단단히 마음을 다잡고 수혜는 유학 수속을 밟았다. 하지만 하루하루 시시각각, 그녀의 결심은 엎치락뒤치락하며 그와 파리 사이를 오갔다. 당연히 머리는 맑지 않았고 무겁고 터질 듯했다.

그러던 어느 날 우연히 그녀는 넘겨보던 패션잡지에서 그를 발견했다. 그것은 오랜만에 카메라 앞에 선 명문가의 소식을 전하는 것이었는데, 바이올린 수재인 그의 사촌 여동생의 공연에 참석한 그의 부모와 함께 그가 있었다. 그리고 그의 곁에는 다정한 웃음을 머금고 있는 세련되고 귀족적인 외모의 여자가 함께 있었다.

그것은 충격이었다. 수혜는 붙박힌 듯 그 사진에서 눈을 떼지 못했다.

나에게 청혼했던 저 남자는 언제든지 날 대신할 여자가 곁에 있어. 언제든지 원하기만 하면 다른 여자와의 결혼을 선택할 수도 있어.

그는 그녀가 무엇보다 자신의 꿈을 펼치기 원하고, 그녀 자신의 힘으로 날아오를 준비를 하고 있다는 것을 알고 있었다. 그런 수혜에게 그의 청혼은 그녀가 꿈꾸었던 많은 것을 포기하고 주저앉히게 되는 일이라는 것도 충분히 알고 있었다. 그러면서도 그는 그녀가 파리로 떠나기 전에 말하지 않으면 안 되었다고 했다.

내 곁에 항상 네가 있었으면 좋겠어. 기쁜 일도 힘든 일도 함께 나누었으면 좋겠어.

그렇게 말했던 남자는 원하기만 하면 얼마든지 그와 어울리는 배경의 아름다운 여자를 만날 수도 있었다. 그녀의 눈앞에 펼쳐진 사진이 그것을 증명하고 있었다. 그리고 그는 두 번 이상 그녀에게 청혼하고 강요하지 않을 것이다. 그것은 분명한 사실이었다. 그가 일주일간 연락을 끊고서 어떤 결심을 했는지는 몰라도 그의 눈빛은 진지하고 비장해 보이기까지 했다.

처음엔 배신감과 질투의 낯선 감정이 수혜에게 엄습했다. 왜 그는 지금껏 세상에서 오로지 자신만을 바라볼 거라고 믿게 만들었던가. 세상 어디로 그를 피해 도망쳐도 따라올 것처럼 굴던 사람이 돌변해서 가장 중요한 순간에 가장 큰 장해가 되다니. 지금껏 단 한 번도 그에게 다른 여자 있을 것이라는 암시조차 주지 않던 사람이!

그리고 이어서 수혜는 너무나 갑작스런 상실감과 두려움을 느꼈다. 항상 곁에 있어줄 것처럼 곁에 있던 남자. 그가 실은 언제든 마음만 먹으면 멀어질 수 있는 사람이라는 사실. 그것이 현실이었다. 강한 척했던 그녀가 사실은 그리 강하지 못하다는 사실을 깨달았다. 그는 결코 그녀의 인생에서 몰아낼 수 없는, 무시할 수 없는 존재였다. 유학은 다음 기회가 있지만 그와의 관계는 다시 되돌릴 수 없었다. 갈등하던 수혜는 늦은 밤 그에게 전화했다.

"저예요."

[음.]

그는 묵묵히 그의 제안에 대한 대답을 기다리고 있었다. 하지만 수혜는 결정적인 순간을 미뤘다.

"오늘, 잡지에서 준현 씨 가족기사를 봤어요."

가족도 아니면서 그의 곁에 함께 있던 여자는 누구냐고 묻고 싶은 마음은 간절했는데 수혜는 머뭇거리며 차마 묻지 못했다.

"저기, 있죠, 나……."

그는 처음부터 결코 편한 남자는 아니었다. 그는 생각보다 보수적이고 완고하며 논쟁으로도 쉽사리 이길 수 없는 남자였다. 물론 드러내 놓고 여자를 무시하는 남자도 아니었지만. 무엇보다 그는 함께 살면 결코 편할 남자가 아니었다. 자신의 꿈을 버려야 하는 건 기정사실이 될지도 몰랐다. 그런데도 수혜는 그에게 기우는 마음을 막을 수가 없었다.

[충분히 생각한 후에 대답해도 돼.]

아직은 시간이 있다고 그는 말했다. 유학을 떠나기까지는 한 달 이상의 시간적 여유가 있다는 것을 그도 알고 있었다. 그것은 수혜가 그를 선택하는 대신 포기해야 하는 것이 무엇인지 간접적으로 알려주는 것이기도 했다.

"나 떠나기로 결정하면, 그러면, 기다려 주지 않을 거예요?"

무거운 침묵이 이어졌다. 그의 무언 속에 답이 있었다. 수혜는 속상한 마음에 울컥 치밀어 오르는 말을 쏟아내고 말았다.

"다른 여자 만날 거예요? 내가 싫다고 하면 다른 여자와 결혼, 할 수 있어요?"

[해야지.]

가슴이 무너져 내렸다. 조금도 흔들림 없는 무감정한 그의 대답은 그녀를 상처 내기에 충분했다.

너무해!

수혜는 그대로 핸드폰을 닫았다. 그의 말대로, 멀지 않은 미래에 그는 그녀가 잡지에서 본 사진처럼 다른 여자의 곁에서 다른 여자의 남자로 살아갈 것이다. 그것을 알면서도 실제 그의 입을 통해 사실 확인을 하고나니 너무 고통스러웠다. 아니라고, 그렇지 않다고, 놀리느라 그냥 해본 말이었다고 웃으며 달래는 그의 전화를 기다렸지만 전화는 끝내 울리지 않았다.

그래, 이것으로 끝이야! 끝난 거야, 넌 옳은 선택을 한 거야!

수혜는 스스로에게 다짐하고 또 다짐했다. 유학 수속을 마치고 파리행 비행기의 탑승수속을 하려는 순간에도 수혜는 몇 번이나 그렇게 되뇌었다. 하지만 수혜는 공항 대기실에 앉아서 티켓을 내려다보며 1분, 1분 미루고 미루다가 결국은 탑승할 항공편의 출발을 알리는 안내방송도 무기력하게 듣고만 있었다.

부모님의 갑작스런 교통사고로 어린 나이에 동생과 단둘만 남겨졌어도 수혜는 슬픔을 극복하고 버텨냈다. 어떤 외롭고 힘든 순간도 힘에 부쳐하지 않고 견뎌왔다. 그런데 지금까지는 그녀에게 호감과 격려를 보내며 움직이는 것처럼 보이던 세상이 한순간 돌변했다. 다른 모든 것은 제자리이고 그대로인데 다만 1년 전 알게 된 한 남자가 그녀의 발목을 붙잡았다. 다른 사람들은 분명한 이유와 목표를 가지고 움직이는데 그녀만은 그렇지 못했다. 무언가 아주 소중한 것을 잃어버린 느낌. 그것을 알면서도 그 자리를 떠나야 하는 순간, 수혜는 한 발도 뗄 수 없었다. 앞으로의 삶에서 더 중요한 것이 출국심사장 너머에 있다고 자신을 설득해 봐도 움직일 수 없었다.

인생은 너무나 교묘해서 너무나 분명하다고 생각했던 계획을 한순간에 틀어버리게도 만든다. 그녀도 스스로의 선택을 믿을 수 없어 허망하게 티켓을 바라보며 20여 분을 그대로 앉아 있었다. 티켓을 툭툭 적시는 물기가 자신의 눈물인 것도 몰랐다. 저릿저릿 불편한 가슴을 진정시키며 고개를 들고 심호흡을 한 수혜는 마침내 결심하고는 자리에서 일어나 캐리어를 끌고 공중전화 부스로 향했다.

"저예요."

한 달여간 통화한 적 없는데도 그는 곧바로 그녀의 음성을 기억해 주었다.

[음.]

그날 다른 여자와 결혼을 '해야지'라고 말하던 어조와 별반 차이없는 무덤덤한 음성이었다.

애꿎은 전화선만 쥐어뜯고 있는데 마침내 그가 먼저 긴 한숨을 내쉬고는 물었다.

[……어디야?]

그도 오늘이 그녀가 서울에서의 마지막 날이라는 것을 알고 묻는 음성이었다.

"공항요."

[떠나기로 결정한 거야?]

그들 앞에 놓인 현실을 덤덤하게 인정하는 그의 말이 다시 수혜의 마음을 건드렸다. 그는 수혜가 떠나도 아무렇지 않게 어깨를 으쓱하고는 털어버린 뒤 그의 삶으로 돌아갈 것 같았다.

"……그래요."

한숨과 함께 이번에는 아무 말도 들리지 않았다. 두 사람 모두 그렇게 몇 분을 그대로 보냈다. 답답한 서로의 숨소리만 간간이 이어졌다.

[건강…… 하고 원하는 꿈을 이루길 바라.]

그의 음성은 더욱 낯설게 들렸다.

"……준현 씨도요."

그에게서 듣고 싶은 대답은 그런 것이 아니었다. 하지만 그녀는 차마 말을 잇지 못했다. 이제는 마지막 이별의 순간만 남겨두고 있었다. 그런데 한순간 다급하게 그가 그녀의 이름을 불렀다.

[수혜야!]

"……듣고 있어요."

어렵게, 아주 어렵게 그는 끊어내는 음성으로 말했다.

[힘들면, 그럴 리 없겠지만 혹시라도 그곳에서 일이 힘들면, 내게 돌아와.]

그 순간 그렁그렁하게 고였던 눈물이 봇물 터진 듯 뺨을 타고 흘렀다. 짠 눈물이 두 뺨을 지나 입술을 지나 통제 불능으로 넘쳐 흘렀다.

바보 같은 남자! 진작 그 말 한마디 해주었으면 이렇게 마음 상하고 먼 길을 돌아올 필요도 없었는데!

수혜는 서둘러 손등으로 눈물을 훔쳐 냈다.

[너무 오래 걸리지 않으면 기다려 줄 테니까 내게 돌아오는 거야, 알겠지?]

"어, 알았어요."

[그래, 건강하고.]

수혜는 충동적으로 그의 말을 잘랐다.

"지금……많이 보고 싶어요."

[나도 그래.]

그도 순순히 자신의 감정을 인정하며 쓰게 웃었다.

"나, 데리러 와줘요."

[응?]

"사실은 좀 전에 비행기 놓쳤어."

그것이 무슨 의미인지 그도 모르지 않았다. 수혜는 그를 기다리는 동안 눈물을 닦아내고 화장을 고쳤다. 그에게 당당한 모습을 보여주고 싶었다. 그에게서 진심으로 듣고 싶었던 말을 들었으니 이제는 자신의 선택을 웃으면서 들려줄 생각이었다.

그는 조금도 시간 낭비하지 않고 최단 시간 안에 그녀에게 왔다. 여행을 위한 차림 그대로 한손으로 발아래 캐리어의 감촉을 쓸며 다른 한손에는 이미 놓쳐 버린 티켓을 꼭 쥐고 있는 그녀 앞에 숨을 몰아쉬며 그가 나타났다. 그에게서는 딱딱하게 내면을 숨기는 가면 같은 표정 따윈 찾아볼 수 없었다. 거의 마지막 순간까지 포기했다가 희망을 되찾은 사람의 기쁨이 온몸에서 느껴졌다. 수혜는 천천히 몸을 일으켰다. 그리고 두 사람은 누가 먼저랄 것도 없이 서로를 품에 안았다. 익숙하고 편안한, 사랑하는 사람의 품은 아무리 꼭 끌어안고 등을 쓸어도 믿기지 않을 만큼 소중하고 또 소중했다.

수혜는 결국 선뜻 인정하고 싶지 않았던 사랑과 결혼에 발목 잡혀 자신의 오랜 꿈을 포기했다. 아주 선선하게! 그런데 그럭저럭 잘 통제되던 그녀의 감정은 한순간 고장이 나버렸다. 그와 함께 저녁식사를 하던 중 갑작스럽게 터져 나왔다. 그의 놀림에 웃으려던 그녀는 자신도 제어하지 못한 채 갑작스레 눈물을 흘리다가 펑펑 울고 말았던 것이다. 레스토랑 사람들의 시선이 일제히 그들에게로 쏠렸다. 그는 순간 당황한 기색이었으나 이내 수습하고는 그녀에게 가까운 자리로 옮겨서 품에 안고 달랬다. 그에게 중요한 것은 힐끔거리는 시선들이 아니고 울고 있는 수혜였다. 수혜의 울음은 쉽게 그쳐지지 않았다.

"하고 싶은 일을 포기하게 해서 미안해. 얼마나 그 일을 좋아하는지, 꿈꿔왔는지 알아. 하지만 아주 포기했다고는 생각 하지 마, 수혜야. 네가 유학을 접어두고 나를 택한 만큼 내가 도울 수 있는 만큼 지원할게."

그의 다정한 위로는 수혜의 눈물을 더욱 부추겼다. 결코 그를 선택한 것이 서럽거나 원망해서도 아니었는데 울음을 멈출 수 없었다.

"미안해."

그는 아주 많이 미안해했고, 수혜는 실컷 울고 나서야 눈물을 닦았다.

"나 때문에 준현 씨만 나쁜 사람 됐죠?"

"괜찮아. 신경 안 써."

수혜는 심호흡을 하며 감정을 추스르고는 그를 안심시키기 위해 억지로 웃었다.

"아, 그동안 머리도 아프고 너무 속상했는데 언제 그랬나 싶네."

"그럼 다행이고."

수혜는 이번에는 해맑게 웃으며 한 번쯤 울 필요가 있었다고, 좋은 아내가 되기 위해 노력하겠다고 말했다.

일단 한번 꿈을 접게 되자 일상은 그녀에게 많은 것들의 포기를 요구했고, 결혼 생활은 그녀에게 많은 인내를 요구했다. 그렇다고 그녀가 불행하기만 한 것은 아니었다. 그는 드러내고 불평하지 않는 수혜에게 고마워했고, 어쩌다 생기는 여유 시간도 가능하면 함께 보내려고 노력했다. 수혜 또한 커다란 집에서 시어머니와 집안일을 돌보는 사람들 틈에서 주눅 들어 힘들어하면서도 그와의 시간들에 위안받기도 했다.

그런데 결혼한 지 일 년이 지난 어느 때부턴가 그의 태도가 달라지기 시작했다. 일을 핑계 대며 늦게 들어왔고 잦은 출장도 떠나며 그녀를 혼자 두곤 했다. 그것은 그즈음 몸이 아팠던 그녀에게 더욱 서글프게 느껴졌으나 그의 태도가 워낙 차가워 수혜는 위안을 기대하지도 못했다.

나 좀 우울해요, 준현 씨.

수혜는 어느 날 거리를 두는 그의 태도에도 다정함을 바라며 어리광을 피우듯 그에게 기댔다. 그런데 그가 쌀쌀하게 그녀의 몸을 밀쳐 냈다. 놀란 것은 수혜뿐만이 아니었다. 그도 스스로의 행동에 놀라고 당황한 표정이 역력했다. 그는 피곤하다고 둘러대며 서둘러 방을 나갔다.

적잖이 상처받은 수혜는 한동안 그에게 다가가지 못했다. 그는 몇 개월째 부부 관계조차 갖지 않았다.

그러던 어느 날 수혜는 오랜만의 외출에서 돌아오는 길에 그와 함께 저녁식사라도 할 생각으로 그를 찾아갔다. 그의 퇴근 시간이 가까웠으므로 오랜만의 데이트로 그간 서먹해진 관계를 회복해 보리라 용기를 낸 것이다. 그러나 그녀의 방문은 헛되고 말았다. 그는 자리에 없었고, 실망한 수혜가 집으로 귀가하려는데 친구인 연주에게서 전화가 왔다. 어깨를 짓누르는 집으로 돌아가는 것이 싫었던 수혜는 연주와 시내의 유명한 호텔 레스토랑으로 갔다. 그리고 나오는 길에 보지 말았어야 할 것을 보고 말았다. 프런트를 빠져나가는 그와 여자의 뒷모습!

순간 사색이 되었으나 함께 저녁식사를 하는 거겠거니 넘어가려는 수혜와는 달리 연주는 집요했다. 결국 그들이 객실에 머물다 가는 것임을 확인하고는 절망했다.

"그거 봐, 이 바보야. 집 안에만 틀어박혀서 세상이 어떻게 돌아가는 줄도 모르고 남편만 바라보고 사니 이런 꼴을 겪잖아. 좀 약아져 봐. 이게 무슨 꼴이니?"

고통은 고스란히 그녀의 몫이었다. 누구도 짐작할 수 없는 고통, 그리고 누구에게도 말할 수 없는 고통. 그녀의 발밑이 그대로 꺼져 들어간대도 한 발짝도 움직이지 못할 것 같았다.

"괜찮겠어, 수혜야?"

연주도 뒤늦게 수혜의 상태를 알아채고는 걱정스럽게 물었다.

"몸이 안 좋아. 집에 가고 싶어."

가늘게 몸을 떨며 그녀는 겨우 그렇게 말했다. 하지만 그 말은 더욱 그녀를 절망의 나락으로 집어삼켰다. 집이라니? 어떤 집? 다시 그와 마주 대해야 하는 집? 지금 상황에서도 겨우 갈 곳이 집밖에 없다고? 수혜는 미칠 것 같았다. 하지만 어쩔 수 없는 일이었다. 그를 다시 대면하자면, 어떻게 된 일이냐고 따지기라도 하려면 그곳으로 다시 돌아가야만 했다.

"괜찮겠어? 어쩔 거니, 이제?"

"미안해, 연주야. 나 좀 몸이 불편해. 다음에 얘기하자."

연주는 수혜가 택시를 타는 곳까지 따라오며 걱정이 묻어나는 잔소리를 했다.

"너 잘 생각해야 해. 알아? 그냥 막무가내로 대들면 준현 씨 같은 남잔 안 넘어갈 수도 있어. 바람피우는 남자가 그래, 나 바람피운다 하는 줄 아니? 천만에. 증거를 눈앞에 들이대기 전까진 아니라고 펄펄 뛸 수도 있어. 남자들은 그러고도 남는다. 잘 대처해!"

"……"

"한 번 바람피웠을 때 따끔하게 잡아야지, 안 그럼 평생 속 썩인다. 수혜야, 어리숙하게 넘어가지 마, 알았지?"

연주는 수혜가 못 미더운지 거듭 다짐을 두었다.

수혜는 가슴속에 찬바람이 이는 느낌에 몸을 떨었다. 평생토록 믿을 수 있다고 생각했던 남자였다. 세상의 다른 남자들이 바람을 피운대도 그만은 안 그럴 줄 알았던 수혜였다.

그런데 반쯤은 넋이 나간 상태로 집으로 들어온 그녀를 맞은 것은 시어머니의 차가운 태도였다.

"어딜 그리 늦게까지 다니는 게냐."

"죄송해요, 어머니."

"여자가 자꾸 바깥출입을 해서 좋을 게 없다. 집안일도 재미를 못 붙이고 그렇다고 갤러리 일에 관심이 있는 것도 아니고 도대체 무엇에 관심이 있는 거니, 너는?"

수혜는 쓰러지기 직전의 심한 어지럼증을 느끼면서도 어쩔 수 없이 시어머니의 말이 끝나도록 그 자리에서 다 받아내야만 했다.

이게 다 무슨 의미야! 이게 다 무슨 소용이야! 도대체 내가 무슨 짓을 하고 있는 거야!

이런 삶이라면 그만두고 싶어!

가슴 한구석에서 서러움이 밀려들기 시작했다.

무감각한 듯했던 가슴속에 감정의 폭풍이 몰아치기 시작했다. 도무지 무엇을 믿고, 무엇을 바라고 이런 삶을 견딘단 말인가.

왜 그래요?

더 이상은 견딜 수 없어 늦은 밤 귀가한 그에게 물었다. 뿌리치는 그의 차가운 손길에 상처받으면서 그래도 이유를 알아야겠단 생각에 용기를 내어 묻는 그녀에게 돌아왔던 차가운 대답.

"······네게 매력을 못 느껴."

"뭐, 뭐라고 했어요?"

웅얼거리듯 말하는 그의 대답을 알아들을 수 없어 한 걸음 다가서는 수혜에게 들려온 말은 너무나 모욕적인 말이었다.

"널 안고 싶단 생각이 안 들어. 네게서 여자의 매력을 못 느낀다고!"

술기운이 느껴지는 그의 입에서 나온 그 말은 차라리 그에게서 한 대 얻어맞는 것보다 더 모욕적이었고 절망적이었다.

하얗게 질린 채 말을 잇지 못하는 수혜를 보며 그도 심했다고 생각했는지 차가운 말투임에도 변명처럼 덧붙였다.

"권태기인가 봐, 좀 지나면 나아지겠지."

결혼한 지 2년도 채 안 됐어요.

수혜는 그날 밤 욕실에 숨어 밤새 소리 죽여 울었다. 그런데 자신을 뿌리치며 권태기라고 말하던 남편이 다른 여자와 다정한 모습은 충격일 수밖에 없었다.

"남들은 쉽게 잘도 갖는 아이도 못 낳고 대체 뭘 하는 건지! 아직도 소식이 없는 거니? 손이 귀한 집안인 거 너도 모르진 않겠지?"

시어머니의 쌀쌀한 그 말은 수혜에게 치명적이었다.

수혜는 더는 견디지 못하고 그 자리를 피해 자신의 방으로 올라가기 위해 걸음을 내디뎠다.

"뭐냐, 이제 내 말도 끝나기 전에 자리를 피하겠다는 거니? 그게 도대체 어디서 배워먹은 태도니? 응?"

시어머니는 며느리의 반항에 분기탱천해서 추궁했다.

"저, 몸이 좋질 않아요, 어머니. ……죄송해요, 좀 누워야겠어요. 다음에 말씀드릴게요. 죄송해요."

못마땅한 수혜의 태도에 한마디 더 하려던 시어머니도 수혜의 파리한 안색과 식은땀까지 맺힌 이마를 보더니 한숨을 쉬고는 휙 돌아섰다.

"아픈 사람이 외출이 다 뭐니?"

계단을 올라가는 그녀의 등 뒤에서 여전히 못마땅한 듯 혀를 차는 소리가 들려왔다.

"괜찮아요, 새댁?"

싸늘한 시어머니를 피해 2층으로 올라가는 수혜의 뒤로 집안일을 봐주는 아주머니가 따라오며 물었다.

"저 좀 눕고 싶어요. 주방은 아주머니 혼자 정리하셔야겠어요. 죄송해요."

"애고, 정말 아픈 모양이네. 식은땀까지 흘리고. 내가 잘 알아서 할 테니 걱정 말고 푹 쉬세요. 뭐 좀 갖다줄까요?"

"아뇨, 아무 생각 없어요. 저 그냥 좀 누워서 쉴게요."

"그래요, 그럼. 몸살인가 봐요."

드디어 자신의 방으로 들어와 혼자가 된 수혜는 간신히 울음을 눌러 참으며 기운 없는 몸을 움직여 겉옷을 아무렇게나 벗어놓고 침대 위에 쓰러졌다. 울음이 터져 나올 것 같았지만 수혜는 눌러 참았다. 한 번 울기 시작하면 멈출 수 없을 것 같았다. 몸은 바닥으로 꺼져 들어가는 것 같고, 머리는 심하게 울리며, 아프고 가슴에는 천근 돌덩이가 얹힌 듯 답답했다. 울지 않겠다고 다짐했음에도 어느 순간 수혜의 눈에서 쉼없이 눈물이 흐르고 있었다.

아주머니가 다시 올라와 남편에게 전화가 왔었다는 메시지를 전달 받은 수혜는 알겠다고 말하고는 비틀거리며 욕실로 들어가 샤워꼭지를 틀었다. 가느다란 물줄기가 세차게 타일에 쏟아지자 그제야 수혜는 참았던 울음을 터뜨렸다. 이제는 누가 자신의 울음 소리를 들을까 하는 염려 없이 마음 놓고 울 수 있었다.

나 외로워요, 준현 씨. 이대로 숨 막혀 죽을 것만 같아요. 나 죽을 것만 같아요.

그것이 솔직한 그녀의 마음이었다.

난 당신이 평생토록 내 사람일 줄만 알았어요. 내게 싫증 내고 날 멀리할 줄은 몰랐어요. 나는 안 그래도 속상하단 말예요.

난 두렵고 외로워요. 죽을 것만 같아요. 날 좀 잡아주면 안 돼요? 나 좀 당신에게 기대면 안 되는 거예요? 왜 하필 이럴 때 내가 싫어진 거예요? 난 못 견딜 것 같은데, 난 죽을 것만 같은데…….

참았던 서러움을 풀어내듯 소리 내어 한참을 울던 수혜는 순간 결심을 굳히고는 욕실문을 잠갔다. 그것은 아주 충동적인 생각이었다. 하지만 그 순간 그녀에게는 충동적인지 아닌지 구분할 여유도 없었다.

삶이 너무나 견디기 힘들었다. 그녀는 잃어버린 것을 너무나 그리워했지만 그것들이 다시는 돌아오지 않을 것은 분명해 보였다.

네게 매력을 못 느껴.

권태기인가 봐. 시간이 지나면 나아지겠지.

시간이 지나면, 시간이 지나면······!

자신을 거부하고 뿌리치던 그의 차가운 손길과 눈빛이 떠오르자 수혜는 몸서리를 쳤다.

난 당신에게 이미 아무것도 아닌 여자죠? 이미 아내도 아닌 거죠?

수혜는 화장용 칼날의 손잡이를 바짝 쥐었다. 손이 떨리긴 했지만 차가운 금속성의 칼날을 힘주어 손목에 누르며 긋자 날카로운 아픔과 함께 뜨겁고 빨간 피가 번져 나왔다. 수혜는 독하게 입술을 깨물며 좀 더 힘을 주었다.

난 이 길을 선택할래요. 당신을 잃어버리고 내 모든 꿈들을 잃어버리고서는 내게 남은 희망이 없어요.

칼에 베인 아픔은 순간이었다. 수혜는 욕실 바닥에 주저앉아 팔을 욕조 안으로 뻗고 떨리는 몸과 머리를 욕조에 기대며 욕조의 배수구로 빠져나가는 빨간 핏물을 건성으로 쳐다보았다. 자신의 생명이 빠져나가는 것임을 인식하지 못한 수혜는 막혔던 가슴이 뚫리는 것 같았다. 그것은 더 이상 돌이킬 수 없는 선택이었다.

그녀에게는 꿈이 있었다. 한때는 자신만의 개성이 담긴 옷을 만드는 것, 그리고 한때는 그를 사랑하고 사랑받으며 행복하게 사는 것, 또 한때는 그를 닮은 아기를 낳아 키우는 것.

모두 잠깐 손에 쥐었는가 하면 그녀에게서 날아가 버렸다. 어느 것 하나도 그녀의 것이 되지는 않았다. 그것이 서러웠다. 너무나 절망적이었다. 눈앞이 흐려졌다. 뿌옇게 안개 낀 듯 모든 사물이 흐리게 보였다. 그리고 팔이 저리고 온몸이 저리기 시작했다. 자신의 몸이 싸늘하게 식어가는 것과 함께 견딜 수 없는 추위가 몰려왔다.

그리고 얼마나 지났을까. 수혜는 흐려지는 의식 속에서 어렴풋이 그의 모습을 보았다.

"이 바보 같은 여자!"

그녀의 왼쪽 손목을 감싸 쥐면서 분을 참지 못하고 낮게 뱉어내던 욕설!

그녀는 무엇 하나 제대로 이룬 것이 없건만 마지막 선택마저도 그에게 차단당하고 말았다. 그는 수혜가 의식의 끈을 놓는 마지막 순간까지 너무나 차갑고 냉정한 태도로 그녀를 아프게 만들었다. 그녀가 원한 것은 동정이었는데 그는 그마저도 거부했던 것이다.

그래요, 난 너무 바보 같아요. 당신이 날 영원히 사랑할 거라고 믿었잖아요.

그러면서도 눈을 들어 한 번만 더 그를 보고 싶다고 생각했지만 무거운 눈꺼풀은 그녀의 생각대로 움직여 주지 않았다. 서늘하고 아찔한 어지러움과 함께 검은 어둠이 뒤를 이었다.

병원 침대에서 깨어난 수혜는 조금 떨어진 곳에 서서 내려다보는 차갑기 그지없는 그의 눈길을 마주 대했다.

"이 바보 같은 여자, 당신이 무슨 짓을 했는지 알아? 도대체 무슨 짓을 저지른 건지 알기는 하는 거야?"

수혜는 천천히 눈을 깜빡여 그를 확인하고는 그에게서 고개를 돌렸다. 그러자 다시 한 번 한바탕 욕설과 분노가 날아왔다.

"어디서 배운 짓이야? 이 못되고 잔인한 여자! 그게 무슨 짓이야! 왜 그렇게 잔인해? 내 집에서, 내 앞에서 어떻게! 원하는 게 뭐야? 내가 죄책감을 갖길 원했어?"

"준현아!"

벽을 향해 고개를 돌리고 눈을 감은 채 묵묵히 비난을 듣고 있는 수혜와는 달리 그를 만류한 것은 시어머니였다. 평소와는 다르게 침착하지 못하고 이성을 잃은 그에게 두려움을 느낀 것이었다. 하지만 그는 아랑곳하지 않았다.

"그따위 못된 짓도 태연하게 저지를 수 있을 만큼 네가 그렇게 잔인한 여자야? 그렇게 지독한 여자였어? 말을 해봐! 응?"

아무런 대꾸도 하지 않고 죽은 듯 누워 있기만 하는 그녀의 몸을 흔들려는 그를 막아선 것도 그의 어머니였다.

"너 정말 왜 이러니? 아픈 사람에게 무슨 짓이야?"

그녀는 평소의 침착하고 교양있는 모습과는 달리 격하게 아들의 등을 때리며 그를 수혜에게서 떼어놓았다.

그는 결국 등을 떠미는 시어머니에 의해 밖으로 내보내졌다.

방 안은 정적이 감돌았다.

"마취 풀리면 좀 아플 거란다. ……아프면 얘기하렴."

시어머니가 어색하고도 낮은 음성으로 말했지만 수혜는 여전히 아무런 대꾸도 하지 않았다.

살아 있는 것이 악몽 같았다. 깨어서 일어난 일들이 도무지 현실처럼 느껴지지 않았다. 다시 어둠 속으로, 아무것도 느끼지 못하는 무의식 속으로 들어가고 싶다고 수혜는 고통스럽게 생각했다.

얼마나 시간이 흘렀을까. 다시 눈을 떴을 때 이번에는 냉정을 되찾은 그가 조금 떨어진 창가에 그녀에게서 등을 돌리고 서 있는 것이 보였다. 시간이 많이 지났던지 그는 입었던 양복 재킷은 벗은 상태로 푸른색 와이셔츠 차림이었다. 방 안엔 오로지 그와 그녀, 단둘뿐이었다.

수혜의 왼팔은 베개 위에 올려져 있었고, 반 기브스로 고정되어 있었다. 점차로 따끔따끔하고 욱신거리며 아픈 느낌도 들었다. 어지러움도 느껴졌지만 견딜만 했다. 오른 팔에는 수액이 연결된 바늘이 꽂혀 있었다.

수혜는 감각이 둔한 왼손 검지손가락을 움직여 보았다. 기름 덜 친 기계처럼 그녀의 손가락은 삐걱거리며 부자연스럽게, 그러면서도 그녀의 의지대로 움직였다.

어느새 돌아서서 그녀의 행동을 가만히 지켜보던 그가 말했다.

"열다섯 바늘 꿰매었어. 다행히 인대나 신경은 손상 받지 않았대."

"……."

"많이 아픈 거야?"

아까와는 달리 담담한 말투였다.

아파요. 많이 아파요. 상처도 아프지만 당신 때문에 더 아파요. 당신 목소리만 들어도 가슴이 찢어지는 것 같아요.

그는 재차 우문을 반복하지는 않았다. 시위하듯 꼼짝도 않고 있던 그녀가 아까는 죽이고 싶도록 미웠다면 지금은 동정이 갔다. 자신의 격한 태도 역시 그녀에게는 상처가 되었으리라는 것도 이제는 돌아보게 되었던 것이다. 수혜는 삶에 대한 의지가 분명했던 여자였다. 그런 그녀가 택한 것이 죽음이라면, 무척 고통스러웠을 거라는데 생각이 미치자 그는 죄책감이 일었다.

"당신이 원하는 건 뭐든 해줄 거야. 원하는 게 뭐야?"

수혜는 그제야 낯선 눈빛으로 그를 쳐다보았다. 묻는 그의 진심을 알고 싶었던 것이다. 하지만 이번에는 그가 그녀 쪽을 쳐다보지 않았다.

내가 원하는 것? 내가 바라는 것?

그것은 이미 실패로 돌아갔고, 자신은 너무나 수치스럽게도 병원 침상에 누워 있었다. 이런 식으로 그와 마주하고 싶지 않았다. 수혜는 처절하게 도망치고 싶었던 세상으로 돌아와서 다시 마주한 그에게 건조하게 말했다.

"당신을 안 봤으면 좋겠어요. 다시는, 안 봤으면 좋겠어요."

그에게도 그리 어렵지 않은 요구일 것이다. 그녀가 닿는 것도 싫어하고 말하는 것조차 원치 않으니 그것이 그에게도 가장 좋은 선택일 것이다.

"다시는 안 봤으면 좋겠어요. 할 수만 있다면 당신을 만나지 않았던 그때로 돌아갔으면 좋겠어요."

자신을 죽고 싶게 만들고 모든 희망을 빼앗은 그만 없다면, 그만 만나지 않았더라면 그녀의 인생은 제대로 되어갈 것 같았다. 그만 없다면……!

열다섯

수혜는 이후로 단 한 번도 입을 열지 않았다. 그저 고갯짓으로 의사 표시를 하며 거의 대부분을 하얀 병원 벽을 향해 있거나 천장을 향해 있거나 그도 아니면 눈을 감고는 그와 마주하지 않았다.

그 역시 불만스런 표정으로 가끔 수혜를 보았으나 더는 어떤 비난도 퍼붓지 않았다.

못되고 잔인한 여자!

수혜는 덤덤하게 그의 말을 되새겼다.

언제부터 저 사람에게 내가 그런 여자로 인식되고 있었을까.

처음엔 둔하게 느껴지던 손목의 아픔이 더 심하고 날카롭게 느껴졌지만 수혜는 소리 내지 않고 참아냈다. 아픈 곳으로나마 신경을 쓰지 않는다면 무덤덤한 시간의 흐름은 정말로 견디지 못할 고통이 되어버릴 것 같았다.

여자로서의 매력도 못 느끼고, 아무것도 아닌 존재. 아니, 못되고 잔인한 여자!

그가 말했던 진실이 가끔씩 고통 중에도 떠올랐다가는 느리게 사라지곤 했다.

못되고 잔인한 여자, 수혜는 자신이 그에게 그런 식으로 평가되리라곤 꿈에도 생각한 적 없었다. 사랑하는 이에게 그저 잊혀지는 것도 아니고 몹쓸 여자로 새겨질 수도 있다는 걸 알았다면 그녀는 절대로 결혼의 굴레에 뛰어들지 않았을 것이다. 한순간 그와 함께 호텔을 나서던 여자의 미소 짓는 모습이 떠올라 수혜는 숨을 쉬기 위해 깊은 심호흡을 했다.

그래서 다른 여잘 만났던 걸까. 그래서 내게 매력도 못 느낀다고 말했던 걸까.

신음인지 울먹임인지 모를 소리가 그녀의 메마른 입술 사이로 흘러나왔다. 사랑이 얼마나 믿을 수 없고 보잘 것 없는 감정인가.

나 외로워요, 준현 씨. 이대로 숨 막혀 죽을 것만 같아요.

그녀는 그에게 매달려 보고 싶기도 했지만 다시 차갑게 거부당할까 봐 두려웠다. 안전한 세상에서 보호받고 있다고 생각했는데 한순간 알 수 없는 길 한복판에 내팽개쳐진 느낌이었다. 그녀는 어떻게든 도망칠 곳이 필요했다. 그것이 옳은 선택이었든 아니든 수혜로서는 그 순간 다른 선택을 찾지 못했다. 미림과 호텔 문을 나서는 그를 보고 놀란 가슴을 진정시키지 못한 채 집으로 들어온 그녀는 시어머니의 냉소적인 비난까지 이어지자 절망해 버렸다.

아무것도 아닌 존재. 아주 작고 초라한 존재. 그나마 마지막 순간까지 놓지 못하고 있던 그의 사랑을 잃어버렸다는 것을 안 순간 수혜는 어둠 속에서 길을 잃었다. 패닉 상태. 남편의 배신에 미친 듯이 화를 내며 히스테리를 부리는 것은 그녀의 선택이 아니었다. 수혜는 자신이 껍데기만 남아 있는 사람 같다고 느꼈다.

안타까운 표정을 한 친정 작은엄마가 낮시간 동안에 그녀의 곁을 지켰다. 그리고 밤에는 동생 수환이 있었다. 어려서 교통사고로 부모님을 잃는 불행을 딛고 살았어도 밝고 씩씩했던 누나의 사고 소식에 수환은 그저 침묵으로만 일관했다. 오직 작은엄마만이 가끔씩 말을 건네왔다.

뭣 좀 먹고 싶은 거라도 있니? 혹은 아프진 않니? 라고 묻는 작은엄마의 질문에 수혜는 고개를 젓고는 어둡고도 적막한 자신만의 세계에 빠져들었다. 혼자 있기를 원했지만 그녀의 가족들은 그녀를 혼자 내버려 두지 않았다.

3일이 지난 오후에 흰 가운을 입은 의사가 들어와 자신을 소개하자 작은엄마가 조심스레 밖으로 나갔다.

"한수혜 씨?"

수혜는 창밖을 향했던 고개를 돌려 그를 쳐다보았다. 그는 자신을 정신과 의사라고 소개했다. 수혜는 가족들이 무엇을 걱정했는지 알게 되었다. 의사는 조용하고 온화한 대화를 통해 그녀가 다시 자살을 시도할 생각이 있는지 알고 싶어했던 것이다.

수혜는 그것이 충동적인 생각이었음을 인정했다. 그리고 다시 시도할 생각이 없다는 것도 고백했다. 그러나 무엇이 그녀를 극단적인 결단으로 떠밀었는지에 대해서는 입을 열지 않았다. 그것은 죽어도 인정하고 싶지 않았다.

"위기를 극복하는 방법에는 여러 가지가 있는데요, 수혜 씨처럼 안으로만 삭이는 것은 사실 좀 위험합니다. 가장 좋은 건 역시 자신의 마음을 털어놓고 대화를 하는 거죠. 물론 처음부터 원하는 대로 대화가 되지는 않을지 몰라도 그것이 서로를 위해서 좋습니다."

"……."

"남편 되시는 분을 만나보았는데, 부인과 대화하실 의향을 가지고 계시더군요. 어떻습니까? 시간을 두고 말씀을 나눠보시는 것도 나쁘지 않겠죠?"

그의 말은 그녀의 상황에 대해 어느 정도는 알고 있음을 암시했지만 수혜는 대답하지 않았다. 이미 그에게는 자신이 원하는 것을 이야기했다.

결국 정신과 의사도 그녀가 대화할 의지가 없음을 알자 몇 번의 시도를 하다가는 그대로 돌아갔다.

병원은 분명 수혜를 다른 세계로 떨궈 놓은 것 같은 느낌을 갖게 했다. 어디도 편하고 좋을 건 없겠지만 따뜻함을 가장한 병원 특실의 부드러운 인테리어로도 인위적이고도 차가움이 느껴지는 분위기를 완전히 덮지는 못했다. 상처 부위의 치료와 신경전도 검사를 마치고 나서 수혜의 왼쪽 팔에 댔던 부목은 사라졌다. 가볍게 탄력붕대로 감고 나자 움직이기가 훨씬 수월해졌다.

다음날 아침 일찍 눈을 떴을 때 그녀에게서 조금 떨어진 긴 소파에서 동생의 고른 숨소리가 들려왔다. 수혜를 깨운 것은 아까부터 싸우는 듯한 큰 소리가 문밖으로부터 들려왔기 때문이다. 방음 시설이 잘되어 있음에도 불구하고 조용한 아침인데다 사람들의 움직임이 없는 때였으므로 신경질적인 여자의 목소리는 더욱 크게 들려왔다.

"진통제 줘. 주사를 놔달란 말야!"

새되고 짜증 섞인 목소리였다.

대조적으로 간호사의 음성은 조용하고 온화했다. 그녀를 달래는 모양이었지만 환자의 음성은 더욱 커졌다.

"아파 죽을 것 같으니까 진통제 달라고! 진정제라도 놔달란 말야."

"정숙진 씨, 그러지 말아요. 자꾸 맞으면 중독되는 거 알잖아요. 참을 수 있는 만큼은 참아봐야죠. 그리고 이렇게 소리를 지르면 다른 환자 분들이 잠을 못 자잖아요. 음? 조금만 진정해 봐요."

부드럽고도 차분하게 달래는 간호사의 음성이 들렸으나 환자는 울먹임이 들어간 목소리로 신경질적으로 소리를 질렀다.

"내가 아픈데 어떻게 조용히 해? 주사를 놔주면 될 거 아냐, 주사를 달라고! 나도 참을 만큼 참다가 아프니까 놔달라는 거지 그냥 그러겠어요? 아프단 말야. 아프다고!"

"그래요, 아픈 거 아는데 조금만 참아보자구요. 이러는 게 숙진 씨한테 도움이 된다면 나도 주사를 주고 싶어요, 그치만 아니잖아요. 조금만 참고 이겨내 봐요."

"주치의 불러줘요. 주치의한테 말할 거야. 주사 놔준댔단 말야."

그러나 그렇게 불러나온 여자 주치의는 간호사보다 더 엄한 소리로 환자에게 야단을 쳤다.

"뭐 하자는 겁니까, 정숙진 씨! 인생을 아주 망치고 싶은 거예요? 마약중독으로 그렇게 살다가 죽을 거예요? 보란 듯이 살아야 할 거 아녜요!"

"나도 그러고 싶어요, 누군 몰라서 그러는 줄 알아요? 그게 잘 안 된단 말예요. 나도 이러고 싶지 않다구요!"

환자는 지지 않고 소리를 지르다 마침내는 울음을 터뜨렸다. 다시 환자를 달래는 간호사의 소리가 들렸고, 환자의 울먹임 소리만이 간간이 들려왔다.

낯선 여자의 울음소리가 수혜를 잡아끌고는 놓지 않았다. 수혜는 더 이상 답답함을 누르며 침대에 누워 있기보다는 산책을 나가 보기로 했다. 동생이 깰까 봐 소리 내지 않도록 조심하면서 수혜는 방을 나와 천천히 복도를 걸었다.

수혜는 일부러 남의 사생활을 엿보고 싶지 않았다. 하지만 다 끝난 줄 알았던 해프닝의 주인공은 수혜가 간호사실이 있는 복도에 다가갈수록 그 음성이 더 선명해졌다. 그렇다고 다시 자신의 방으로 돌아가고 싶지는 않았다.

"남편 전화번호 대요. 낮에 불러서 애기 좀 합시다."

의사는 한심하다는 듯한 어조를 감추지 못하고 허리에 팔을 올리고는 말했다.

"연락이 안 돼요. 이젠 핸드폰도 꺼놓고 다니는지 전화도 안 받아요."

간호사의 지지로 의자에 앉아 얼굴을 가리고 흐느껴 울던 환자는 분함을 곱씹으며 대꾸했다.

"그럼 남편 잘 가는 술집 전화번호라도 대요. 내가 전화해서 오라고 할게요!"

점차로 환자의 울먹임 소리가 잦아들었다.

수혜는 어렵지 않게 그녀의 처지를 짐작했다. 사람을 한순간에 행복하게도 만들 수 있고, 빠져나오기 힘든 절망으로도 밀어넣을 수 있는 것이 사랑이라는 감정이었다. 수혜는 그들을 지나쳐 맞은편 휴게실에 있는 의자에 앉았다. 아직 밖은 여명이 걷히지 않고 있었다.

수혜는 잠깐이지만 간호사실에서 서럽게 울먹이는 여자의 모습과 자신의 모습이 겹쳐지는 상상에 몸을 떨었다.

어느 순간에 사랑의 감정이 죽어버린다는 것은 거짓말이다. 아마도 그랬다면 처음에, 그의 배신을 알았을 때 수혜의 사랑은 죽어버렸을 것이다. 그랬다면 자신의 생명을 내던지는 일은 없었을지도 몰랐다. 그녀에게 중요한 것은 자신의 생명보다 그녀 자신을 지탱해 주던 사랑이었다. 차라리 자신의 생명을 내놓을지언정 사랑을 잃었다는 사실은 인정하고 싶지 않았던 것이다.

"왜 이렇게 일찍 나와 계세요?"

좀 전의 환자와 실랑이를 하던 여의사가 휴게실을 지나쳐 가다가는 수혜를 알아보고 다가왔다.

수혜는 그녀를 쳐다보며 작은 소리로 말했다.

"답답해서요."

"잠은 좀 주무셨어요?"

아까의 환자를 다루던 때와는 다르게 그녀의 음성은 사교적이고 쾌활해 보였다.

"네."

"상처는 어때요? 아프진 않아요?"

"이젠 괜찮아요."

그것은 상처에 관한 말이기도 했고, 그녀 자신에 관한 말이기도 했다.

"그래요, 아직 해야 할 일도 많은걸요."

의사는 그녀에게 힘을 내라는 듯 어깨를 힘있게 격려하며 두드리고는 엘리베이터 쪽으로 걸어갔다. 차갑고 냉정하다고 생각했던 의사의 태도는 사실 같은 여자로서의 연민 때문이었다는 것을 수혜도 알았다.

정숙진이라는 자신과 비슷한 처지의 환자를 만난 것은 수혜를 눈뜨게 했다. 그녀는 이제 어느 정도 진정이 되었는지 아까와는 전혀 다른 교양있고 제법 도도한 태도로 휴게실로 걸어왔다. 그녀는 수혜에게서 조금 떨어진 자리에 앉아서 수혜처럼 창밖을 보는 척하면서 실제로는 수혜를 살피더니 말을 걸어왔다.

"언제부터 여기 있었어요?"

"……조금 되었어요."

왜 그녀가 묻는지를 알자 수혜는 본의 아니게 그녀의 프라이버시를 침해한 자신이 미안해졌다. 하지만 이어진 그녀의 말은 조금도 개의치 않는 듯했다.

"내가 한심해 보이죠?"

자조적인 음성이었다.

수혜는 자신에게 말을 거는 상대를 똑바로 쳐다보았다. 그녀의 눈빛은 투명하고 맑았다. 그처럼 신경질적으로 소리치고 울던 사람이라고는 생각되지 않게!

수혜는 옅은 웃음을 지으며 천천히 고개를 저었다.

"솔직해도 돼요, 왜 안 그렇겠어요? 이러고 나면 나도 견디기 힘들 정도로 내 자신이 싫어지는데!"

그녀는 보기에도 우아하고 아름다워 보이는 여자였다. 말투와 행동, 눈빛에도 교양이 배어 있는, 배울 만큼 배운 여자였다.

"그 팔은 왜 그래요?"

그녀는 경쾌한 어조로 물었다. 그녀의 표정으로 볼 때 이미 알면서 묻고 있는 것이었다.

다른 사람이 물었다면 질색을 하고 기분이 상해 그 자리를 피했을 테지만 수혜는 짧게 대꾸했다.

"자해를, 했어요."

"그래요, 그런 줄 알았어요. 그런 일이라면 나도 여러 번 해봤거든요."

그녀는 흉터로 남은 왼쪽 팔목을 내보였다. 정말 그녀의 말대로 그녀의 팔목에는 서너 개의 길게 난 흉터 자국이 남아 있었다.

"그런데 소용없어요. ……소용없죠. 죽지도 못하고 동정도 못

받아요."

그녀는 수혜의 일을 꼬치꼬치 캐묻는 대신에 자신의 이야기를 했다. 단순한 신경증처럼 시작된 입원으로 병원을 제 집 드나들듯 하게 된 이력이 술술 나왔다. 남편이 그녀에게 싫증 내고 바람을 피우기 시작하면서 자신의 존재감이 무너졌다고 했다. 남편의 관심을 끌기 위한 피나는 노력에도 불구하고 그나마 손톱만큼의 애정도 사라졌는지 그녀의 남편은 아예 내놓고 바람을 피우며 무관심해졌다고 했다.

"사실 처음부터 나를 불안하게 만들었던 건 바로 그거였어요. 그이는 잘해주는데 나는 그게 부담스러운 거예요. 여자들의 직감이 얼마나 무서운지 알아요? 맞아요, 남편이 바람을 피우는 거 다른 사람보다 가장 먼저 부인이 알아요. 증거는 없어도 왜, 그 예감이라는 게 있잖아요. 여자의 직감요! 진짜 몰랐다고 하는 부인들이 있으면 그건 차마 알고 싶지 않았을 거예요. 난 그이가 딴 여잘 만나고 들어오는 날이 어떤 날인지도 다 알았어요. 그런 다음날이면 유난히도 머리가 깨질 것처럼 아픈 거예요. 그렇게 병원을 찾게 되었죠."

그것은 수혜를 경계하게 만드는 말이기도 했다.

"병원이 환자를 만드는 거 알아요? 난 정말 환자가 되어가는 것 같았어요. 내 옆에 아픈 사람이 어떤 증상이 있으면 담에는 나도 똑같이 아프더라구요. 마음속에서는 그러면 안 된다는 걸 아는데, 날 조종하는 건 마음이 아니었나 봐요. 내 맘대로 아프고 안 아프고 그런 걸 조절할 수가 없었어요, 정말이에요."

그녀의 증상이 심해지면 심해질수록, 입원 기간이 길어지면 길어질수록 그녀의 남편은 처음 하루 이틀이나마 병원으로 향하던 형식적인 발길을 끊어버렸다. 그녀의 바람과 희망이 끊어졌지만 그래도 미련을 떨치지 못하고 그녀는 계속 아팠다. 끊임없이 아프고, 이유도 모를 통증으로 고통 받으며 약을 늘려가다 결국은 마약에 의존하게 되었다. 깨어 있는 모든 시간이 그녀를 아프게 했다. 주위 사람들에게 남편이 자신을 떠났다는 사실을 알린다는 걸 생각만 해도 가슴이 조여오고 배가 아팠다. 진정제도 이제는 한두 알로는 듣지를 않았고, 그것이 해가 되는 줄 알면서도 그녀는 약을 늘려갔다.

한두 번은 통하던 자해 행위도 더 이상은 통하지 않았다. 그녀의 남편은 그녀에게 치를 떨며 공공연하게 이혼을 요구해 왔던 것이다. 쇼맨십처럼, 혹은 보란 듯이 저지르던 자해 행위가 아니고 실제로 절망하며 마지막으로 결심한 자살 시도가 수혜처럼 발견되어 병원으로 실려오는 상황에서 그녀는 정나미가 있는 대로 떨어진 냉정한 남편의 눈빛을 보았다고 말했다. 다시는 돌아오지 않을 사람인 걸 안다고 말하는 그녀의 기운 빠진 낮은 속삭임에서 수혜는 깊은 연민으로 그녀의 손을 꼭 잡았다.

"이제는 신장도 정말 망가졌대요. 투석도 받아야 한다고 의사가 그러더군요. 마약도 끊기가 정말 어려워요. 이제는 남편이 날 버려서가 아니라 정말 아파요. 어쩔 수가 없어요. 이건 내가 아프고 싶어서 아픈 게 아녜요. 주치의 선생님 봤죠? 나보다 더 남편에게 격분하고 있어요. 주치의 선생님이 전화하면 하루 이틀은 병원에 찾아와요. 사회적인 비난은 또 받고 싶지 않은가 봐요."

그리고는 자조적으로 웃었다.

"그이가 내게 마지막으로 한 말이 뭐였는지 알아요?"

그녀는 수혜의 반응을 기다리며 잠시 말을 멈추고는 허탈하게 웃었다. 서글픔이 배어 있는 허무한 빈 웃음이었다.

수혜가 고개를 젓자 그녀가 말했다.

"잘 생각했다, 너 죽으면 어차피 이혼이란 것도 할 필요 없으니 잘됐다, 그러더군요."

불행한 사랑의 종말이었다. 정말로 어느 한쪽이 죽어서 끝이 나는 사랑이기엔 너무 잔인한 말이었다.

"그래서 그만두었어요. 누구 좋으라고 내가 죽어요. 그럴수록 질기게 살아야지."

죽음을 눈앞에 둔 사람에게 어떻게 그런 말을 할 수가 있을까, 남도 아닌 한때는 사랑해서 결혼한 사람들의 관계에서.

정숙진을 동정하던 수혜는 잠시 후 쓴웃음을 삼켰다. 표현만 달랐을 뿐 자신 또한 마찬가지였던 것이다.

못되고 잔인한 여자!

남편은 그렇게 말했었다. 사랑에 상처받고 죽음을 향해 손 내민 자신을 향한 그의 말이 숙진의 경우와 다르다고 할 수 있을까. 수혜는 결코 그를 비난하거나 극단적인 저항의 방법으로 죽음을 선택한 것이 아니었다. 소중하게 지켜온 것들을 잃어버리고 한순간 무장해제 되자 더는 기대할 어떤 가치도 찾지 못하고 선택한 도피의 방법이었다.

조용한 복도에 다급한 발소리가 들리더니 그녀들 가까운 곳에서 멈추었다.

"누나?!"

불안과 흥분을 가라앉히지 못한 수환의 음성이었다. 머리는 흐트러지고 옷차림도 단정하지 못한 채로 수환이 그녀들 뒤에 서 있었다. 자다가 깼는데 그녀가 침대에 없자 놀라서 허둥지둥 찾아나온 모양이었다.

"어, 깼어?"

수혜가 미소를 짓자 그도 쑥스러운 듯 고개를 끄덕였다.

"답답해서 나왔어. 먼저 들어가, 수환아. 조금 있다가 들어갈게."

그는 수혜의 곁에 있는 숙진을 힐끔 쳐다보고는 고개를 끄덕이며 병실로 돌아갔다.

"동생이에요?"

"네."

"많이 놀란 모양이에요."

"……."

"그래도 걱정해 주는 사람 있으니 얼마나 좋아요. 나는 친정에서도 골칫거리예요. 집안 망신이나 시키고 다닌다고 속상해하죠. 이제는 병원에서 연락해도 오지 않아요."

왜 여자들에게 있어 사랑은 인생의 모든 것이어야 하는 걸까. 남자들에게는 그저 잠시 한순간의 열병 같은 것인데 왜 여자들은 사랑에 자신의 모든 걸 걸고 실패하면 죽는다고 생각하는 것일까.

자신도 숙진의 경우도 문제는 조절할 수 없을 만치 빠져버린 사랑이 문제였다. 사랑, 도대체 그렇게 아름답게 포장된 감정은 얼마나 많은 여자들을 울리고 웃기며 때로는 죽음으로 몰고 가는 것일까.

사랑은 단 한순간에 생겨나고 또 어느 한순간에 소멸되는 감정이 아니었다. 사랑이 그런 것이라면, 그가 자신을 배신한 것과, 그가 자신을 밀어내는 것이 그저 결혼한 부부들 사이에 찾아오는 흔한 권태기가 아니라는 것을 안 순간에 사랑은 죽어버렸어야 했다. 그런데 실상은 그렇지 않았다. 그의 배신을 안 순간에도, 죽음을 끌어안기로 마음먹던 순간에도 그녀가 바란 것은 그를 향한 저주가 아니었고, 그래도 한 가닥 그녀를 향한 사랑이 남아 있기를 바랐다. 그런 자신을 그가 못되고 잔인한 여자라고 욕하며 차갑게 쏘아보던 때에도 수혜는 그가 조금이라도 자신을 덜 미워하기를 진심으로 바랐다.

그런데 이제 그의 사랑을 잃어버렸다는 것을 확실히 인정하고 나니 조금은 후련한 마음이 들었다. 소중한 것을 잃어버린 상실감은 컸지만 이제 그것은 되돌릴 수 없는 일이었다.

정신과 의사에게도 말했지만 그녀는 다시 자살 시도를 할 생각은 없었다. 그 잠깐 순간에는 그럴듯한 해결 방법처럼 보였지만 그것은 다만 쉽고 빠른, 결코 긍정적이지 못한 도피일 뿐이었다.

그렇다면 이제는 자신을 추슬러야 했다. 자신을 존중하며 살아야만 했다. 그를 잃는다고 세상의 모든 것을 잃는 것은 아니었다.

입원한 지 일주일이 지난 주말 오후에, 남동생과 교대를 하며 찾아온 그에게 수혜는 퇴원하고 싶다고 처음으로 먼저 입을 열었다.

그녀의 표정을 살피는 꼼꼼한 시선이 날아왔다.

"집에 가고 싶다고?"

그가 그녀의 의도를 재차 확인하며 물었다.

"……퇴원하겠어요."

그녀는 거듭 작은 음성으로 무감정하게 말했다.

"상처가 아무는 걸 봐가면서 결정해도 늦지 않아."

수혜는 아주 잠깐 그의 음성에서 부드러움을 발견했다. 그 순간만큼은 못되고 잔인한 여자라고 소리치던 그가 아니었다.

"퇴원…… 하겠어요. 더 이상 병원에 있을 이유…… 없어요."

"주치의와 한번 상의해 볼게."

"퇴원해도 된다고 했어요."

"그럼 내일 수속을 밟도록 하지."

"연희동 집으로는 가지 않겠어요."

그곳으로는 죽어도 돌아갈 수 없었다. 그녀를 파괴했던 기억이 남아 있는 곳이었다. 그가 아무리 비난하고 분노를 퍼부어도 자신의 의지를 굽히지 않겠다고 수혜는 생각했다.

퇴원하겠다는 결정을 한 이후로 가장 먼저 염려했던 일이 바로 거취 문제였다. 당장에 집을 구해서 독립할 수 있는 경제적 여유가 그녀에게는 없었다. 그렇다고 결혼까지 했던 마당에 새삼 작은아버지 댁으로 들어가 누를 끼칠 수도 없고, 수환의 아파트도 마찬가지였다. 그녀는 자신만의 시간을 가지고 싶었다. 염려하는 동생의 눈치를 살피며 아무렇지 않은 체 강한 체할 자신이 없었다.

그녀는 자신이 몹시 한심스럽게 생각되었다. 그와 결혼하기 전의 자신은 얼마든지 혼자 살아갈 수 있는 존재였는데, 어느 순간부터 남편이 계획하고 결정하는 일이 아니면 스스로는 무엇 하나 결정할 수 없는 사람이 되어버렸다. 그 사실을 인지하고 나자 그녀 자신이 더욱 무기력한 사람 같은 느낌이 들어 견딜 수 없었다.

그런데 높고 단단한 벽이라고 생각했던 그의 반응은 의외였다. 차갑고 냉정한 태도는 변함없었지만 그녀의 생각을 짐작했다는 듯이 선선히 말했던 것이다.

"아파트를 알아볼게."

다음날 그가 퇴원수속을 하는 동안 수혜는 짐을 챙겼다. 옷을 갈아입은 후 그녀는 조심스럽게 복도를 걸어가 숙진의 병실을 노크했다. 다른 사람은 몰라도 그녀에게는 작별인사를 해야 할 것 같았다.

숙진은 수혜의 사복 차림에 엷은 화장까지 한 차림새를 보고는 환하게 웃으며 맞았다.

"오늘 퇴원하는가 봐요?"

"네."

"팔은 다 나았어요?"

"……네."

숙진이 자신의 침대 가장자리를 두드리며 수혜를 앉도록 배려해 주었다.

"숙진 씨는 어때요? 아프지 않아요?"

"나야 뭐 그렇죠. 금방 나을 병이 아니잖아요."

"빨리 완쾌되었으면 좋겠어요. 그래서 밖에서 다시 만날 수 있었으면 좋겠어요."

"그렇게 된다면야 얼마나 좋겠어요."

씁쓸하게 웃음 짓는 그녀가 너무 안쓰러워 수혜는 그녀의 마르고 수척한 손을 잡았다. 그녀도 손을 마주 잡으며 눈물이 글썽한 눈으로 수혜를 쳐다보았다.

"……수혜 씬 나처럼 살지 말아요."

후회로 눈물지으며 그녀가 말했다.

수혜는 조심스레 그녀를 위로하기 위한 말을 골랐다.

"숙진 씨는 아직 젊어요. 그리고 아름다워요. 같은 여자인 내가 보기에도 그래요. 잘못된 일을 되돌리기에 아직 늦지 않았다고 생각해요."

"그럴까요."

믿고 싶지만 자신이 없다는 투였다.

"다시 시작하면 안 될까요. 나도, 이제는 나도 알 것 같아요. 남편에게 사랑받아야만 내가 의미있는 존재가 되는 건 아니라는 걸 알아요. 나도 노력할게요. 숙진 씨도 약에 의존하지 말고, 그리고 이미 떠난 사람 억지로 붙잡으려 하지 말고 새롭게 시작해요. 다시 누군가를 사랑하는 것도 좋고, 혹은 새로운 사랑이 아니어도 사는 동안 달리 해야 할 일이 있을 거예요."

그랬다, 사랑이 삶의 모든 것이라는 생각만 버린다면 삶은 또 다른 의미를 줄 것도 같았다.

숙진은 자신 없는 미소를 지으면서도 수혜의 손을 힘주어 잡았다.

짧은 시간 동안에 만났고 더구나 아주 좋지 않은 시기에 알게 되었지만 수혜는 숙진에게 애틋한 마음이 생겼다. 그녀는 남이 아니었다. 또 다른 그녀 자신이었다. 세상에 얼마나 많은 그녀들이 존재하는지 모르지만, 그녀들은 이미 같은 병을 앓고 있는 외면할 수 없는 존재들이었다.

수혜는 자신을 고통스럽게 하는 욕심을 버리기로 했다. 그를 사랑하지 않으면, 욕심을 버리고 집착을 버리면 그녀는 자유로울 수 있었다.

그녀는 여자이기 이전에 인간이었다. 남자가 있어야만 꼭 완전한 존재가 되는 것은 아니었다. 이제라도, 더 늦기 전에 그 사실을 깨달았으니 한 남자 때문에 그녀 스스로 포기했던 것을 되찾기에 너무 늦지는 않았을 것이다.

열여섯

갤러리에서의 미림과의 재회 이후로 일주일이 지났다. 현실
에의 직시, 그것은 아주 우연한 기회에 그녀에게 다가왔다.

"어제 우연히 연주 씨를 만났어."

아침 출근 전 생각난 듯 그가 말했다.

그는 수혜가 감정을 드러내지 않는 것이 못마땅한 기색이 역력
했지만 그날 밤처럼 대화를 종용하며 붙들거나 민감한 주제를 언
급하지 않고 있었다. 섹스 욕구를 드러내며 다가오지도 않았고,
처음 동거를 시작했을 때와 마찬가지로 어색한 예의를 지키며 각
방을 쓰고 있었다.

뭔가 반응을 기대했던 그는 수혜의 얼굴에 별다른 표정이 떠오
르지 않자 덧붙였다.

"당신을 만나고 싶어하던데?"

"돌아와서 시간 내기가 쉽지 않았어요."

수혜는 하지 않아도 될 변명을 했다. 그러나 실질적인 이유는 그것이 아니었다. 수혜는 과거를 잊고 싶었고, 조금이라도 과거와 관련된 사람은 피하고 싶었다. 연주는 수혜가 가장 숨기고 싶은 과거를 알고 있는 친구였다. 수혜는 퇴원해서 칩거하는 시간이며 파리로 유학 수속을 밟는 기간에도 일부러 연주의 전화를 피했었다. 처음엔 피하는 그녀의 의도를 몰랐던 듯 음성 메시지까지 남기며 연락을 시도하던 연주도 점차 그녀의 의도를 알았던지 드문 드문 안부 메시지를 남기더니 유학을 갈 즈음에선 아예 연락도 없었다.

수혜는 그녀가 좋은 친구라는 것을 알고 있었다. 가십이나 캐고 싶어하는 의도로 자신에게 다가서고 관심 갖는 게 아니란 걸 알면서도 그녀의 자존심은 쉽게 친구에게 안부 전화조차 하지 못하게 만들었다.

"알고 보니 회사에서 새로 선임한 고문 변호사가 연주 씨 남편 될 사람이었어. 함께 저녁식사나 하자고 약속 정했는데 내일은 시간 좀 비워두지."

답을 기다리던 그는 반응없는 수혜의 얼굴을 살피더니 무뚝뚝한 어조로 물었다.

"왜, 시간이 안 될 거 같아?"

"아뇨. 알았어요."

서먹한 시간이 될 거라고 생각했던 것과는 달리 그 자리는 화기
애애한 분위기로 이어졌다.

수혜가 그와 함께 예약되어 있는 자리로 들어서자 먼저 도착해
있던 연주와 인상 좋아 보이는 남자가 환하게 웃는 모습으로 손짓
하며 자리에서 일어섰다.

오랜만에 만났음에도 한눈에 알아볼 정도로 연주는 예전 모습
그대로였다. 다만 의례적인 수혜의 미소와는 달리 사랑에 빠져 한
참 구름 위를 걷고 있다는 것을 한눈에 알아볼 만치 연주의 표정
은 화사하고 아름다웠다.

"수혜야."

울먹임에 가깝게 연주는 수혜에게 다가와 손을 꼭 쥐었다.

"정말 오랜만이네."

"내가 너 얼마나 보고 싶어했는지 알아?"

"······미안."

있는 그대로 반기는 친구의 모습에 부끄러워진 수혜가 작은 소
리로 대답하며 연주의 손을 마주 잡았다.

"너 나빠!"

연주는 수혜를 향해 곱지 않게 눈을 흘겼으나 애정이 담겨 있었
다.

"나도 수혜 씨에게 인사 좀 하고 싶은데 이래서야 어디 기회도
없겠는걸."

연주의 옆에서 두 사람의 모습을 흐뭇하게 바라보던 남자가 볼
멘소리를 했다. 그제야 연주는 수혜를 잡고 있던 손을 풀며 그 남

자에게 미소를 되돌렸다.

"준현 씨에게서 한번 자리를 갖자는 얘기 전해 듣고 너무 기뻤어. 사실 나도 그동안 네게 제대로 연락도 못하고 있었잖아."

"마찬가지였는걸 뭐."

"참, 소개할게, 엄마한테 하도 울고불고 매달리는 게 안됐어서 불쌍한 남자 하나 살리는 셈치고 결혼하기로 했거든. 인사해요, 상익 씨."

연주의 말에 수혜가 웃음을 머금는 걸 보면서도 그는 사람 좋아 보이는 웃음을 만면에 띠고는 수혜에게 손을 내밀었다.

"네, 연주 씨가 말하는 바로 그 행운의 남자입니다. 윤상익입니다."

"네, 만나뵙게 되어서 반가워요. 한수혜예요."

그는 가볍게 수혜의 손을 쥐었다가는 놓아주었다.

"준현 씨는 이미 알죠?"

연주의 말에 그들은 서로 눈인사로 가볍게 인사를 나누었다.

그들은 곧 자리에 앉아서 가벼운 화제부터 꺼내었고 간간이 웃음기 어린 농담도 던지곤 했다. 아주 가끔씩 낯선 사람을 보듯 그의 모습을 쳐다보던 수혜는 그가 정말 편안한 표정으로 웃고 있음을 알았다.

마음 놓고, 혹은 편안하게 웃어본 적이 언제였던가.

그녀의 기억에도 아주 멀게만 느껴졌다.

마주 앉은 상익과 연주의 서로를 챙겨주는 모습에서 수혜는 까마득히 오래된 자신과 그의 모습을 발견했다. 사랑에 빠진 연인들의 모습이었다. 연주는 거침없이 그를 놀려댔고 그는 그것이 무슨 칭찬이라도 되는 양 행복하게 받아들였다. 음식을 주문을 하는 중에도 그는 정말로 소중한 사람을 대하듯 아주 작은 부분까지 신경을 써주었고, 냅킨을 펴주는 것 또한 그랬다.

"아주 나를 바보로 알아요."

연주는 그의 그런 행동이 마음에 들지 않는 듯 불평했지만 그것은 행복한 푸념이었다. 독립심 강하고 많은 남자 형제들 사이에서 선머슴처럼 자란 연주에게는 익숙지 않은 부담스런 배려인 것은 분명했다.

"상익 씨, 연주 좋아하는 거 너무 표 내지 말아요. 연주 콧대만 더 높아지겠어요."

수혜가 충고하자 그 역시도 심각해진 표정으로 대답했다.

"앞으론 그래야 할까 봅니다. 자기가 가진 게 뭔지 아직 모르는 것 같아요."

"피잇~"

"그래도 언제 다시 맘 변할지 모르니 시집올 때까지만이라도 잘할 생각입니다."

"흥, 그래만 봐요, 상익 씨. 그때는 정말로 죽음을 각오한 거라고 보면 돼. 난 남자들 결혼 전과 후에 판이하게 다른 거 너무 싫어. 나중에 실망하게 만들 거면 지금도 똑같이 대해요!"

"그래도 되나?"

"물론! 대신 나는 어디 딴 남자 찾으러 갈지도 몰라."

"나만한 남자가 또 어딨다고 그래."

"왜 없어요, 내 앞에 있잖아."

연주가 준현을 가리키며 자신만만하게 대답했다.

"이보세요, 민연주 씨. 수혜 씨를 옆에 두고 무슨 소리?"

"흠, 괜스레 연애할 때만 닭살 행동 했다가는 죽음이라는 것만 알아둬요! 다 적어둘 거야, 똑같이, 똑같이! 알았죠?"

그들은 아주 사소한 것에도 티격태격하며 유쾌한 말장난을 이어갔다.

맑고도 부드러운 피아노 음악이 식욕을 자극했다. 수혜는 손을 뻗어 유리잔 안에서 진홍의 빛깔로 유혹하는 와인을 입가로 가져갔다. 신선한 과일 향이 입 안에서 감돌았고, 목을 타고 넘어간 와인에 함유된 알코올 기운은 그녀의 가슴을 뜨겁게 만들었다. 조금씩 자신이 잊고 사는 것이 무엇인지 깨달아지면서 우울한 기분이 퍼져 나갔다. 분위기에 맞춰 억지웃음을 웃으면 웃을수록 괴리감은 심해졌다.

수혜는 연주와 상익의 사랑싸움에서 눈을 떼어 주위를 둘러보다가 어느 순간 그와 눈이 마주쳤다. 그녀와 마찬가지로 웃고 있는 그의 표정에 언뜻 배인 쓸쓸함을 읽어내고는 얼른 고개를 돌렸다. 이후로도 가끔씩 수혜는 어쩔 수 없이 다정함을 연기하며 그에게 시선을 주고는 했으나 그의 시선과 정면으로 마주하지는 않았다.

식사를 끝내고 잠시 화장을 고치러 수혜가 일어서자 연주도 함께 가겠다며 따라나섰다. 홀 안의 공기를 타고 흐르던 피아노 음악이 약간은 작은 소리로 들려오는 따뜻한 조명이 빛나는 거울 앞에서 연주가 물었다.

"행복하니, 수혜야?"

오랜만에 만난 친구, 그것도 결코 꺼내놓고 싶지 않은 어느 날을 함께했던 친구에게 할 수 있는 말은 많지 않았다. 수혜는 수줍은 미소로 대답을 대신했다.

"연주야, 너 조금도 변하지 않은 것 같아."

"애고, 나이를 먹었잖아. 나한테만 시간이 피해 가진 않더라. 그러는 너야말로 어쩜 그대로니, 외국에서 공부하며 힘들었을 텐데도."

"오히려 내겐 도움이 됐어."

"음, 그렇담 다행이고. 준현 씨도 참 대단하다. 4년이나 너 유학 보내놓고 아무 소리도 없었던 걸 보면, 그치?"

연주의 눈이 거울 속에서 수혜를 따라왔다. 무엇인가를 확인하려는 의지가 엿보였다. 잠깐의 적막감이 감돈 후 망설이며 먼저 말을 꺼낸 사람은 연주였다.

"나 사실은 너무 미안했었어, 그때. 너에게 도움이 되기보단 힘들게만 만든 것 같아서."

수혜의 웃음이 어색하게 굳어졌다.

이래서, 이럴까 봐 널 만나고 싶지 않았던 거야.

"오래전 얘긴걸. 너 행복해 보여, 연주야. 상익 씨도 좋은 사람 같고."

"그래. 편안하고 나보다 더 나를 잘 아는 것 같기도 하고, 내가 세상에서 제일 예쁜 줄 아는 좀 덜떨어진 남자기도 하지만 그게 싫지 않네. 정말로 나이 먹어가나 봐. ……그런데, 수혜야."

"음?"

부단히도 연주와 눈을 마주치는 것을 피하는 수혜와는 달리 연주는 집요하게 수혜를 응시했다.

"그때, 그 일로 아직도 오해하고 있어?"

"뭐?"

"그때, 우리가 본 거."

수혜는 잔뜩 경계하며 연주에게서 거리를 두었다. 당장이라도 밖으로 나갈 생각이었다. 하지만 연주가 먼저 수혜의 손을 잡아서 멈춰 세웠다.

"한 번이라도 그 일로 준현 씨와 터놓고 이야기한 적 있어?"

눈치가 없어도 이렇게 없을 수 있을까.

수혜는 짜증스런 표정을 감추지 않으며 한숨을 내쉬었다.

"이런 얘기, 하기 싫어."

연주가 짐작했다는 듯 걱정스레 말했다.

"너희 부부 거리 두는 게 보여. 아직도 과거 때문에 현재를 그르친다면 그건……."

"그만 해! 우린 오랜만에 서로의 안부가 궁금해서 만난 거야. 충고 듣자고 만난 게 아니야."

수혜가 신경질적으로 날을 세우며 말했다.

하지만 연주도 물러서지 않았다.

"충고 안 해. 있는 그대로 한 가지만 말할게, 들어."

"싫다고 했지?"

더 듣고 있다가는 인내심의 한계에 이를 것이고 적당한 거리를 두는 옛 친구와의 관계 개선은커녕 남은 저녁식사조차 망치고 말 것이다.

연주의 태도는 단호했다.

"한 번만 들어. 너는 그날 집에 돌아가서 오해하고 손목을 그을 게 아니라 준현 씨가 돌아오기를 기다려서 물었어야 했어. 기다릴 수 없었다면, 회사로 쫓아갔어야 했어. 그래서 사실 여부를 분명히 알고 대처했어야 했어."

이미 오랜만에 만난 우정의 이름으로 이해하고 넘어가기에는 정도를 지나쳤다.

"이게 4년 만에 만난 우정 어린 충고니? 내가 이런 걸 원할 거라고 생각했어?"

수혜가 쌀쌀하게 경고했다. 그래도 연주는 단념하지 않았다.

"너 유학 떠난 후에 어느 날, 취재 마치고 바에 잠깐 들렀는데 마침 준현 씨가 거기 있더라. 준현 씨, 많이 취했었는데 그날 많은 얘기들을 나눴어."

"듣고 싶지 않다고 했지!"

마침내 폭발한 수혜가 연주를 지나쳐 자리를 떠나려고 했지만 강한 손에 붙잡혀 멈춰 섰다.

"너 원하는 거 뭐든 들어주겠다고 했더니, 네가 그랬다며. 준현 씨 다시는 보고 싶지 않다고! 다시는 안 봤으면 좋겠다고!"

수혜는 격랑이 이는 내면만큼 거친 숨을 몰아쉬며 연주를 쏘아보았다.

그게 뭐?! 그게 뭘 어쨌다는 거야? 죽을 만큼 아파서 다시는 안 보고 싶다고 말한 것이 뭐가 어쨌다는 거야!

"그 사람은 피를 토하는 심정으로 널 보낸 거야! 알아? 네가 그렇게 원한다니까 보내준 거라고! 그래도 모르겠어? 돌아왔으면 좀 달라졌어야지. 두 사람 모두 행복해져야지, 왜 아직도 그 자리야!"

가슴 깊이 감춰두었던 상처가 다시 건드려지고 터지는 고통은 예리하고 날카로웠다.

"참견도 정도가 지나치면……."

"끝까지 들어. 그날 호텔에서 그 여자와 무슨 일 있었는지 들었어. 너처럼 자길 의심하냐고 묻더라. 그 시간에 젊은 남녀 두 사람이 다정하게 호텔 룸에 묵었다면 알 만한 거 아니냐고 그랬지. 누구나 그렇게 의심할 거라고."

"내가 왜 너한테 이런 얘기를……."

"그 방을 유미림 이름으로 예약했던 건 미술품 감정과 관련한 갤러리 손님 때문이었대. 비밀리에 감정이 있었고 그 자리에는 준현 씨와 그 여자 말고도 외국인 감정사도 있었던 거래. 우리가 오해했던 그런 일이 아니었던 거야."

누가 뭐라고 말해도 나는 그 사람 믿을 수 없어!

"이래서 널 만나기 싫었던 거야. 알아? 난 어느 누구와도 그 일에 관해 말하고 싶지 않았다고!"

지긋지긋한 사람들! 사디스트들!

없었던 일로 지우고 싶은 과거를 굳이 끄집어내는 일에 좋아라 할 사람이 어디 있다고!

수혜는 의지를 그러모아 쌀쌀하게 연주의 손을 뿌리치고 밖으로 나왔다.

집으로 돌아오는 길에 그가 먼저 말을 걸었다.

"연주 씨와 뭐 안 좋은 일 있었어?"

"왜요?"

"좀 어색해 보여서. 두 사람 좋은 친구 아니었나?"

꼼꼼한, 살피는 시선이 그녀의 얼굴을 떠나지 않았다.

수혜는 왜 그가 연주와 자신의 관계에 대해 신경 쓰는지 의아했다. 생각해 보니 그녀가 돌아온 후로 그는 가끔씩 연주와 다시 만났는지 묻곤 했다.

"너무 오랫동안 연락을 안 하고 살았더니 어색한 건 사실이에요."

만약 수혜가 지금 누군가 만나고픈 사람이 있다면 그것은 오랜 친구였던 연주가 아닌 다른 사람이었다. 정숙진! 마치 자신을 대하는 것 같은, 아니, 몇 년 후의 자신을 비춰본 것 같은 존재. 망가진 자신의 모습을 경계하게 만들었던 여자. 하지만 수혜는 순간의 화를 참지 못하고 연주에게 감정을 드러내서 평정을 잃고 소리친 것은 후회되었다.

"……당신은 연주와 친해졌나 봐요. 전에는 서로 싫어하지 않았어요?"

"연주 씨가 날 미워했지, 당신 주저앉혔다고. 그땐 꽤 호전적이고 강경한 페미니스트 같아서 나도 좀 꺼렸고. 그러다 당신 여기 없을 때 우연히 몇 번 마주친 적 있는데, 연주 씨도 나도 그사이 생각이 좀 변해 있던가 봐."

수혜는 연주와의 감정적 대립이나 연주가 던진 민감한 사안에 대해 그와 이야기하고 싶지는 않았다. 수혜는 시간을 두었다가 화제를 바꾸었다.

"일은, 전처럼 많지 않아요?"

"성정 어패럴이라고 꽤 잘나가던 여성 브랜드로 알려진 회사인데 이번에 인수했어. 내가 그 일을 추진했기 때문에 한동안은 좀 바쁠 거야."

"지난번 파티에서 잠깐 들었던 것 같아요."

"예전에 당신과 했던 약속 기억나?"

"무슨…… 약속요?"

"당신이 패션디자이너로서의 꿈을 실현하겠다며 연애 따위엔 관심 없다고 날 피했잖아."

아주 오래전 이야기였다.

"그때 당신에게 디자이너로 성공하려면 돈 많은 스폰서가 있어야 되지 않겠냐고 설득했었지. 당신이 원한다면 내가 그 역할을 해주겠다고."

"그건…… 그냥 해본 소리 아니었어요?"

"그때는 당신이 그렇게 열심히 발로 뛰어다니는 모습이 보기 좋았고, 당신이 노력하면 가능할 거라고도 생각했어. 하지만 정작 당신이 내 뜻대로 일을 접고 난 다음에는 실질적인 구상에선 멀어진 게 사실이지. 사실 내가 욕심이 과했어. 당신이 어머니처럼 혹은 다른 여자들처럼 집안일과 내게만 충실해 주길 바랐어."

결혼 이후에 그가 어떤 생각을 했는지는 이미 알고 있었지만 그의 입을 통해 직접 듣는 고백은 생소했다.

"너무 늦었지만 이제라도 그 약속을 지킬 생각이야."

그 순간 수혜는 연주의 말이 떠올랐다.

너 원하는 거 뭐든 들어주겠다고 했더니, 네가 그랬다며. 준현 씨 다시는 보고 싶지 않다고! 다시는 안 봤으면 좋겠다고!

다시 안 보는 정도가 아니고 이 사람을 만나기 전으로 돌아갔으면 좋겠다고 했지. 누구도 이 사람만큼 나를 아프게 한 사람이 없었으니까. 두려웠으니까. 다시는 그런 감정 가지고 싶지 않았으니까!

수혜는 경계하는 마음으로 자신의 심정을 토로했다.

"솔직히 난, 당신이 다정하게 구는 거 별로 내키지 않아요."

"왜?"

"실망할까 봐서요."

"무엇 때문에?"

"무언가를 기대했다가 다시 예전처럼 돌아가게 되면 더 견디기 힘들 거예요."

"그런 일 없을 거야."

그는 분명하고도 자신있게 말했지만 수혜는 곧이곧대로 믿지 않았다. 그녀에 대한 그의 사랑이 영원히 변치 않으리라고 굳건하게 믿었지만 정작 그들의 사랑은 그리 오래가지 않았던 것이다.

"그건 모르는 일이죠."

"날 믿어봐."

당신을 믿으라구요? 내 생명과 당신을 바꿀 수 있다는 게 무서워요! 당신을 다시 믿어요? 언제 내게서 등 돌릴지 알 수 없는 당신을 믿어요?

수혜는 쓴웃음을 지으며 차창 밖으로 지나가는 길가의 가로수로 시선을 돌렸다.

"그게 그렇게 힘든 일이야?"

"무리한 기대는 하지 말아요."

그래요, 나는 두 번 다시 같은 고통을 되풀이하지 않을 테니까요. 나는 바보가 아니에요. 사랑하는 감정이 얼마나 사람을 행복하게 하는지 알고 있지만 또 그 못지않게 사람을 고통스럽게 하는지도 알고 있거든요. 당신을 다시 사랑하는 위험은 감수하지 않을래요. 차라리 지금 이대로가 더 마음 편해요!

이전에 희현이 물었을 때 다시 태어나면 사랑이나 결혼 같은 건 모르고 살았으면 좋겠다던 말은 수혜의 진심이었다. 더는 고통을 감수하는 어떤 일에도 선뜻 뛰어들 수 없을 것 같았다.

그 역시 더는 그를 믿어보라고 말하지 않았다.

이 사람이 나 때문에 마음 상할 때도 있을까? 이 남자에게도 뭔가 풀리지 않는 일도 있을까?

그녀가 호기심 어린 눈길로 그에게로 시선을 주었을 때 정지신호에 걸려 멈추었던 그는 수혜와 눈이 마주치자 쓴웃음을 지었다. 수혜는 급하게 시선을 거두었다. 다시 도심의 도로 위에서 그들을 태운 차도 움직였다.

"예전에, 말야. 내가 원하는 건 뭐든지 하고 싶어하던 여자가 있었어. 좀 어리고 순진하긴 했는데 처음엔 그게 사랑스럽고 보기 좋았어. 다른 남자에게 빼앗길까 봐 욕심을 내서 내 사람으로 만들었지."

수혜는 그의 고백이 낯설게만 느껴졌다. 세상에 그런 여자가 있었던가?

그가 언뜻 후회의 감정이 뒤섞인 음성으로 말을 이었다.

"당신이 견디기 힘들어하리라는 건 생각지 못했어, 그땐. 내가 가진 배경, 내가 당신에게 줄 수 있는 경제적 안정, 그 속에서 당신도 만족하길 바랐어."

지난번 대화에 이어 또 하나의 충격이었다. 예기치 않은 순간에 툭툭 던져 내는 그의 고백은 수혜를 당혹하게 만들었다.

"내가 이기적으로 굴었다는 걸 알아. 당신이 꿈을 접고 내 곁에 있다는 사실을 고맙게 생각해야 했는데, 그리고 나 역시 당신에게 한 약속을 지켰어야 하는데, 그러질 못했어. ……다시 돌이킬 수 있다면 난 변해 있을 거야."

자신이 이기적이었음을 인정하는 그의 태도는 담담했다.

무엇이 그를 그토록 변하게 만들었는지 수혜는 궁금해졌다. 그토록 냉담하고 쌀쌀한 태도로 그녀를 거절했던 남자가 스스로 이기적이었음을 고백하는 일은 꿈에서도 상상하지 못한 일이었다.

"……그 여잘 되찾고 싶어."

"그런 여잔 세상에 없어요."

그래, 그가 말하던 그런 여자는 지금 없다. 그의 사랑만을 믿으며 그의 곁에 머물기를 원했던 여자, 그의 배경이 아니고 그만을 사랑했기에 남들의 눈에는 부럽기만 한 조건들을 고통스럽게 감수해야 했던 그 여자를 되살리겠다니!

"그런 여잔 여기 없어요."

"그렇다면 겉모습만이라도 품고 살아야겠군."

그가 던진 말의 여운은 길고도 씁쓸했다.

그 후로 집으로 돌아오는 내내, 주차장에서 걸으면서, 엘리베이터에 올라서도 그들은 아무 말도 하지 않았다. 얼핏 그의 얼굴에 웃음기가 스치기도 했으나 외로움이 배어 있었다.

수혜는 그의 태도에서 낯설고 생소한 느낌을 받았다. 지금껏 두 사람의 관계에서 자신만 불행하고 아프다고 생각했던 그녀였다. 그에게 불행하거나 아파할 마음 같은 건 없다고 생각했던 그녀였다. 하지만 연주는 수혜가 그에게 상처를 주었다고 말했다.

"연주 씨, 좋은 사람을 만난 것 같아."

문을 열기 위해 키패드의 버튼을 누르면서 그가 생각난 듯 말했다.

"네, 그런 것 같아요."

우리도 한때는 그런 적이 있었어요, 아주 멀게만 느껴지지만요.

수혜의 입가에도 씁쓸한 미소가 잠시 스쳤다.

요즈음의 나는 왜 당신에게 나쁜 여자가 된 것만 같은 생각이 드는지 모르겠어요.

수혜는 그런 생각 때문에 우울해졌다. 연주와 그녀의 남자를 만나고 나서부터 더욱 확실해졌다. 갑작스레 눈물이 차올라서 수혜는 그에게 들키지 않기 위해 눈을 깜빡여서 눈물을 씻어냈다. 그의 뒤에서 수혜는 자신만큼 그도 외롭고 우울하다는 사실을 떨쳐버릴 수 없었다. 한순간 쓸쓸해 보이는 그의 어깨를 감싸 안아주고 싶다는 갑작스런 유혹에 수혜는 멈칫하며 잠시 눈을 감았다.

"어디 아픈 거야?"

그가 수혜를 돌아보며 걱정스레 물었다.

수혜는 자신의 마음을 들킬 것 같고 울게 될 것 같기도 하여 차마 대답을 하지 못하고 고개만 저었다.

수혜가 거실을 지나 자신의 방으로 가려는데 뒤따라 들어오던 그가 물었다.

"……당신 생각, 변함없어?"

"네?"

돌아서서 그를 바라보는 수혜에게 주저하는 기색이 역력한 음성으로 그가 말을 이었다.

"우리 결혼에 대한 생각. 4월이 되면 이혼 수속 진행할 생각이야?"

시간을 붙들어 매둔 것 같다고 생각했는데 어느새 4월이 다가오고 있었다. 전에도 한번 수혜는 변할 이유가 없다고 말했었다. 이번에도 변할 이유가 없었다. 아무것도 변한 것이 없었다.

"그래요."

마침내 수혜는 따끔거리는 입 안에서 겨우 한마디 토해냈다.

그는 그대로 고개를 끄덕이고는 잘 자라며 서재로 향했다.

옷을 갈아입고 화장을 지우고 씻은 후에도 그녀는 은은한 스탠드 불이 켜진 침대 쪽을 바라보기만 할 뿐 누울 수 없었다.

아무것도 변하지 않았다.

변한 것은 아무것도 없다.

나는 저 사람을 믿을 수 없고 마음을 열 수도 없다.

이럴 때 우리 사이에 아이가 있다면 조금은 달라졌을까? 지금
보다는 나아졌을까?

그래, 그럴지도 몰라, 서로에게 공통된 화제라도 있을 테니까.
아니면 서로를 마주 보진 못하더라도 우리의 아이라는 소중한 존
재를 두고 사소한 이야기라도 나눌 수 있었을지도!

지금 우리는 서로에게 문 닫아 걸고 상처받을까 겁내하면서 오
히려 더 소중한 것을 잃어가고 있는 것 같아.

수혜도 그와 웃고 장난치면서 연주 같은 행복한 사랑을 하고 싶
었다. 우울하고 쓸쓸한 그의 뒷모습을 보면서도 손 내밀지 못하는
채로 살고 싶진 않았다.

왜 우린 이렇게 감수하면서 살고 있을까? 행복하지도 않으면
서! 왜 깔끔하게 정리하지 못하고 스스로를 고문하듯 그의 제안을
받아들인 걸까? 마조히스트처럼 이런 삶을 즐기는 걸까?

즐긴다고? 그럴 리가! 너무나 아프고 고통스러워 도망치고 싶
다는 생각을 한 적은 있어도 그렇지 않다는 건 그녀 자신이 잘 알
고 있었다.

수혜는 한동안 망설이다가 아무것도 하지 않고 있는 것보다는
무언가 손에 잡고 있어야겠다는 생각에 스케치북을 집어 들었다.
하지만 머릿속이 온통 다른 생각으로 가득 차 있어 도무지 어떤

이미지도 떠오르지 않았다. 결국 수혜는 스케치북을 내려놓고 자리에 누워 스탠드를 껐다.

가슴이 천근 무게를 지닌 것처럼 무거웠다. 날카로운 것만 통증은 아니었다. 무디게, 사람을 질식시키고도 남는 무딘 고통도 있었다. 마비가 되면 고통을 느끼지 못하는 것이 아니었다. 피가 돌지 않아 차츰 무뎌진 상처는 바늘로 찔러도 꿈쩍도 않지만 시간이 지나면 괴사 직전의 저린 그곳은 깨닫지 못하는 사이에 썩어 들어간다. 아무런 전조 증상 없이! 곧 절단하지 않으면 안 될 정도로!

그 사람은 피를 토하는 심정으로 널 보낸 거야! 알아? 네가 그렇게 원한다니까 보내준 거라고!

연주의 말에 이어 왼쪽 손목의 상처를 보고 흠칫 놀라던 그의 얼굴도 떠올랐다. 파리에서의 생활을 물어보던 그. 그녀의 두통을 걱정해 주고, 약을 먹지 않는 것이 과거의 일 때문인지를 조심스레 묻기도 했다. 미림과는 연인 사이가 아니라고 말하기도 했다.

그래도 모르겠어? 돌아왔으면 좀 달라졌어야지. 두 사람 모두 행복해져야지, 왜 아직도 그 자리야!

걱정하고 충고하는 연주의 말에 지나치게 반응했던 건 어쩌면 스스로도 정곡을 찔렸음을 알고 있었기 때문이다. 물에 빠져본 경험이 있는 사람이 물가를 피하는 심정, 불에 데어본 사람이 불가를 피하는 심정. 수혜는 사랑이 두려웠다. 행복하게 만들기도 했지만 자신의 모든 것을 뒤바꿔 놓을 수 있고 무의미하게도 만들 수 있는 감정이!

내 마음을 숨기면서 살고 싶지 않아. 그리고 함께 있으면서 나만큼이나 불행한 그 사람을 보고 싶지도 않아.

그 사실만큼은 분명했다. 그와의 결혼 생활을 재고해 볼 필요도 없는 것이 당연했다. 지금도 충분히 고통스러운데 이런 삶을 기한 없이 계속할 수는 없는 일이다. 그는 물론 수혜 자신 또한 행복하지 않은 건 사실이었다. 그토록 포기하고 싶지 않던 일을 그만두고 그와 결혼한 직후에는 행복했었다. 그저 하루하루 집안일을 배우고 저녁에 돌아온 그와 시간을 가지는 것만으로도 좋았다. 그러다가 오로지 해바라기처럼 그만을 바라보고 있는 자신 때문에 짜증이 나고 일을 하고 싶어 몸살이 나던 때도 있었는데, 정말로 그때는 일을 하게 되면 행복할 것 같았다. 그런데 지금은 일을 가지고 있지만 그것이 하나의 도피처는 될지언정 커다란 성취감을 주지는 않았다.

그와 자신에게는 무언가가 빠져 있었다. 수혜는 그것이 무엇인지 알고 있었다. 그녀를 행복하게 만드는 감정. 존중받고 있다는 분명한 증거! 그가 아무리 다정하고 사려 깊고 친절해도 사랑하지 않는다면 고통이었다. 수혜는 자신의 감정을 인정하고 그의 감정을 알고 싶었다. 아직도 그를 사랑하고 있으며 그에게서 사랑받고 있다는 사실을 확인하고 싶었다. 그가 아무리 잘해주어도 그것이 사랑의 감정이 아닌 한 그녀는 원치 않았다. 정작 그녀를 아프게 하는 건 배신당한 사실 자체가 아니라 그에게서 사랑받지 못한다는 사실이었다. 두려우면서도 그것을 원하는 모순된 감정이 그녀 안에 존재하고 있었다.

그는 몇 번이나 그들의 한시적인 동거가 그의 스캔들 무마 때문이 아니고 두 사람의 결혼을 다시 시작하고 싶기 때문이라고 말했다. 그가 이혼을 원하고 다른 여자를 원했다면 얼마든지 그럴 수 있었는데도 그는 이혼을 원하지 않았다. 그녀가 거리를 두고 그를 대했음에도 그는 다시 시작해 보자고 했다. 뿐만 아니라 예전과는 달리 시부모님으로부터 그녀를 옹호해 주려고도 했다.

이혼을 원했다면 얼마든지 그걸 요구할 기회가 있었어, 저 사람은!

당신을 오해하게 만들었다면 이유가 있겠지. 내가 당신이 싫어졌다면 그 이유도 있을 거야.

당신을 사랑하지 않으면서 함께 살 만큼 나 그렇게 싫은 걸 잘 참아내는 성격도 아냐!

최근 가슴을 아프게 했던 그의 말이 또 다른 의미를 가지고 다가왔다.

싫어진 이유가 있다고? 단순히 부부 사이에 오는 권태가 아니고 싫어졌던 이유가 있다고 말했던 건가? 사랑하지 않으면서 함께 살 만큼 잘 참아내지 못한다는 그 말은……?!

그는 다시 만난 날부터 조금씩 수혜가 알아차리지 못하게 두 사람 사이의 거리감을 좁히기 위해 노력해 왔다. 왜 아직도 그 자리냐고 누군가 묻는다면 그것은 수혜 때문이었다. 수혜도 인정할 수밖에 없었다. 그는 스캔들보다 더한 문제가 있더라도 진정으로 원했다면 남의 이목에 상관없이 벌써 이혼을 실행했을 사람이었다. 그는 확실히 거리를 좁히기 위해 노력해 왔다. 싫은 사람을 참고 견디지 못한다고 말하던 그와 다시 시작된 섹스도 열정적이었다.

오래전 그의 말로 인해 생긴 상처를 잊게 해줄 수도 있을 정도였다. 그를 밀어내고 인정하고 싶지 않았지만 아직도 그를 사랑하고 있는 것도 숨길 수 없는 사실이었다.

하지만 그는? 그는 어떻게 생각하고 있을까.

아직도 날 사랑하고 있을까? 조금이라도, 날 사랑하고 있을까?

연주의 말은 틀리지 않았다. 4년 전 그때, 그가 집으로 돌아오기를 기다려서 물었거나 회사로 쫓아가서 추궁했어야 했다. 시간이 지났다는 핑계나 마음이 변했다는 가짜 위안으로 피할 것이 아니라 이번에 돌아와서라도 그렇게 했어야 했다. 그녀는 강한 척하면서 실제로는 강하지 못했다. 무감각한 척하면서 예민하게 그를 느끼고 사랑하지 않는 척하면서 실제로는 그가 사랑해 주지 않을까 봐 두려웠다.

수혜는 자리에서 일어나 마음이 변하기 전에 걸음을 내디뎠다. 그가 있는 서재로 향할수록 비정상적으로 세찬 심장 소리가 그녀의 귓가를 울렸다. 문 앞에서 멈춰 선 수혜는 잠시 심호흡을 하고 떨리는 손으로 문을 열었다.

그는 테이블의 스탠드만을 켜놓은 상태로 느슨하게 풀어놓은 넥타이와 셔츠 차림으로 책상 너머 그의 자리에 앉아 있다가 노크 소리에 고개를 들어 수혜를 쳐다보았다.

그는 안으로 들어서는 수혜를 보고 놀라는 표정이었다. 서로 다른 이유로 그들 사이에는 팽팽한 긴장감이 감돌았다. 그는 다시 만난 이후로 소극적이기만 하던 수혜가 먼저 한 걸음 뗐다는 사실은 기뻤지만 그만큼 두 사람이 피해왔던 화제에 근접하는 것은 아직 준비되지 않은 상태였다.

그는 가만히 그녀의 말을 기다렸다. 수혜는 바짝바짝 타 들어가는 입술로 겨우 말했다.

"방해한 거 아니에요?"

"그렇지 않아."

이야기를 하자고, 마음을 확인하자고 몇 번의 시도를 해봤던 그도 예기치 못한 수혜의 행동에 긴장하지 않을 수 없었다.

"왜……? 무슨, 할 말이 있는 거야?"

꼼꼼한 그의 시선에 수혜는 어디서부터 시작해야 할지 갈피를 잃었다.

"……뭐, 필요한 거 있어요?"

"아니."

"저기, ……차라도 한 잔 가져다줄까요?"

"됐어. 그런 건 상관없으니까 하고 싶은 말 있으면 이리 와서 앉지?"

그는 당장이라도 기회를 봐서 도망쳐 버릴 것 같은 수혜에게 책상 너머 맞은편 의자를 가리켰다.

수혜는 서둘러 고개를 가로저었다.

"그럼 거실로 나갈까?"

"아, 아뇨. 그냥 여기서 물어볼래요, 있는 그대로 대답해 줘요."

"그래."

수혜는 도망치고 싶은 마음을 틀어쥐듯 등 뒤로 문손잡이를 잡은 손에 힘을 주었다.

"우리…… 결혼에 대해서 내 생각이 변하길 바라요?"

아무것도 겁내거나 두려워하지 마. 두려워하지 마, 그냥 확인하는 것뿐이야.

떨고 있는 수혜와는 달리 그의 대답은 쉽고 간결했다.

"음."

"왜요?"

"지금처럼 앞으로도 당신과 함께 살고 싶으니까."

"그러니까 왜요?"

"그걸 몰라?"

"몰라요."

모르겠어요. 당신에 대해서는 어느 것도 나는 확신할 수 없어요.

짧은 한숨에 이어 그가 대답했다.

"사랑하니까!"

그는 수혜에게 밥을 먹었냐고 물어보는 것이나 날씨가 좋다고 말하는 것이나 머리가 아프냐고 물어보는 것이나 다름없이 말했다.

가슴은 여전히 세차게 뛰었고, 그에게 사로잡힌 시선도 뗄 수 없었다. 사소하고 두서없는 수많은 질문들이 수혜의 마음속에 있었지만 그의 한마디 말로 갑자기 사라져 버렸다. 눈도 깜빡일 수 없었고, 침 삼키는 것마저 멈춰 버린 것 같았다.

"당신은……"

수혜는 용기가 사라지기 전에 겨우 입을 뗐다.

"난 사실, 그전처럼 질투하고, 그런 모습 보이는 거 당신이 싫어하고 귀찮아한다고 생각했어요. 그래서 많이 내색하지 않으려고 했어요."

그녀의 말이 끝나고 그 여운이 충분히 그에게 감지된 후에서야 그는 그녀에게서 시선을 피하며 자리에서 일어섰다.

"난 그런 적 없어."

"나 돌아온 후에 당신이 많이 배려하고 노력했던 거 알아요."

"그러면 당신 기준에 합격한 건가?"

그가 안도한 듯 장난스레 말했다.

"한 가지만 더요. ……왜 내가 싫어졌던 거였어요?"

"뭐?"

수혜의 말을 놓친 것처럼 되물었지만 그것은 시간을 벌기 위한 것일 뿐이었다.

"그때, 4년 전에 왜 갑자기 내가 싫어졌던 거예요? 당신 그때 했던 말, 하나도 잊지 않고 있어요. 너무 외롭고 아파서, 당신에게 위로받고 싶었는데, 겨우 용기를 내서 당신에게 다가갔는데 당신은 날 밀쳐 냈어요."

그냥 밀쳐 내기만 한 것이 아니고 다시는 다가가지 못하도록 쐐기를 박는 한 마디도 건넸었다. 권태기인가 보다고, 괜찮아질 거라고 수습하는 그의 말은 조금도 위로가 되지 못했다. 대답을 기다리는 수혜에게서 눈을 떼지 못한 채로 그는 선뜻 결정하지 못했다.

말해야 할까. 지금 당장 말하지 않더라도 언젠가는 말할 기회가 있지 않을까. 아니면 영원히 비밀로 가져가도……!

"노력할게요. 그러니 당신도, 내게 기회를…… 줘요. ……노력할게요."

그가 고통스런 표정으로 수혜의 말을 잘랐다.

"그러지 마, 수혜야."

수혜는 그의 의도를 몰라 멈칫하며 말을 삼켰다. 싸늘한 기운이 그녀의 가슴에 파고들었다. 사랑하기 때문에 함께 살고 싶다고 말했던 그가 순간 다시 번복하는 것은 아닌가 싶었다.

그가 수혜의 표정에서 그것을 읽고는 고개를 저었다.

"아니, 그런 뜻이 아니야. 다만, 우리 사이에 사과해야만 할 사람이 있다면 그건 바로 나라는 거야. 당신이 노력하거나 사과할 일은 없어."

"하지만……."

그가 다시 그녀의 말을 잘랐다.

"할 말이 있어. 아주 오랫동안 하지 못했던."

전에도 한번 수혜는 그에게 물었었다.

왜 내가 싫어졌던 거예요?

그때도 그는 못 들은 척 피하며 대답하지 않았다. 함께 나이 먹고 늙어서 지난 추억을 돌아보게 된다면, 그럴 수 있다면 죽기 전에 한 번쯤 고백하는 것이 낫지 않을까 생각한 그였다. 지금처럼 민감한 시기에 이야기하는 것은 위험할 수도 있다고 주저하는 마음도 있었다. 하지만 언젠가는 해야 할 이야기였고, 그것을 말하지 않고는 그들 사이에 진실한 관계란 성립할 수 없다는 생각이 그를 구석으로 몰아세웠다. 하지만 그는 수혜의 반응이 두려웠다.

"당신을 오해하고 있었어. 그래, 그것이 우리 사이를 이렇게 만들었다고 생각해."

"무슨 말인지 잘 모르겠어요."

그는 용기가 사라지기 전에 대답했다.

"4년 전에 나는, 당신이 아이 때문에 하고 싶어하는 일을 못하게 될까 봐서 나 몰래 아이를 없앴다고 생각했어."

"그게, 무슨……?"

전혀 생각지도 못했던 말이 그의 입에서 나오자 수혜는 하얗게 질렸다. 아찔한 현기증으로 당장이라도 주저앉을 것 같았다. 무엇에든 의지하거나 기대지 않으면 당장이라도 무너질 것 같았다. 다행히 그녀 뒤를 튼튼히 받치고 있는 문가에 기댔다. 그녀는 사랑한다고 말하면서 왜 한때 그녀가 싫어졌던 거냐고 물었을 뿐인데, 그는 전혀 엉뚱한 대답을 했다. 얼마 전까지 그가 먼저 이야기하기 전에는 그가 그때 일에 대해 모른다고 생각했는데 왜 그때의 이야기가……?! 수혜는 두 사람이 과거에 대해 이야기를 해야 한다면 그것은 어느 날 그와 다른 여자가 호텔에서 나오던 날이어야 한다고 생각했는데, 그는 전혀 생소한 이야기를 꺼내놓았다.

"그래서 당신에게 쌀쌀하게 대했던 거야. 당신을 믿고 있었는데, 그럴 여자가 아니라고 생각했는데, 내 믿음을 배반했다고 생각해서."

"그, 그 일은……"

그런 게 아니라는 말조차 할 수 없을 만큼 수혜는 덜덜 떨고 있

었다. 생각지도 못했던 4년 전의 일은 그만큼 수혜에게 충격적이
었다. 자신을 죽음으로까지 몰아넣었던, 가슴 한 켠에 아직도 상
처로 남아 있는 그 일의 배경에 그의 무서운 오해가 깔려 있었으
리라고는 생각도 못했기 때문이다.

"알아, 당신이 그럴 여자가 아니란 걸."

"지금은, 안단 말인가요? 그때는 그렇게 믿었는데? 어, 어떻게
그럴 수 있어요?"

수혜의 참았던 슬픔과 원망이 뺨 위로 넘쳐흘렀다.

"내가 미쳤었나 봐. 당신이 그럴 리 없다는 생각보다는 그저 화
가 나기만 했으니까. 이후로 당신의 모든 행동들이 좋게 보이질
않았어. ……그게 당신을 아프게 했던 이유였어."

"나는, 내 부주의 때문에 아이를 잃었다고 생각해서 속상했어
요. 당신에게 말하고 위로받고 싶은 마음도 있었지만 막상 그때
기회를 놓치고 나니까 당신한테까지 말해서 우울하게 만들고 싶
지 않았어요. 난, 어떻게든 잊어버리고 지나가고 싶었는데……."

수혜는 손을 올려 뺨을 적시는 눈물을 훔쳐냈다.

그는 망연하게 그 자리에 서서 수혜를 바로 보지 못하고 있었
다.

"당신이 그런 이유로 날 미워하고 있으리라고는 한순간도 생각
해 보질 못했어요."

못되고도 잔인한 여자! 수혜는 그제야 그의 비난을 이해할 수
있었다. 그의 생각대로라면 그녀는 정말로 못되고도 잔인한 여자
였다. 애정을 갈구하는 손길조차도 차갑게 뿌리치던 그의 태도가

생각나 수혜는 다시금 몸을 떨었다.

당연히 싫었겠지. 그저 마주 보는 것만도 참을 수 없었을 것이다.

그의 성격에 정말 용케도 참아내고 있었다고 생각하자 수혜는 허탈해졌다. 당시에는 알지 못했던 그에게서 받은 미움, 증오가 한순간 지뢰처럼 숨어 있다가 터져 나온 듯했다. 그의 말은 한마디 한마디가 애써 묻어두었던 과거까지 들춰냈다. 수혜는 공기를 들이마시는 것조차 고통스럽게 느껴졌다. 그녀가 꿈꿔온 모든 것이 무너져 내렸다. 자신만 마음을 돌리면 이 모든 자신들의 불화가 씻겨나갈 거라고 단순하게 믿고 있었는데!

"그때, 그 일을 알았을 때, 내게 말을 하지 그랬어요?"

수혜는 여전히 눈물이 넘쳐 나는 눈으로 원망스럽게 물었다.

그래요, 당신이 유산에 대해 알게 되었던 그날 내게 확인했더라면 아마도 난 지금 이상으로 아팠겠지만 그래도 우린 이렇게 멀리 오지 않아도 되었을 거예요. 어쩌면, 잘못 안 거라고 웃으면서 말하고 용서하고 그 자리에서 안아주었을 거예요.

"그때 난, 당신을 제대로 쳐다볼 수도 없었어."

그는 고통스럽게 그 사실을 인정했다.

시간을 되돌릴 수 있다면! 그는 과거를 되돌리고 싶었다. 다시 그 시간으로 돌아간다면 그는 절대 같은 실수를 되풀이하지 않을 것이다. 그것은 순간을 후회하는 세상 모든 사람들이 바라는 소망일 것이다. 그 시간으로 다시 돌아갈 수만 있다면! 모든 것이 엉망이 된 그 잘못된 시간으로!

"아니면 영영 하지 말지 그랬어요? 차라리, 아무 말도 하지 말지 그랬어요?"

"지난 4년이 내겐 고통이었어. 스스로를 벌하는 거라고 감내했지만, 그래도 당신을 아주 잃어버릴 수는 없었어. 아무렇지 않게 당신을 대할 수도 없었어."

그에겐 지난 4년이 무척이나 길고도 외로웠다. 가끔씩 멀리서라도 그녀를 보고 싶은 마음에 프랑스행 항공권을 예약하고 날아가기도 했지만 그녀를 볼 용기를 내지 못했다. 출장 중에 들렀다고, 잘 지내는 거냐고 둘러댈 수도 있지만 그는 스스로를 벌하듯 그리움을 눌러 참았다.

수혜 자신의 선택으로 돌아오기를 그는 빌었다. 다시는 무감각한 표정의 수혜를 대하지 않기만을 빌었다. 그렇게 그녀가 돌아온다면, 건강한 모습으로 돌아온다면 그는 자신의 잘못을 고백하고 사랑을 말하며 용서를 구하리라고 생각했었다.

"그래서, 내가 싫어서, 그 여자에게 갔던 거였어요? 유미림 씨한테?"

수혜는 또 다른 아픈 상처를 헤집었다. 상처에 상처를 더하니 더 이상은 고통조차 느껴지지 않았다.

"미림이와는 아무 일도 없었어."

수혜에 대한 미움이 아무리 커도 다른 여자로 대치할 수는 없었다.

"그건 당신이 잘못 생각했던 거야. 나는 한 번도 당신을 배신한 적 없어."

"내가, 하고 싶은 일을 위해서 뱃속의 아이도 쉽게 없앨 수 있는 여자라고 생각한 건 배신 아니에요?"

그는 아무런 반박도 하지 않았다. 시간이 상처를 아물게도 해준 다는 말을 그는 믿고 싶었다. 위선이 진실보다 나았을까. 그는 아 직도 충격으로 떨리는 몸을 감당하지 못하는 그녀에게 다가갔다.

수혜는 서둘러 눈물을 훔치며 그를 피해 등을 돌렸지만 그가 수 혜의 어깨를 감싸 안았다.

"당신을 사랑해. 미워하던 그때에도 그 사실은 변함없었어. 당 신을 잃을 수 없다는 것만큼 분명한 사실도 없었어!"

시간이 지나면 격한 감정도 가라앉을 거라고 참아내는 동안 그 는 자신과 수혜에게 더 큰 상처를 만들어냈던 것이다.

수혜는 몸을 떨었다. 방금 알게 된 사실은 도무지 감당할 수 없 었다.

"나, 나는 생각할 시간이 필요해요."

그녀는 울먹이는 음성으로 더듬거리며 그에게서 거리를 두었 다.

"이젠 당신을 마주 보는 일도 겁이 나요. 두렵고, ……당신이 무 서워요."

"미안해, 더 일찍 용서를 빌었어야 한다는 거 알지만, 그럴 수 없었어. 대신에 이제라도 잘하면 된다고 생각했어, 당신을 잃고 싶지 않았어."

"그건 사랑, 아녜요. 그건, 사랑도 아니에요."

그녀의 눈에서는 다시 참았던 눈물이 흘러내렸다.

"내가 잘못한 것 알아, 내가 실수한 것도 알아. 하지만 당신을 사랑하는 건 거짓이 아니야. 날 용서해 줘. 마음 아프게 하고, 상처 줬던 일들, 살아가면서 갚을게. 다시는 아프게 하지 않을게."

"어떻게, 어떻게 그럴 수 있어요? 어떻게! 나, 나는 당신을 포기하려고 했단 말예요, 나 자신도 포기하고, 모든 걸…… 다 내던지려고 했었단 말이에요. 당신 때문에, 당신 때문에 난 너무 아팠단 말예요. 당신 때문에."

그 순간 욕실에 쓰러져 있던 그녀의 모습이 당장 눈앞의 현실처럼 되살아났다. 그것은 정말로 견디기 힘든 고통이었다.

"당신은 날 못된 여자로 만들고 미워했어요. 나를 당신에게서 밀어내고, 내게서 살고 싶은 의지도 빼앗았어요. 내게 다시 모험하라고 말하지 말아요. 내게 당신을 믿고 다시 사랑해 보라고 말하지 말아요, 당신은 자격을 잃었어요. 나는 당신이 싫어요. 당신은 날 너무 힘들게 해요."

"……미안해."

그녀를 위로하고 용서받기 위해서 할 수 있는 말이 있다면 그는 어떤 말이라고 하고 싶었지만, 미안하다는 말 이외에는 어떤 말도 할 수 없었다.

그는 그녀가 감정을 폭발시키고 나면 조금 더 진정된 모습이길 바랐다. 그녀가 말하듯이 비참한 그녀를 위해 그녀만의 시간을 줄 수도 있겠지만 그는 그럴 수도 없었다. 그녀를 잃을지도 모르는 위험을 다시 감수하고 싶지 않았다. 오히려 지금 당장은 비참하고 아프더라도 함께하고 진심으로 용서를 빌며 다시 시작하고 싶었다.

"지난 4년 동안 나도 결코 쉽진 않았다는 걸 알아줬으면 좋겠어. 나는 지난 4년을 속죄하는 마음으로 살았어. 당신이 원하는 일을 하면서 당신 자신을 되찾기를 바라면서, 건강한 모습으로 다시 돌아오기만을 바랐어. 그러고 나면 남은 평생 동안 다시는 울리지 않겠다고, 내 자신에게 약속했어. 다시는 당신을 아프게 하지 않겠다고!"

그는 그녀를 안아주고 눈물을 닦아주고 싶었지만 그녀가 뿌리칠까 봐 만지지도 못했다.

"당신을 자유롭게 보내주고 용서를 빌고, 당신이 떠나겠다면, 그래야만 한다고도 생각했지만, 그럴 수는 없었어. 당신을 사랑해. 지난 4년, 지난 4년 동안 당신이 돌아올 거라는 희망이 없었다면, 나는 견디지 못했을 거야."

"……."

"날 벌주고 싶다면 얼마든지 그래도 좋지만 수혜야, 제발 떠나지는 말아. 나는 살아 있는 동안 당신과 함께 살고 싶어. 당신이 원하는 거라면 무엇을 해도 좋아. 그래, 모든 걸 다 참고 인내할 수는 있지만, 제발 부탁이니 날 떠나겠다는 말은 하지 마."

하지만 수혜는 서둘러 그에게서 등을 돌리고 침실로 돌아와 무너지듯 침대 아래 바닥에 주저앉았다. 아직도 충격으로 몸이 떨렸다. 그녀는 무릎을 세우고 떨리는 몸을 웅크리고 감싸 안으며 한참을 울었다.

당신이 차라리 그냥 내게 싫증 나고 그래서 날 배반했다면 차라리 견딜 수 있겠어요. 하지만 이건 아녜요. 내가 상상하고 이해할 수 있는 일이 아니에요.

차라리 과거의 일을 덮어둔 채로 새롭게 시작했다면 나았을 것 같았다. 그녀에겐 죽음을 끌어안고 싶을 만치 고통스럽던 과거의 일이 단지 사랑하는 부부 사이에 당연시되어야 할 신뢰의 부재 때문이었음을 받아들이기란 무리였다. 그는 사랑하는 사람들 사이에 가장 필요한 신뢰를 갖지 못했다.

그래도 다시 시작할 수 있을까. 그를 용서할 수 있을까.

오랫동안 참아왔던 눈물은 세월만큼 깊이를 더해 쉽게 멈추지 않았다.

열일곱

그는 꼼짝 않고 닫힌 문 앞에 한참 서 있다가 자신의 의자로 돌아와 무너지듯 앉았다.

이렇게 고백할 계획은 아니었다. 무덤까지 가져갈 비밀은 아닐지라도 가능하면 좀 더 후에, 조금 더 상황이 나아졌을 때 말하고 싶었다. 수혜가 마음을 열고 예전 같지는 않더라도 사랑받고 있다는 확신이 들었을 때, 그때 고백할 생각이었다. 충격을 받은 수혜의 표정이, 그렁그렁 눈물을 담고 있는 그녀의 눈이 떠올라 그를 괴롭혔다. 욕심 같아서는 그녀로부터 용서한다는 말을 들을 때까지 그녀를 끌어안고 놓고 싶지 않았다. 하지만 그럴 수는 없었다.

당시의 기억은 그에게도 결코 유쾌하지 않았다.

언제부터 어긋난 사이가 되었던가. 생각해 보니 그녀가 외출에서 아직 돌아오지 않던 날이었다. 먼저 퇴근해서 씻기 위해 욕실에 들어갔던 그는 애프터세이브 로션을 향해 손을 뻗고 거울을 보다가 한쪽 구석 바닥에 떨어진 접혀진 종이를 보게 되었다. 약품 설명서처럼 보였던 그것은 읽어보니 약품 설명서가 아니었다. 임신반응시약의 설명서였다. 그가 휴지통에서 마저 찾아낸 테스트 결과는 임신이었다.

순간 그의 표정은 염려에서 기쁨으로 변했다. 결혼한 지 1년 반이 되었지만, 신혼생활을 즐기기 위한 처음 1년이 지난 후에는 피임을 하지 않고 있었으므로 그도 은근히 소식을 기다리고 있었다. 손이 귀한 그의 집안으로서는 환영할 일이었다. 비단 집안을 위해서만이 아니라 시대의 분위기에 적응하지 못하고 소심하고 위축되어 가는 그녀를 위해서도 좋을 것 같았다. 그는 짐짓 모르는 체하며 그녀에게서 날아올 깜짝 놀랄 소식을 기다렸으나 그녀는 쉬이 그의 기대를 만족시켜 주지 않았다.

감기에 걸린 데다 피곤하다며 그의 퇴근 즈음에도 누워 있는 날이 많았고, 표정은 기쁜 소식을 감추고 있기보다는 왠지 우울해 보였다. 게다가 어느 날은 다시 공부를 해보고 싶다고 운을 떼며 그의 생각을 묻기도 했다.

공부라! 그는 약간 미간을 찌푸리며 생각하는 척했다. 그녀의 파리행을 그만두게 만든 사람은 바로 자신이었다. 그렇게 보면 그는 빚을 지고 있는 셈이었다.

하지만 아이는 어떻게 하고? 시기가 좋지 않은 것 아니냐고 묻고 싶었던 그는 좀 더 생각해 보았다가 부모님께 말씀드리자고 얼버무렸다.

먼저 말을 꺼내볼까 하고 생각하던 그는 어느 날 우연히 왜 그녀가 함께 기뻐할 임신 소식을 전해주지 않고 있는지 알게 되었다. 수혜는 임신하고 있지 않았던 것이다. 그녀의 화장대 서랍에서 발견한 진료명세서에는 이미 지나 버린 날짜에 외래수술실을 통한 수술 일정이 잡혀 있었다. 처음에는 그도 그것이 무엇을 의미하는지 몰랐다.

수술이라고? 어디 아프기라도?

갑작스런 유럽 출장을 나가 있던 사이에 그녀에게 무슨 일이 있었던 것인지, 일 때문에 그녀에게 소홀했던 것은 아닌지 그는 순간 덜컥 놀랐다. 서둘러 병원으로 전화를 했던 그는 곧 진실을 알게 되었다. 그날 하루 그는 몹시 실망스럽고 공격적이며 민감해진 자신을 추스르기 어려웠다.

차라리 처음부터 몰랐더라면!

아이는 존재하지 않았다. 다정다감하고 사랑스런 아내라고만 생각했던 여자가 사실은 그렇지 않다는 것, 자신의 욕심을 위해 남편 몰래 아이를 없애는 일도 눈도 깜짝하지 않고 해치울 수 있다는 것을 새로이 알게 되었다. 이제껏 순수하고 열정적이며 아름답다고 생각했던 아내는 그가 생각하던 여자가 아니었다. 그런데도 그녀는 그에게 사실을 숨기며 애교 넘치는 아내 역할을 하려고 들었다. 너무나 뻔뻔스럽게도! 그녀와 눈을 마주치는 것도 견딜 수 없어진 그는 가능하면 집에 머무는 시간을 줄였다. 집은 이제 그에게 편안한 안식처도 쉼터도 아니었다. 무엇 하나 부족한 것 없다고, 누구도 부럽지 않다고 생각했던 그는 자신이 착각하고 있었음을 인정하기가 결코 쉽지 않았다.

수혜는 가끔씩 그를 염려하는 척하며 너무 일만 하는 것 아니냐고 푸념을 하기도 했다. 하지만 그는 모른 체하며 무시해 버렸다. 그녀가 잠들었을 즈음에 퇴근하고 새벽같이 출근하곤 하는 그의 변화된 일상생활에 적응하지 못하던 그녀가 어느 날은 늦은 새벽까지 그를 기다리고 있었다. 그는 움찔하며 놀랐고 새삼 그녀의 가증스러움에 몸을 떨며 솟아나는 분노를 감추지 않으면 안 되었다. 그는 서둘러 그녀로부터 거리를 두려고 했으나 그녀는 그의 속내를 아는지 모르는지 귀찮게 말을 거는 것으로도 모자라 유혹적으로 몸을 기대오기까지 했다.

물론 그들 사이에 부부 관계를 가진 지는 조금 오래되었다. 그것이 서로에게 의무라면 의무일 수도 있었고, 그가 원할 때에 그녀가 응하듯이 그녀가 원한다면 그 역시 반응을 보일 수도 있었다. 하지만 그녀는 때를 잘못 선택했다. 그가 가장 혐오하고 할 수 없는 일이 바로 그녀와 부부 관계를 가지는 일이었던 것이다. 그는 자신도 놀랄 정도로 차갑게 그녀를 뿌리쳤다. 그녀 역시 놀라서 그를 쳐다보았으나 그는 피곤하다고 얼버무리며 욕실로 들어가 버렸다. 이후로 그녀가 그의 눈치를 살피는 것을 알았지만 그는 다정한 태도로 그녀를 배려해 줄 수 없었다.

이전에는 그녀를 안지 않은 채 일주일을 견디는 일이 힘들었다면 이제는 달라졌다. 그녀에 대한 욕망은 깨끗이 사라져 버렸다. 그녀의 모든 것이 지독하게 싫어졌다. 방 안에서, 그리고 그녀가 주위에서 얼쩡거릴 때 풍겨오는 은은한 향수 내음마저 그를 짜증나게 만들었다. 그의 성격에 그렇게 그녀와 몇 달을 한방에서 지냈다는 사실이 놀라울 뿐이었다.

그즈음에 그는 미림을 다시 만났다. 미국 유학을 마치고 돌아왔다는 그녀는 그의 어머니의 요구로 비밀리에 외국에서 온 감정사를 초청하고 숙소 문제 등 불편을 최소화하도록 부탁받았다. 통역 또한 미림의 몫이었다. 그는 어머니 대신 예민한 결과를 내포하는 감정 과정에 참관했다.

그날 사무실로 돌아왔을 때 비서로부터 수혜가 기다리다 돌아갔다는 전언이 있었으나 그는 따로 전화하지 않았다. 그는 잠시 창가에서 빌딩 숲을 한동안 바라보았다. 그의 마음엔 여전히 찬바람이 일고 있었다. 집으로 돌아가 수혜와 마주 본다면 또다시 분노를 억눌러야만 했다. 언제까지 이런 생활을 참아낼 수 있을 것인지 생각하자 저절로 한숨이 나왔다.

천사 같은 외모를 가진 아내. 벌레 하나 죽이지 못할 것 같은 그녀가 눈 하나 깜짝 안 하고 그 몰래 아이를 없애 버렸다. 그러고도 뉘우치는 기색 없이 뻔뻔하게 다시 몸을 나누자고 유혹하다니! 차라리 지금이라도 말하고 용서를 빈다면 그는 용서할 수도 있다고 생각했지만 수혜는 그럴 기미를 보이지 않았다. 오히려 공부를 계속하고 싶다고 조르고 있었다. 도무지 용서할 수 없는 여자였다.

그때 핸드폰이 울렸기에 그는 생각에서 벗어났다.

[민연주예요.]

"아, 예. 웬일이십니까?"

예의 바르게 대답하는 그와는 달리 상대는 다짜고짜 비난하는 말로 서두를 시작했다.

[어떻게 그럴 수 있죠?]

"무슨 말씀이신지."

그의 말투에도 짜증이 드러났다.

[오늘은 일찍 집에 들어가 보시는 게 좋을걸요.]

연주의 말투는 신경질적이면서도 비아냥이 섞여 있었다.

[수혜에게 전화를 했는데 안 받아요. 상처가 클 거예요. 이런 날은 일찍 들어가서 위로라도 해주셔야죠.]

"좀 더 알아듣기 쉽게 말씀하실 수는 없습니까? 오늘은 아주 피곤한 하루여서 연주 씨와 말장난할 여유가 없군요."

[오, 그래요? 하기는 피곤하기도 하실 거예요.]

"민연주 씨!"

그러자 연주도 지지 않고 대꾸했다.

[오늘 수혜와 저녁 먹으러 식당에 갔었어요.]

연주는 레스토랑이 있는 호텔 이름을 더욱 힘주어 말하고는 잠시 기다렸다.

그는 아무런 대꾸도 하지 않았다.

[더, 말해야 하나요?]

그는 연주의 태도를 알겠다는 듯 짧은 한숨을 내쉬고는 처음과는 달리 힘이 빠진 음성으로 물었다.

"그 사람도 봤습니까?"

그가 자신의 부정을 변명하는 남자가 아닌 것은 그나마 다행이라고 생각하면서 연주는 친구의 일이 남의 일 같지 않아 쏘아붙였다.

[그 앤 눈이 없나요? 조심성도 없이 너무 뻔뻔한 거 아녜요?]

연주는 자신이 당사자가 되기라도 한 것처럼 씩씩대며 분노를 뿜어내고 있었다.

"무슨 생각을 하는지 알겠습니다. 하지만 내가 연주 씨에게 일일이 변명할 일은 아닌 것 같군요."

그의 냉정한 말투에 연주도 질린 듯했다. 그러나 그의 지적대로 길길이 날뛰고 화를 낼 사람은 자신이 아닌 수혜라는 사실을 되새긴 듯 호흡을 고르고 말했다.

[수혜가 많이 동요된 눈치여서 잘 들어갔는지 전화했어요. 그런데 전화를 안 받아요. 걱정돼서 전화드린 거예요.]

"알겠습니다. 제가 집으로 알아보죠."

그는 전화를 끊고는 잠시 망설이다 집으로 전화를 걸었다. 몸이 안 좋은 것 같다고 걱정하는 아주머니에게 그러면 자신에게 전화해 달라고 전언을 남겼다. 하지만 수혜는 그에게 전화하지 않았다. 그는 수혜의 핸드폰에 연결했지만 부재중 전화로 넘어갔다. 그는 신경질적으로 다시 집으로 전화를 걸었다. 잠시 후 돌아온 아주머니의 말은 노크를 해도 피곤한지 반응이 없다는 것이었다. 깨워서라도 전화를 받게 하라고 말했지만 여전히 그녀의 음성을 확인할 수 없었다. 미뤄두었던 결재서류를 확인하려 자리에 앉았으나 일이 손에 잡히지 않았다. 그는 습관처럼 담배를 피워 물었다. 연주의 비난과는 달리 그가 아내에게 변명할 일은 없었다. 하지만 최근의 냉랭한 관계는 분명 개선할 필요가 있었다. 그녀가 어떻게 생각하는가와는 상관없이 그 자신에게도 고문이었던 것이다.

그는 사무실을 나와 집으로 향했다. 아직 어떤 결정도 내리지 못했지만 그의 전화를 거부하는 수혜에게 화가 났다. 그는 어떻게든 그녀를 전화기 앞으로 끌어내고 싶었다. 이유 모를 분노와 불안감이 그를 집요하게 만들었다. 다시 집으로 전화했다. 아주머니는 수혜가 욕실에서 목욕 중이라며 전하겠다고 했다. 이전의 수혜였다면 항시 대기 중인 사람처럼 목욕 전에 먼저 그에게 전화를 걸었을 것이다. 그녀가 일부러 피하고 있다는 생각도 들었으나 한편으론 좋지 않은 예감이 그를 사로잡았다. 아주머니의 반응이 조금 다급해졌다. 물소리는 들리는데 수혜의 반응이 없다는 것이었다. 그는 아주머니에게 서둘러 욕실의 열쇠를 찾아서 문을 열라고 시켰다. 10분 후면 그도 집에 도착하겠지만 그때까지 기다릴 여유가 없을 만큼 불안감이 증폭되었다. 한 번도 이런 식의 반응을 보인 적이 없는 여자였다.

설마 이상한 짓을 저지르진 않았겠지? 내가 괜한 염려를 하는 건지도 몰라. 뱃속의 아이도 태연하게 죽여 없애는 여자가 설마 남편의 외도를 알았다고 해서 이상한 짓을 저지르진 않았을 거야! 아니지, 혹시라도 시위하듯 그런 짓을 저지를지도……!

1분 1초가 갑자기 무한대의 시간처럼 길게만 느껴졌다. 마침내 집에 도착한 그는 단숨에 내달려 2층으로 올라갔다. 2층 그들 부부의 욕실 앞에는 비상열쇠 꾸러미를 들고서도 불안한 음성으로 발을 동동 구르며 수혜를 부르는 아주머니가 서 있었다. 뒤늦게 그의 어머니도 무슨 일이냐고 물으며 따라 올라왔다. 그가 열쇠를 빼앗아 문을 열었다. 다음 순간 거칠게 열린 문 안에는 욕실 바닥에 쓰러진 수혜가 있었다. 창백하다 못해 파리한 여자의 가는 팔에서 뿜어져 욕조 아래로 흥건하게 빠져나가고 있는 그녀의 피가 있었다.

빌어먹을, 젠장할!!

그는 스스로를 저주했다. 그는 수혜가 미웠지만 그 순간만큼은 자신이 더 미웠다.

그는 서둘러 주위에 있는 가까운 타월을 집어 들어 맥박 치는 대로 그녀의 몸 밖으로 빠져나가는 피를 막으며 상처를 감싸 매었다. 그리고는 힘주어 누르며 어쩔 줄 모르고 발을 동동 구르는 아주머니에게 구급차를 부르도록 지시했다. 그의 어머니는 그때까지도 충격에서 벗어나지 못하고 욕실 밖에 주저앉아 있었다.

그는 핏기 하나 없는 안색에 파리한 입술로 의식을 잃고 쓰러진 아내를 안아 들었다. 그녀가 흘린 피와 물로 그의 옷도 젖었지만 그는 조금도 알아채지 못했다. 의식을 잃었음에도 한순간 수혜의 눈꺼풀이 열리는가 싶더니 희미한 미소를 짓는 듯 보였다.

가슴이 싸늘해지는 그 기분. 그 순간 그녀가 죽을지도 모른다는 두려움에 그는 아무것도 제대로 보이지 않았다. 그토록 미운 여자라고만 생각했는데 막상 그녀가 창백하게 의식을 잃은 채 쓰러져 있는 모습을 보자 그는 커다란 상실감으로 가슴이 무너졌다. 하지만 그것을 순순히 인정할 만큼 그는 솔직하지 못했다. 그는 다른 한편에서 솟는 분기를 참지 못하고 그녀를 향해 버럭 소리를 질렀다.

"이 바보 같은 여자!"

나를 살인자로 만들 셈인 거야? 널 죽인 게 나라고 믿게 만들고 싶었던 거야? 이 못되고 잔인한 여자, 내 아이를 죽인 것으로도 모자라서 지금 내게 무슨 짓을 하려는 거야?

정신이 들 만큼 때려주고 싶은 욕구도 있었지만 그는 겨우 눌러 참았다. 병원에 도착하고 급하게 연락해 수술실로 들어가고 난 뒤에도 그의 가슴은 좀처럼 가라앉지 않았다.

살아! 한수혜, 살아 있기만 해! 두고두고 피를 말리며 갚아줄 테니 살아 있기만 해!

그는 분노와 상실감이 뒤섞인 감정으로 안절부절못했다.

그녀가 수술실에서 나오고 무사히 수술이 끝났다는 것과 생명에 지장이 없음을 들어 알았다. 혀를 깨문 것도 아니건만 그녀는 마치 말을 잃어버린 사람처럼 한 마디도 입을 열지 않았다. 그녀가 깨어나고 나서 그는 다시 한 번 분노를 폭발시켰는데 그의 폭언을 들을 때에도 그녀는 죽은 듯이 눈을 감고만 있었다.

그렇게 이틀이 지났을 때였다.

그가 조금은 피곤한 모습으로 커피를 뽑아 들고는 라운지를 빠져나가려는데 집안의 주치의이기도 한 가정의학과 의사가 아는 체하며 다가왔다.

"김준현 씨, 오랜만입니다."

"아, 그렇군요."

"여긴 웬일이십니까?"

"집사람이 좀 아파서요."

그는 꺼려하며 마지못해 대꾸했다.

"아직도 몸이 안 좋으신 가요? 그때도 많이 상심하시더니."

그는 알 수 없는 말을 던지는 의사를 향해 미심쩍은 시선을 보냈다.

"아일 많이 원하셨는데, 아직도 많이 속상해하시나요?"

예상치 못한 곳에서 날아온 펀치였다.

"네? 그게 무슨……."

"어, 저, 모르셨습니까? 수혜 씨가 말 안 하던가요?"

"유산에 대해 말씀하시는 겁니까?"

그는 호흡을 고르며 생각하고 싶지도 않은 화제에 대해 대꾸했다.

"네, 알고 계셨군요. 감기 몸살인 줄 알고 약을 드셨다가 뒤늦게 임신인 줄 알게 되어서 많이 속상해하셨죠."

커피를 손에 쥔 그의 손이 가늘게 떨렸다.

"위험한 거냐고, 잘못될 확률이 얼마나 되느냐고 마지막 결정을 내리는 순간까지도 한 가닥 희망을 잡고 싶어하셨습니다. 사실 기형아 출산 가능성이야 희박하긴 했지만 산모가 임신 기간 내내 불안감을 떨쳐 버릴 수도 없는 일이고, 아니라고 자신할 수도 없는 일이라서."

의사는 자신의 말이 준현에게 얼마나 충격적인 것인지, 얼마나 고통스러운 것인지 모르면서 안되었다는 동정의 표정을 지었다. 그러나 이미 그의 발밑은 꺼져 들어가고 있었다.

"아마 다음엔 증상을 잘 아실 테니 그런 일이 없겠죠."

다 이해한다고 형식적인 말로 위로를 표시한 의사는 준현의 표정이 급변하는 것을 그리 이상하게 생각하지 않았다.

"그러면⋯⋯."

준현은 겨우 입을 열었으나 가슴이 답답해져 말을 잇지 못하고 침을 삼켰을 뿐이었다.

그제야 의사도 그의 안색이 평소와는 다르다는 것을 알아챘다.

"모르고 계셨습니까? 수혜 씨가 말하지 않던가요?"

"그때 잠깐 출장 중이었는데, 집사람과 말할 시간이 없었던가 봅니다."

"아, 그렇군요. 수혜 씨 그 일로 상심이 꽤 컸습니다. 하지만 임신 초기에 감기약은 워낙 치명적으로 인식되어서요. 그러니 뭐, 아기는 다시 가질 수도 있다 위로는 해드렸지만."

"⋯⋯."

"가끔은 마음의 병이 몸을 지배하는 경우도 있죠. 잘 위로해 드리십시오. 젊으니까 곧 다시 아이를 가질 수 있을 겁니다."

의사가 떠난 후에도 그는 오랫동안 그 자리에서 꼼짝도 할 수 없었다. 당장에 회사가 망한다고 해도 그렇게 놀라지는 않았을 것이다. 하지만 모든 것은 그의 실수였다. 오해였던 것이다. 그는 치명적인 실수를 저질렀다. 수혜를 의심하다니! 더구나 상심한 그녀를 대했던 자신의 냉담한 태도는 어떻게 용납될 수 있을까!

그는 수혜를 오해하고 배신하고, 절망에 빠지게 만들고 자살로까지 밀어넣은 자신을 도무지 용서할 수 없었다.

그는 병실로 돌아가려던 발길을 돌려 밖으로 나왔다. 답답한 병원 공기와는 또 다른 공기가 맑은 정신으로 생각하는데 도움이 되기를 바랐다. 그는 담배를 꺼내 물었다가는 새로 불을 붙이기를 여러 번 했다. 그리고 잠시 집으로 돌아와 자신과 수혜의 방에서 멍하니 주위를 둘러보기도 했다. 한동안 그를 괴롭혀 왔고, 숨 막히게 만든다고 느꼈던 공간이 아주 낯설게 느껴졌다. 그녀가 없는 공간이길 원한 적은 단 한 번도 없었다. 그저 배신감을 느꼈을 뿐. 이제 와 그것이 사실이 아니었음을 알고 나서 갖는 죄책감은 더없이 커다란 무게로 그의 가슴에 얹혔다.

그는 한동안 저녁식사도 마다하고 어두운 그와 그녀의 공간에서 깊은 생각에 잠겼다. 시간은 어김없이 지났지만 어떤 결론도 나진 않았다. 다만 용서를 빌어야 한다는 것 외에는.

하지만 그마저도 지금으로선 잠시 보류해야 한다고 그는 생각했다. 지금 그녀에게 사실을 말한다는 건 그녀를 영원히 잃는 것이나 마찬가지라는 생각이 들었다.

용서는 빌 것이다. 때가 되면!

피 흘리고 쓰러진 그녀를 발견한 순간 그가 느낀 분노에는 또 다른 이유가 있었다. 아무리 미워도 그녀 없인 살 수 없다는 사실. 그런데 그녀 자신의 잘못도 아닌 일로 그녀가 택한 것이 자해였다는 사실이 그를 더욱 못 견디게 했다. 결국 그는 스스로에게 벌을 주는 결단으로 수혜를 위해 기회를 주기로 했다. 그녀가 원해왔던 유학!

수혜에게 새로운 기회를 주겠어. 지금의 무기력한 수혜가 아니고 다시 예전의 모습으로 자신을 추스르고 돌아온다면, 새로운 모습으로 다시 돌아온다면 그땐 용서를 빌고 나 역시도 새로운 기회를 갖는 거야. 그때 용서를 구해도 늦지 않을 거야.

아니, 사실 수혜를 생각하면 당장 사실을 밝히는 것이 옳았다. 정신과 의사가 염려하듯이 수혜는 상심이 너무 깊어 현재 자신 속에 갇혀 있었다. 그녀에겐 차라리 그를 향한 분노가 필요한지도 몰랐다. 그것이 지금의 무미건조한 상태보다는 도움이 될 수도 있을 것이다. 외부의 무엇에도 반응하지 않는 것보다는 차라리 분노할 대상이 있는 게 더욱 인간적인 건지도 모른다. 그러나 그렇게 되면 그는 그녀를 잃어버릴 위험도 감수해야만 했다.

안 돼, 그럴 순 없어!

비록 그것이 이기심에서 나온 것이라고 해도 그는 지금 당장 그녀를 잃어버릴지도 모르는 무모한 시도를 하지 않기로 마음을 굳혔다.

열여덟

"골드, 베이지, 오렌지브라운 컬러로 봄여름 컬렉션의 감각을 살리려고 합니다. 거기에 새먼 핑크(연어색)를 더해서 하이라이트를 주었습니다. 여름 원피스는 플로럴 프린트를 복고풍으로 살려냈는데 봄의 이미지에서 조금 더 화려한 느낌을 줍니다. 또한 청순한 여성스러움으로의 회귀에 플로럴 프린트만큼 효과적인 것은 없다고 생각해요."

봄여름 컬렉션을 위한 마지막 보고회의에서 수혜는 그동안 디자인한 작품을 모델에 적용한 카탈로그 사진을 가지고 자신의 의견을 덧붙이며 설명했다.

회의에 참석한 기획실장과 영업부장, 생산담당 이사 등은 그녀의 브리핑을 들으며 가끔씩 메모하는 모습을 보이기도 하고 만족스럽게 고개를 끄덕이기도 했다.

"로맨틱한 이미지를 채택하면서도 절제된 스타일을 추구하는 게 마음에 듭니다. 감각적이면서도 이지적인 것을 좋아하는 고객들에게는 좋은 반응을 불러일으킬 것 같은데요."

"우리 〈클래식 Moon〉의 이미지에 적합하다고 생각해요."

프리랜서 디자이너 이정희는 프레젠테이션 브리핑을 보조하면서 회의실의 뒤에서 사람들의 반응을 살폈다. 이제껏 다음 컬렉션을 위한 최종 점검회의에서는 수석디자이너의 제안에 대해 다양한 이견들이 쏟아져 나오기도 했고 심할 경우 시장 분위기에 어울리겠느냐는 회의적인 의견마저 나오기도 했으나 지금처럼 긍정적으로 경청하는 분위기는 아니었다. 그녀가 보기에도 앞에서 브리핑을 하고 있는 팀장인 수혜는 듣고 있는 사람들에게 신뢰감을 심어주었다. 한수혜는 처음 사람들이 미심쩍어했던 재능 면에서 탁월하다는 것을 지금 눈앞에서 보여주고 있었고, 학벌로 재능을 커버하는지도 모른다는 사람들의 우려를 씻어내고 있었다.

이정희 외에도 디자인실의 팀원들은 벌써부터 그 사실을 인정하고 있었으나 다른 부서 사람들은 이제 겨우 그녀의 진가를 알아가고 있었다. 한수혜가 가진 자신감과 매력에 더하여 그녀가 추구하는 패션 감각은 현재 패션 흐름을 좌우하는 젊은 여성들의 선호도를 분명하게 파악하고 있었다. 목까지 완전히 감추는 달라붙는 니트에 벨트를 매고 무릎을 덮는 스커트로 보여주는 고전적인 실루엣이나 역시 목선을 올리고 스트라이프 무늬에 허리선을 같은 천으로 묶고 여백을 둔 하늘거리는 여성스런 원피스, 혹은 가슴 사이의 굴곡이 보일 듯 말 듯 드러나는 브이 넥의 베이지 니트에 녹색 스커트, 사슬로 된 허리 벨트 등, 상류층 여자들이 선호할 것 같은 우아한 실루엣을 진부하지 않은 젊은 감각에 어울리게 연출하는 능력이 뛰어났다.

지금까지는 〈클래식 Moon〉이 여타 패션계 경쟁업체들과 크게 우열을 가리지 못한 상태로 어깨를 나란히 해왔다면 이번 봄여름 컬렉션에서는 분명하게 차이를 드러낼 것이라는데 대부분 동의하는 분위기였다. 한수혜의 패션 감각이 〈클래식 Moon〉에서 더욱 빛이 나는 것은 누구의 눈에도 분명했던 것이다.

이정희는 처음에는 그녀의 재능에 질투심을 느꼈지만 이제는 배울 점은 배우고 인정하자는 생각으로 돌아섰다. 더구나 며칠 전 그녀는 팀장의 비밀을 엿본 듯해서 더욱 동정적인 생각을 갖게 되었다. 지금도 사람들은 브리핑하는 한수혜의 왼쪽 손목을 감고 있는 팔찌를 개인의 액세서리쯤으로 무심하게 보고 있었지만 이정희는 그 팔찌 안에 감춰진 것이 무엇인지 알고 있었다. 무엇 하나 부족함이 없을 것 같은 여자의 비밀을 그녀는 보았던 것이다. 가녀린 여성스런 손목을 가로질러 나 있는 외상의 흔적이 분명한 상처.

"팀장님, 그건 왜 그런 거예요?"

며칠 전 그것을 발견하고 이정희가 물었을 때 손을 씻느라 잠시 팔찌를 빼놓았던 수혜가 의아한 시선으로 쳐다보았다.

"음? 뭐가요?"

"거기, 손목요. 상처가 있잖아요."

그것은 아무렇게나 베이거나 다칠 만한 부위가 아니었다. 더욱 의혹을 증폭시키는 것은 흠칫 경직되며 서둘러 왼손을 감싸는 수혜의 행동이었다. 함께 일한 지 4개월이 지나고 있었지만 그렇게 눈에 띄게 경계하는 표정은 처음이었다.

"좀 오래전에…… 그냥, 좀, 다쳤어요."

그리고는 서둘러 팔찌를 찾아 손목에 감았다.

"많이 아프셨겠어요."

수혜는 마지막 브리핑을 마치고 스태프들이 만족스러워 하며 자리를 떠나고 나자 겨우 한숨 돌렸다. 일에 매달리지 않았더라면 그녀는 무척 힘든 시기를 보내고 있었을 것이다. 남편과의 관계는 겉으로는 무덤덤하게 이어지고 있었으며 하루하루가 살얼음판을 걷고 있는 듯했다. 외롭고 긴 시간 동안 그녀가 감내해야 했던 고통을 떠올릴 때마다 수혜는 두려운 마음이 들었다.

깨달음. 그것이 있었기에 수혜는 지독하게 외롭고도 힘든 외국 생활을 4년이나 버텨낼 수 있었다. 그러나 그것은 말 그대로 버텨 낸 것이었다. 그저 외로움만이 아니고 시도 때도 없이 고개를 드는 아픈 상처가, 떠나왔다고 믿었던 사랑이 그녀를 울게 했다. 자신과는 무관하게 돌아가는 듯한 시간의 흐름 속에서 수혜는 의도 적으로 서울 생각을 하지 않으려고 했으나 꿈은 뒤죽박죽이 되어 그녀의 마음을 헤집어놨고, 그런 다음날이면 한나절은 멍하니 손을 놓고 있기 일쑤였다.

사랑을 버려.

수혜는 끊임없이 스스로에게 충고했었다.

그리움을 버리고 미움도 버리고 추억도 버려. 내가 숨 쉬는 데 사랑은 조금의 보탬도 안 돼. 그를 잊어, 제발 잊어, 포기해!

그를 사랑하는 걸 그만두기만 한다면 세상은 다르게도 보일 것 같았다. 수혜는 조금 더 거리를 두고 외국의 친구들을 바라보면서 느껴지는 게 있었다. 미셸—수혜가 에스모드 스쿨에서 사귄 프랑스 친구는 항시 사랑 때문에 즐거워하고 아파하기를 반복했다. 그녀는 쾌활하고 에너지가 넘치는 사람이었다. 새로운 사람을 만나고 금방 연애에 빠졌다가 얼마 지나지 않아 실연하고도 곧 새로운 연인을 만나고. 그것은 아주 자연스러운 일처럼 보였다. 마음이 가는 동안의 사랑. 일단 관심도 잃고 더 좋은 사람이 나타난다면 그것으로 옛사랑은 안녕이었다.

심각한 사랑? 왜 그렇게 감정을 낭비하면서 살려고 해? 즐거운 일, 내키는 일만 하고 살아도 모자란 시간인걸!

미셸은 한 사람을 향한 사랑으로 아파하는 수혜를 이해하기 힘들다고 했다. 그건 동양적인 감성과 서구적 감성의 차이인지도 몰랐다. 해가 바뀌며 손목의 상처도 흔적이 흐려져 갔고, 그를 생각하는 시간도 줄어들었으며 점차로 수혜는 흔들리지 않는 마음으로 세상을 보는 여유를 가졌다고 믿었었다. 그러나 지금 그녀는 다시 제자리에 서 있었다. 모든 과거의 아픔을 묻고 그를 용서하기 위해서는 다시 상처받을지도 모르는 위험을 감수해야만 했다. 하지만 그것은 쉽지 않았다.

"이제는 패션쇼만 무사히 치르면 되겠어요."

이정희가 브리핑 자료를 정리하며 수혜를 격려했다.

"괜찮았어요?"

수혜는 가벼운 긴장을 털어내며 미소를 지었다.

"네, 자신감 넘치고 당당하고, 스태프들도 만족스러워하는 게 눈에 보이던걸요."

"다행이에요. 사실은 실수라도 할까 봐 마음 졸였거든요."

이정희는 수혜의 솔직한 말에 놀랐다. 지난번 팀장은 동료들과 화합하고 어울리기보다는 까다롭게 굴며 자신의 작은 실수조차 인정하지 않으려고 했다. 겸손하고 솔직한 것은 분명히 사람을 끌어들이는 한수혜의 매력이기도 했다. 이제는 이정희도 수혜가 남들과 달리 받았을 특혜 때문에 오해하거나 시기하지는 않았다.

"이지적 로맨티시즘이라고 말하던데요."

"정희 씨도 그렇게 생각해요?"

"팀장님의 디자인은 그렇게 보여요. 드러나지 않는 여성스러움 이랄까. 한눈에 봐서 섹시하고 관능적인 느낌은 아니에요."

"그건 내가 원하는 게 아니에요."

"네, 고객들의 취향을 비껴가지 않으면서도 그 안에서 원하는 걸 추구하는 것도 능력인 거죠."

수혜는 이정희의 찬사에 부드러운 미소로 답했다.

"패션쇼를 위한 기획회의 들어가야죠."

폭이 넓은 흰색 마루로 길게 이어진 캣워크를 걸어 모델들이 다시 무대 뒤로 돌아오면 그녀는 재빠르게 자신의 의도했던 바를 강조하고 매무새를 바로잡느라 눈코 뜰 새 없이 바빴다. 볼륨을 한껏 높인 음악과 효과를 내기 위한 드라이아이스가 무대 뒤까지 따라왔다. 그렇게 한동안 무대 뒤는 다음 스테이지 준비를 위해 옷을 갈아입는 모델들과 스태프들, 헤어담당, 소품담당들이 뒤얽혀 정신없었다. 그리고 마침내 별다른 실수 없이 봄—여름 컬렉션이 끝났다. 수혜는 모델들과 더불어 무대로 나가 관객들에게 인사를 하고 자리에서 내려왔다.

성황리에 끝난 축하연 자리에는 〈클래식 Moon〉의 경영진들과 초대받은 패션계 기자들, 관련 학과 교수, 광고 모델들이 참석했다. 수혜가 스태프들과 무대 정리를 한 후 축하연 자리에 참석하기 위해 잠시 분장실에서 땀을 닦고 화장을 고치는데 뜻밖의 손님이 그녀에게 찾아왔다. 스태프 중 한 명이 문을 노크하며 수혜에게 그 사실을 알렸다.

"팀장님, 누가 찾아오셨는데요."

문 뒤에는 고급스런 투피스 정장을 차려입은 중년의 여자가 서 있었다.

"수혜 씨? 저 알아보시겠어요?"

조금 피로해 보이고 부은 데다 나이가 들어 보였지만 수혜는 그녀를 알아보았다. 수혜는 손을 뻗어 망설이며 가지런히 핸드백을 들고 있는 그녀의 손을 잡았다.

"정숙진 씨?!"

반가움으로 눈물이 차올랐다. 숙진은 4년 전보다 더 지쳐 보였는데 그것은 두터운 화장으로도 감출 수 없었다.

"알아보네요. 난 또 못 알아보면 어쩌나 걱정했는데."

"숙진 씨를 못 알아보다뇨! 어떻게 지내시는지 궁금했어요."

"고마워요."

"여기는 어떻게 아셨어요?"

"미용실에서 잡지를 보는데 〈클래식 Moon〉의 패션쇼 소식이 있었어요. 수혜 씨 인터뷰 기사와 사진도 봤죠. 오는데 용기가 필요했어요. 바쁜데 방해할까 봐 그냥 먼발치서 얼굴이라도 보고 또 수혜 씨가 만든 옷도 보자는 생각이 들어서 오긴 했는데……."

"잘 오셨어요. 너무 반가워요."

"그냥 가지 않기를 잘했네요."

숙진도 반가움에 수혜의 손을 꼭 쥐었다. 수혜를 향한 그녀의 눈에 자랑스러움이 묻어났다.

"그냥 가신 걸 알았으면 무척 서운했을 거예요. 저 지금 뒤풀이 파티에 참석할 건데 숙진 씨도 함께 가요. 뭣 좀 마시면서 얘기해요."

수혜가 그녀의 팔을 끌며 일어서는데 숙진이 고개를 저었다.

"아녜요. 난 그저 수혜 씨 얼굴 본 걸로 됐어요."

"하지만 이렇게 헤어질 수는 없어요."

"다음에, 다음에 다시 얘기하죠 뭐. 오늘만 날인가요?"

그녀가 완강하게 거절했으므로 수혜는 분장실 안으로 그녀를 들어오게 했다.

"가봐야 하는 거 아녜요? 사람들이 기다릴 텐데 괜히 수혜 씰 붙잡고 있는 게 아닌지."

"괜찮아요. 건강은 어떠세요?"

환한 불빛 아래 가까이서 보니 그녀는 만성적인 질환에 시달리는 기색이 역력했다.

"약에 의존하는 건 그만뒀어요. 그런데 신장이 너무 망가졌대요. 일주일에 두 번 투석을 받으러 다녀요. 나 많이 늙었죠?"

숙진이 손으로 자신의 얼굴을 만지며 겸연쩍은 듯 웃음을 지었다.

"그래도 여전히 아름다우세요."

"수혜 씨야말로 더 예뻐졌어요. 그때는 기운도 없고 많이 슬퍼 보였는데 지금은 그런 모습 찾아볼 수가 없네요. 잘 지냈나 봐요."

"전에 파리에서 숙진 씨한테 엽서 보낸 적 있었는데 받으셨어요?"

그녀는 미소를 지으며 고개를 끄덕였다.

"수혜 씨가 잘 지내고 있는 것 같아 좋았어요. 그치만 내 모습을 돌아보니 한심하기도 하고 해서 차마 답장을 못했죠."

"전 또 주소가 잘못되어서 숙진 씨가 못 받아봤을지도 모른다고 생각했어요."

"남편 분하고는 다시 잘 지내요?"

"숙진 씨는요?"

"이혼했어요. 남편만 미워하다가 어느 날 돌아보니까 내 자신이 형편없이 망가졌더라구요. 그 사람이 멀찌감치 도망칠 만큼 어느새 그렇게 망가져 있더라구요. 그래서 마음을 다잡고 이혼해 줬어요. 그 사람도 나 같은 여자 만나서 안됐기도 하고."

"……."

"수혜 씨 말처럼 다시 열심히 살아보려고 했는데 이제는 건강이 따라주질 않네요. 하지만 누굴 원망하겠어요. 다 내가 자초한 일인데요."

"숙진 씨."

결국 수혜의 눈에서 그렁그렁하며 참았던 눈물이 뺨을 타고 흘러내렸다. 그녀 자신과 숙진의 삶이 겹쳐지며 갑자기 서러운 생각이 들었다. 그것은 최근에 자신의 감정을 눌러 참아왔던 것이 폭발한 것이기도 했다.

"이래서 수혜 씨 보러오는 거 망설였던 건데, 울지 말아요. 기다리는 사람들한테 예쁘게 보여야죠."

그녀가 눈물을 수습하는 동안 스태프 중 한 명이 다시 문을 노크하며 재촉했다.

"내가 너무 오래 수혜 씨를 잡고 있었네요. 빨리 사람들에게 가보세요. 나도 이만 가볼게요."

숙진이 서둘러 자리에서 일어났다. 수혜가 따라 일어서자 그녀는 다음에 다시 만나자고 약속하고는 돌아갔다. 수혜가 그녀를 따라 엘리베이터 앞까지 나오자 숙진은 극구 사양하며 수혜의 등을 떠밀었다.

다시 한 번 분장실에서 거울에 비친 모습을 확인한 수혜는 파티 장소로 갔다. 우선 〈클래식 Moon〉의 이사진들에게 인사를 하기 위해 그들 일행에게로 가는데 수혜를 알아본 손님들이 찬사를 아끼지 않았다. 수혜는 눈인사와 미소로 답례를 했다. 참석한 전문

가들이나 쇼의 분위기에 고조된 이사진들도 수혜에게 호의적으로 수고했다고 말했다.

수혜는 한숨 돌리고 팀원들을 찾았다. 그들은 긴장을 풀고는 환하게 웃으며 무대 뒷이야기를 나누고 있었다. 오늘을 만들기 위해 숱하게 고생했고, 오늘도 두 시간여를 정신없이 휘젓고 다니며 긴장하고 있던 터라 무사히 한 고비를 넘겼다는 사실만으로도 그들은 한시름 덜었을 것이다. 그들의 표정은 무척 밝았고 더구나 윗사람들과 고객들의 반응이 좋다는 것에 고무되어 환하게 웃고 떠들었다.

수혜가 사람들 너머로 그녀의 개인 손님으로 온 은원을 찾아보는데 패션계의 기자가 다가와 자신을 소개하며 인터뷰를 청했다. 인터뷰를 하는 동안 수혜는 은원이 즐겁게 웃으며 다른 사람들과 어울려 이야기 나누는 모습을 확인하고는 안심했다. 그런데 은원의 옆에 선 사람에게 시선이 고정되자 수혜는 당황했다. 그녀에게는 등을 보이고 있었지만 눈에 익은 뒷모습만으로도 그가 누구인지 수혜는 알 수 있었다. 그는 은원의 에스코트를 하며 김민과 이야기를 나누고 있었다.

수혜는 다른 사람들의 시선을 의식해 봄—여름 컬렉션을 발표하는 패션쇼에 대해 그에게 알리지 않았다. 하지만 은원에게는 승연과 함께 오도록 초대했다. 당연히 은원이 그에게도 알릴 수 있다는 것을 그녀는 예상했어야 했다. 전혀 생각지 않은 자리에서 그와 은원을 알아보자 참석했던 기자들의 관심도 그들에게로 향했다. 그것은 그가 대기업 재원의 공공연하게 인정되는 차기 오너라서가 아니었다. 깔끔한 옷차림에 수려한 외모만으로도 그는 여느 남자 모델 못지않게 매력적인 존재였다. 인터뷰 중간에 그녀는 그와 시선이 마주쳤다. 그는 사람들과 이야기를 나누며 웃는 눈길로 그녀를 주시하고 있었다. 순간 처음 그를 만났던 파티가 떠올랐다.

그는 그녀가 다가오기를 기다리는 듯했지만 수혜는 인터뷰가 끝난 후에도 그에게 가지 않았다. 수혜는 음료수를 가지러 가는 것처럼 하며 그에게서 좀 더 거리를 두었고, 음료수 잔을 받아 들고는 팀의 동료들에게 갔다. 패션쇼를 담당했던 스태프들과 팀원들은 여전히 고조되어 있었다. 곧 다음 시즌 준비를 해야겠지만 당분간은 여유를 찾게 되었다는 것만으로도 즐거워할 만했다. 그녀가 음료수를 한 모금 삼키며 동료들의 말에 귀를 기울이는데 그가 성큼 그녀에게로 다가왔다. 그를 알아보는 몇몇의 사람에게 방해를 받았지만 그는 어느새 그녀 곁으로 와서 친근한 태도로 사람들에게 인사를 건넸다. 영문을 모르는 팀의 일원들의 눈이 휘둥그레졌다.

"아, 안녕하세요."

그들은 놀라면서도 반사적으로 그에게 인사를 건넸다. 그는 환한 웃음을 머금고 응해댔다.

"오늘 멋진 무대를 만들어주신 바로 그 주인공들이시군요. 만나서 반갑습니다."

"어머, 무슨 그런 말씀을."

"저희가 영광이죠. TV를 통해서는 몇 번 뵈었는데 실제로는 처음이에요."

이정희도 그를 알아보며 인사를 나누었다. 하지만 다른 팀원들은 아직 그가 누구인지 모르는 사람도 있었다. 그런데 뒤늦게 그를 알아본 직원 하나가 작은 귓속말로 재원그룹의 김준현이라고 속삭였다.

"제가 너무 무심했던가 봅니다. 앞으로는 좀 더 자주 뵐 수 있도록 시간을 내야겠습니다."

"네? 저, 정말요?"

흥분하며 즐거워하는 그녀들에게 그는 다정한 눈길로 수혜를 바라보며 대답했다.

"이 사람을 통해서 얘기 많이 들었습니다."

"티, 팀장님요?"

팀원들의 시선이 다시 한 번 놀라며 수혜에게 집중되었다. 그들은 순식간에 준현의 말과 다정한 태도에서 어렵지 않게 두 사람의 관계를 유추해 냈다. 어느새 그들은 당황한 표정에서 사실을 숨기고 있던 수혜에게 원망 섞인 시선을 보냈다.

"바빠서 못 올 거라고 생각했어요."

그에게 알리지 않은 것에 대한 변명이었다. 그는 애매한 미소를 지으며 수혜의 허리에 다정스럽게 손을 올렸다.

"당신이 그동안 심혈을 기울여 만든 일인데 참석하지 못할까 봐 조바심을 내긴 했지. 하지만 스케줄을 조정했어. 놀래켜 줄 생각이었는데, 좀 지나쳤던 건가? 내가 온 게 부담스러운 거야?"

그는 긴장하는 수혜의 태도를 놀리듯 물었다.

남들에게는 다정하고 자상한 남편으로 보이는 그의 말에 이정희는 은근히 치미는 질투의 감정을 느꼈다. 그들 부부 사이가 뭔가 심상치 않은 것 같다고 생각했는데 지금 눈앞에서 펼쳐지는 상황으로 볼 때 그녀의 예상과는 달랐다. 한눈에 보기에도 그는 그녀에게 빠져 있는 듯했고, 오히려 그의 애정 표현을 거북하게 생각하는 사람은 수혜였다.

"아, 아뇨. 좀 놀랐을 뿐이에요. 우리 이런 식으로 공개되어도 괜찮은 건지."

"일부러 숨길 필요도 없지. 안 그렇습니까?"

어느새 그의 추종자가 된 듯 그녀의 팀원들은 부러운 시선으로 그들을 바라보았다. 그들은 일부러 숨기는 정도가 아니라 어떻게든 드러내어 알리고 싶었을 것이다.

재원그룹의 김준현이 남편인 걸 알게 되는 건 물론 회사 입장에서 나쁠 게 없었다. 그러나 수혜는 겨우 팀워크를 이뤄가던 동료들과 갭이 생기는 것도 원치 않았고, 그녀 자신이 아닌 그의 영향력 아래 성공했다는 소문도 듣고 싶지 않았다.

"제가 이 사람 처음 만난 것도 이런 파티에서였는데, 감회가 새로운데요."

"어머, 그럼 두 분, 한눈에 반하신 거예요?"

"처음엔 이 사람, 꽤 냉정했어요. 이 사람 마음에 들려고 시키는 일은 뭐든지 했죠."

수혜가 불편한 화제를 피하며 그에게 물었다.

"아가씨는요?"

그가 은원이 있는 쪽을 가리켰다. 은원은 특유의 친절하고 애교스런 웃음을 웃으며 기자와 이야기를 나누고 있었다.

"승연 씨가 함께 오지 못했네요."

"일 때문에 지방에 있거든. 내일 올라올 예정이라서 함께 못 왔어. 참석하지 못해 미안하다고 전해달라더군."

은원과 승연은 이제 곧 결혼을 앞두고 있으며 내일 오후에는 혼배미사를 위한 하나의 절차로 결혼식의 증인 면담이 있을 예정이었다. 은원은 자신의 증인으로 수혜를 청했다.

수혜 부부는 기획실장 김민과 이야기를 나누고 있는 은원에게 갔다. 은원은 수혜가 준현에게 쇼에 대해 말하지 않았던 사실에 대해 조심스레 말했다.

"오빠와 함께 온 거 잘한 거죠, 언니?"

"잘하셨어요. 이이가 바쁠 거라고 해서 부담될까 봐 말하지 않았던 거예요."

그러자 조금은 걱정스럽던 은원의 표정이 환해졌다.

김민이 준현에게 물었다.

"부군께서는 오늘 쇼 보고 어떠셨습니까?"

"이 사람 앞에서 잘못 말했다간 오늘 밤 쫓겨날지도 모르는데요."

은원이 그의 말을 상상하고는 키득거리며 웃었다.

"그렇게 민감한 사안이라면 묻지 말아야겠는데요."

"음, 조금만 더 온기를 느낄 수 있게 따뜻함을 갖춘다면 더할 나위 없을 것 같은데요."

그의 말은 수혜의 디자인을 언급하는 것처럼 보였지만 묘하게 개인적인 여운을 느끼게 했다.

"오빠 좀 따뜻하게 안아줘요, 언니. 이런 말 안 나오게."

은원의 말에 김민도 따라 웃었다.

그 후에도 부러움 담긴 사람들의 시선은 그들이 파티 장소를 떠나기까지 계속 따라왔다. 그들은 끝까지 다정한 부부인 체하지 않으면 안 되었다.

집으로 돌아와 둘만 남게 되자 수혜는 낮은 음성으로 항의했다.

"왜 이러는 거예요?"

그는 문제를 어렵게 만들고 있었다. 회사 동료들에게 그들 사이를 공공연하게 드러낸 것은 물론이고 언론에도 함께 있는 모습을 드러냄으로써 앞으로도 몇 번은 원치 않는 화젯거리가 될 수도 있었다.

"은원이 제안이었어. 승연이가 못 오니까 동행하자고 하더군. 내가 거절했어야 하는 거야?"

그로서는 다른 사람도 아닌 은원의 부탁을 거절할 이유가 없었다고 말하고 있었다.

"그걸 말하는 게 아니잖아요."

결혼에 대한 회의와 그로 인한 결정을 내리지 못하고 있는 상태에서 그들의 결혼 생활이 공공연하게 화제로 떠오르는 것은 차후에 두 사람 모두에게 부담으로 돌아올 것이었다.

"당신에게 시간이 필요하다면 얼마든지 기다릴 수 있어. 하지만 나는 당신, 놓치지 않을 거야."

그것은 그날 자신의 오해와 잘못을 고백하던 남자의 태도가 아니었다. 수혜는 여러 겹으로 단단히 무장한 그를 의아하게 쳐다보았다. 그래서 쇼가 끝난 파티에 참석해서 공공연하게 자신이 한수혜의 남편이라는 것을 알렸던 것이다. 수혜는 너무나 당당하게 자신을 놓아주지 않겠다고 말하는 그가 미웠다.

　　"이혼서류는 내게 있어요. 당신도 동의한다는 각서도 있고, 이번에는 당신 뜻대로 되지 않을 거예요."

　　"각서는 아무 소용 없어. 법원이 정말로 내게 이혼의사가 있는지 물을 때 내 마음이 변했다고 말하면 그만이야."

　　단순한 협박이 아니라고 그의 눈이 말하고 있었다. 그녀의 용서를 구하기 위해서는 무엇이든 하겠다고 빌 것 같던 남자는 어느새 다시 이전의 고압적인 태도로 돌변해 있었다.

　　"정말 당신이란 사람은!"

　　그가 냉철하고 계획적인 사람인 건 알았지만 이처럼 뻔뻔하기까지 한 줄은 몰랐다. 수혜는 분한 마음에 말을 끝맺지 못하고 도망치듯 자신만의 공간으로 들어갔다.

열아홉

〈결혼의 성공은 훌륭한 배우자를 얻는 데 있는 것이 아니라 훌륭한 배우자가 되는 데 있다.〉

성당 별관 사제관 입구의 게시판에 붙어 있는 문구가 수혜의 시선을 끌었다. 증인으로서 은원과 승연의 결혼이 정상적인 것이며 아무런 문제가 없음을 신부님과의 면담을 통해 증명하고 나오던 자리였다.

승연의 증인으로 참석했던 남자가 수혜에게로 다가오더니 그녀의 시선을 쫓아 문구를 훑고는 쓰게 웃었다. 은원과 승연은 잠깐 본당에 들어갔다 오겠다고 하여 두 사람만 남아 있었다.

"훌륭한 배우자가 되기만 하면 그 결혼은 정말로 성공할 수 있을까요?"

그가 결혼의 경구를 불신해서라기보다는 그 자신을 믿게 만들려는 것처럼 말하고 있었다. 수혜는 고개를 돌려 그를 쳐다보았다. 그도 승연과 마찬가지로 부드러운 인상을 주는 호감 가는 인상이었다.

"자기가 훌륭한 배우자가 되지 못하면 아무리 좋은 배우자를 만나도 소용없다는, 그런 뜻이겠죠? 그냥 하는 말은 아닐 것 같은데요."

확신할 수는 없었지만 그렇다고 아니라고 부정할 수도 없는 격언이었다.

"네. 교회가 그렇다고 말하면 그런 거겠죠."

순간이지만 그의 표정에는 씁쓸한 미소가 스쳐 갔다.

"승연 씨와는 오랜 친구인가요?"

"네, 초등학교 때부터 어울리던 사이입니다."

"승연 씨, 우리 아가씨와 잘 어울리죠?"

"네, 친구들도 다들 부러워하죠."

"친구 분은 여자 친구 없어요?"

그가 싱긋 웃고는 대답했다.

"아직은, 해야 할 일이 많아서요."

언젠가 그녀도 했던 말이었다. 아직은 해야 할 일이 많아서 연애에는 관심을 가질 수가 없다고. 그런데 왜 이 사람의 눈빛은 아주 소중한 걸 잃어버린 사람의 눈빛일까.

"카톨릭."

신자냐고 물으려는데 본당 쪽에서 은원과 승연이 다정하게 걸어나오자 그들의 대화는 자연스레 끊겼다. 결혼 날짜를 받은 은원의 얼굴은 해맑은 아이처럼 근심없이 밝게 빛나고 있었다.

함께 저녁식사라도 하자고 승연이 권했지만 그의 친구가 일이 있다며 거절하고는 먼저 자리를 떠났다. 결국 은원이 준현에게 연락을 해서 함께 저녁을 먹자고 하며 수혜의 차에 함께 올랐다.

"오늘 고마웠어요, 언니."

은원이 환한 표정으로 말했다.

"아가씨도 참, 고맙기는요."

"실은 나 욕심쟁이라고 할지 몰라도 언니한테 부탁이 하나 더 있는데……."

"부탁요?"

은원은 고개를 끄덕이고는 아직 웨딩드레스를 고르지 못했다며 수혜가 만든 웨딩드레스를 입고 싶다고 수줍게 말했다.

하지만 수혜는 망설이며 흔쾌히 은원의 부탁을 들어주지 못했다.

"저기, 아가씨."

은원의 웨딩드레스를 만들어주는 것은 어려운 부탁이 아니었다. 은원으로서는 수혜를 믿기에 그런 부탁을 한 것이기도 했다. 유명 바이올리니스트의 결혼식에서 입을 웨딩드레스는 그 자리에 참석한 사람들의 시선을 받을 것이고, 그렇게 되면 참석한 많은 여성들의 입에 오르내리며 수혜를 알릴 수 있는 계기도 될 것이다.

"왜요, 언니? 힘든 부탁이에요? 언니가 바빠서 안 된다면 어쩔 수 없지만."

은원은 순진한 눈으로 그녀를 쳐다보았다.

"드레스를 만드는 게 어려운 건 아녜요. 아가씨 부탁이라면 그보다 더한 거라도 해주고 싶어요."

"그런데요?"

"음, 웨딩드레스는 좀 달라요."

은원은 말을 고르는 수혜를 지그시 바라보았다.

"나는 아가씨가 행복한 결혼 생활을 하는 사람이 만들어준 웨딩드레스를 입었으면 좋겠어요."

그래서 까다롭게 고르는 사람은 그런 디테일한 부분까지 확인하기도 한다. 은원은 수혜의 말을 이해한 듯 고개를 끄덕이고는 조심스레 물었다.

"아직, 오빠랑 화해한 거 아니었어요?"

"……."

"난 준현 오빠도 좋아하고 언니도 좋아하는데, 어떤 부분은 잘 모르겠어요. 사실 내가 볼 땐 오빠 같은 남자도 없는 것 같거든요. 처음 언니와의 결혼을 큰어머니가 반대하셨을 때도 그랬고, 언니 유학 보내겠다고 했을 때도, 그리고 언니 서울에 없는 동안에 오빠 보면서 참 대단하다고 생각했거든요. 그런데도 언니를 보면 그런 게 느껴져요. 우울해 보이고 사랑받는 여자처럼 보이질 않고."

"……."

"내가 아끼는 두 분이니까 잘되었으면 좋겠어요."

어느 날 아침 전화를 받고 있는 그의 표정은 한껏 찌푸려진 상태였다. 그의 물음이나 대답은 간결했지만 침통하기까지 했다.

"……알겠습니다. 곧 가죠."

아침식사 도중이었는데 그는 전화를 끊고 나서도 잠시 그대로 서 있기만 했다. 그답지 않은 태도였다.

"왜 그래요? 무슨 안 좋은 일 있어요?"

마침내 걱정스러워진 수혜가 물었다.

"나 좀 나갔다 와야겠어."

그가 옷을 갈아입기 위해 방으로 들어갔다.

"왜요? 무슨 일인데요?"

그의 표정이 평소와는 너무나 달랐으므로 그녀도 덜컥 겁이 나 방으로 따라 들어왔다.

"승연이 병원에 있대."

억지로 짜내는 듯한 그의 음성은 무척 불길하게 들렸다.

"어떻게, 무슨 일로요?"

"오늘 일찍 지방에서 서울로 오던 중이었는데, 교통사고인가 봐."

"어떻게……."

손목의 단추를 푸는 그의 손길이 떨렸다. 수혜가 다가가 그의 단추를 풀어주고 재킷과 넥타이를 챙겨주었다.

"가서 다시 연락할게."

"그래요."

그가 가고 난 후 수혜는 혼자서 식탁에 앉았지만 이미 식욕을 잃은 후였다.

맑고 깨끗한 은원의 웃는 모습이 잠시 스쳐 지나갔다. 사랑하는 사람이 다쳤다는 사실만으로도 지금 그녀는 사색이 되어 있을 것이다. 어제만 해도 은원은 일주일 뒤 있을 혼배미사 리허설을 했다며 수혜에게 시시콜콜 수다를 늘어놓았다. 결혼과 신혼여행을 앞두고 바쁜 일정을 미리 처리해 두어야 한다며 승연이 요즘 일에 너무 떠밀려 다니느라 만나기가 힘들었는데 정말로 결혼한 기분이었다고 즐겁게 말하기도 했다. 야외 촬영에서 키스 장면을 연출하는데 그가 떠는 것이 확연히 느껴져 귀여웠다고 웃으며 이야기하던 그녀였다.

수혜는 부디 그가 크게 다치지 않았기만을 바라며 거실에서 소일하며 그의 전화를 기다렸다. 하지만 그로부터는 아무런 연락도 없었다.

어느새 해가 저물고 저녁시간이 되자 수혜는 불안해졌다. 승연이 괜찮은지 많이 다쳤는지 확인이라도 된다면 걱정이 덜 할 것 같았다. 결국 기다리다 못한 그녀가 먼저 그의 핸드폰으로 연락했다.

시끄러운 사람들의 소리와 더불어 가끔씩 여자의 울음소리도 섞여 들렸다.

"저예요."

[음.]

그의 음성은 주위의 눈치를 보는 것처럼 낮고 침울했다.

수혜는 혹시 그가 전화를 받기 곤란한 상황인가 보다고 생각하며 서둘러 용건을 말했다.

"아침에 그렇게 나가고 연락이 없으니까 걱정되어서요. 당신 어디예요?"

[작은아버지 댁.]

"승연 씨 어때요? 많이 다치진 않았어요?"

[작은어머니 모시고 잠깐 집에 들어온 거야. 다시 나가봐야 해.]

"많이 놀라셨나 봐요."

[……음.]

"은원 아가씨는 어때요? 많이 놀랐죠? 다음 주에 있을 결혼식은 지장 없을 것 같아요?"

집중하지 못하는 건지, 생각에 잠긴 건지 그가 바로 대답하지 않았다. 그가 아직도 전화기 곁에 있는 건지 확인하려는데 그가 말했다.

[수혜야.]

"듣고 있어요."

[당신이 작은댁에 와서 은원이 곁에 좀 있어주는 게 좋겠어.]

"왜요? 아가씨 많이 놀랐어요?"

잠깐의 침묵이 지나고 그가 억눌린 음성으로 말했다. 결코 인정하고 싶지 않은 것 같은, 마지못한 음성이었다.

[승연이, 영안실에 있어.]

영. 안. 실.

순간 수혜의 전신에 소름이 돋았다. 그제야 수혜는 평소의 신중함과는 다른 침통한 그의 음성을 짐작할 수 있었다. 그 또한 스스로는 어쩔 수 없는 비극적인 사실에 감정이 상한 듯했다. 수혜는 어떻게든 위로의 말을 찾아보았지만 주위가 하얗게 변하며 아찔한 현기증으로 허탈해졌다. 아무런 위로의 말도 생각나지 않았다. 수혜는 가까운 의자에 털썩 주저앉았다.

[당신이 은원이 곁에 좀 있어줘.]

그가 다시 마음을 가다듬으며 수습하고는 부탁했다.

"그럴게요."

수혜는 전화기를 내려놓고 한동안 멍하니 그 자리에 앉아 있었다. 터무니없는 일이라고 수혜는 생각했다. 승연과 은원은 곧 결혼할 예정이었다. 성당에서 다음 주에 친지들을 모신 자리에서 결혼할 예정이었다. 신혼살림을 할 집도 구해놓은 상태였고 가구들도 이미 배치를 마친 상태였다. 결혼식 야외촬영도 마쳤고, 혼배미사 리허설도 마쳤고, 이제 결혼식만 올리면 곧 부부가 될 사람들이었다. 그들은 오랫동안 어른들로부터 인정 받아온 커플이었다. 그런데 전혀 생각지도 못했던 갑작스런 사고로 이제 은원만 홀로 남겨진 것이다.

수혜는 그의 당부대로 은원의 곁을 지켰다. 은원은 사람들의 만류에도 불구하고 영안실에 머무는 3일 동안 물도 제대로 넘기지 못하면서 승연의 어머니와 함께 그의 곁을 지켰다. 조문객들이 제단에 올려놓은 꽃이 하나둘 늘어갈 때마다 울고 또 울기를 그치지 않았다. 장례식이 거행되고 그의 관이 무덤 속에 들어가는 동안에도 그녀는 결코 그의 곁을 떠나지 않았다. 아무도 그녀를 그로부터 떼어놓지 못했다. 수혜는 오열하는 은원의 등을 감싸 안으며 함께 울었다. 그들은 어려서부터 단 며칠도 떨어져 지낸 적이 없었다. 그런데 이제는 아주 오랫동안 그를 다시 보지 못할 것이다.

승연이 장지에 묻히던 날은 유난히 바람이 심하게 불고 흐린 날이었다. 그의 가족 친지들과 은원의 가족들은 믿어지지 않는 일을 당해 다들 넋이 나간 듯했다. 여자들은 오열했고, 남자들은 굳어진 얼굴로 겨우 그 자리를 지키고 있었다.

"나를 묻고 집으로 가는 기분이에요. 나는 승연이랑 그곳에 있는 것 같아요."

결국은 기진해 쓰러진 은원을 데리고 집으로 돌아오는 차 안에서 눈물이 마른 얼굴로 차창 밖을 바라보던 은원이 혼잣말처럼 말했다.

"아가씨."

"나는 빈껍데기 같아요. 나는……."

어떤 위로의 말인들 은원에게 의미가 있을까. 어떤 말이 세상에서 가장 사랑하는 사람을 잃은 여자에게 위로가 될까.

"숨 쉬는 게 이렇게 고통스러운 일인지 몰랐어요."

어제까지 바로 곁에 있던 사람이 자고 일어나서 보니 갑자기 사라지고 없다면, 세상 어디에서도 찾을 수가 없다면 얼마나 기막히고 두려울까.

며칠 사이 기진맥진하며 눈에 띄게 수척해진 은원은 집으로 오자 다시 울음을 터뜨렸다. 수혜는 은원을 방으로 데리고 가서 침대에 눕혔다.

"자요, 아가씨. 조금이라도 눈을 붙여요."

"……친구 말고 애인 하자고 그랬어요. 친구로만 남아 있는 거 싫다고. 남자로 보이지 않는다고 했더니 ……한동안 날 피해 다녔어요. 그때가 고등학교 2학년 때였는데 ……그때 말고는 그렇게 오래 승연이를 안 본 적이 없었어요."

"자요, 아가씨. 그만 생각해요. 그런 날은 앞으로도 많아요. 두고두고 하나씩 기억해도 돼요. 오늘은 그만 쉬어요."

이불을 덮어주고 토닥거리며 그녀 곁에 한참을 지켜 앉아서야 은원은 겨우 잠이 들었다. 은원을 위해 수혜는 커튼을 드리워 주었다. 작은어머니는 작은어머니대로 안방에 드러누웠다. 딸의 장래가 암담하다는 사실이 고통스러웠고 아들 같던 승연의 죽음에 충격을 받았던 것이다.

수혜는 늦은 밤까지 작은집에서 은원의 곁을 지켰다. 최소한의 빛과 다수의 어둠이 지배하는 방 안. 사랑하는 사람을 잃고 믿을 수 없는 고통에 가끔씩 흐느끼는 은원의 숨소리만 간헐적으로 들릴 뿐 깊은 적막이 흐르는 그곳에서 수혜는 진실과 대면했다.

자신이 그때 선택한 죽음에서 성공했더라면……! 가슴 아파도 그와 마주 대면해서 서로의 오해를 풀고 진심을 보여주는 대신에, 감정을 다칠 리 없는 영원한 도피에 성공했더라면……!

그도 이런 마음이었을까. 은원처럼 세상 모든 빛을 두려워하며 어둠 속으로 숨어들어 가 괴로워했을까. 그가 만약 승연처럼 어느 날 이별의 말도 못하고 세상에서 사라진다면……!

나는 어떻게 그 일을 견딜까. 그가 없이 숨 쉬고, 그가 없이 먹고, 그가 없이 잠자면서 순간순간이 고통인 삶을 어떻게 견딜까.

수혜는 그가 느꼈을 공포를 거의 똑같이 느꼈다. 미워한다고 말했지만 그가 없는 삶은 견딜 수 없다. 실망했다고 말했지만 그가 살아 있어줘서 고마웠다. 병원에서 의식이 들고 맨 처음 맞닥뜨린 그의 분노가 당시에는 다시 죽고 싶을 만큼 아프고 서운했지만 수혜는 이제 겨우 그의 마음을 알 것 같았다.

그는 겁이 났던 거다. 그녀가 정말로 죽을까 봐 가슴 졸이면서 침상을 지키다가 그녀가 눈을 뜨자 겨우 안도한 것이다. 그래서 갑작스레 밀려든 모든 감정을 그런 식으로 감당조차 안 되는 그녀에게 쏟아 부었던 거다.

그때 그가 단순히 화가 난 것이 아니고 상처로 어쩔 줄 모르고 있었다는 걸 이제야 알았다.

은원의 깊은 한숨 소리를 들으면서, 아픔을 공감하면서도 수혜는 그가 비록 다른 공간에 있더라도 원하기만 하면 언제라도 손 내밀어 체온을 느낄 수 있다는 사실에 감사했다.

시간을 확인하기 위해 어둠 속에서 핸드폰을 꺼내던 수혜는 은원을 방해하지 않기 위해 소리도 진동도 꺼놓은 자신의 핸드폰에 저장된 문자를 확인했다.

〈은원인 좀 어때? 당신은 식사했어?〉

2시간 전에 도착한 메시지였다. 사랑한다는 대단한 고백도 아니었는데 수혜는 자신의 눈을 의심하며 그의 문자를 읽고 또 읽었다.

이 사람, 나와 피로 연결되지 않았어도, 내 사람이구나. 여전히 나를 걱정해 주고 챙겨주는 사람이구나.

수혜는 조심스레 그에게 답신을 보냈다.

〈아가씨 이제 겨우 잠들었어요. 당신은요?〉

문자가 전송된 지 몇 분 되지 않아 다시 핸드폰의 램프가 깜빡거렸다.

〈곧 도착할 거야. 5분 뒤에 나와.〉

수혜는 그와 함께 아파트로 돌아왔다. 장례식장에서도, 장지에서도, 작은집에서도 수혜는 종종 그의 모습을 찾곤 했다. 작은집을 나오면서도 그들은 간단하게 주고받은 문자 외에는 눈으로 서로를 확인할 뿐 아무 말도 하지 않았다. 그들은 약간의 거리를 두고 있었지만 그럼에도 그 거리가 수혜에게는 이전처럼 멀게 느껴지지 않았다. 아무리 멀리 있어도 그는 자신에게 돌아올 것을 믿었다. 아무리 미워한다고 말해도 살아 있기 때문에 미워할 수 있었다. 은원은 사랑하는 사람을 잃었지만 그녀는 아직 잃지 않았다. 용서하고 다시 마음을 나누기만 하면 그들은 다시 사랑할 수 있었다. 다시 미워하고 실망하는 일이 있어도 살아 있기 때문에 다시 용서하거나 다시 싸울 수도 있는 것이다.

돌아오는 차 안에서의 거리는 그리 멀게 느껴지지 않았지만 넓은 아파트에 도착해서 각자의 공간으로 들어서고 나니 그렇게 멀게 느껴질 수가 없었다. 죽은 이를 애도하는 향냄새가 몸에 밴 것 같은 느낌을 지우기 위해 일부러 향이 강한 클렌저로 두 번씩이나 몸을 씻은 수혜는 이번에는 몸에 남은 잔향이 싫어 청량감 있는 로션으로 그 향을 지웠다.

무기력한 느낌. 아무것도 한 것이 없는데도 감정적인 소모가 커서인지 몸은 피곤하지만 정신은 깨어 있고 침대에 누워 잠을 청하면 악몽을 꿀 것 같았다.

물을 마시기 위해 거실을 지나 주방으로 향하던 수혜는 익숙한 적막 속에서 그가 궁금해졌다. 성인이고, 자신에게 필요한 것이 무엇인지는 누구보다 잘 알고 행동하며 지난 4년간 곁에서 서로를 돌보지 않았어도 멀쩡하게 잘살았던 자신들이었다. 그런데도 수혜는 그가 편히 쉬는지 확인하지 않고는 마음이 편치 않을 것 같았다. 돌아오는 길에서 본 그도 은원만큼이나 지치고 힘든 얼굴이었다.

서재의 문을 열었던 수혜는 빈 책상 위에 놓인 언더락 글라스를 발견했다. 그도 맨정신으로는 견딜 수 없었던가 보다고 수혜는 생각했다. 이 집에 돌아온 후 처음으로 수혜는 그가 침실로 쓰는 방문을 열었다. 그는 탁자 옆 침대 가에 앉아 무언가를 내려다보고 있었다. 다가가서 확인해 보니 얼마 전 은원의 연주회가 끝나고 승연이 찍어주었던 수혜와 그의 사진이었다. 그가 무엇을 생각하는지 수혜는 알 것 같았다. 그럼에도 먼저 다가오지 못하는 그의 마음도 알 것 같았다. 수혜는 차갑게 굴었던 자신을 후회했다. 그를 위로하고 싶었다. 세상에서 단 한 사람, 서로에게 위로받고 싶은 사람.

"뭐 해요?"

수혜가 말을 걸자 그제야 그가 고개를 들어 수혜를 바라보았다.

"어, 피곤한 것 같으면서도 잠이 오질 않네."

"당신…… 괜찮아요?"

"음."

괜찮다는 그의 말을 위로 삼아 안도하고 자신의 방으로 돌아갈 수도 있었던 수혜는 고독한 침실에 그를 남겨두고 자신의 공간으로 돌아오는 대신에 천천히 그에게 다가가 그의 머리를 감싸 안으며 자신의 품 안으로 끌어들였다. 그의 문자를 받고 소리 죽여 은원의 방을 나오고 막 집 안으로 들어오는 그를 보았을 때부터 수혜는 그를 안아주고 싶었다는 것을 인정했다. 처음엔 움찔하던 그가 천천히 그녀의 몸을 감아 안으며 그녀의 가슴에 순순히 기대왔다. 척추를 따라 그녀의 등을 감싸 안는 그의 손길은 외롭다고 말하고 있었다. 죽을 만큼 외롭다고. 삶이 고되다고. 무엇이 살아 있는 것이고 어떻게 사는 것이 의미있는 것인지 모르겠다고.

그의 손길이 수혜의 등을 어루만질 때마다 그것은 일시적인 성적인 욕망이 아닌 오래도록 지속되는 애정을 갈구하고 있었다. 해답을 찾고 있었다.

감당할 수 없을 만큼 커지는 사랑. 세상 단 한 사람만이 위로해 줄 수 있는 사랑. 그 누구로도 대신하고 싶지 않은 사랑.

수혜는 보이는 사랑, 품 안에 안을 수 있는 사랑을 원했다. 죽은 뒤에 후회하는 사랑이 아니고. 밤새 품에 안고만 있어도 좋겠다고 생각하며 서로를 확인하듯 보듬던 그들은 한순간 누가 먼저라고 할 것도 없이 서로의 몸을 위로 삼아 세상을 잊었다. 수혜는 느리고 천천히 서로를 가식처럼 덮고 있는 그의 잠옷 단추를 풀었다. 그도 수혜의 나이트가운을 여민 허리의 끈을 풀고 무릎 아래로부터 걷어 올려 순순히 팔을 들어 올리는 수혜의 머리 위로 슬립을 벗겨냈다. 다리 사이로 수혜의 몸을 끌어당긴 그가 허리와 등을 손바닥으로 감싸듯 끌어안았다. 수혜도 그의 머리와 목에 팔을 감았다. 그가 드러난 수혜의 젖가슴을 부드럽게 감싸 쥐며 숭배하듯 교대로 키스했다. 수혜도 그의 입술을 찾아 키스를 되돌렸다. 그녀의 젖가슴 사이에 머리를 묻고 그녀의 보드라운 살결에 키스하던 그가 가볍게 수혜의 몸을 들어 침대에 눕혔다.

　그들은 천천히 감각이 지배하는 세상으로 넘어섰다. 그는 바로 누운 수혜의 머리카락에서 이마, 눈과 코, 뺨과 양쪽 귀, 입술에서 목덜미로 이어지는 곳곳에 키스로 덮었고 이어서 어깨와 쇄골, 가슴의 골짜기, 양쪽 젖가슴에도 확인하듯 입술을 가져갔다. 서두르거나 흥분하면 지금 곁에 있는 사람이 사라지는 마법에 걸린 연인들 같았다. 닿았다가 떨어지곤 하는 그의 입술이 스칠 때마다 수혜는 살아 있는 자신과 그를 느꼈다. 지금까지 그 어떤 성적인 기교로도 만족되지 않는 기쁨이 서로의 두려움을 상쇄시켜 주었다. 치유와 위로의 마법이 작용했다. 그의 입술이 배꼽을 지나 뜨거운 기운을 아래로부터 전했을 때 수혜는 더 기다리지 못하고 상체를 일으켜 그의 몸을 끌어안았다. 그는 순간순간을 모두 기억하려는 의지를 가지고 결코 성급하지 않게 몸을 겹치고 그 어떤 곳보다 뜨겁게 그를 맞아주는 수혜의 안으로 몰입해 들어갔다.

부드러움이 강함을 이긴다고 했던가. 수혜는 순간순간 그가 들어오고 나갈 때마다 그의 숨결과 심장의 소리에 귀 기울이며 집중했다. 살아 있음을 확인하고 싶었고 혼자가 아닌 둘이라는 것을 각인시키고 싶어서 시작한 행위였다. 그 어떤 성적인 기교보다 살아 있음을 증명하는 그 순간순간의 행위가 기쁨을 주었다. 두 사람은 한마디 교감 어린 말을 나누지도 않았지만 그는 수혜의 몸의 언어에 어느 때보다 귀 기울여 더 깊은 합일을 요구하면 그렇게 했고, 조금 더 오래 머물기를 요구하면 또 그렇게 했다. 그가 마침내 수혜의 몸 깊은 곳에서 스스로를 잊고 해방되었을 때 수혜는 그를 놓치면 다시는 잡지 못할 것을 아는 사람처럼 그의 몸을 힘주어 단단히 끌어안았다.

호흡을 고르고 천천히 결합된 두 사람의 몸에서 힘을 잃은 그의 일부가 빠져나갔다. 그녀를 완전하게 채웠던 내부의 공간이 서서히 제자리로 돌아오는 느낌은 잊고 있던 묘한 상실감을 불러일으켰다.

그가 자신과 수혜의 몸 위로 이불을 덮어주었다. 수혜는 그의 옆구리와 겨드랑이 사이에 자리를 잡았다. 그의 팔이 수혜의 머리카락과 등줄기를 훑었다.

"전에는, 상중에 섹스를 나눈다는 게, 상상이 되질 않았어요."

수혜가 말했다.

자신들이 낳은 아이를 비극적으로 잃고 눈물을 흘리며 서로의 몸을 간절히 갈구하며 사랑을 나누는 부부의 모습이 영화 속 장면으로 지나갈 때 수혜는 그들의 감정을 완전히 이해할 수는 없었다.

"슬픈데 어떻게 그것과는 다른 감정인 섹스를 해요. 슬픈데 어떻게……. 그런데 이젠 알 것 같아요. 이젠, 알 것 같아요."

"혼자 감당할 슬픔이 아니라는 것을 말하고 싶었던 거지."

"그래요."

"……은원이 보면서."

그의 음성도 잠겨 있었다.

"남의 일 같지 않았어. 하마터면 나도 4년 전에 당신을 잃어버릴 뻔했다는 생각 때문에 더……. 당신이 그때 살아나지 못했다면 난 내 자신을 용서하기 힘들었을 거야."

그 역시 수혜와 같은 생각을 하고 있던 것이다.

"용서해 줘. 당신을 많이 힘들게 했지만 이제부터 잘할게."

오랫동안 그를 용서하는 일은 쉽지 않았다. 그녀를 믿지 않았던 그로 인해 그녀는 생사의 위기를 넘겼고, 4년 동안 너무나 아픈 시간들을 보내야 했다. 그는 치명적인 실수를 했지만, 그것은 결코 사랑하는 마음이 변해서 생겨난 것은 아니었다. 그를 용서하지 않고 미워하면서 살아간다면 앞으로 그녀에게 남은 것은 지난 4년과 똑같은 과정의 메마른 삶뿐임을 깨달았다. 수혜는 차라리 그를 미워하면서 함께 살지언정 그를 떠나서 살고 싶지는 않았다.

내가 용서하지 못한다면, 그것은 다시는 상처받지 않겠다는 내 소심함과 자존심에서 비롯된 것일 뿐이다.

과거에 수혜는 그를 미워한다고 생각하며 마음의 문밖으로 내 몰려고도 했었지만, 그것은 결코 그녀가 원했던 삶이 아니었다.

그녀는 마음속에 묻어두었던 말을 털어놓았다.

"당신은 정당하지 못했어요."

그도 순순히 자신의 잘못을 인정했다.

"알아."

"내가 돌아왔을 때, 그때 당신은 모든 걸 말했어야 해요."

"그래, 그랬다면 당신은 날 용서하지 않았겠지."

그것이 바로 그녀가 돌아왔을 때 그가 자신의 잘못을 고백하지 못한 이유였다. 그녀가 냉정하게 돌아서서 다시는 그를 돌아보지 않게 될까 봐!

수혜도 그의 마음을 이해할 수 있을 것 같았다. 그의 말대로 단단히 마음을 다잡고 강한 체하며 돌아왔던 그녀는 그를 용서할 수 없었을 것이다. 평생 안 보고 살 수도 있었을 것이고, 시간이 많이 지나 용서할 수도 있을지 모르지만 그때는 너무 늦어버린 후일지도 모른다.

그녀는 오랜 시간 자신을 포기하지 않고 기다려 주었던 그를 이해하기로 했다. 그리고 자신의 솔직한 심정을 토로했다.

"나는, 전에는 내가 세상에서 가장 불행하다고 생각했어요. 장희현 씨, 그리고 은원 아가씨 보면서 나는 그 두 사람처럼 당신을 완전히 잃어버린 것은 아니라는 거, 어쩌면 내가 너무 많은 걸 가지고서도 더 많은 걸 달라고 투정하는 건 아닌가, 부끄러웠어요."

이성을 잃고 미친 사람처럼 눈물을 흘리며 매달리던 장희현의 실연의 상처가 너무나 안타까웠다. 그리고 무엇으로도 대신할 수 없는 사랑을 갑작스럽게 빼앗긴 은원의 상실은 또 어떻게……

그가 무엇을 두려워했는지 알면서도 계속 그를 원망하고 미워하는 것은 결국 사랑을 잃어버리는 것이었다.

"사랑해요. 이젠 용서할게요. 곁에 있어줘서 고마워요. 날 포기하지 않아줘서 고마워요."

"사랑해. 날 사랑해 줘서 고마워."

뒷감당이나 계획적인 삶과는 담쌓고 사는지라 겁 없이 시작해놓은 글은 많은데 제대로 끝내놓은 글이 없어서 후기를 쓰는 기쁨이 얼마나 설레고 좋은지 잊어버리곤 합니다. 글을 수정하거나 초고를 마치는 그 순간의 설렘과 홀가분함. 늦은 밤이든 새벽이든 그 순간엔 스스로가 나름 대견해서 마구 자랑하고 싶고 전화를 걸어 알리고 싶은 마음이 들죠. 물론 마음에 드는 글이어야 만족감도 더 크기는 하지만요.

〈그대 그리고 나〉는 2003년 전자출판 돼서 많은 사랑을 받았지만 부족한 부분 때문에 언젠가는 손을 봐야지, 하고 마음의 짐으로 남아 있던 글입니다. 예전 할리퀸 로맨스를 읽던 그 시절부터, 저는 재회하는 이야기가 좋았어요. 어떤 오해로 헤어졌던 연인들이 시간이 지난 후에 다시 만나고 싸우며 갈등하고 결국은 다시 사랑하는 이야기. 그래서 오래전에 쓴 글이 〈그대 그리고 나〉였는데요, 그와 같은 시기에 쓰던 또 다른 글의 여주인공이 바이올리니스트 김은원입니다. 금수저를 물고 태어나 온실 속 고운 화초처럼 자라고 원하는 것은 무엇이든 할 수 있고 재능도 타고나 촉망받으면서 세상 부러울 것 없던 은원은 결혼 일주일을 앞두고 가장 소중한 사랑을 잃으면서 세상이 그녀의 마음대로 되지 않는 곳이란 것을 깨닫게 되

글을 마치며…

죠. 그들의 아픈 사랑이 다른 이들에게는 사랑의 소중함을 깨닫는 계기로, 특히 수혜에게 작용하고요.

작은 오해에서 시작된 불씨는 결국 소통의 부재에서 온 것이긴 하지만, 그 작은 오해들이 없었으면 행복했을까 하면 그렇지 않았을 거라고 생각합니다. 사랑해서 자신의 꿈을 포기하고 결혼했지만 막상 결혼의 틀에 갇혀서 시들어갈 뻔했던 그들의 사랑이 항상 곁에 있어서 모르고 살았던 햇빛과 공기와 물의 소중함을 깨닫는 것처럼 깨닫고 성장하는 계기가 오히려 그들 사랑에는 전화위복이 아닌가 하고요. 어느 한쪽의 희생을 요구하는 사랑이 정말 사랑일까요. *^^*

이 글을 쓰는 동안 또 다른 어려움은 전혀 접해보지 못한 패션계를 어떻게 그려내야 할까 하는 것이었는데, 그럴 때 참고서적을 추천해 주고 좋은 충고와 바쁜 시간 쪼개어 감수해 준 예쁜 후배 설하나. 그리고 오래전 동호회에서 연재본 읽고 진심 어린 조언을 해주었던 민지은에게 고마움을 전합니다. 그때 그 모니터링이 골격이 돼서 포기하지 않고 지금의 수정본이 완결된 거라고, 정말 고마웠다고.

그리고 수정본 모니터링 해주신 세 분께도 감사드립니다. 출판본 읽어보시고 변화된 글이 조금이라도 마음에 든다면 그건 모두 님들의 조언 덕분입니다. 오래도록 무심하게 지내다가도 연락이 닿으면 어제 헤어진 친구처럼 수다도 나누고 예리한 조언 들려주는 이지수님, 하마터면 그대로 지나쳤을 부분들 다시 볼 수 있었어요. 그리고 무슨 도움이 되겠냐고 겸손하게 말하지만 사실은 국내 로맨스소설에 대한 기본적인 애정과 부드러운 감성으로 도움을 주신 최정화님, 처음 그 마음을 돌아보게 합니다. 어떤 글을 써야 할지 더 신중하게 만듭니다. 그리고 청어람 편집부의 집요함이 최종 수정본에 막대한 영향을 끼쳤습니다. 감사드려요.

　　그리고 초보 로맨스 독자로서 어떤 소재의 소설도 즐겁게 읽고 리뷰 들려줘서 책 빌려주는 즐거움을 제법 돌려주는, 내 인생의 단비 같은 존재라고 세뇌시키지만 아직은 내 인생의 채찍(?) 같은 존재인 소미리에게도 Special thanks!

—이진현.